The
The Clifton Chronicles
1

Only Time will Tell
柯里夫頓紀事

傑佛瑞・亞契 ——— 著　李靜宜 ——— 譯

Jeffrey Archer

【導讀】

騙術高明的魔術師——傑佛瑞・亞契

李靜宜

間諜小說大師約翰・勒卡雷曾說小說家都是高明的騙子，以這樣的標準來看，既能寫暢銷小說，又能成爲上流政客的傑佛瑞・亞契，肯定比自認天生有著騙子基因的勒卡雷來得騙術高明甚多。

名列全球最暢銷小說家之列的傑佛瑞・亞契並不是十年磨一劍，終於功成名就的典型作家。畢業於牛津大學的他，曾是政治金童，一九六九年，年僅二十九歲即成爲英國當時最年輕的國會議員，政治前途一片看好。但一九七四年捲入一場金融醜聞，不僅讓他瀕臨破產，且被迫辭去國會議員職務。

然而這個悲慘的意外，卻成爲亞契人生的另一個起點。爲了償還債務，免於破產，亞契埋首寫了一部小說《一分不多，一分不少》（Not a Penny More, Not a Penny Less），初時大家都認爲這不過是失意政客走投無路之下的異想天開，投稿十四家出版社都遭拒，最後在獨具慧眼的文學經紀人黛博拉・歐文（Deborah Owen）推動之下，先在美國出版，再回英國出版，一舉登上暢銷排行榜，並陸續改編爲廣播劇與電視影集，奠定亞契暢銷作家的地位。

此後，傑佛瑞・亞契創作不輟，作品本本暢銷，包括《該隱與亞伯》（Kane and Abel）、《誰是首相》（First Among Equals）都是一出版即登上排行榜、銷量以百萬計的暢銷小說，不獨在英國，也先後在美國、加拿大改編爲電視影集，甚至連在印度都極爲暢銷。

因寫作而免於破產危機、累積可觀財富的亞契並未放棄政治野心，一九八〇年代中期重返政壇，擔任英國保守黨副主席，並準備參選倫敦市長，卻因緋聞纏身而棄選。一九九二年成爲上議院議員，受封貴族，人生至此原已名利雙收，了無遺憾，未料在二〇〇一年卻因爲提供僞證妨礙司法公正而入獄兩年，人生再次墜入黑暗深淵。

但是向來以大仲馬爲偶像的傑佛瑞·亞契，並沒有被悲慘的際遇擊倒，反而效法《基督山恩仇記》，以自己坐牢的眞實經歷爲基礎，寫出三部曲的《獄中日記》（Prison Diaries），以及小說《生而爲囚》（A Prisoner of Birth），大受好評，被《華盛頓郵報》推崇其說故事能力「堪比大仲馬」。

傑佛瑞·亞契從政壇轉戰文壇，迄今出版了超過三十本書，翻譯成三十多種語言，行銷近百國，總銷量超過兩億五千萬冊，不僅在英國出版界，甚至在全球出版界都是難以複製的奇蹟。亞契的作品多半以政界商場風雲、豪門恩怨爲背景，劇情通俗，但情節鋪陳格外具有張力，行文敘事簡單輕快，易懂易讀，讓人一讀上鉤，欲罷不能。特別是亞契個人特殊的生活經歷，提供了小說背景的眞實元素，讓讀者彷彿身歷其境，渾然不覺只是在閱讀一個與自己眞實生活相去甚遠的故事。

傑佛瑞·亞契的多產，常讓人以爲他的寫作得來全不費功夫。但他其實是個自律甚嚴的作家。在寫作期間，他每天清晨五點半起床，六點開始寫作，寫兩個鐘頭，休息兩個鐘頭，一天工作八小時。他甚至嚴格規定自己寫完一本小說初稿的時間是五十天，四百個小時，然後再經歷十四次修改，長達一千個鐘頭的潤飾，才能交出完稿。對傑佛瑞·亞契而言，寫作沒有捷徑，是一份必須認眞以待的正式工作，或許這也是他能在文壇長久屹立不搖的最重要原因。

對於亞契的作品，並不是所有的評價都是正面的。有部分文學評論家認爲他的小說太過戲劇化與通俗，欠缺嚴肅文學所需要的深度。亞契自己對於這個評價，卻有頗具趣味的回應。他說小說家（novelist）與說故事的人（storyteller）是完全不同的兩種寫作者，暢銷作家一定是出色的說故事者，而小說家卻未必是好的說故事人。他進一步以推理小說家克莉絲蒂爲例，說克莉絲蒂的小說從不以辭藻華美、心靈刻劃著稱，但在過世多年之後，依舊穩坐推理天后寶座，比起許多戴上諾貝爾桂冠卻罕爲大衆所知的小說家，她顯然是個更爲成功的說故事人。若以這個說法來對照亞契通俗卻大受歡迎的作品，不難印證他的確是個頂級的說故事人。

傑佛瑞・亞契在二〇一一年推出野心宏大的七部曲《哈利・柯里夫頓紀事》，首部曲《柯里夫頓紀事》出版隔日即登上暢銷排行榜。這部小說一般認爲具有亞契的個人色彩，敘述出身布里斯托碼頭工人家庭的哈利，一路力爭上游，終於躋身上流社會的故事。一如亞契過往的作品，哈利・柯里夫頓的故事有豪門家族秘辛、商場爾虞我詐、政壇風起雲湧，再加上第二次世界大戰前後的社會急遽變遷，讓整個故事高潮迭起，讀者一翻開肯定就放不下。

儘管這七部曲同樣招來許多嚴肅文學家的批評，但就如同自認討厭亞契作品的知名作家安東尼・霍洛維茲（Anthony Horowitz）所說的一段插曲，他在自己新書講座前的空檔，坐在星巴克翻開《柯里夫頓紀事》，就被哈利的身世之謎整個吸引住了，看得欲罷不能，拚命想知道他後來到底怎麼了，差點忘了自己的新書座談就要開始。

他的作品通俗也罷，老套也罷，但不能否認的，擅長說故事藝術的傑佛瑞・亞契就是有讓人一翻開書就踏進幻影世界的無窮魅力。誰能說他不是擁有最高明騙術的魔術師呢？

巴靈頓家族（Barringtons）

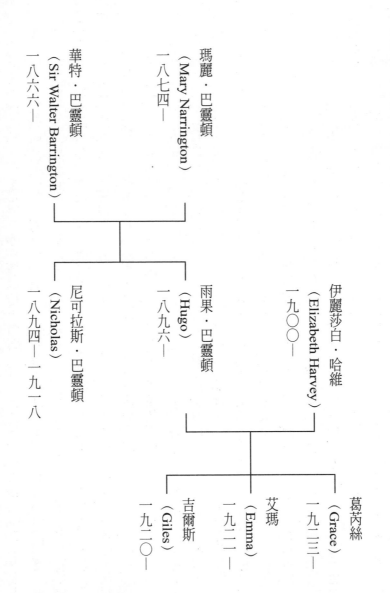

瑪麗·巴靈頓（Mary Narrington）一八七四—

華特·巴靈頓（Sir Walter Barrington）一八六六—

伊麗莎白·哈維（Elizabeth Harvey）一九〇〇—

雨果·巴靈頓（Hugo）一八九六—

尼可拉斯·巴靈頓（Nicholas）一八九四—一九一八

葛芮絲（Grace）一九二三—

艾瑪（Emma）一九二一—

吉爾斯（Giles）一九二〇—

柯里夫頓家族（Cliftons）

- 薇拉・派里斯寇特（Vera Prescott）一八七六—
- 哈洛德・坦寇克（Harold Tancock）一八七一—
  - 艾爾希（Elsie）一九〇八—一九一〇
  - 亞瑟（Arthur Clifton）一八九八—一九二二
  - 梅西（Maisei）一九〇一—
    - 哈利（Harry）一九二〇—
  - 史丹利（Stanley）一八九八—
  - 亞伯特（Albert）一八九六—一九一七
  - 瑞伊（Ray）一八九五—一九一七

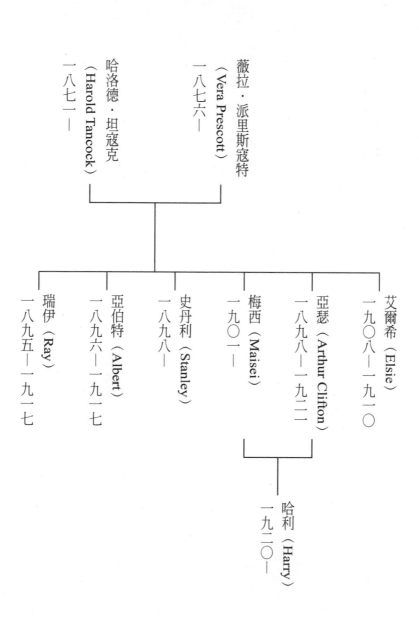

梅西・柯里夫頓　1919

序幕

若是我沒懷孕，就沒有這個故事了。不蓋你，去濱海威斯頓員工旅遊的時候，我就打定主意要失去處子之身，只是沒想到對象會是這個人而已。

亞瑟．柯里夫頓和我一樣，出生在靜宅巷，我們甚至上同一所學校：梅里塢初等學校。但因為我比他小兩歲，所以他根本不知道我的存在。我們班上所有的女生都傾心於他，但並不只是因為他是學校足球隊的隊長。

雖然在念書的時候，亞瑟從來沒有注意過我，但他從西部戰線回來之後，情況馬上就變了。他開口邀我週六去帕萊斯跳舞的時候，我都還不確定他到底知不知道我是誰，但老實說，我也定睛多看了他幾眼，才認出他是誰來。因為他留了小鬍子，頭髮像羅納．考曼❶那樣油亮亮地往後梳。那天晚上他沒看別的女生一眼，和我跳了最後一支華爾滋之後，我就知道他遲早要開口向我求婚的。

亞瑟拉著我的手，送我回家，到我家門口時，他想要吻我。我把臉轉開。畢竟，華茲牧師告誡過我太多次了，要我在婚前保持貞潔。而我們的唱詩班指揮蒙岱小姐也警告過我，說男人都只想要一個東西，一旦得手，就馬上失去興趣。我常懷疑蒙岱小姐的話是經驗之談。

下一個週六，他邀我去電影院看莉蓮．吉許❷的《被摧殘的花朵》。雖然我容許他攬著我的肩，但我還是不讓他吻我。他沒抱怨。事實上，他還挺害羞的。

再下一個週六，我允許他吻我，但他想把手伸進我襯衫裡的時候，我推開他。事實上，在他求婚，買婚戒，以及華茲牧師第二次宣布結婚預告之前，我都不讓他這麼做。

我哥史丹告訴我說，我是埃文河此岸唯一的處女，但我懷疑他所謂征服的豐功偉績，都只是在心裡進行而已。然而，我還是斷定時機到了，和再過幾個星期就要步入結婚禮堂的對象在濱海威斯頓纏綿，還有比這更好的時機嗎？

然而，亞瑟和史丹一下遊覽車，就馬上進了最近的一家小酒館。可是我花了一個月的時間來為這一刻做周詳的計畫，所以下車的時候，我彷彿熟讀好女孩性愛指引那樣，早已做好準備了。我一肚子氣的走向碼頭，突然發現有人跟著我。我轉身，眼前的這個人讓我非常意外。他走近我，問我是不是自己一個人。

「是啊，」我說，知道此時亞瑟已經在喝第三杯了。

他伸手摸我的屁股，我本該一巴掌打在他臉上的，但基於幾個原因，我並沒有這麼做。首先，我想到和幾乎不太可能再見面的人做愛也有好處。而且我也不得不承認，他的攻勢讓我受寵若驚。

在亞瑟和史丹很可能正灌下第八杯酒的時候，他已經讓我們住進面海的一家客棧。對於沒打算過夜的客人，這家客棧好像有特別的優惠價。我們還沒走到第一個樓梯平台，他就開始吻我，

❶ Ronald Colman，1891–1958，英國知名演員，曾獲奧斯卡最佳男演員獎。
❷ Lilian Gish，1893–1993，美國知名女演員，曾獲奧斯卡終生成就獎。

臥房的門一關，他就迅速解開我的襯衫鈕釦。這顯然不是他的第一次。事實上，我也很確定我不是他在員工旅遊釣上的第一個女孩。否則，他怎麼會知道房價優惠的事？

我得坦承，我沒料到事情會這麼快就結束。他一從我身上爬下來，我就進浴室，而他坐在床沿點起一根菸。或許第二次會好一點吧，我心想。但等我出來，他已經不見人影了。我不得不說，我很失望。

若非回布里斯托的車程上，亞瑟吐得我一身髒，我應該會因爲對他不貞而有罪惡感吧。

隔天我把發生的事情告訴我媽，但沒讓她知道那個傢伙是誰。畢竟，她沒見過他，也很可能永遠見不到。媽要我閉緊嘴巴，因爲她不想取消婚禮。就算我懷孕，也不會有人知道，因爲在還沒有人發現之前，亞瑟和我就已經結婚了。

哈利．柯里夫頓 1922—1933

1

據說我父親在戰場陣亡。

每回只要問起他的死，我媽頂多就說他隸屬皇家格勞斯特郡步兵團，赴西部陣線作戰，在停戰協定簽署的幾天前戰死沙場。外婆告訴我說我爸是個勇敢的人，我們單獨在家的時候，她還會拿他的勳章給我看。我外公很少對任何事情發表意見，但他耳朵聾了，所以也或許根本就沒聽見別人問什麼。

我唯一記得的另一個男人是我舅舅史丹，早餐的時候，他都坐在桌首。他出門上工時，我常跟著他到碼頭。他在這裡工作。我在碼頭的每一天都是一場探險。貨櫃船從遙遠的地方來，卸下貨物：米、糖、香蕉、黃麻、蘋果、錫，甚至煤（我最討厭煤，因爲會留下明顯的痕跡，讓人知道我一整天都在幹嘛，惹得我媽不高興），然後再度啓航到我也不知道的地方。早上只要船一進港，我就急著想幫舅舅卸貨，但他都只是笑著說：「你很快就可以了。」但對我來說顯然並不夠快，而且，毫無預警的，學校的問題就來了。

我六歲的時候被送進梅里塢初等學校，我覺得根本就是浪費時間。我在碼頭什麼都學得到，還上學幹嘛呢？要不是我媽拖著我到門口，丟下我，然後下午四點鐘再來拎我回家，我第二天根本就不想去了。

我當時並不知道媽對我的未來另有計畫，她不想讓我和史丹舅舅一起在碼頭工作。

每天早上媽一丟下我，我就在校園裡蕩來蕩去，直到她走遠，然後就溜到碼頭去。我每天下午都趕在她來接我之前，回到校門口等她。回家路上，我會告訴她這天在學校做了什麼事。我很會編故事，但她沒過多久就發現我講的是什麼：是故事。

我們學校有一兩個男生也常在碼頭混，但我和他們保持距離。他們年紀比較大，塊頭也比我大，只要我礙了他們的事，就動手揍我。我也很留意領班哈斯金先生，要是他發現我在——套句他喜歡說的話——遊蕩，就會踢我屁股趕我走，威脅說：「要是讓我再看見你在這裡遊蕩，我就去向校長舉報。」

偶爾，哈斯金先生覺得太常看見我了，就去向校長打小報告。校長會抽我一頓鞭子，然後打發我回班上。我的班導霍康畢老師從未洩露我逃學的事，而且對我還不錯。我媽只要發現我逃學，就很生氣，會扣下我每週半便士的零用錢。但是雖然偶爾被大孩子揍，常吃校長鞭子，還會被扣零用錢，但我還是無法抗拒碼頭的吸引力。

在碼頭「遊蕩」的時候，我只交到一個眞正的朋友。他名叫老傑克．塔爾。塔爾先生住在棚屋盡頭的廢棄火車車廂裡。史丹舅舅叫我離老傑克遠一點，因爲他是個又蠢又髒的糟老頭。我覺得他並不髒，當然沒史丹那麼髒，而且沒過多久，我就發現他其實也並不蠢。

和史丹舅舅吃完午餐，咬一口他的馬麥醬三明治，吃他吐出來的蘋果核，喝口啤酒，然後我就回學校，好趕上足球賽。這是我覺得唯一值得參加的活動。畢竟，等我離開學校之後，我就要去布里斯托城市足球隊當隊長，或是造一艘可以航行全世界的船。只要霍康畢老師閉緊嘴巴，碼頭領班不去向校長打小報告，就不會有人發現我整天都不在學校，而我只要避開煤炭貨櫃，每天下午四點鐘準時站在校門口，我媽也不可能發現。

✣

每隔一週的星期六，史丹舅舅會帶我去亞斯頓門看布里斯托城市隊的比賽。星期天早上，媽媽通常會押著我去神聖基督降生教會，那是我想逃也逃不了的事。華茲牧師一講完最後一段禱詞，我就衝向遊樂場，和同伴一起踢足球，然後才及時回家吃飯。

七歲時，所有瞭解足球的人都知道，我絕對進不了學校足球隊，更別提要當布里斯托城市隊隊長了。但就在這時，我發現上帝賜給我一個小小的禮物，雖然那不是我的腳。

起初我並沒有注意到，星期天早上在教堂裡，只要我一開口唱聖歌，坐在我周圍的人就都閉嘴不唱了。媽建議我加入唱詩班的時候，我想都沒想地哈哈大笑。畢竟，誰都知道，參加唱詩班的都是女生和娘娘腔。我本來不會理會這個提議的，但華茲牧師告訴我，唱詩班的男生是有錢可拿的，參加葬禮有一便士，婚禮則是兩便士。這是我第一次接受賄賂的經驗。但在我很不情願地答應參加試唱時，惡魔又決定在我前進的道路上樹立障礙：愛蓮諾．蒙岱小姐。

如果蒙岱小姐不是神聖基督降生教會的唱詩班指揮，我一輩子也不會和她有交集。雖然她只有一百五十幾公分高，看似一陣風吹就會倒，但沒有人敢嘲笑她。我覺得連惡魔可能都怕蒙岱小姐，因為我知道華茲牧師就很怕她。

我同意參加試唱，但堅持要我媽先預付一個月的零用錢。下一個星期天，我和其他小孩一起排隊，等著被叫到。

「你們永遠都要準時來參加練唱。」蒙岱小姐宣告，螺絲錐似的凌厲眼神盯著我。我也不怕死地瞪回去。「除非有人問你們話，否則不准講話。」我還是想辦法保持沉默，「在儀式進行當中，你們要隨時集中精神。」我不情願地點點頭。這時，老天保佑，她給了一條生路。「但最重要的是，」她雙手扠腰，說：「在十二個星期之內，你們必須通過讀寫測驗，我才能確定你們可以應付新的聖歌和不熟悉的詩篇。」

我很樂意在第一關就被刷掉。但我會發現，愛蓮諾．蒙岱小姐沒那麼輕易放棄。

「你要選唱哪一首呢，孩子？」我站到隊伍前面時，她問。

「我什麼都沒選。」我告訴她。

她翻開讚美詩本，交給我，自己坐在鋼琴前面。我露出微笑，想著我或許還有半個星期天的早晨可以去踢足球。她開始彈起熟悉的曲調，我發現我媽坐在前排椅子上盯著我看，就決定還是先應付過去比較好，就算只是爲了讓她開心。

「一切美麗光明物，一切活潑生靈，一切聰明可愛物……」我還沒唱到「都是父手所造……」，蒙岱小姐臉上就浮現了微笑。

「你叫什麼名字，孩子？」她問。

「哈利．柯里夫頓。」

「哈利．柯里夫頓，你每個星期一、三、五下午六點鐘準時參加唱詩班練唱。」然後轉頭對站在我後面的那個男生說：「下一個。」

第一次練唱，我向我媽保證我會準時參加，雖然我知道那會是我的最後一次，因爲蒙岱小姐馬上就會發現我不會讀書寫字。而那的確很可能會是最後一次，若非當時每一個聽到我開口唱歌的人馬上察覺到，我的歌聲和唱詩班的其他男生根本不是同一等級。事實上，只要我一張嘴，所有的人都沉默下來，那讚嘆、甚至敬畏的表情，是我在足球場上渴望得到的，如今卻出現在教堂裡。蒙岱小姐假裝沒發現。

她宣布解散之後，我沒回家，而是一路跑到碼頭，問塔爾先生，我該拿自己不會讀寫的這件事怎麼辦。我仔細聽這個老頭的建議，隔天我回到學校，回到霍康畢老師班上。校長看見我坐在前排，難掩驚訝，而看見我頭一次在早上的課專心聽講，就更驚訝了。

霍康畢老師從字母開始教我，不到幾天的工夫，二十六個字母我就全部會寫了，雖然順序未必每次都正確。下午的時間理當由我媽來幫我複習的，但就和我其他的家人一樣，她也不會讀書寫字。

史丹舅舅會歪歪扭扭地簽自己的名字，而且雖然可以分辨出「威爾之星」與「威爾德烏賓」的包裝，但我很確定，他其實沒辦法讀出標籤。儘管他不時碎碎唸，但我只要找得到紙頭，就在上面練習書寫字母。史丹舅舅似乎沒注意到廁所裡撕開的報紙總是寫滿了字。

一熟練字母之後，霍康畢老師就開始教我簡單的字彙：「蛋」、「貓」、「媽」、「爸」。這是我頭一次向他問起我爸，希望他可以告訴我一些事情。畢竟，他好像無所不知。但他似乎很不解，不懂我對自己的父親竟然這麼不瞭解。一個星期之後，他在黑板上給我寫了一個四個字母拼成的字：「book」，接著是五個字母的字：「house」，再來是六個字母：「school」。到了月底，我已經可以寫出第一個完整的句子：「The quick brown fox jumps over the lazy dog」，霍康畢老師說這個句子裡包含了全部的二十六個字母。我數了數，竟然是真的耶。

到學期結束，我已經拼得出「聖歌」和「詩篇」，甚至「讚美詩」了，雖然霍康畢老師還是不斷糾正我的發音。放假的時候，我已經開始擔心沒有霍康畢老師的幫忙，會過不了蒙岱小姐的測驗。而我也的確很可能過不了關，如果沒有老傑克取代老師的角色的話。

✣

我知道我必須通過第二次測驗，才能繼續留在唱詩班。那個星期五練唱的時候，我提早半個小時到。我默默坐在階梯上，希望蒙岱小姐先叫到別人。

我已經通過第一階段測驗，而且是蒙岱小姐形容為「大獲全勝」的高分過關。她要求我們背出〈主禱文〉。這對我來說一點問題都沒有，因爲我媽每天晚上替我蓋好被子睡覺之前，都跪在我床邊唸出這熟悉的禱詞，所以我倒背如流。然而，蒙岱小姐的下一個測驗就嚴格得多了。

這時我們已經練唱兩個月了，她希望我們可以當著全體團員的面大聲朗誦詩篇。我選了詩篇第一二一篇，這內容我已熟記於心，因爲過去常常唱。「我要舉目向山，我的幫助從何而來。」雖然我可以翻到正確的頁數，因爲我已經可以從一數到一百，但我很擔心蒙岱小姐會發現我其實沒辦法一行行一字字地唸。不過就算她發現了，也沒洩露，因爲我又在唱詩班裡待了一個月，而其他兩個惡徒——這是她用的詞彙，我第二天問了霍康畢先生才知道是什麼意思——被趕了出去。

輪到我參加第三次，也是最後一次測驗時，我已經準備好了。她要求我們剩下來的人依正確的順序寫出「十誡」，但不准參考聖經的《出埃及記》。

我把「不可竊盜」寫在「不可殺人」之前，而且也拼不出「姦淫」，當然更不知道這個詞的意思，但蒙岱小姐睜一隻眼閉一隻眼。又有兩名團員因為更微小的錯誤被趕出團之後，我才醒悟到我的嗓音必定很出色。

在基督降臨節的第一個星期天，蒙岱小姐宣布，她挑了三名新的高音歌手——或者應該稱為「小天使」，因為華茲牧師堅持要這樣形容——加入她的唱詩班，其他的人都因為犯了不可饒恕的罪孽而被拒絕入團，例如在佈道的時候聊天，吃糖果，還有兩個男生是因為在唱〈西面頌〉的時候玩遊戲被逮到。

下一個星期天，我穿著鑲白色皺摺立領的藍色長袍，是脖子上唯一掛著聖母瑪利亞銅像的歌手，表示我被選為童音獨唱手。如果不是蒙岱小姐在儀式之後就收回去，我一定會很驕傲的戴著聖母像回家，甚至隔天上學還戴去讓其他小孩看。

每到星期天，我就進入另一個世界，但我很怕這極度興奮的狀態不能永遠存續。

2

史丹舅舅起床的時候，總會想辦法吵醒全家。沒有人埋怨，因爲他是支撐家計的人，況且他也比鬧鐘便宜而可靠。

哈利聽到的第一聲噪音是臥室房門甩上的聲音。接著是舅舅乒乒乓乓踏過木梯平台，下樓走出家門。又一聲甩門的聲音，是他進了廁所。要是有人還沒醒，史丹舅舅拉起鐵鍊沖水，接著又兩聲甩門回到臥房的聲音，也足以提醒他們，史丹期待自己走進廚房時，早餐已經在餐桌上等著他了。他只有星期六晚上去帕萊斯或歐迪恩之前才梳洗刮鬍子，也只有在季度結帳日才洗澡，也就是說一年只洗四次。沒有人可以怪他，因爲他不想把辛苦賺來的錢浪費在肥皂上。

哈利的媽媽梅西是第二個起床的，在第一聲甩門之後就從床上跳起來。等史丹從廁所出來的時候，爐子上已經煮著一鍋粥了。接著起床的是外婆，她會和女兒一起在廚房忙，等史丹進來坐在桌首。要是想吃到早餐，哈利就得在聽到第一聲甩門的五分鐘之內下樓。最後一個到廚房的是外公，他耳聾，常常在史丹舅舅的晨間儀式裡繼續睡他的覺。柯里夫頓家例行的生活日常從未改變。要是你家裡只有一間戶外廁所、一個水槽和一條毛巾，秩序就絕對必要。

哈利用冷水潑臉的時候，他媽媽已經在廚房端上早餐了：兩片塗豬油的薄麵包是給史丹的，四片則是給家裡的其他四個人，要是每個星期一丟在大門口的那個布袋裡的煤還有剩，她也會把麵包烤一下。等史丹喝完他的粥，哈利就獲准去把裝粥的碗舔乾淨。

爐子上永遠有一只褐色的大壺燒著茶。外婆會用從她媽媽那裡繼承來的維多利亞鍍銀濾茶器，把茶倒進各個不同的馬克杯裡。家裡的其他成員喝沒加糖的茶——只有聖日和假日才能加糖——而史丹則打開他的第一瓶啤酒，通常一口就灌完。接著就站起來，打一聲響亮的嗝，然後拎起午餐盒，裡面是外婆趁他吃早餐的時候準備的：兩個馬麥醬三明治、一條香腸、一個蘋果，兩瓶啤酒和一包五根的香菸。史丹一出門去碼頭，所有的人就開始講話。

外婆總是想知道有誰去女兒當服務生的那家茶館，他們吃什麼，穿什麼，坐在哪裡；她也想知道餐點的細節，那裡的菜餚都是在電燈泡照明的房間裡煮的，不會沾上蠟燭的蠟油，更不用說那裡的顧客有時會給三便士的小費，但梅西必須和廚師平分。

梅西比較關心的是哈利前一天在學校裡的情況。她要求他每天報告，但外婆對這沒興趣，或許是因為她從沒上過學的緣故。不過想想，她也沒去過茶館啊。

外公很少開口，因為足足有四年的時間早中晚都在給步兵野戰砲裝卸彈藥，所以耳朵早聾了，他只有透過讀唇才能知道別人在講什麼，不時點頭。這會讓外面的人以為他很蠢，但家裡的人都很清楚他一點都不蠢。

一家人早晨的作息只有週末才會不一樣。星期六，哈利會跟在舅舅後面走出廚房，保持落後一步的距離，一直走到碼頭。星期天，哈利媽媽會陪兒子到神聖基督降生教會，坐在第三排，沐浴在唱詩班男童獨唱的榮光裡。

今天是星期六。步行到碼頭的二十分鐘裡，除非舅舅說話，哈利都沒主動開口。而只要一開口，也肯定和前一個星期的對話一模一樣。

「你離開學校之後，要開始工作，呃，小子？」這永遠是史丹舅舅的開場白。

「十四歲以前都必須要上學啊。」哈利提醒他，「這是法律規定的。」

「去他的蠢法律，要是你問我啊，我十二歲就離開學校，到碼頭找份工作啦。」史丹講得一副哈利以前沒聽過他這段偉大議論似的。哈利懶得回答，因爲他知道舅舅接下來會講什麼。「而且啊，我還不滿十七歲就加入基奇納志願軍[3]。」

「告訴我戰爭的事吧，史丹舅舅。」哈利說，知道這會讓他講上幾百公尺的距離。

「我和你爹同一天加入皇家格勞斯特郡步兵團，」史丹說，摸著頭上的布帽，彷彿對遙遠的回憶致敬。「在陶頓營區接受十二個星期的基本訓練之後，我們就被送到瓦伯斯去打德國人。一到那裡，我們大半的時間都窩在到處是老鼠的壕溝裡，等某個自以爲了不起的軍官下令說，聽到號角一響，就翻過溝頂，裝好刺刀，步槍一路發射，衝向敵軍防線。」講到這裡，他會停頓良久，然後繼續說：「我算運氣好，回到英國還是個不缺手不缺腳的布里斯托人。」哈利已經預測到他接下來要講的每一個字，但還是沉默不語。「你不知道你有多幸運，小子。我失去兩個哥哥，你的瑞伊舅舅和亞伯特舅舅。而你爸爸不只失去哥哥，還失去他的父親，也就是你的爺爺，你沒見過面的爺爺。他是個很體面的人，在我見過的碼頭工人裡，沒有人能比他更快灌完一品脫啤酒。」

[3] Kitchener's Army，又稱新軍（New Army），是第一次世界大戰爆發後，英國戰爭大臣基奇納伯爵（Earl Kitchener，1850–1916）所籌建的，募兵海報上以基奇納伸出食指的肖像，印著「基奇納需要你」，流傳甚廣。

要是史丹低頭，就會看見小男孩嘴唇掀動，無聲說著他講的每一句話。但是今天讓哈利意外的是，史丹舅舅加上了一句他以前沒說過的話：「要是當初聽我的，你爸到今天還活著。」

哈利心一驚。他爸的死向來是必須壓低語調、只容交頭接耳的話題。史丹舅舅陡然住嘴，彷彿知道自己說得太多。或許下個星期吧，哈利想。他趕上舅舅，和他齊步走，像一對參加閱兵的阿兵哥。

「今天下午城市隊要對上哪一隊？」史丹問，又回到他例行的對話裡。

「查爾敦運動家隊。」哈利回答說。

「他們是一群窩囊廢。」

「他們上一季把我們打得落花流水。」

「只是運氣好，要是你問我的話。」史丹說，但沒再開口。走到碼頭入口時，史丹先打卡，然後走向他和其他碼頭工人一起幹活的場區，他們可是連遲到一分鐘的後果都承受不起的。失業率一直很高，大門外有太多年輕人等著取代他們的位置。

哈利沒跟著舅舅進去，因爲他知道如果被哈斯金先生逮到他在附近閒晃，肯定會被揪住耳朵，然後舅舅也會踢他屁股，叫他別煩其他工人。所以他往相反的方向走去。

每個星期六早上，哈利第一個拜訪的是老傑克．塔爾。他住在碼頭另一頭的火車車廂裡。哈利從沒告訴史丹說他常來這裡，因爲舅舅警告過他，無論如何都要離這個老頭遠一點。

「八成已經好幾年沒洗過澡了，」這個一年洗四次澡，還被哈利媽媽抱怨渾身異味的人說。

但哈利早就被挑起好奇心了，有天早上他匍匐著溜到火車車廂，然後爬起來從窗戶往裡瞄。

那老頭坐在頭等車廂裡看書。

老傑克轉頭對他說：「進來吧，小子。」哈利立刻從窗台上跳下來，拔腿就跑，一路不停跑回到他家大門。

下一個星期六，哈利又溜到火車車廂，探頭探腦。老傑克好像睡著了，但哈利聽見他說：「你爲什麼不進來啊，我的孩子？我又不會咬你。」

哈利轉動沉重的銅手把，小心翼翼地拉開車廂門，但沒走進去。他就只是盯著坐在車廂中央的那個男人看。很難判斷這人幾歲，因爲臉上修剪整齊的花白鬍子讓他看起來像「行家最愛」牌香菸盒上的水手。但他看著哈利的眼神，有著史丹舅舅從來沒有的溫柔。

「你是老傑克．塔爾？」哈利大膽一問。

「大家都這麼叫我。」老人回答說。

「你住在這裡？」哈利問，四下看看車廂，目光停駐在對面椅子裡堆得高高的舊報紙上。

「是啊，」他回答說，「過去二十年來，這裡就是我的家。你何不關上門，進來坐會兒，年輕人？」

哈利想了想，又跳下車廂，一路跑回家。

再下一個星期六，哈利關上門，但手還是拉在門把上，要是老頭鬍子抽動一下，他就準備好開門逃跑。他們瞪著彼此看了好久，老傑克問：「你叫什麼名字？」

「哈利。」

「你念哪個學校？」

「我沒去上學。」

「那你這輩子想幹嘛，年輕人？」

「當然是和我舅舅一起去碼頭工作啊。」哈利回答說。

「你爲什麼想做那個工作？」老人說。

「爲什麼不？」哈利馬上反駁，「你覺得我不夠好嗎？」

「你是太好了，」老傑克說，「我像你這麼大的時候，」他接著說：「我想去從軍，不管我老爸怎麼說怎麼做，都阻止不了我。」接下來一個鐘頭，哈利就入迷地站在那裡，聽老傑克・塔爾追憶碼頭、布里斯托，以及他從地理課學不到的遠洋之外的地方。

下一個星期六，以及接下來他記憶所及的每一個星期六，哈利都繼續去找老傑克・塔爾。但他從來沒告訴史丹舅舅或他媽媽，怕他們會阻止他去見他此生第一個眞正的朋友。

✣

這個星期六早上。哈利敲車廂門的時候，老傑克顯然早就在等他來了，因爲通常給他的寇克斯品種高級蘋果已經擺在對面的椅子上。哈利拿起蘋果咬了一口，坐下來。

「謝謝你，塔爾先生，」哈利一面抹掉下巴的汁液，一面說。他從沒問蘋果是哪裡來的：這只增添了老人的神秘感。

老傑克和史丹舅舅的差別多大啊。史丹舅舅每天重複講著他所知道的那一小撮事情，而老傑克則每個星期帶哈利認識新的字彙、新的經驗，甚至新的世界。他常尋思，爲什麼塔爾先生不是校長——他似乎懂得比蒙岱小姐還多，甚至幾乎和霍康畢老師一樣多。哈利相信霍康畢老師無所不知，因爲哈利提出的問題他都能回答。老傑克坐在他對面微笑，等到哈利吃完蘋果，把果核丟出窗外，才開口講話。

「你這個星期在學校學到什麼了？」老人問，「有什麼是你前一個星期所不知道的？」

「霍康畢先生告訴我說，在海洋之外還有其他國家，也屬於大英帝國，臣服於國王。」

「他說得沒錯，」老傑克說，「你能說出任何國家來嗎？」

「澳大利亞、加拿大、印度。」他遲疑一下，「還有美國。」

「不，美國不是。」老傑克說，「以前是，但現在已經不是了，這都是因爲我們有個軟弱的首相和有病的國王。」

「哪個國王？哪個首相？」哈利氣呼呼地追問。

「喬治三世國王在一七七六年即位，」老傑克說，「但老實說，他是個病人，而他的首相羅德爵士對殖民地發生的事情視若無睹，很遺憾，最後我們的親人好友拿起武器對抗我們。」

「可是我們一定把他們打敗了吧？」哈利說。

「沒有，我們沒有。」老傑克說，「他們不只理直氣壯——也有勝利的先決條件——」

「先決條件是什麼意思？」

「先決條件就是必須先具備的條件。」老傑克繼續說，好像他沒來打岔似的，「而且他們有位傑出的將軍來領導。」

「那將軍叫什麼名字？」

「喬治．華盛頓。」

「你上個星期告訴我說美國首都是華盛頓，這是他名字的由來嗎？」

「不是，是城市用他的名字命名的。那是一塊原本叫哥倫比亞的沼澤地，中間有波多馬克河流過。」

「布里斯托也是用誰的名字來命名的嗎？」

「不是，」老傑克輕輕笑起來，哈利心思這麼敏捷，飛快從一個問題跳到另一個問題，逗樂了他。「布里斯托本來叫布里斯陶，意思是橋所在的位置。」

「那為什麼變成布里斯托？」

「歷史學家對這個問題有各種不同的說法。」老傑克說，「格勞斯特的羅伯特看見了和愛爾蘭買賣羊毛的機會，在一一〇一年建立了布里斯托堡，之後，這個城市就發展成貿易港。幾百年來都是造船中心，而從一九一四年海軍需求大增之後，這裡的發展就更迅速了。」

「我爸也參加大戰。」哈利驕傲地說，「你呢？」

這是老傑克頭一次在回答哈利問題之前略顯遲疑。他坐在那裡，一句話也沒說。「對不起，塔爾先生，」哈利說，「我不是有意刺探。」

「不，不是的，」老傑克說，「只是很多年沒人問我這個問題了。」他一語未發地攤開手掌，露出一個六便士。

哈利拿起這個銀幣，咬了一口，他看過舅舅這樣做。「謝謝你，」他說完就把錢收進口袋裡。

「去碼頭的咖啡店給你自己買點炸魚薯條吧，別告訴你舅舅，因爲他會問你哪裡來的錢。」

老實說，哈利從來沒對舅舅提過老傑克的事。他有一回聽到史丹對他媽媽說：「那個老番癲應該被關起來。」他問蒙岱小姐什麼是老番癲，因爲他在字典裡查不到這個詞。她回答之後，他這輩子頭一次發現他的史丹舅舅有多蠢。

「不見得是蠢，」蒙岱小姐說，「只是資訊不足，所以有偏見。我一點都不懷疑，哈利，」她說：「你這輩子一定還會碰到很多這樣的人，有些人甚至會比你舅舅更偏激。」

3

梅西等到大門砰一聲甩上，確認史丹已經出門上工之後才說：「皇家飯店要我去當服務生。」

圍坐在餐桌的人沒有一點反應，因爲早餐桌上的對話應該照平常的慣例進行，不該給人意外才對。哈利有一大堆問題想問，但還是等外婆先開口。她忙著給自己再倒一杯茶，彷彿根本沒聽到女兒講的話。

「請誰開口講幾句話好嗎？」梅西說。

「我不知道你在找新工作。」哈利試探一問。

「我沒有，」梅西說，「可是上個星期，皇家飯店的經理富蘭普頓先生到提莉來喝咖啡。他後來又來過幾次，然後就給我一份工作了。」

「我還以爲你在茶館做得很開心呢，」外婆終於加入對話，「畢竟，提莉小姐薪水給得不錯，工作時間也適當。」

「我是很開心，」哈利的媽媽說，「但是富蘭普頓先生給我一週五鎊的薪水，還有全部小費的一半。我每個星期五可以拿六鎊回家耶。」外婆坐在那裡，嘴巴張得大大的。

「那你晚上要工作嗎？」哈利問，他剛舔淨史丹裝粥的那個碗。

「不，我不用。」梅西搔搔兒子的頭髮說，「而且，我每兩個星期還可以休假一天。」

「你的衣服夠像樣，可以在像皇家飯店那樣的地方穿嗎？」外婆問。

「我每天早上會拿到一套制服和一條乾淨的白圍裙，飯店有自己的洗衣房。」

「這我不懷疑。」外婆說，「可是我想到一個我們必須學會適應的問題。」

「什麼問題，媽？」梅西問。

「你會賺得比史丹多，那他就不能再像這樣了，這可不是小改變。」

「那他就必須學會適應，不是嗎？」外公說，這是他好幾個星期以來頭一次有意見。

✣

額外的錢來得正是時候，特別是在神聖基督降生教會發生那件事之後。禮拜結束之後，梅西正要離開教會，蒙岱小姐穿過走道朝她走來。

「我可以單獨和你說句話嗎，柯里夫頓太太？」她問，然後就轉身沿著走道走回小祈禱室。梅西像跟著吹笛人的孩童那樣跟在她後面。她擔心有最壞的情況發生。這回哈利惹出什麼麻煩了？

梅西跟著唱詩班指揮走進祈禱室，一看見華茲牧師、霍康畢老師和幾位先生也站在那裡，她覺得腿都軟了。蒙岱小姐把門在背後輕輕關上。梅西開始不由自主地發抖。

華茲牧師手臂搭在她肩上，「沒什麼好擔心的，親愛的。」他要她放心，「相反的，我希望你把我們當成是報佳音的人。」他請她坐。梅西坐下，但還是抖個不停。

所有的人都就座之後，蒙岱小姐就主持大局。「我們想和你談談哈利的事，柯里夫頓太太。」她開始說，「聖貝迪的音樂老師來找我，問哈利願不願意申請他們的合唱獎學金。」

「可是他在神聖基督降生教會很開心啊。」梅西說，「而且，聖貝迪教會在哪裡？我從來沒聽說過。」

「聖貝迪不是教會，」蒙岱小姐說，「是一所學校，他們專門爲聖瑪麗雷克里夫培養唱詩班的團員。聖瑪麗雷克里夫教堂非常有名，伊麗莎白女王說那是最虔誠、最漂亮的教堂。」

「所以他要離開他的學校和教會？」梅西不敢置信。

「請把這當成可以改變他一生的機會，柯里夫頓太太。」霍康畢老師頭一次開口。

「但這樣一來，他就得要和那些聰明、有錢的小孩在一起了？」

「我很懷疑聖貝迪有幾個孩子比哈利聰明。」霍康畢老師說，「他是我教過的學生裡最聰明的一個。雖然我們偶爾有個孩子可以進文法學校，但還從來沒有任何一個孩子有機會進像聖貝迪這樣的地方。」

「做決定之前，你還必須知道另一件事。」華茲牧師說，梅西更緊張了，「在學期中，哈利必須離開家，因爲聖貝迪是寄宿學校。」

「那不可能，」梅西說，「我負擔不起的。」

「這不會有問題，」蒙岱小姐說，「如果哈利拿到獎學金，學校不只減免他所有的費用，還會給他一學期十鎊的補助。」

「可是念那種學校的學生，是不是爸爸都穿西裝打領帶，媽媽都不用工作？」梅西問。

「比這還慘，」蒙岱小姐儘量裝出不在意的樣子，「老師們都穿黑色長袍，戴學位帽。」

「不過，」華茲牧師打岔說，「最起碼哈利不會再吃鞭子，聖貝迪比較文明，他們只用棍子。」

只有梅西笑不出來。「可是他爲什麼要離開家呢？他在梅里塢初等學校念得好好的，也想繼續當神聖基督降生教會的唱詩班資深團員。」

「我得說，我的損失比他還大。」蒙岱小姐說，「但是我相信，上帝不會希望我攔阻這麼有天分的孩子追求他的前途，只爲了滿足我自私的念頭。」她平靜地說。

「就算我同意，」梅西打出最後一張牌，「哈利也未必會答應。」

「我上個星期和那孩子談過，」霍康畢老師承認，「對這樣的挑戰，他當然有點擔心，但如果我記得沒錯，最後他說：『我是想去，老師，但只有在你覺得我夠好的情況下才行。』但是，」梅西還來不及回答，他就又補上一句：「他也說，除非媽媽同意，否則他不考慮。」

✣

想到要參加入學考試，哈利覺得既恐怖又興奮，但他一方面擔心落榜，讓太多人失望，另一方面又很擔心通過考試，就必須離家。

接下來的這個學期，他在梅里塢沒缺過半堂課，每天晚上回家，就直接回他和史丹舅舅一起睡的臥房，就著燭光不知不覺念好幾個鐘頭的書。甚至有幾次，媽媽發現他躺在地板上睡著了，攤開的書本散落身旁。

每個星期六早上，他繼續去找老傑克。這老人對聖貝迪好像很了解，而且也繼續教哈利許多其他東西，彷彿很清楚霍康畢老師有什麼東西漏了沒教似的。

最讓史丹舅舅不高興的是，星期天下午，哈利不再陪他去亞斯頓門看布里斯托城市隊的比賽，而是到梅里塢初等學校，接受霍康畢老師的課外輔導。好幾年之後，哈利才知道霍康畢老師為了教他，也放棄了固定去看知更鳥隊比賽的行程。

隨著考試日期的接近，哈利越來越擔心自己會失敗，而不是怕會成功。

到了考試那天，霍康畢老師陪他這位明星學生到寇斯頓會堂參加為時兩個鐘頭的考試。他在會堂門口放哈利進去，叮囑說：「記得，拿起筆之前先讀兩遍題目。」這句提醒他在過去一個星期已經重複過好幾次。哈利緊張微笑，和霍康畢老師握手，彷彿老朋友似的。

進到考場，他看見大約有六十個男生分成好幾個小圈圈，站著聊天。哈利看得出來，他們很多人早就認識了，只有他誰也不認識。儘管如此，他走進來的時候，還是有一兩個人停止講話，看著他裝出自信滿滿的模樣走向考場前方。

「亞波特，巴靈頓、卡伯特，柯里夫頓、狄金斯，富萊……」

哈利在第一排找到位子坐下，在鐘就要敲響十下之前，幾位穿黑色長袍戴學位帽的老師飄然而入，把考卷發到每位考生桌上。

「各位，」有位不負責發考卷的老師站在考場前方說：「我是福洛比榭老師，是你們的監考官，你們有兩個鐘頭的時間來回答一百個問題。祝各位好運。」

有個他看不見的時鐘敲響十下。周圍的人都把鋼筆浸入墨水盒，開始振筆疾書，但哈利卻雙臂抱胸，靠在課桌上，慢慢讀著試題。他是最後拿起筆的幾個人之一。

哈利不知道霍康畢老師這時正在人行道上來回踱步，比他這位學生還緊張。不知道他媽媽每隔幾分鐘倒早餐咖啡時，就瞥一眼皇家飯店門廳的時鐘。也不知道蒙岱小姐靜靜跪在神聖基督降生教會的祭壇前面。

之後，鐘敲了十二下，收考卷，考生獲准離場，有些大笑，有些蹙眉，有些則若有所思。

霍康畢老師第一眼看見哈利，心就一沉。「這麼慘嗎？」他問。

哈利沒回答，一直到沒有其他男生聽得見的時候才說：「和我想的完全不一樣。」他說。

「什麼意思？」霍康畢老師焦急地問。

「試題太簡單了。」哈利回答說。

霍康畢老師覺得他這輩子沒得到過這麼大的讚賞。

✣

「兩套西裝，夫人，灰色的。一件獵裝，深藍色的。五件襯衫，白色的。五個硬領，白色的。六雙長及小腿肚的襪子，灰色的。六套內衣，白色的。還有一條聖貝迪的領帶。」商鋪店員仔細核對清單，「我想東西都齊了。噢，不對，這孩子還需要一頂學校的帽子。」他伸手到櫃檯下方，打開抽屜，拿出一頂紅黑相間的帽子，戴在哈利頭上。「剛剛好，」他說。梅西相當驕傲地對著兒子微笑。哈利看起來不折不扣是個聖貝迪的學生。「總共三鎊十先令六便士，夫人。」

梅西努力不露出驚慌的表情。「有可能買到二手的嗎？」她壓低嗓音說。

「沒有可能，這裡不是二手商店。」這個店員說，已經判定這個顧客不能開簽帳帳戶。

梅西打開皮包，拿出四鎊紙鈔，等著找零。還好聖貝迪先預付了第一個學期的補助，特別是她還需要買兩雙黑色綁鞋帶的皮鞋，兩雙白色綁鞋帶的運動鞋，一雙臥室穿的拖鞋。

店員輕咳一聲，「這孩子還需要兩套睡衣和一件晨袍。」

「是啊，當然。」梅西說，希望皮包裡還有足夠的錢付帳。

「就我所知，這孩子是拿合唱獎學金？」店員更仔細地看著清單。

「是的，他是。」梅西驕傲地回答。

「那他還需要一件紅色長袍、白色罩袍，以及一個聖貝迪的胸章。」梅西恨不得衝出店鋪。

「這些東西學校會提供，在他參加第一次練唱的時候。」那名店員把找零的錢交給她，「還需要什麼別的嗎，夫人？」

「不用了，謝謝你。」哈利說。他拿起兩個袋子，抓著媽媽的手臂，帶她迅速離開馬許馳名服裝店。

✣

去聖貝迪報到之前的那個星期六早上，哈利和老傑克一起度過。

「去新學校，你會不會緊張？」老傑克問。

「不，我不緊張，」哈利無畏地說，老傑克微微笑。「我嚇死了。」他承認。

「你們這些新來的菜鳥每個都一樣害怕。就把這整件事當成是一趟新的探險，你們到了一個新的世界，每一個人的立足點都相同。」

「可是他們只要一聽到我開口講話，就知道我和他們不能比。」

「很可能，但等他們聽你開口唱歌，就會知道他們也和你不能比。」

「他們大部分都是有錢人，家裡有僕人的那種。」

「只有蠢蛋才覺得那是安慰。」老傑克說。

「他們有些人哥哥念這個學校，甚至爸爸、爺爺以前也都是。」

「你爸爸是個優秀的人，」老傑克說，「而且其他人的媽媽也都比不上你媽媽，我向你保證。」

「你認識我爸爸？」哈利無法掩飾自己的驚訝。

「說認識可能有點誇張，」老傑克說，「但我隔段距離觀察過他，就像我觀察很多在碼頭工作的人那樣。他是很正直、勇敢、虔誠的人。」

「可是你知道他是怎麼死的嗎？」哈利問，看著老傑克的眼睛，希望對於這個困擾他許久的問題，老人至少可以給個誠實的答案。

「你聽說的情形是怎樣？」老傑克謹慎地問。

「說他是在大戰裡死的。但是我一九二〇年才出生，隨便想也知道不可能。」

老傑克沉默了好一會兒。哈利還是坐在椅子裡，整個人往前傾。

「他在大戰裡受了重傷，但你說得沒錯，那並不是他的死因。」

「那他是怎麼死的？」

「要是我知道，我一定會告訴你。」老傑克回答說，「但當時謠言滿天飛，我也不知道該相信哪一個。無論如何，有好幾個人，特別是其中三個，肯定知道那天晚上發生的眞相。」

「其中一個一定是我的史丹舅舅。」哈利說，「還有其他兩個呢？」

老傑克遲疑了一下才回答：「菲爾．哈斯金，以及雨果先生。」

「哈斯金先生？那個領班？」哈利說，「他很討厭我。那雨果先生又是誰？」

「雨果．巴靈頓，華特．巴靈頓爵士的兒子。」

「是擁有航線的那個家族？」

「是啊。」老傑克說，怕自己透露太多了。

「他們也是正直、勇敢、虔誠的人？」

「華特爵士是我所見過最好的人。」

「但是他兒子，雨果先生呢？」

「就完全不是同一塊料啦，恐怕。」老傑克說，沒再進一步解釋。

4

一身漂亮整齊的男孩和母親一起坐在有軌電車後座。

「我們到站了。」電車停下時，她說。他們下車，緩緩步上山坡，走向學校，腳步一步比一步慢。

哈利一手拉著媽媽，另一手抓著破舊的行李箱。兩人默默看著幾輛雙座馬車在學校大門外停下來，偶爾還有幾輛司機駕駛的汽車。

父親們和兒子握手，而身披皮草的母親們則擁抱兒子，然後在他們臉頰輕啄一下，宛如終於知道幼鳥將展翅離巢的母鳥。

哈利不想讓媽媽當著其他男生的面前親他，所以離大門還有五十公尺遠，他就放開媽媽的手。梅西察覺到他的不安，低下頭，迅速親他的額頭一下。「祝你好運，哈利。讓我們以你爲榮。」

「再見，媽。」他說，拚命忍住淚水。

梅西轉身，往山坡下走，淚水滑落臉頰。

哈利繼續走，想起舅舅形容戰時攀上比利時的伊普瑞斯，衝向敵軍陣線的情形。**絕對不要轉頭，否則你就死定了**。哈利想要轉頭看，但他知道如果這麼做，他就會一路跑到坐上電車。他咬緊牙關，繼續往前走。

「假期過得好嗎，老兄？」有個男生問他的朋友。

「棒透了，」那男生回答說，「我爸帶我去羅德[4]看牛津劍橋大賽。」

羅德是個教會嗎？哈利納悶。如果是，什麼比賽可能在教會舉行呢？他堅定地往前走，穿過大門，直到看見有個人拿著夾紙板站在校門口。

「你是哪位，年輕人？」他問，給哈利一個歡迎的微笑。

「哈利．柯里夫頓，先生。」他摘下帽子說。霍康畢老師教過他，老師或女士對他講話的時候，一定要這麼做。

「柯里夫頓，」他說，一根手指滑下長長的名單，「啊，有了。」他給哈利的名字打個勾。「第一代，合唱獎學金。太恭喜了，歡迎到聖貝迪來。我是福洛比榭老師，你們的學監，這裡是福洛比榭學舍。請把行李箱擺在門廳，有位級長會來帶你去食堂，晚餐之前，我會在那裡對所有的新生講話。」

哈利從沒吃過晚餐。柯里夫頓家的最後一餐是「下午茶」，吃完趁天黑之前就上床睡覺。靜宅巷沒有電力供應，而他們也沒有太多錢可以花在蠟燭上。

「謝謝您，先生。」哈利說，然後穿過大門，走進木鑲板擦得極為晶亮的宏偉大廳。他放下行李箱，仰頭望著一幅肖像，是個老先生，滿頭灰髮，雙鬢雪白，身穿黑色袍，肩上披著紅色斗篷。

「你叫什麼名字？」背後傳來一聲咆哮。

「柯里夫頓，先生，」哈利說，一轉身看見一個穿長褲的高大男生。

「你不必叫我先生，柯里夫頓。你叫我費雪。我是級長，不是老師。」

「對不起，先生。」哈利說。

「把你的箱子留在這裡，跟我來。」

哈利把他破舊的二手行李箱擺在一排真皮大行李箱旁邊。只有他的箱子沒有燙印上姓名縮寫。他隨著級長穿過長長的走廊，兩旁是老校隊的照片，以及裝滿獎盃的展示櫃，提醒下一代瞭解過去的光榮事蹟。走到食堂時，費雪說：「你可以隨便找個位子坐，柯里夫頓，但記住，福洛比榭老師一踏進食堂，就不准講話。」

哈利遲疑了一下，不知道應該挑四張長桌的哪個位子坐。不少男生已經自成一小群一小群地圍坐，低聲交談。哈利緩緩走向房間另一角，坐在桌子尾端。他抬頭看見幾個男生走進來，和他一樣滿臉迷惑。其中一個走過來，坐在哈利旁邊，還有一個坐在哈利對面。這兩個男生繼續講話，好像哈利並不存在似的。

毫無預警的，鐘聲響了，福洛比榭老師走進食堂，所有的人都馬上閉嘴。他站到哈利之前沒注意到的講台後面，拉拉長袍的衣領。

「歡迎，」他對著群集的學生摘下學位帽，「這是你們在聖貝迪的第一天，再過一會兒，你們就將體驗學校伙食的第一餐，我保證，絕對沒比以前改善。」有一兩個男生發出緊張的笑聲，「吃完晚餐之後，你們就要到你們的寢室，整理行李。八點鐘，你們會再聽到另一個鐘聲。那其

---

❹ Lord's，指的是倫敦知名的板球場，許多重要大賽都在此地舉行。

的笑話。

實是同一座鐘，只是在不同時間響而已。」哈利微笑，儘管大部分的男生都沒聽懂福洛比樹老師

「三十分鐘之後，同樣的鐘聲會再響，你們就要上床，但在這之前，你們必須先梳洗刷牙。在熄燈之前，你們有三十分鐘的時間可以看書，之後就必須睡覺。熄燈之後還沒睡的學生要是被逮到，就必須接受值班級長的懲罰。在這之後，」福洛比樹老師說，「你們要到隔天早上六點半才會再聽到鐘聲，那時你們就必須起床，漱洗，更衣，在七點鐘之前到食堂報到。遲到的學生不准吃早餐。

「朝會八點鐘在大會堂舉行，校長會對我們訓話。八點三十分，你們就開始上課。上午有三堂課，每堂各六十分鐘，兩堂課之間休息十分鐘，讓你們有時間換教室。接著在十二點鐘午餐。

「下午只有兩堂課，然後就是運動時間，你們要踢足球。」哈利第二次露出微笑，「每個人都必須參加，除了合唱團團員之外。」哈利蹙起眉頭，沒有人告訴他說合唱團團員不能踢足球。「運動或合唱練習時間結束之後，你們就回福洛比樹學舍來吃晚餐，然後是一個鐘頭的溫書時間，接著才能上床。同樣的，你們可以看書看到熄燈爲止——但只准看舍監太太准許你們看的書。」福洛比樹老師補上一句。「這可能會讓你們惶惑。」——哈利默默在心裡記下『惶惑』這個詞彙，等會兒得查霍康畢老師送他的字典。福洛比樹老師又拉拉長袍的衣領，繼續說：「但是別擔心，你們很快就會習慣聖貝迪的傳統。我目前要說的就只有這些。我要請大家享用你們的晚餐。晚安，孩子們。」

「晚安，先生。」福洛比樹老師走出去的時候，有些男生有勇氣回答。

幾個穿圍裙的婦人在桌子之間走動，把一碗碗湯擺在每個男生面前。哈利連一條肌肉都不敢動。他專心看著坐他對面的那個男生拿起一根形狀怪異的湯匙，放進湯裡，朝外舀，然後放進嘴裡。哈利想模仿他的動作，結果卻濺了好幾滴湯在桌上，等好不容易把湯送進嘴巴裡，卻又有大半順著下巴滴下來。他用袖子抹抹嘴巴。這沒引來太多注意，但他每一口都唏哩呼嚕大聲喝的時候，有好幾個男生停下來，盯著他看。哈利難爲情地把湯匙擺回桌上，讓湯變涼。

第二道是魚餅，哈利等到對面的男生拿起叉子，才依樣畫葫蘆。他很意外地發現，那男孩在咀嚼每一口的時候，都把刀叉擺在盤子上，而哈利自己卻把刀叉握得緊緊的，活像乾草叉。坐他對面和他旁邊的男生開始交談，談到騎馬去打獵的事。哈利沒加入，一方面是因爲他最近似騎馬的經驗是有天下午去濱海威斯頓郊遊的時候，花半便士騎驢子。

餐盤收走之後，端上來的是布丁，也就是他媽媽所謂的獎賞，因爲他並不常吃。又是另一種湯匙，另一種味道，另一個錯誤。哈利不明白香蕉和蘋果不一樣，所以讓周圍的男生難以置信的，他竟然想吃皮。對其他的男生來說，第一堂課是明天早上八點半才開始，但對哈利來說，早就開始了。

晚餐收走之後，值班級長費雪回來，帶著他的這群新生走上寬闊的木樓梯，到二樓的寢室。哈利進到一間有三十張床的大房間，每十張一行，排成三行。每張床上都有一個枕頭，兩條床單，兩床毯子。哈利從來都只有一條。

「這是菜鳥的寢室。」費雪很不屑地說，「在你們變得有教養之前，都要住在這裡。你們的床位按姓氏字母順序安排，貼在每張床的床尾。」

哈利意外發現他的行李箱已經擺在床上，很納悶是誰幫他搬上來的。他隔壁的男生已經開始整理東西了。

「我是狄金斯，」他說，他把眼鏡往鼻梁上推推，好清楚看見哈利。

「我是哈利。夏天考試的時候，我坐在你隔壁。我不敢相信你竟然只用了一個鐘頭多一點的時間，就答完全部的試題。」

狄金斯臉紅了。

「所以他拿獎學金啊。」哈利另一側的男生說。

哈利轉身，「你也拿獎學金嗎？」他問。

「老天爺啊，不是。」那個男生繼續整理從箱裡拿出來的東西，「他們讓我進聖貝迪只有一個原因，就是因爲我爸和我爺爺都念這裡。我是來上這所學校的第三代。你父親也念這裡嗎？」

「不是。」哈利和狄金斯異口同聲說。

「別再聊天，」費雪大吼，「繼續整理你們帶來的行李。」

哈利打開行李箱，拿出衣服，整齊地擺進床邊的兩個抽屜裡。他媽媽在襯衫之間塞進了一條富萊男孩巧克力，他藏在枕頭底下。

鐘聲響了。「換衣服的時間到了！」費雪宣布。哈利從沒在其他男孩面前脫衣，更不要說是在一屋子的男生面前。他面對牆壁，慢慢脫掉衣服，迅速穿上睡衣。一綁好晨袍的帶子，他就跟著其他男生走進盥洗室。他再次仔細觀察其他男生先用毛巾洗臉再刷牙的動作。他沒有毛巾，也沒有牙刷。鄰床的那個男生翻找盥洗袋，交給他一把新牙刷和一條牙膏。哈利不想接受，但那男生說：「我媽什麼東西都幫我準備兩份。」

「謝謝你，」哈利說。儘管他刷牙刷得很快，卻還是最後進到寢室的幾個孩子之一。他爬上床，兩條乾淨的床單，兩條毯子，一個軟軟的枕頭。他正看著旁邊的狄金斯在讀《甘納迪之拉丁文入門讀本》，聽見另一個男生說：「這枕頭硬得像磚塊。」

「你想和我換嗎？」哈利問。

「我想你會發現每一個都一樣，」那男生咧嘴笑，「不過還是謝謝。」

哈利從枕頭底下拿出巧克力，掰成三塊，一塊分狄金斯，一塊分給送他牙刷和牙膏的男生。

「我覺得你媽比我媽明理。」他咬了一口說。鐘聲又響。「啊，順便告訴你，我是吉爾斯．巴靈頓。你呢？」

「柯里夫頓。哈利．柯里夫頓。」

哈利一夜睡睡醒醒，每次總是幾分鐘就醒來，而這並不只是因為床太舒服。吉爾斯和知道他父親死因眞相的那人有沒有關係呢？若是有關係，那他是和父親同一塊料，還是和爺爺？

哈利突然覺得非常孤單。他扭開吉爾斯給他的牙膏頂蓋，開始吸，直到睡著。

✣

如今已聽得耳熟的鐘聲在隔天早上六點三十分響起時，哈利慢慢從床上爬出來，覺得想吐。他跟著狄金斯走進盥洗室，看見吉爾斯在試水溫。「你們覺得這地方是不是不提供熱水？」他問。

哈利正要回答，級長大喊：「盥洗室不准講話！」

「他比普魯士將軍還可怕。」巴靈頓雙腳腳跟用力併攏說。哈利噗嗤笑出來。

「是誰？」費雪怒目瞪著他們兩個。

「我。」哈利馬上說。

「名字？」

「柯里夫頓。」

「你敢再張嘴，柯里夫頓，我就治你。」

哈利根本不知道「治」是什麼意思，但知道那肯定不是什麼好事。一刷完牙，他就馬上回寢室，默默地把衣服穿好。打好領帶——這是他向來不太會做的事——追上巴靈頓和狄金斯，下樓到食堂去。

沒有人開口，因爲不太確定在樓梯上可不可以講話。進食堂吃早餐時，哈利坐進兩位新朋友之間，看著一碗碗粥端到每個男生面前。他發現面前只有一根湯匙，大大鬆了一口氣，這樣一來就不會犯錯了。

哈利大口大口灌下粥，彷彿怕史丹舅舅會進來從他手裡搶走似的。他是第一個吃完的。他想都沒想，就把湯匙擺在桌上，端起碗開始舔。好幾個男生不敢置信地瞪著他看，有幾個還指指點點，還有些人則竊竊輕笑。他臉漲得通紅，放下碗。如果不是巴靈頓也端起碗開始舔的話，他一定會哭出來。

5

擁有牛津碩士學位的薩繆爾．奧克夏特閣下劈開腿，站在講台中央，親切地俯望他的學生。聖貝迪校長當然是會這樣看著學生的。

哈利坐在前排，仰望這位居高臨下的恐怖人物。奧克夏特先生身高超過一米八，一頭開始變灰白的濃密頭髮，長而密的鬢角更增添他的冷峻嚴厲。他那深邃的藍眼睛可以射穿你，而且好像從來不眨眼睛。而額頭縱橫交錯的皺紋則彰顯出他的高遠智慧。他清清喉嚨，才開始對學生講話。

「各位貝迪人，」他開始說，「我們再次在新學年的開始齊聚一堂，無疑已做好準備，可以迎接任何朝我們而來的挑戰。對三年級生來說，」他把注意力轉到大會堂後排，「若是你們想在第一志願的學校取得一席之地，你們就沒有半刻可以浪費。絕對不要屈就次佳選擇。

「而二年級的同學，」他的目光轉到大會堂中間的部分，「這是我們發掘你們之中有哪些人可以成就偉業的時候。等你們明年回到學校，會擔任級長、班長、舍長，或是運動校隊的隊長？又或者你們就只是一般的庸才？」好幾個男生垂下頭。

「接下來我們要歡迎新生，竭盡我們的心力來讓他們覺得像回到家一樣。他們第一次接起接力棒，展開他們漫長的人生賽跑。我們的步調要求嚴格，你們之中或有一兩人會半途而廢。」他警告說，眼睛盯著前三排，「聖貝迪不是給怯懦的人念的學校，所以請永遠不要忘記塞西爾．羅德❺的話：**你若有幸生而為英國人，你就贏得人生的第一次樂透了。**」

校長離開講台時，全體學生爆出熱烈鼓掌。校長領著一長排老師穿過中央走道，離開大會堂，踏進早晨的陽光裡。

哈利心情昂揚，決定不讓校長失望。他跟著學長們離開大會堂，但一走進院子裡，他的鬥志就消沉了。一群年紀較大的男生逗留在一個角落，手插口袋，表明他們是級長。

「就是他。」其中一個指著哈利說。

「一看就是個街頭小混混。」另一個說。

第三個哈利認得，是費雪，前一天晚上值班的級長。費雪說：「他是頭野獸，我們的任務就是讓他儘快現出原形。」

吉爾斯．巴靈頓追上哈利，「你只要不理他們，」他說：「他們很快就會覺得無趣，開始找別人麻煩。」哈利不相信，跑向教室，等著巴靈頓和狄金斯來會合。

一會兒之後，福洛比榭老師進了教室。哈利的第一個想法是，他是不是也認爲我是街頭小混混，不夠格待在像聖貝迪這樣的地方？

「早安，同學們。」福洛比榭老師說。

「早安，老師。」全班男生說。班導站在黑板前面，「你們今天早上的第一堂課，」他說，「是歷史課。我很想瞭解各位，所以一開始我們先來個簡單的測驗，看你們已經學會的有多麼多，或多麼少。亨利八世有幾個妻子？」

好幾隻手舉起來，「亞波特，」他看著桌上的座位表，指著前排的一個男生說。

「六個。」他馬上回答。

「很好，但是有人講得出她們的名字嗎？」舉手的人少了，「柯里夫頓？」

「阿拉貢的凱瑟琳、安妮・波林、珍・西摩，然後是另一個安妮，我想，」他停頓下來。

「克里維斯的安妮。還有兩個，誰能補充？」只有一隻手還舉著。「狄金斯，」福洛比榭老師看著座位表說。

「凱瑟琳・霍華德和凱瑟琳・帕爾。克里維斯的安妮和凱瑟琳・帕爾都活得比亨利八世長。」

「非常好，狄金斯。現在，我們把時鐘往前快轉幾個世紀。特拉法加海戰的我方指揮官是誰？」教室裡的每一個人都舉手了。「馬修，」他說，指著一個特別堅決不放棄的男生。

「納爾遜[6]。」

「正確答案。當時的首相是誰？」

「威靈頓公爵。」馬修說，但好像不太有自信。

「不對，」福洛比榭老師說，「不是威靈頓，雖然他和納爾遜是同一時代沒錯。」他看看教室，只有哈利和狄金斯的手還舉著，「狄金斯。」

❺ Cecil Rhodes，1853–1902，英國企業家與政治家，在南非經營礦業致富，並曾任英國開普敦殖民地總理，設置知名的「羅德獎學金」，每年挑選各國菁英學生前往牛津大學進修。

❻ Horatio Nelson, 1st Viscount Nelson，1758–1805，英國海軍名將，在特拉法加戰役擊潰法國與西班牙聯合艦隊，但在戰事後期中彈身亡。

「小威廉．皮特[7]，一七八三年到一八〇一年，以及一八〇四年到一八〇六年。」

「沒錯，狄金斯。鋼鐵公爵首相[8]什麼時候在位？」

「一八二八年到一八三〇年，然後一八三四年再度執政。」狄金斯說。

「有誰可以告訴我，他打勝的最知名戰役是什麼？」

巴靈頓第一次舉手，「滑鐵盧！」福洛比榭老師還沒時間選擇，他就大聲回答。

「是的，巴靈頓。那麼威靈頓在滑鐵盧打敗誰？」

巴靈頓沉默沒回答。

「拿破崙。」哈利輕聲說。

「拿破崙。」巴靈頓自信地回答。

「答對了，柯里夫頓。」福洛比榭老師微笑說，「那麼拿破崙也是公爵嗎？」

「不是的，老師。」看到沒有人回答這個問題，狄金斯說，「他創建了法蘭西第一帝國，自命爲皇帝。」

狄金斯的回答，福洛比榭老師一點都不意外，因爲他是拿學業獎學金入學的，但柯里夫頓知識的豐富讓他印象深刻。畢竟，他拿的是合唱獎學金，經過這麼多年，他已經知道，有天分的合唱團員就像有天分的運動員一樣，很少在自己的專業領域之外有出色表現。柯里夫頓證明自己是這條法則的例外情況。福洛比榭老師很想知道是誰教這孩子的。

下課鐘響時，福洛比榭老師宣布，「你們的下一堂課是亨德森老師的地理課，他不是喜歡等人的老師。我建議你們在下課時間儘快找到他的教室，趁他還沒進教室之前就座完畢。」

哈利緊緊跟著吉爾斯，因爲他好像什麼都知道。他倆一起穿過院子，哈利發現他們走過時，有幾個男生壓低嗓音，甚至還有一兩個轉頭盯著他看。

還好曾經和老傑克消磨過無數個星期六早晨，哈利在地理課立於不敗之地，但是上午最後一堂課——數學——所有的人都和狄金斯相去甚遠，就連老師都不得不全神貫注應付。

三個人一起去吃午餐的時候，哈利感覺到有一百隻眼睛盯著他看。他假裝不注意，完全照著吉爾斯的動作做。「有東西可以教你，感覺眞好。」吉爾斯一面用刀削蘋果皮，一面說。

下午的第一堂化學課，哈利上得很開心，因爲老師准許他去點亮本生燈。但是這天最後一堂的自然課，他的表現就很差，因爲哈利是全班唯一一個家裡沒有花園的學生。

最後鐘響時，其餘的學生都去踢球，哈利到教堂去參加第一次練唱。他再次發現所有的人都盯著他看，但這一次的理由非常正當。

但是他才一走出教堂，就聽見幾個從球場回來的男生小聲嘲笑。

「那不是我們的街頭小混混嗎？」一個說。

「可憐，他沒牙刷。」另一個說。

「晚上都睡在碼頭上，我聽說。」第三個說。

狄金斯和巴靈頓不見蹤影。哈利匆匆回宿舍，避免撞見任何一群學生。

---

❼ William Pitt the Younger，1759–1806，英國政治家，一七八三年，二十四歲即出任首相，一八〇一年辭職，但一八〇四年再任。

❽ Arthur Wellesley，第一代威靈頓公爵（Duke of Wellington），1769–1852，爲軍事將領，曾出任英國首相，贏得滑鐵盧戰役。

晚餐的時候，瞠目結舌的注視目光沒那麼明顯了，但這只是因爲巴靈頓很清楚地告訴聽力範圍以內的人，哈利是他的朋友。但是自習之後回到寢室的時候，巴靈頓幫不了他了：費雪站在門邊，顯然是在等哈利。

男生開始更衣的時候，費雪朗聲宣布：「很抱歉，各位，這裡很臭，因爲你們這個年級有人家裡沒浴室。」幾個男生竊笑，希望討費雪歡心。哈利不理他。「這個貧民窟來的小孩不只沒洗澡，甚至連爸爸都沒有。」

「我爸是個好人，爲國作戰。」哈利驕傲地說。

「你怎麼會認爲我是在說你，柯里夫頓？」費雪說，「當然啦，除非你是那個媽媽當——」他頓了一下，「——某個飯店服務生的小孩。」

「是某家飯店才對。」哈利糾正他。

費雪抓著一只拖鞋。「永遠別頂嘴，柯里夫頓。」他生氣地說，「彎腰，手頂著你的床尾。」哈利乖乖照辦，費雪用力打了他六下，用力之猛，害吉爾斯轉頭不敢看。哈利爬回床上，努力不讓眼淚掉下來。

費雪關燈之前又說：「期待明天晚上再見到各位，我會繼續講靜宅巷柯里夫頓家的床邊故事給你們聽。等你們聽到史丹舅舅的事就有趣了。」

隔天晚上，哈利頭一次聽說他舅舅因爲偷竊在牢裡待了八個月。得知這件事比挨拖鞋痛打還慘。他溜上床的時候心裡想，他父親會不會根本沒死，人在牢裡服刑，所以才會沒有人願意談起他。

哈利連著三個晚上幾乎都沒睡覺，無論在課堂上表現多優異，在教堂裡得到多少讚賞，都沒能讓他忘掉下一次還會無可迴避的碰上費雪。任何一個最微不足道的理由，譬如一滴水濺到盥洗室地板上，枕頭沒擺正，襪子滑落到腳踝，都保證會招來值班級長的一頓痛打。這懲罰會當著全寢室學生面前進行，但得等到費雪再說完一段柯里夫頓家的奇聞軼事才行。到了第五個晚上，哈利受夠了，就連吉爾斯和狄金斯都安撫不了他。

星期五晚上的自習時間，其他男生都在翻著他們的《甘納迪之拉丁文入門讀本》，哈利不理會凱撒和高盧人，籌劃著一個能讓費雪以後再也不敢找他麻煩的計畫。那天晚上，費雪在他床上找到巧克力包裝紙，再次用拖鞋打他一頓，等哈利上床時，他心中的計畫已然成形。熄燈之後，他清醒地躺在床上，一動也不動，直到確定所有的人都睡著了。

哈利溜下床的時候，並不知道是幾點鐘。他靜悄悄地穿好衣服，沒弄出任何聲響，然後穿過床鋪之間，走到寢室的另一頭。他打開窗戶，灌進來的涼風讓最接近窗邊的那個男生翻了個身。哈利爬到外面的防火梯，緩緩關上窗戶，往下走到地面。他繞著草地的邊緣走，利用每一道陰影，免得滿月像探照燈照亮他的身影。

發現學校大門上鎖，讓哈利有點驚慌。他沿著牆邊悄悄前進，找尋任何一條裂縫，或可以讓他攀越、奔向自由的凹陷處。最後他看見有個地方缺了一塊磚，讓他可以撐起身體跨坐在牆上。他翻身到牆外，靠指尖抓住，心裡默唸了一句禱詞，然後放手。他重重摔在地上，但好像沒摔傷。

恢復過來之後，他開始沿著馬路跑，起初很慢，接著加速，一路跑到船塢才停。夜班的工人才剛要下班，哈利發現史丹舅舅沒在其中，鬆了一口氣。

最後一個工人消失之後，他緩緩沿著碼頭邊走，經過一排停泊的船，一艘一艘綿延到眼睛看不見的地方。他注意到有根煙囪驕傲地寫著大大的「B」字，想起他那個很容易就入睡的朋友。他會……他的思緒被打斷了，因爲人已來到老傑克的火車車廂外面。

他心想，老人不知道是不是已經睡著了。他的問題得到回答，因爲有個聲音說：「別愣在那裡，哈利，趁還沒凍死之前快進來吧。」哈利打開門，看見老傑克正在劃火柴，想點蠟燭。哈利窩進他對面的椅子。「你逃學了？」老傑克問。

他這個開門見山的問題嚇了哈利一跳，所以一時沒回答。「是啊，我逃出來了。」他最後氣急敗壞地說。

「你來就是要告訴我你爲什麼做這個重大的決定。」

「做決定的不是我。」哈利說，「是別人。」

「誰？」

「他叫費雪。」

「是老師還是學生？」

「我們寢室的級長。」哈利皺起臉說。他把自己在聖貝迪第一個星期發生的事告訴老人。

這老人再次讓他意外。哈利講完時，他說：「都怪我。」

「爲什麼？」哈利問，「你已經盡全力幫我了。」

「我還可以做更多的。」老傑克說，「我應該讓你準備好面對這世界上沒有哪個國家可以比得上的勢利眼。我應該花更多時間講些學生關係的重要性，少講一點地理和歷史。我一心希望在結束所有戰爭的大戰之後，情況會有所改觀，但顯然在聖貝迪沒有。」他陷入沉思，最後問：「那你接下來打算怎麼做，孩子？」

「出海去。我會找一艘肯收留我的船。」哈利說，拚命裝出熱情洋溢的樣子。

「眞是好主意，」老傑克說，「你這樣不是正中費雪下懷？」

「什麼意思？」

「最讓費雪開心的，莫過於告訴朋友說，這個街頭小混混沒膽量，可是話說回來，對個媽媽當服務生的碼頭工人兒子，你又能有什麼期待呢？」

「可是費雪說得沒錯，我不屬於他們那個階級。」

「錯了，哈利，問題是費雪知道他比不上你，永遠也比不上。」

「所以你是說我應該回去那個可怕的地方？」哈利說。

「到頭來，只有你自己能做決定。」老傑克說，「可是如果你每次碰到像費雪這樣的人就逃走，你最後就會落得像我這樣，過著平庸無用的生活，就像你們校長說的。」

「可是你是個偉大的人。」哈利說。

「我本來有可能是，」老傑克說，「如果我沒有每次碰到我的費雪就逃走的話。但是我只想找輕鬆的方法，只爲自己著想。」

「不然還要爲誰著想？」

「第一個就是你媽媽囉。」老傑克說，「別忘了，她爲了讓你有個比她夢想中更好的人生起點，做了多少犧牲。再來還有霍康畢老師，要是知道你逃走，他肯定會怪自己。別忘了還有蒙岱小姐，她到處託人情，花無數心力確保你表現夠出色，能申請到合唱獎學金。在衡量得失利弊的時候，我建議你在天平的一邊放費雪，另一邊放巴靈頓和狄金斯，因爲我猜，費雪很快就會變得無足輕重，而巴靈頓和狄金斯肯定會變成你一輩子的好朋友。要是你逃走了，他們就要被迫聽費雪不停提醒他們說，你並不是他們原本想的那個樣子。」

哈利沉默了好半晌。最後，他慢慢站起來。「謝謝您，先生，」他說，沒再說什麼話就打開車廂門，離開了。

他慢慢走向碼頭邊，再次凝望那些巨大的貨櫃船，很快就要啓程到遙遠的港口。他繼續走，走到碼頭大門，然後開始朝市區的方向跑。等跑到學校大門，門已經開了，大會堂的鐘正要敲響八聲。

雖然有電話，但福洛比樹老師還是打算親自走到校長家，去報告有個學生失蹤了。他從書房的窗戶往外看，看見哈利敏捷地在樹木之間躲躲藏藏，小心翼翼回宿舍。鐘敲響最後一聲的時候，哈利小心地打開前門，正好和學監面對面。

「最好快點，柯里夫頓，」福洛比樹老師說，「不然你會錯過早餐的。」

「是的，老師。」哈利跑過走廊，趕在食堂門關起的前一刻抵達，溜進巴靈頓和狄金斯中間。

「我還以爲今天我會是唯一一個舔粥碗的人咧。」巴靈頓說。哈利笑了起來。

他這天沒碰見費雪，很意外地發現有另一個值班級長取代他的工作。哈利這個星期以來第一次睡著。

6

勞斯萊斯開進莊園宅邸大門，沿著長長的車道往前開，兩旁成排的高大橡樹宛如哨兵站立。哈利數了數，還沒見到主屋，就已經看到六個園丁了。

在聖貝迪期間，哈利對吉爾斯放假回家的生活略知一二，但對眼前的一切怎麼也沒有心理準備。第一眼看見大宅時，他張大嘴巴，再也合不起來。

「我猜這是十八世紀初的建築。」狄金斯說。

「不賴，」吉爾斯說，「一七二二年，是凡布魯[9]的作品。但我敢說，你猜不出來庭園是誰設計的。給你一個線索：時間要比房子來得晚。」

「我只聽說過一位庭園設計師。」哈利仍然瞪著大宅說，「無所不能的布朗[10]。」

「沒錯，所以我們才選了他來設計，」吉爾斯說，「這樣一來，才能讓我的朋友在兩百年後都還知道這人的名號。」

哈利和狄金斯哈哈大笑，這時，汽車停在以金色科茲窩石建造的三層樓宅邸前。司機還沒來得及開車門，吉爾斯就跳下車。他衝上台階，兩個朋友沒那麼有把握地跟在他後面。

吉爾斯還沒跑到台階頂端，大門就已經打開。一名高個男子身穿優雅的黑色長外套，細條紋長褲，黑領結，在少爺衝過面前的時候微微鞠躬。「生日快樂，吉爾斯少爺。」

「謝謝你，簡勤斯。快來啊，你們兩個！」吉爾斯一面喊著，一面消失在大宅裡。哈利踏進門廳，被一張直瞪著他看的老人肖像嚇呆了。吉爾斯遺傳了這老人的鷹勾鼻，凌厲的藍眼睛和方正的下巴。哈利環顧掛在牆面的其他肖像。他只在書上看過油畫：《蒙娜麗莎的微笑》、《笑容騎兵》、《夜巡》。他正在欣賞一幅名叫康斯塔伯[11]的畫家畫的風景畫，有個女人風姿綽約地走進門廳，她身上的衣服哈利只能形容爲大蓬裙禮服。

「生日快樂，親愛的。」她說。

「謝謝您，母親。」吉爾斯說，她俯身親他。這是哈利第一次看見他這個朋友有點難爲情。

「這兩位是我最好的朋友，哈利和狄金斯。」哈利和這位不比他高多少的女士握手時，她給他一個溫暖的微笑，讓他立即覺得輕鬆自在。

「我們何不移駕客廳，」她建議，「喝點茶？」她領著男孩穿過門廳，進到一間可以俯瞰屋前草坪的大房間。

哈利進了客廳並不想坐下，而想看每一面牆上的畫作。但巴靈頓夫人已經帶他到沙發了。他坐進軟綿綿的豪華沙發裡，眼睛卻無法不看著凸窗外面那一片精心修葺、大得足以打板球的大草地。越過草地，哈利看見一座湖，有心滿意足的綠頭鴨漫無目地悠游，顯然並不擔心下一餐打哪兒來。狄金斯挨著哈利在沙發坐下。

他倆都沒開口，看著一名穿黑色短外套的男子進到房間裡，後面跟著一名年輕女子。她身穿

❾ Sir John Vanbrugh，1664–1726，英國知名建築師與劇作家。

❿ Lancelot Brown，1716–1783，英國知名庭園設計師，外號爲「無所不能的布朗」（Capability Brown）。

漂亮的藍色制服，和哈利媽媽在飯店穿的制服差不多。女僕端著一個大銀盤，擺在巴靈頓夫人面前的橢圓形桌上。

「印度或中國？」巴靈頓夫人看著哈利問。

哈利不確定她的意思。

「我們都喝印度茶，謝謝您，母親。」吉爾斯說。

哈利以爲吉爾斯已經教會他在文明社會裡所需要知道的一切禮儀了，但巴靈頓夫人突然又提高了門檻。

副總管倒好三杯茶，女僕馬上端到三個男孩面前，同時附上點心碟。哈利盯著那堆得像小山的三明治看了好一會兒，不敢動手。吉爾斯拿了一個擺在他碟子上。他媽媽皺起眉頭：「我告訴過你多少次了，吉爾斯，你必須等客人先決定要拿什麼，之後你才能拿。」

哈利很想告訴巴靈頓夫人，吉爾斯向來都率先動手，這樣他才能知道要怎麼做，不只，更重要的是讓他知道什麼不可以做。狄金斯挑了一個三明治，擺在自己盤子裡。哈利也照著做。吉爾斯耐心等到狄金斯拿起自己的三明治，才咬一口。

「我希望你們喜歡煙燻鮭魚。」巴靈頓夫人說。

「太好吃了。」吉爾斯說，不讓他的朋友有機會承認他們以前從沒吃過煙燻鮭魚。「我們在學校都只有魚漿三明治。」他補上一句。

「那麼告訴我，你在學校的情況如何？」巴靈頓夫人問。

「有改進空間。」吉爾斯說，他又拿起另一個三明治，「可是狄金斯每一科都是第一名。」

「除了英文之外，」狄金斯頭一次開口，「哈利那一科贏我很多。」

「你有哪一科贏誰很多嗎，吉爾斯？」他母親問。

「他數學第二名，巴靈頓夫人。」哈利替吉爾斯解圍，「他對數字很有天分。」

「和他爺爺一樣。」巴靈頓夫人說。

「壁爐上有張您的畫像，眞漂亮，巴靈頓夫人。」狄金斯說。

她微笑。「那不是我，狄金斯，那是我親愛的母親。」狄金斯低下頭，但巴靈頓夫人馬上就說，「謝謝你的讚美，她是她那個年代的大美人呢。」

「是誰畫的？」哈利問，這次是替狄金斯解圍。

「拉斯羅。」巴靈頓夫人回答說，「爲什麼問？」

「因爲我在想，門廳那幅紳士肖像會不會也是同一位畫家畫的。」

「你觀察力眞敏銳，哈利。」巴靈頓夫人說，「門廳的那幅肖像是我父親，的確也是拉斯羅畫的。」

「您父親從事什麼行業？」哈利問。

「哈利永遠問個沒完沒了，」吉爾斯說，「我們都得要習慣。」

巴靈頓夫人露出微笑，「他進口葡萄酒到國內，特別是西班牙產的雪利酒。」

「就像哈維酒窖那樣。」狄金斯說，他滿嘴的小黃瓜三明治。

---

⑪ John Constable，1776–1837，英國十九世紀知名的風景畫家。

「就像哈維酒窖那樣。」巴靈頓夫人重複他的話。吉爾斯咧嘴笑。「再來一個三明治，哈利。」巴靈頓夫人說，注意到他的眼睛一直盯著盤子。

「謝謝您。」哈利說，無法決定是要煙燻鮭魚、小黃瓜或蕃茄蛋三明治。他挑了鮭魚，很想知道這嚐起來是什麼味道。

「你呢，狄金斯？」

「謝謝您，巴靈頓夫人，」他說，又拿起一個小黃瓜三明治。

「我不能一直叫你狄金斯，」吉爾斯的母親說，「這樣聽起來像在叫僕人似的。你的名字是什麼？」

狄金斯再次垂下頭。「我喜歡別人叫我狄金斯。」

「他叫埃爾。」吉爾斯說。

「很好的名字啊。」巴靈頓夫人說，「雖然我想你母親應該會叫你埃倫。」

「不，她沒有，」狄金斯還是低著頭。他這麼說讓其他兩個男生很意外，但什麼都沒說。

「我的名字是埃爾吉農。」他最後急急說。

吉爾斯噗嗤笑出來。

巴靈頓夫人不理會兒子的笑聲，「你母親一定很崇拜奥斯卡．王爾德[12]。」她說。

「是的，她是。」狄金斯說，「但我眞希望她給我取名叫傑克，甚至叫厄尼斯都好。」

「你不要爲這個問題煩心，」巴靈頓夫人說，「吉爾斯也有同樣不光彩的一面。」

「母親，你答應不——」

「你得要讓他們知道你的中間名，」她不顧兒子的抗議。吉爾斯沒答話，哈利和狄金斯滿懷希望地看著巴靈頓夫人，「馬默杜克，和他父親、爺爺一樣。」

「要是回學校之後你們敢告訴其他人，」吉爾斯看著他這兩個朋友，「我發誓，一定會宰了你們，我是認眞的，一定宰了你們。」兩個男生都笑起來。

「你有中間名嗎，哈利？」巴靈頓夫人問。

哈利正要回答，客廳門就敞開來，一名肯定不是僕役的男子帶著一個小包裹闊步走進來。哈利仰頭看這位肯定是雨果先生的男子。吉爾斯跳起來，衝向父親。他父親放下包裹，說：「生日快樂，我的孩子。」

「謝謝您，爸爸。」吉爾斯說，馬上就開始拆緞帶。

「打開你的禮物之前，吉爾斯，」他母親說，「你或許應該先介紹你的客人給爸爸認識吧。」

「對不起，爸爸，這兩位是我最要好的朋友，狄金斯和哈利。」吉爾斯把禮物放在桌上說。

哈利發現吉爾斯的父親有和兒子一樣的運動員體格與騷動不安的活力，他原本以為這是吉爾斯獨樹一幟的特質呢。

「很高興見到你，狄金斯。」巴靈頓先生和他握手，然後轉向哈利。「午安，柯里夫頓。」

---

⑫ 埃爾吉農（Algernon）是王爾德喜劇《不可兒戲》（The Importance of Being Earnest）的角色，本劇主角是名叫傑克（Jack）的嚴肅鄉紳與他所虛構出來的浪蕩弟弟厄尼斯（Ernest）。

他說完就在太太旁邊的空椅子坐下。哈利很不解，巴靈頓先生爲什麼沒和他握手，又爲什麼知道他姓柯里夫頓？

副總管幫巴靈頓先生端來茶之後，吉爾斯就拆開禮物包裝，發出快樂的喊叫聲，因爲裡面是羅伯特收音機。他把插頭插進牆上的插座，在不同的電台之間轉來轉去。這個大木盒裡只要傳出新的聲音，孩子們就拍手喝采。

「吉爾斯告訴我說，他這次數學考試第二名。」巴靈頓夫人對丈夫說。

「這也不能彌補他每科幾乎都墊底的事實吧。」他說。吉爾斯想辦法不露出尷尬的神情，繼續在收音機上找電台。

「您應該看看他上次和亞文赫斯特比賽的時候得了多少分。」哈利說，「我們都認爲他明年可能當上校隊隊長。」

「打球得分並不能讓他進伊頓。」巴靈頓先生說，看都沒看哈利一眼，「現在該是全力以赴，努力用功的時候。」

好一會兒沒人講話，然後巴靈頓夫人打破沉默，「你就是聖瑪麗雷克里夫唱詩班的那個柯里夫頓嗎？」

「哈利是男童高音獨唱。」吉爾斯說，「事實上，他就是拿合唱獎學金的。」

哈利感覺到吉爾斯的父親瞪著他看。

「我想我認得你，」巴靈頓夫人說，「吉爾斯的祖父和我參加了聖瑪麗的彌撒，那次聖貝迪的唱詩班和布里斯托文法學校一起獻唱。你那首〈我知救贖者活著〉唱得眞是太好了。」

「謝謝您，巴靈頓夫人。」哈利臉紅了起來。

「離開聖貝迪之後，你打算去上文法學校嗎，柯里夫頓？」巴靈頓先生問。

又喊我柯里夫頓了，哈利心想。「如果我能拿到獎學金的話，先生。」他回答說。

「這有什麼重要呢？」巴靈頓夫人問，「你當然會有地方去的，就像其他男孩一樣。」

「因為我母親不可能負擔得了學費，巴靈頓夫人。她在皇家飯店當服務生。」

「可是難道你父親……」

「他過世了。」哈利說，「他在大戰的時候死了。」他謹慎地看巴靈頓先生會有什麼反應，但就像出色的撲克高手一樣，他不動聲色。

「對不起，」巴靈頓夫人說，「我不知道。」

哈利背後的門打開，副總管進來，端著用銀盤盛裝的雙層生日蛋糕，擺在桌上。吉爾斯一口氣吹熄十二根蠟燭，所有的人都鼓掌。

「你的生日是什麼時候，柯里夫頓？」巴靈頓先生問。

「上個月，先生。」哈利回答。

巴靈頓先生轉開視線。

副總管取下蠟燭，然後交給吉爾斯一把蛋糕刀。吉爾斯的刀深深切進蛋糕裡，分成不均等的五等分，擺在女僕放於桌上的點心碟裡。

狄金斯沒先咬蛋糕，而是先享用跌落在盤子上的糖霜。哈利遵循巴靈頓夫人的動作。他拿起擺在盤子旁邊的小銀叉，取下一小塊蛋糕，然後又把叉子擺回盤子上。

只有巴靈頓先生沒動他的蛋糕。他毫無預警地突然起身，不發一語地離開客廳。吉爾斯的母親毫不掩飾對自己丈夫舉動的驚訝，但什麼也沒說。哈利的目光始終沒離開雨果先生，一路追隨著他離開房間。而吃完蛋糕的狄金斯則把注意力轉回到煙燻鮭魚上，對周遭發生的一切顯然無所覺。

門一關起來，巴靈頓夫人就繼續聊天，彷彿沒有什麼不尋常的事情發生。「我相信你一定可以拿到布里斯托文法學校的獎學金，哈利，只要想想吉爾斯告訴我的那些事情就知道。你顯然是非常聰明的孩子，同時也是極有天分的歌手。」

「吉爾斯老是太言過其實，巴靈頓夫人。」哈利說，「我敢說，只有狄金斯才有十足的把握可以拿到獎學金。」

「可是布里斯托文法學校不提供音樂獎學金嗎？」

「男童高音沒有。」哈利說，「他們不想冒險。」

「我不確定我明白你的意思。」巴靈頓夫人說，「你這麼多年的合唱訓練是什麼也奪不走的。」

「沒錯，但遺憾的是，沒有人能預測變聲之後會怎麼樣。有些男童高音後來變成男低音或男中音，只有眞的運氣很好的人才能成爲男高音，但這事前都無法料得準。」

「爲什麼？」狄金斯頭一次表現出有興趣的樣子。

「有很多男童高音一變聲之後，就連在當地的合唱團都找不到容身之處。不信你去問問厄尼斯·勞夫⑬，全英國每一個家庭都聽過他演唱的〈鴿子之翼〉，但是變聲之後，再也沒有人聽到他開唱了。」

「你只需要更努力用功，」狄金斯一面吃一面說，「別忘了，文法學校一年提供十二個獎學金名額，我只能拿一份。」他實事求是地說。

「但這就是問題，」哈利說，「如果我要更努力用功，就必須放棄合唱，沒有補助，我就得離開聖貝迪，所以……」

「你現在是進退維谷。」狄金斯說。

哈利以前沒聽過這句話，決定晚一點再來問狄金斯。

「嗯，有件事情倒是可以肯定，」巴靈頓夫人說，「吉爾斯什麼學校的獎學金都申請不到。」

「這也不一定，」哈利說，「但是布里斯托文法學校很可能不會拒絕像他這種水準的左手打擊手。」

「我們得希望伊頓也能這麼想。」巴靈頓夫人說，「因爲他父親希望他能念伊頓。」

「我不要去伊頓，」吉爾斯放下叉子，「我要去念布里斯托文法學校，和我的朋友一起。」

「我相信你在伊頓也能交到新朋友。」他母親說，「如果你不能遵循你父親的腳步前進，他會失望透頂。」

⑬ Ernest Lough，1911–2000，英國知名的男童高音，曾灌錄唱片，暢銷百萬張。

副總管輕咳一聲。巴靈頓夫人望向窗外，看見一輛車開到門階下方。「我想你們回校的時間到了。」她說，「我可不想害你們自習遲到喔。」

哈利充滿渴望地看著那一大盤三明治和只吃了一半的生日蛋糕，但只能不情願地起身，走向門口。他再次回頭，確信自己看到狄金斯把三明治塞進口袋裡。他又瞥了窗外一眼，很意外地第一次注意到有個綁馬尾的瘦高年輕女孩，窩在角落裡看書。

「那是我可怕的妹妹艾瑪。」吉爾斯說，「她整天書看個不停，別理她。」哈利對艾瑪微笑，但她沒抬頭。狄金斯沒再多看她一眼。

巴靈頓夫人陪三個男生走到前門，和哈利與狄金斯握手。「希望你們兩位很快可以再來玩。」她說，「你們對吉爾斯有很好的影響。」

「謝謝您請我們喝茶，巴靈頓夫人。」哈利說。狄金斯只點點頭。她擁抱兒子，親吻他的時候，兩個男孩都轉開頭。

司機把車開下長長的車道，朝大門而去。哈利轉頭從後車窗看著大宅。他沒注意到艾瑪望著窗外逐漸遠去消逝的車子。

7

學校福利社每週二與週四下午四點到六點營業。

哈利很少造訪學生口中的這家「商場」，因為他一個學期只有兩先令的零用錢，而且也知道媽媽看見他學期末帳上有任何額外短少的金額都會不高興的。然而，在狄金斯生日的時候，哈利還是打破這條規則，想花一便士買一條軟糖給他這位朋友。

雖然哈利很少到福利社，但是每週二與週四，總是會有一條富萊男孩巧克力出現在他的書桌上。儘管學校規定，每個學生每週不得在福利社消費超過六便士，但吉爾斯也會給狄金斯留一包什錦甘草糖，而且清楚表明他不要回報。

那個星期四哈利到福利社，排進長長的隊伍裡等待買東西。看著一排排堆疊得整整齊齊的巧克力、軟糖、果凍、甘草糖和最新流行的史密斯洋芋片，他嘴巴開始流口水。他想過要給自己買一包，但最近讀過《塊肉餘生記》，認識書裡的威爾金斯．米考伯這號人物之後，他更進一步體會到六便士的價值。

就在眼饞地看著商場寶藏時，他聽見吉爾斯的聲音，隔著幾個人，排在他前面。正要打招呼的時候，他看見吉爾斯從架上拿了一條巧克力，塞進褲袋裡。幾分鐘之後，又摸了一包口香糖。吉爾斯排到的時候，把一包兩便士的什錦甘草糖和一包一便士的洋芋片擺在櫃檯上，負責管理福利社的史威沃斯先生整整齊齊地把金額登記在巴靈頓帳上。還有兩包東西在吉爾斯口袋裡，沒有登記。

哈利嚇壞了，趁吉爾斯還沒轉身之前就溜出福利社，不希望被他這位朋友攔下。哈利緩緩繞過校園，想搞清楚吉爾斯為什麼要偷東西，因為他明明付得起。他認為應該是有簡單緣由的，只是他想不出來是什麼。

哈利在晚自習開始之前走到書桌，發現那條偷來的巧克力在他桌上，而狄金斯的書桌上則有一包什錦甘草糖。他覺得很難集中精神去分析工業革命的原因，忙著拿主意，決定應該拿他的這個發現怎麼辦。

自習結束的時候，他做出決定。他把沒打開的巧克力放進書桌的第一個抽屜，決定要在星期四拿去福利社還，而且不告訴吉爾斯。

那天晚上哈利睡不著覺，早餐之後他把狄金斯拉到一旁，解釋他為什麼沒辦法買生日禮物給他。狄金斯不敢相信，詫異的表情完全掩不住。

「我爸的店裡也一直有這樣的問題，」狄金斯說，「這叫扒竊。《每日郵報》說這是因為經濟蕭條的緣故。」

「我不認為經濟蕭條對吉爾斯家造成什麼影響。」哈利有點傷感的說。

狄金斯若有所思地點點頭。「也許你應該告訴老福？」

「密告我最好的朋友？」哈利說，「絕對不可能。」

「可是如果吉爾斯被逮到了，會被退學的。」狄金斯說，「最起碼你應該要警告他，說你知道他在幹嘛。」

「我會想想看，」哈利說，「但在這之前，我要把吉爾斯給我的東西都還給福利社，先不讓他知道。」

狄金斯挨近他，「你可以幫我把我的東西也還回去嗎？」他輕聲說，「我沒去過福利社，不知道該怎麼做。」

哈利同意負起這個責任，之後他一個星期去福利社兩次，把不想收下的吉爾斯禮物擺回架上。他認為狄金斯是對的，他必須趁吉爾斯還沒被逮到之前找他說清楚，但決定延到學期結束再說。

✣

「打得好，巴靈頓。」球滾過邊界時，福洛比榭老師說。球場響起一波掌聲。「記住我說的，校長，巴靈頓會代表伊頓，在羅德球場迎戰哈羅校隊。」

「吉爾斯東窗事發就不行了。」哈利輕聲對狄金斯說。

「你暑假要幹嘛，哈利？」狄金斯問，似乎對周遭的一切渾然不覺。

「我今年不打算去托斯卡尼，如果這是你想問的問題。」哈利咧嘴笑說。

「我想吉爾斯也不是真的想去。」狄金斯說，「畢竟，義大利人又不懂板球。」

「這個嘛，我倒很想和他交換呢。」哈利說，「米開朗基羅、達文西和卡拉瓦喬不懂板球的微妙之處，我一點都不在意，更別提他得要吃多少義大利麵啊。」

「那你要去哪裡？」狄金斯問。

「到西海岸度假區去一個星期，」哈利裝腔作勢地說，「通常高潮就是到濱海威斯頓，然後到柯芬斯咖啡館吃炸魚薯條。你要一起來嗎？」

「我抽不出時間。」狄金斯顯然以爲哈利是說眞的。

「怎麼回事？」哈利繼續問。

「太多工作要做。」

「你暑假打算工作？」哈利不相信地問。

「對我來說，工作就是假期。」狄金斯說，「我非常樂在其中，就像吉爾斯熱愛他的板球，你愛唱你的歌一樣。」

「可是你在哪裡工作？」

「在市立圖書館，呆瓜。我需要的一切他們都有。」

「我可以和你一起去嗎？」哈利問，似乎很認眞，「如果要拿到布里斯托文法學校的獎學金，我就必須盡可能找到所有能找的助力。」

「可是你必須答應一直保持安靜。」狄金斯說。哈利想笑，但他知道他這位朋友不認爲工作是好笑的事。

「可是我迫切需要有人教我拉丁文法，」哈利說，「我還是不太懂副詞子句，更不要說假設語氣了。如果我不能通過拉丁文報告這一關，一切就完了，就算其他科目再好也沒用。」

「我會幫你溫習拉丁文法，」狄金斯說，「但你也要幫我一個忙。」

「說吧，」哈利說，「雖然我不相信你想在今年的合唱節擔任獨唱。」

「打得好，巴靈頓，」又是福洛比榭老師。哈利也跟著鼓掌。「這是他本季第三次拿超過五十分，校長。」福洛比榭老師補充說。

「別開玩笑，哈利。」狄金斯說，「事情是這樣的，我爸需要有人在暑假幫他送早報，我推薦你。工資是一週一先令，如果你能每天早上六點以前到店裡報到，這工作就是你的了。」

「六點？」哈利自嘲說，「要是你有個每天五點鐘就吵醒全家的舅舅，這就會是你最小的問題。」

「那你願意接下這個工作囉？」

「當然願意，」哈利說，「可是你自己爲什麼不做？週薪一先令的工作很不錯了。」

「不用你講我也知道，」狄金斯說，「可是我不會騎腳踏車。」

「噢，天哪，」哈利說，「我連腳踏車都沒有。」

「我不是說我沒有腳踏車，」狄金斯嘆口氣，「我是說我不會騎。」

「柯里夫頓，」板球員下場去喝茶時，福洛比榭老師說，「晚自習之後，到我的書房來一下。」

✣

哈利向來喜歡福洛比榭老師，他是少數幾個平等對待他的老師之一。福洛比榭老師似乎也沒有特別偏愛哪個學生，不像有些老師讓他明確感受到碼頭工人的兒子根本不該獲准進入聖貝迪的神聖大門，不論歌聲有多美好。

自習下課鐘響時，哈利放下筆，穿過走廊到福洛比樹老師的書房。他不知道學監為什麼要見他，但也沒多想。

哈利敲書房門。

「進來。」這人從來不多費唇舌。哈利打開門，很詫異地發現福洛比樹老師沒用慣有的微笑迎接他。

福洛比樹老師瞪著一路走到書桌前的哈利。「我獲悉消息，柯里夫頓，你一直從福利社偷東西。」哈利腦袋一片空白，拚命想著要怎樣回答才不會拖吉爾斯下水。「級長看見你從貨架上拿東西。」福洛比樹用同樣堅定的語氣繼續說，「然後還沒有排到櫃檯前面就溜走。」

哈利想說：「不是拿走，老師，是歸還。」但他說得出來的就只是：「我從來沒拿福利社的東西，老師。」儘管說的是實話，但他卻覺得自己雙頰發紅。

「那你怎麼解釋你一個星期去店裡兩次，但史威沃斯先生的帳簿裡卻沒有任何一筆帳登記在你名下。」

福洛比樹老師耐心等待，但哈利知道如果他說實話，吉爾斯肯定會被退學。

「這條巧克力和什錦甘草糖是在你書桌抽屜找到的，就在福利社關門之後不久。」

哈利低頭看著糖果，還是什麼都沒說。

「我等你給我一個解釋，柯里夫頓。」福洛比樹老師說。又一段漫長沉默之後，他說：「我當然知道你的零用錢比你班上的其他男生少得多，但這不是偷竊的藉口。」

「我這輩子沒偷過任何東西。」哈利說。

這會兒輪到福洛比榭老師覺得喪氣了，他從辦公桌後站起來，「若是這樣，柯里夫頓——我想要相信你——你在合唱練習後要給我一個完整的解釋，你顯然沒有付錢的糖果為什麼會到你手裡。如果你不能給我滿意的答案，那我們兩人就要一起去見校長，而他會建議怎麼處置，我一點都不懷疑。」

哈利走出房間，一關上門，就覺得想吐。他走回自習室，希望吉爾斯不在那裡。一開門，首先映入眼簾的就是又一條巧克力擺在書桌上。

吉爾斯抬起頭。「你還好嗎？」他看著哈利漲得通紅的臉說。哈利沒回答，把巧克力擺進抽屜裡，沒對他這兩位好朋友說半句話，就去參加合唱練習。吉爾斯的目光始終沒離開他身上，門一關上，他就轉身，隨口問狄金斯：「他是怎麼回事？」狄金斯繼續寫，好像沒聽見他的問題。

「你沒聽見嗎，兩隻耳朵都聽不見？」吉爾斯說，「哈利為什麼一臉不高興？」

「我只知道他被老福叫去了。」

「為什麼？」吉爾斯好像比較有興趣了。

「我不知道，」狄金斯說，手還是寫個不停。

吉爾斯站起來，穿過房間繞到狄金斯那一邊。「你為什麼不告訴我？」他抓著狄金斯耳朵問。

狄金斯丟下筆，緊張地摸摸眼鏡鼻架，更往上推一點，最後尖著嗓子說，「他有麻煩了。」

「哪一種麻煩？」吉爾斯擰著他的耳朵問。

「我想他可能會被退學。」狄金斯哀叫。

吉爾斯放開他的耳朵，笑了起來。「哈利，退學？」他語帶譏諷。「還不如說教宗被免職咧。」若非注意到狄金斯額頭冒出汗珠，他一定就回到自己的課桌了，「怎麼了？」他問，語氣審慎得多。

「老福認爲他在福利社偷東西。」狄金斯說。

要是狄金斯抬頭，就會看見吉爾斯臉白得像菸灰。一會兒之後，他聽見門關上。他拿起筆，想要專心，但這輩子頭一次，他沒寫完作業。

✣

一個鐘頭之後，哈利練唱結束出來之後，瞥見費雪靠在牆邊，臉上掛著掩不住的微笑。這時他才醒悟到是誰檢舉他的。他不理會費雪，大步往宿舍方向走，像個一無掛礙的人，儘管他事實上覺得自己像個正要走上斷頭台的人，知道除非出賣最親近的好朋友，否則絕對不可能逃過一劫。他略微遲疑一下，才敲學監的門。

「進來。」這兩個字比下午稍早那次的聲音柔和得多，但哈利一進門，迎接他的仍是那堅定不妥協的眼神。他低下頭。

「我欠你一個誠心誠意的道歉，柯里夫頓。」福洛比樹從辦公桌後面站起來說，「我現在知道犯錯的不是你。」

哈利的心還是怦怦狂跳，但現在他擔心的是吉爾斯。「謝謝您，老師。」他說，頭依舊沒抬起來。他有好多問題想問福洛比榭老師，但他知道老師什麼都不會回答的。

福洛比榭老師從辦公桌後面走出來，和哈利握手，這是以前沒有過的。「你最好快點，柯里夫頓，如果你還想吃晚餐的話。」

哈利從老福的辦公室出來，緩緩走向食堂。費雪站在門邊，一臉詫異。哈利逕自從他身邊走過，在狄金斯旁邊坐下。他對面的位子是空的。

8

吉爾斯晚餐時間沒出現，那天晚上他的床也沒人睡。若非聖貝迪以三十一分輸掉對亞文赫斯特的年度大賽，哈利猜不會有太多學生、甚至老師注意到吉爾斯不見了。

但是對吉爾斯來說很不幸的是，這是主場賽，所以學校的開場擊球員沒站在邊場就守備位置，每個人就都有一套說法，特別是費雪，只要有人願意聽，他就會不厭其煩地說學校搞錯該勒令退學的人了。

✣

哈利並不想放暑假，不只是因爲他很懷疑自己是不是還能再見到吉爾斯，同時也因爲這意味著他必須回到靜宅巷二十七號，再次和通常喝得醉醺醺回家的史丹舅舅睡同一個房間。

花了一整個晚上溫習考古題之後，哈利差不多十點鐘上床。他很快就睡著，但午夜剛過，就被醉到找不著自己床的舅舅吵醒了。史丹想對著夜壺尿尿，但總是無法正中目標，這聲音終此一生都將鏤刻在哈利心中。

史丹一倒在床上——他才懶得脫衣服呢——哈利就想辦法再入睡，但通常幾分鐘之後就被醉酒的鼾聲給吵醒。他渴望回到聖貝迪，回到和其他二十九個男生一起住的那個寢室。

哈利還是抱著期待，希望史丹會在某個卸下心防的時刻透露父親死因的更多細節，但大部分時候，他連最簡單的問題都回答得顛三倒四。有一回極其罕見的，他清醒得還能講話，但他叫哈利滾開，警告說要是再提起這個問題，就要揍他。

和史丹同住一個房間的唯一好處是，早晨送報絕對不會遲到。

哈利在靜宅巷的生活作息非常規律：五點起床，早餐一片吐司——他不再舔舅舅裝粥的碗——六點鐘到報紙經銷站找狄金斯先生報到，把報紙按正確順序疊好，然後分送各家。一整趟下來大約要花兩個鐘頭，讓他還可以趕在媽媽上班之前回家和她一起喝杯茶。大約八點半，哈利啓程去圖書館和狄金斯會合。狄金斯總是坐在台階頂端，等人來開門。

下午，哈利要去聖瑪麗雷克里夫練唱，這是他對聖貝迪所必須盡的義務之一。他從來沒把這當成義務，因爲他太喜歡唱歌了。事實上，他不止一次輕聲說：「祈求您，上帝，等我變聲之後，讓我成爲男高音，我不會再向您要求任何東西。」

晚上回家喝茶之後，哈利會在廚房餐桌做幾個鐘頭功課才去睡覺。他害怕舅舅回來，就像在聖貝迪的第一個星期怕費雪出現那樣。還好費雪已經去念寇斯東文法學校了，所以哈利認爲他們的人生再也不會有交集了。

✣

哈利很期待自己在聖貝迪的最後一年，雖然他一點都不懷疑，如果他和他的兩個朋友最後走上各自不同的道路，他的人生會有多麼大的改變：吉爾斯去他不知道的地方，狄金斯去布里斯托文法學校，而他或許會回到梅里塢初等學校，等到十四歲就離開學校，找份工作。他努力不去想考不取獎學金的後果，雖然史丹一有機會就提醒他，他永遠都可以在碼頭找到工作。

「一開始就不該讓這孩子去那間神氣活現的學校，」只要梅西一把粥碗擺在他面前，他就開始這麼說，「這讓他有非分之想。」他說，好像哈利人不在場似的。哈利覺得費雪一定會很贊同這個看法，但他老早以前就斷定史丹舅舅和費雪有不少共同之處。

「但是哈利當然應該有提升自己的機會吧？」梅西反駁說。

「爲什麼？」史丹說，「要是船塢對我和他老爸來說都夠好，爲什麼就對他不夠好？」他語氣斷然，不容反駁。

「也許這孩子比我們兩個聰明。」梅西說。

這句話讓史丹閉嘴，好半晌沒講話，但又吃了一匙粥之後，他說：「那要看你說的聰明是什麼意思。畢竟，聰明有很多種。」他又吃了一口，再也沒對他這偉大的觀察補充任何說明了。

舅舅每天早上一再舊調重彈的時候，哈利只忙著把他的吐司切成四塊。他從沒替自己講話，因爲史丹已經對哈利的未來拿定主意了，沒必要去改變他。史丹不明白的是，他的不斷嘲弄只會激勵哈利更加努力用功。

「不能整天在這裡混，」史丹最後的結論都是這樣，特別是他覺得自己的論點失去立場的時候。「我們有人可是有工作要做的，」他從餐桌站起來的時候又補上一句。大家都懶得和他理論。「還有一件事，」他打開廚房門的時候說，「你們都沒注意到這孩子變得軟弱了。他甚至不再舔我的粥碗了。天曉得他們在學校裡是怎麼教他的。」門在他背後重重甩上。

「別理你舅舅，」哈利的媽媽說，「他只是嫉妒。他不喜歡我們都這麼以你爲榮。要是你像你的朋友狄金斯那樣拿到獎學金，他的口氣肯定就要變了。」

「可是這就是問題，媽。」哈利說，「我和狄金斯不一樣，我甚至都懷疑這麼做值不值得了。」

全家人都不敢置信地盯著哈利看，最後已經好幾天沒開口的外公說：「我眞希望當初有機會去念布里斯托文法學校。」

「爲什麼，外公？」哈利大聲嚷著。

「因爲如果我去念書了，這些年來我們就不必和你史丹舅舅住在一起。」

✣

哈利很喜歡早上送報的行程，不僅僅是因爲可以離開家。隨著一週週過去，他認識了好幾位狄金斯先生的訂戶，有些人聽過他在聖瑪麗的獨唱，看見他送報來時會和他揮手，有的還會請他喝杯茶，甚至給他一顆蘋果。狄金斯先生警告過他，一路上必須小心兩條狗，但才不到兩個星期，他下腳踏車的時候，兩條狗都對著他搖尾巴。

哈利很高興發現霍康畢老師也是狄金斯先生的訂戶，他每天早上送來《泰晤士報》的時候，兩人都會聊幾句。哈利一點都不懷疑，他此生的第一位老師不希望他回梅里塢。霍康畢老師還說，要是哈利需要課外輔導，他晚上大多有空。

哈利送完報紙回到店裡，狄金斯太太總是在他離開前塞一條富萊巧克力到他的背包裡。這讓他想起吉爾斯。他經常想這他這位朋友不知怎麼了。自從福洛比榭老師找哈利去問話的那天之後，哈利和狄金斯就都沒再聽到他的消息。離開店裡回家之前，他總是在展示櫃前欣賞著一只他自己永遠買不起的手錶。他甚至沒費事問狄金斯太太價錢。

哈利每週的規律作息裡只有兩個休息時間。他總是想辦法空出星期六上午，帶著一週的《泰晤士報》舊報紙去找老傑克。星期天晚上，一完成在聖瑪麗的義務，他就要匆忙跨越一整個市區，及時趕上神聖基督降生教會的晚禱。

男童高音獨唱時，身體虛弱的蒙岱小姐會露出驕傲的微笑。她只希望自己可以活得夠長，親眼看到哈利進劍橋大學。她打算告訴他國王學院合唱團的事，但得先等他拿到布里斯托文法學校獎學金再說。

✣

「福洛比榭老師想讓你當級長嗎？」老傑克問，哈利才剛進火車車廂，都還沒來得及像平常一樣在他對面的椅子坐下呢。

「我不知道，」哈利回答說，「不蓋你，老福向來都說，」他拉拉領子說，「柯里夫頓，你這輩子會得到你應得的，不會多，當然也不會少。」

老傑克咯咯笑，然後說：「學老福學得很像嘛。」他很滿意，「那我猜，你是要當級長了。」

「我寧可拿到布里斯托文法學校的獎學金。」哈利說，突然顯得比實際的年齡老成。

「那麼你的朋友呢，巴靈頓和狄金斯？」老傑克問，想讓氣氛輕鬆一點，「他們也內定要有更高的職務嗎？」

「他們絕對不會讓狄金斯當級長。」哈利說，「他連自己都照顧不來，更別提要照顧別人。反正，他希望能去管圖書館，那個工作沒人要，福洛比樹老師應該不會為此失眠。」

「巴靈頓呢？」

「我不確定他下個學期能回來，」哈利憂心地說，「就算他回來，我也可以確定，他們不會讓他當級長。」

「別低估他父親。」老傑克說，「那人毫無疑問會想方設法確保他兒子在開學第一天就回到學校。而且我也不會說他絕對不能當級長。」

「希望你是對的。」哈利說。

「要是我說得沒錯，他會追隨父親的腳步去上伊頓？」

「他如果能表示意見就不會去。吉爾斯寧可和狄金斯與我去念布里斯托文法學校。」

「要是他不上伊頓，也不太可能進得了這所文法學校。他們的入學考試是全國最難的學校之一。」

「他告訴我說他有了計畫。」

「計畫得很棒才行，如果他想要愚弄父親，也愚弄考官的話。」

哈利沒回答。

「你媽媽還好嗎？」老傑克改變話題問，因為這孩子顯然不想繼續談這件事。

「她剛升職。她現在負責管理棕櫚宮餐廳所有的女服務生，直接受飯店經理富蘭普頓先生指揮。」

「你一定很以她為榮。」老傑克說。

「是啊，我是，先生。不只是這樣，我還用事實證明。」

「你心裡打什麼主意？」

哈利把秘密告訴他。老人很認真聽，不時贊同地點頭。他看得出來其中有個小問題，但並非不能克服。

✣

哈利送完報紙回到店裡，這是他開學前的最後一趟了。狄金斯先生給他一先令的獎金，「你是我請過最好的報僮。」

「謝謝你，先生，」哈利把錢放進口袋裡，「狄金斯先生，我可以請教一個問題嗎？」

「當然可以，哈利。」

哈利走向展示櫃，最頂層的架子有兩只手錶並排陳列。「這一只錶要多少錢？」他指著那只英格索蘭手錶問。

狄金斯先生露出微笑。他等哈利問這個問題已經等了好幾個星期，答案老早就準備好了。「六先令，」他說。

哈利不敢相信。他一直認爲這麼了不得的東西應該要超過這個價錢的兩倍。但是雖然他每個星期存起一半的工資，再加上狄金斯先生的獎金，他還少了一先令。

「你知道嗎，哈利，這是女錶？」狄金斯先生說。

「是的，我知道，先生。」哈利說，「我想送給我媽媽。」

「那你可以用五先令買到。」

哈利不敢相信自己運氣這麼好。

「謝謝你，先生。」他說，掏出四先令，一個六便士，一個三便士，和三個一便士，口袋裡一毛都不剩了。

狄金斯先生從展示櫃裡拿出手錶，偷偷取下十六先令的價格標籤，然後擺進一個小盒子裡。

哈利吹著口哨離開店裡。狄金斯先生露出微笑，把十先令的紙鈔放進收銀箱裡，很高興自己完成了在這樁買賣裡的角色。

9

鐘響。

「該換衣服了。」學期開始的第一天，值班級長在新生寢室說。他們看起來都好小，也很無助，哈利想。其中一兩個顯然強忍住眼淚，其他的則四處張望，不確定接下來該怎麼做。有個男生面對牆壁發抖。哈利迅速走向他。

「你叫什麼名字？」哈利語氣溫和地問。

「史帝文生。」

「嗯，我是柯里夫頓，歡迎來到聖貝迪。」

「我是崔克斯伯利，」站在史帝文生床鋪另一側的男生說。

「歡迎來到聖貝迪，崔克斯伯利。」

「謝謝你，柯里夫頓。其實我父親和祖父都是這裡的校友，在他們去上伊頓之前。」

「我相信是，」哈利說，「我敢說，他們一定代表伊頓，在羅德球場出戰哈羅。」他說，但話一出口就後悔了。

「不，我父親玩水，」崔克斯伯利鎮定地說，「不玩地上的。」

「玩水？」哈利說。

「他帶領牛津划艇隊出戰劍橋隊。」

史帝文生哭了出來。

「怎麼回事？」哈利問，坐在他旁邊的床上。

「我爸只是個電車司機。」

所有的人都停止整理行李，瞪著史帝文生。

「是這樣的啊？」哈利說，「那我最好告訴你一個秘密，」他說，聲音大得足以讓寢室裡的每一個人都聽見他說的話，「我是碼頭工人的兒子。如果你是領合唱獎學金的新生，我一點都不意外。」

「不是，」史帝文生說，「我是拿開放獎學金的。」

「那就大大恭喜你，」哈利和他握手說，「你們這些傢伙有歷史悠久的良好傳統。」

「謝謝你，但我有一個問題。」這孩子低聲說。

「什麼問題，史帝文生？」

「我沒有牙膏。」

「別擔心，老兄，」崔克斯伯利說，「我媽總是替我多準備一份。」

哈利露出微笑，鐘又響了。「所有的人都上床。」他堅定地說，穿過寢室，走向門口。

他聽見一個耳語的聲音：「謝謝你的牙膏。」

「別客氣了，老兄。」

「好了，」哈利熄燈，「在明天早上六點半鐘響之前，我不希望再聽見任何人講話的聲音。」他等了一會兒，聽見有人在竊竊私語。「我是認眞的——不准再說話。」他微笑著走下樓梯，和狄金斯與巴靈頓在高年級自習室會合。

回到聖貝迪之後，在開學的第一天，就有兩件事讓哈利很意外。他才剛走進校門，福洛比樹老師就把他拉到一旁。

「恭喜，柯里夫頓，」他輕聲說，「這消息要明天早上朝會的時候才會公布，但你會是新的學生會會長。」

「應該是吉爾斯吧。」哈利想也沒想就說。

「巴靈頓會是球隊隊長，而——」

一聽到他這位朋友要回聖貝迪的消息，哈利就高興得跳了起來。老傑克說對了，雨果先生會想方設法讓兒子在開學的第一天就回到學校。

一會兒之後，吉爾斯走進前廳，兩個男生握了手，哈利一次也沒提到那件勢必都在他倆心裡的事。

「那些菜鳥怎麼樣？」哈利走進自習室時，吉爾斯問。

「其中有一個讓我想到你。」哈利說。

「一定是崔克斯伯利。」

「你認識他？」

「不認識，但我爸在伊頓的時候，他父親也在。」

「我告訴他說我是碼頭工人的兒子，」哈利說，癱在房間裡唯一還算舒服的椅子裡。

「真的？」吉爾斯說，「那他有沒有告訴你，他是內閣部長的兒子。」

哈利沒答腔。

「有哪幾個我要特別注意的嗎？」吉爾斯說。

「史帝文生，」哈利說，「他是狄金斯和我的混合體。」

「那我們最好把防火門鎖起來，免得他衝出去。」

哈利不時思索，要是那天晚上老傑克沒勸他回聖貝迪，他現在可能會在哪裡。

「我們明天第一堂課是什麼？」哈利問，查看自己的課程表。

「拉丁文。」狄金斯說，「所以我現在才會教吉爾斯第二次迦太基戰爭。」

「公元前二一八年至二〇一年。」哈利說。

「我始終很好奇，希臘人和羅馬人怎麼好像知道耶穌基督什麼時候會誕生似的。」吉爾斯說。

「呵，呵，呵。」哈利說。

狄金斯沒笑，卻說：「終於，我們可以開始思考第三次迦太基戰爭了，公元前一四九年至一四六年。」

「我眞的必須把這三場戰爭全搞懂？」吉爾斯說。

✣

聖瑪麗雷克里夫教堂擠滿來自城裡和學校的人，來參加有八段讀經與八首聖歌的基督降臨節儀式。唱詩班穿過正廳進來，沿著走道緩緩前進，一面唱著〈齊來崇拜〉，然後站到唱詩班的位置上。

校長讀第一段經文。接著是〈小小的伯利恆〉。儀式程序單上寫著第三段獨唱會由哈利・柯里夫頓擔綱。

何等安寧，何等恬靜，眞神賜奇妙恩，神將……哈利的媽媽驕傲地坐在第三排，坐在她旁邊的老太太則想告訴所有參加禮拜的人，他們將要聽到她外孫的歌聲。坐在梅西另一邊的老先生什麼也聽不見，但從他一臉心滿意足的微笑，你絕對看不出來。史丹舅舅則不見人影。

校隊隊長讀第二段經文。吉爾斯回座時，哈利注意到他旁邊坐了一位滿頭銀髮、外型出眾的人，想必就是華特・巴靈頓爵士。吉爾斯有一回說，他祖父住在比他家更大的宅邸裡，但哈利覺得不可能。吉爾斯的另一側是他母親和父親。巴靈頓夫人對他微笑，但巴靈頓先生連一次都沒看他這邊。

風琴彈出〈朝拜新生王〉的前奏，信眾起立，賣力齊唱。接下來一段經文是由福洛比榭老師來讀，之後就是蒙岱小姐心裡想著的禮拜儀式高潮了。哈利唱出〈平安夜〉時，千名信眾凝神傾聽，那澄澈自信的嗓音連校長都露出微笑。

下一段經文是圖書館監管員獻讀。哈利已經教他唸過很多遍聖馬可的福音。狄金斯一直想要逃脫這個任務，他對吉爾斯說過，但福洛比榭老師堅持，第四段向來都是由圖書館員來唸的。狄金斯不是吉爾斯，但唸得也不差。他回座坐到爸媽身邊時，哈利對他眨眨眼。

信眾留在座位上，聽唱詩班起立唱〈信徒歡唱〉。哈利認爲這首聖詩是難度最高的，因爲和音非常不符常規。

霍康畢老師閉起眼睛，才能更清楚聽見這位高年級合唱獎學金得主的歌聲。哈利唱到「信徒歡唱，以心以靈以聲」時，他覺得他在哈利聲音裡聽見微小到幾乎無法察覺的雜音。他想哈利一定是感冒了。蒙岱小姐很清楚狀況。她聽過太多這樣的初期徵兆。她暗自祈禱自己是聽錯了，但也知道自己的禱告並沒有被應允。哈利唱完整個禮拜儀式，只有少數幾個人明白發生什麼事情了，他可以再撐幾個星期，或許幾個月，但到了復活節，獨唱聖歌的就會是另一個男生了。

禮拜開始不久時才露面的一個老人，也對發生的事情了然於胸，毫不懷疑。他在主教誦唸最後禱詞之前離開。他知道哈利要到下個星期六才會來看他。這讓他有時間思索該怎麼回答這無可迴避的問題。

✣

「我可以和你單獨談一下嗎，柯里夫頓？」自習課下課鐘響時，福洛比榭老師說，「或許到我的辦公室來。」哈利永遠忘不掉上一次聽到這句話的情景。

哈利關上辦公室的門，學監招手要他坐到壁爐前的位子來，這是他以前沒有過的動作。「我只是希望你放心，哈利，」——這也是第一次——「你沒辦法再待在合唱團，並不影響你的津貼。聖貝迪瞭解你對學校的貢獻不只限於教堂。」

「謝謝您，老師。」哈利說。

「然而，我們必須考慮你的未來。音樂老師告訴我，你的聲音要完全恢復，還需要很長一段時間，我擔心這恐怕就表示我們必須務實地考量你獲得布里斯托文法學校合唱獎學金的機會。」

「根本沒有機會。」哈利平靜地說。

「我不得不贊同你的看法。」福洛比樹說，「你瞭解這個狀況，讓我鬆了一口氣。但是，」他繼續說，「我很樂意把你的名字加進布里斯托文法學校開放獎學金的名單裡。不過，」哈利還來不及有反應，他就說：「在這樣的情況之下，你或許可以考慮去，比方說，科爾斯頓學校或格勞徹斯特國王學院，拿到津貼的機會比較大，這兩所學校的入學考試都比較不那麼嚴格。」

「不，謝謝您，老師。」哈利說，「我的第一志願還是布里斯托文法學校。」上個星期六老傑克對他叨唸什麼別斷了後路之類的話時，他也以同樣堅決的語氣回答。

「那就這樣，」福洛比樹老師早料到他會這樣回答，但覺得還是有義務提醒他考慮其他的選項，「好，我們要把劣勢扭轉成優勢。」

「您建議我怎麼做，老師？」

「這個嘛，你現在不必練唱，就有更多時間準備入學考試。」

「是的，老師，但我還有工作責任……」

「我會在我的權力範圍內讓你以後的學校幹部任務不那麼繁重。」

「謝謝您，老師。」

「順便告訴你，哈利，」福洛比樹老師從椅子上站起來。「我讀過你寫的那篇珍．奧斯汀的報告，裡面的觀點讓我覺得很有意思。你說如果奧斯汀小姐可以去上大學，或許就不會寫小說，就算寫小說，她的作品也可能不會這麼發人深省了。」

「有時候不利因素也會是有利條件。」

「這好像不是珍．奧斯汀說的吧。」福洛比榭老師說。

「不是，」哈利回答說，「但這是某個沒上大學的人說的。」他沒再多加解釋。

✣

梅西看著新手錶，微笑說：「我得走了，哈利，否則就要遲到了。」

「沒問題，媽，」哈利從桌旁站起來，「我陪你走到電車站。」

「哈利，你有沒有想過，如果拿不到獎學金，你要怎麼辦？」媽媽終於開口問在心裡揣了好幾個星期的問題。

「我常常想，」哈利為她開門，說，「可是在這個問題上我沒有太多選擇。我必須回梅里塢，到了十四歲，就離開學校找工作。」

10

「你覺得你已經準備好去面對考官了嗎，孩子？」老傑克說。

「和平常一樣準備充分。」哈利回答說。「喔，還有，我聽了你的建議，查看過去十年來的考古題。你說得沒錯，確實是有模式可循，隔段固定的時間，相同的問題就會再出現。」

「很好。你的拉丁文怎麼樣呢？我們這科可輸不起喔，不論你其他科目成績有多好。」

聽到老傑克說「我們」，哈利露出微笑。「多虧狄金斯，我上週模擬考考了六十九分，雖然我讓漢尼拔爬過了安地斯山。」

「只差六千哩而已。」老傑克輕笑說，「那你認爲你最大的問題會是什麼？」

「聖貝迪有四十個男生參加考試，更別提還有其他學校來的兩百五十個學生。」

「別理他們，」老傑克說，「只要你充分發揮能力，他們都不會成爲問題的。」

哈利默不作聲。

「那麼你的嗓子情況如何？」老傑克問。只要哈利一不講話，他就改變話題。

「沒什麼新進展。」哈利說，「還要好幾個星期才能知道，我會是男高音、男中音或男低音，就算知道了，也不能保證我還能唱得好。不過有件事情倒是確定的，布里斯托文法學校不會給我合唱獎學金，因爲我就像跛了腳的馬。」

「別亂說了，」老傑克說，「沒那麼慘。」

「更慘，」哈利說，「如果我是馬，他們會一槍殺了我，讓我不再痛苦。」

老傑克笑起來。「考試是什麼時候？」他問，雖然他明明知道答案。

「下下星期四。我們九點鐘開始考通識，接著一整天還有五科要考。最後一堂是四點鐘的英文考試。」

「用你最喜歡的科目收尾，還挺好的。」傑克說。

「希望是，」哈利說，「但是祈禱今年考狄更斯，因爲已經三年沒考了，所以我熄燈之後都在啃他的書。」

「威靈頓在他的回憶錄裡說，」老傑克說，「任何戰役最慘的時刻就是等待戰場太陽升起的那一刻。」

「鋼鐵公爵的這句話我同意。意思就是，接下來兩個星期我不能睡太多覺了。」

「所以更有理由下個星期不來看我，哈利。你應該更好好利用你的時間。要是我記得沒錯，今天是你的生日。」

「你怎麼知道？」

「我承認，我沒在《泰晤士報》社交版上讀到這個消息。不過既然今年和去年同一天，我就孤注一擲，給你買個小禮物。」他拿出一個用上週報紙包起來的小包裹，交給哈利。

「謝謝你，先生。」哈利解開繩子說。他拆掉報紙，打開深藍色的小盒子，不敢置信地盯著裡面的東西：擺在狄金斯先生展示櫃裡的英格索蘭男錶。

「謝謝你。」哈利又道謝，把錶戴在手腕上。他無法轉開目光，看了好久好久，心裡只是納悶，老傑克怎麼負擔得起六先令。

✣

考試當天，哈利在太陽升起之前許久就已醒來。他沒吃早餐，利用時間溫習通識的考古題，確認從德國到巴西的首都，從華爾波到喬治·勞合的歷任首相，以及從阿佛烈到喬治五世的歷任國王在位時間。一個鐘頭之後，他覺得已經準備好要面對考試了。

他再次坐在前排，在巴靈頓與狄金斯中間。這會是他的最後一次嗎？他忖思。塔上的時鐘敲響十下，七位老師穿過一排排課桌，發下通識考卷給四十名緊張的學生。呃，是三十九名緊張的男生，再加上狄金斯。

哈利慢慢看著試卷，看到第一百題時，臉上忍不住露出微笑。他拿起筆，蘸蘸墨水，開始寫。四十分鐘之後，他又來到第一百題。他瞥一眼手錶，還有十分鐘可以再檢查一次答案。他停在第三十四題，重新思索原本的答案。因爲叛國而被送進倫敦塔的是奧利佛·克倫威爾，還是湯瑪斯·克倫威爾？他回想起沃爾西樞機主教的命運，選擇了取代他成爲大法官的那個人[14]。

鐘聲再次響起，哈利已經檢查到第九十二題。他迅速查看剩下的八題答案，直到試卷被搶走，最後一個答案——查爾斯·林白——墨跡猶未乾。

二十分鐘的休息時間裡，哈利、吉爾斯和狄金斯緩緩繞著板球場走，才一個星期之前，吉爾斯在這裡擊出一百分的好成績。

「amo，amas，amat，」狄金斯費勁地帶他們複習詞性變化，一次也沒查閱《甘納迪之拉丁文入門讀本》。

「Amamus，matis，amant。」哈利跟著複誦，和他們一起走回試場。

一個鐘頭之後，哈利交出他的拉丁文試卷時，覺得很有自信，可以拿到比及格的六十分更高的分數。就連吉爾斯都好像對自己很滿意。三個人一起走向食堂時，哈利攬著狄金斯的肩頭說：「謝謝你，老朋友。」

這天早上看完地理科試題之後，哈利默默感謝他的秘密武器。這些年來，老傑克傳授給他好多知識，他甚至不覺得自己是在上課。

午餐時間，哈利沒拿起刀叉。吉爾斯想辦法吃了半個肉派，狄金斯則吃個不停。

下午的第一科考試是歷史，他一點也不擔心。亨利八世、伊麗莎白、雷利、德瑞克、拿破崙、納爾遜、威靈頓走過戰場，而哈利則陪他們再次跨過試場。

數學科比他預期來得簡單許多。吉爾斯甚至認爲自己可以再拿個一百分。

最後一堂考試之前的休息時間，哈利回到自習室，再重讀他所寫的《塊肉餘生記》報告，很有把握可以在他最喜歡的科目出類拔萃。他緩緩走回試場，一再默唸霍康畢老師最喜歡講的兩個字：專心。

⓮ 英王亨利八世爲了想與皇后離婚迎取新歡安妮．波林，命樞機主教沃爾西（Thomas Wolsey，1471–1530）去說服教皇批准，遲無成果，遭革職，並被控叛國，於返回倫敦途中病逝，其大法官職位爲湯瑪斯．克倫威爾（Thomas Cromwell, 1st Earl of Essex，1485–1540）接替。克倫威爾推動宗教改革，對抗羅馬教廷，並使亨利八世順利離婚。

他瞪著這天的最後一張考卷，發現今年的題目是湯瑪斯．哈代和路易斯．卡羅。他讀過《卡斯特橋市長》和《愛麗絲夢遊仙境》，但是他對瘋帽客、邁可．漢察德、柴郡貓並不像裴果提、奇里普先生或巴奇斯那麼熟悉。他的筆緩慢地爬過試卷，一個小時之後鐘響時，他甚至不確定自己寫得是不是足夠。他走出試場，踏進下午的陽光裡，覺得很沮喪，雖然從他競爭對手臉上的表情看起來，他們也覺得試題很難。這讓他心想，他是不是還有機會。

✣

接著是霍康畢老師經常形容爲考試最可怕的一部分，也就是在榜單正式貼在學校布告欄之前無盡的等待。這段時間學生常會做他們最後會覺得後悔的事，彷彿寧可退學也不願面對自己的命運似的。有個男生躲在腳踏車棚後面喝蘋果酒被逮到，另一個在廁所裡抽菸，還有一個在熄燈後溜出去看電影。

下一個星期六，吉爾斯去獵鴨，是他本季的第一次。狄金斯回圖書館，哈利則走很長的路，在腦袋裡一遍又一遍思索自己的答案，但並沒有任何幫助。

星期天下午，吉爾斯練習揮棒。星期一，狄金斯很不情願地交出圖書館的職務。星期二，哈利讀湯瑪斯．哈代的《遠離塵囂》，大聲咒罵。星期三晚上，吉爾斯和哈利講話講到半夜，而狄金斯則睡得很熟。

✣

星期四早上，塔上的時鐘還沒敲響十下之前，四十個男生老早就在院子裡徘徊，手插口袋，頭低著，等待校長出現。雖然他們知道，奧克夏特校長絕對會一分不早也一分不晚地準時現身，但九點五十五分，大部分人的眼睛都還是望向院子另一端，等待校長宿舍的門開啓。其餘的則仰望大會堂的時鐘，希望分針走得快一點。

第一聲鐘響時，薩繆爾．奧克夏特校長打開門，踏上步道。他一手拿著一張紙，另一手拿著四根圖釘。是個凡事做足準備的人。他走到步道盡頭，打開小院門，以慣常的步伐穿過院子，渾然不在意周圍的一切。學生們馬上退開來，讓出一條通道讓校長可以暢行無阻。在第十聲鐘聲響起時，他停在布告欄前面，把考試結果貼在布告欄上，然後一句話也沒說地走開。

四十個男生一擁而上，爭先恐後，在布告欄前面亂成一團。沒有人覺得意外，狄金斯以九十二分高居榜首，獲得布里斯托文法學校的佩洛居獎學金。吉爾斯跳了起來，毫不掩飾看見自己六十四分過關時的雀躍。

他們同時轉頭找他們的朋友。哈利一個人站著，遠離喧囂。

梅西・柯里夫頓 1920—1936

11

亞瑟和我結婚的時候，那場面和所謂的「花錢不手軟」一點都沾不上邊，但話說回來，當時不管是坦寇克家或柯里夫頓家，都沒見過什麼大錢就是了。結果最大的一筆支出是唱詩班，花了半克朗，但每一分錢都值得。我一直很想加入蒙岱小姐的唱詩班，雖然她說我的歌聲夠好，但並沒有把我列入考慮，因爲我不能讀也不會寫。

茶會（其實根本算不上是）在亞瑟爸媽位於靜宅巷的連棟屋舉行：一桶啤酒、一些花生醬三明治和十幾個肉派。我哥哥史丹甚至帶了他自己的炸魚薯條來。更重要的是，我們必須早點離開，才能趕上巴士去濱海威斯頓度蜜月。亞瑟在面海的賓館訂了房間，週五晚上入住，但因爲整個週末幾乎都在下雨，所以我們很少離開房間。

我的第二次性經驗也在濱海威斯頓發生，感覺很怪。頭一次看見亞瑟裸體，我簡直嚇壞了。一條粗劣縫合的暗紅色傷疤劃過他整個肚子。該死的德國人。他從沒提過他在戰爭期間受傷的事。

一點也不意外的，我一脫掉襯裙，亞瑟就勃起了，但我必須承認，我本來期待他在我們做愛之前先脫掉靴子的。

我們在星期天下午離開客棧，趕搭最後一班巴士回布里斯托，因爲亞瑟星期一早上六點得到碼頭報到。

婚禮之後，亞瑟搬到我們家——住到我們可以負擔得起自己的房子為止，那通常也就是說，等到他或我爸媽過世。反正不管怎樣，我們兩家都從不知多久以前就住在靜宅巷了。

聽到我懷孕，亞瑟很高興，因為他希望至少生六個小孩。我擔心的是這頭一胎不知道是不是他的，但是既然只有我媽和我知道眞相，亞瑟也就沒有理由懷疑了。

八個月之後，我生下兒子，謝天謝地，沒有什麼讓人懷疑他不是亞瑟的孩子。我們給他的教名是哈洛德，這讓我爸很開心，因為這表示他的名字會延續到下一代。

自此而後，我理所當然的認為，就像我媽和奶奶一樣，我會因為每隔一年就生個小孩而永遠待在家裡。畢竟，亞瑟家有八個手足，而我是五個兄弟姐妹裡的老四。結果哈利卻是我唯一的小孩。

✣

亞瑟傍晚下工之後通常直接回家，這樣才能在我帶兒子上床睡覺之前，多陪兒子玩一會兒。那個星期五晚上他沒像往常一樣回家時，我以為他是和我哥哥去酒館了。史丹午夜過後步履蹣跚地回來，喝得爛醉，掏出一疊五鎊鈔票。但亞瑟卻不見人影。史丹給我一張五鎊鈔票，讓我懷疑他是不是搶了銀行。但等我問他亞瑟人呢，他卻悶不吭聲。

我那天晚上沒睡覺，坐在樓梯底端等我丈夫回家。打從我們結婚以後，亞瑟就從來沒有徹夜不歸。

雖然隔天早上史丹到廚房的時候已經酒醒，但吃早飯時一句話也沒說。我再次問他亞瑟在哪裡，他說從前一天下班就沒看見他了。很容易就看穿史丹在說謊，因爲他不看你的眼睛。我正要進一步逼問他的時候，有人砰砰敲著大門。我的第一個想法是亞瑟回來了，所以衝去開門。

一打開門，兩名警員衝進來，跑進廚房抓住史丹，給他銬上手銬，說他因爲竊盜罪被捕了。這下子我總算知道那疊五鎊鈔票是哪裡來的。

「我什麼也沒偷。」史丹抗議，「錢是巴靈頓先生給我的。」

「說得跟眞的一樣啊，坦寇克。」一名警員說。

「老天在上，這絕對是事實啊，長官。」他一面嚷著，一面被拖去關。這一次我知道史丹沒說謊。

我請我媽照顧哈利，自己跑到碼頭去，希望發現亞瑟在上早班，可以告訴我史丹爲什麼被捕。我不去想另一個可能性：亞瑟也被關起來了。

大門的那個人告訴我說一整個早上都沒看見亞瑟。但查過出勤表之後，他很困惑，說亞瑟昨天晚上沒有簽退。他就只是一直說：「別怪我，我昨天晚上沒在大門當班。」

直到後來我才覺得狐疑，他怎麼覺得我會「怪」他。

我走進碼頭，問了亞瑟的幾個同事，但他們說的都是同一句話：「從昨天晚上下班之後就沒看到他了。」然後就快步走開。我正打算去牢裡看看亞瑟是不是也被關起來的時候，看見一個老人低著頭走過去。

我跟在他後面。以爲他會叫我滾開或說他不知道我幹嘛跟蹤他。但我走近時，他停下腳步，摘下帽子，說：「早安。」他彬彬有禮的態度讓我意外，也讓我有信心敢問他這天早上有沒有看見亞瑟。

「沒有，」他回答說，「我最後一次看見他是昨天下午，他和你哥哥一起值晚班。也許你應該問他。」

「我沒辦法問，」我說，「他被逮捕，送進牢裡了。」

「他們用什麼罪名抓他？」老傑克問，似乎很不解。

「我不知道。」我回答說。

老傑克搖搖頭。「我幫不了你，柯里夫頓太太。」他說，「可是最起碼有兩個人知道事情原委。」他的頭往一幢紅磚建築點了點。亞瑟向來叫那裡是「高層」。

我看見有個警察從那幢建築的大門出來，不禁打個哆嗦。等我回頭看，老傑克已經不見了。

我考慮過要去「高層」，或者正式來說是巴靈頓大樓，但想想還是決定不要。畢竟，和亞瑟的老闆面對面，我又該說什麼呢？最後我不知所措地走回家，想把事情搞清楚。

✣

雨果．巴靈頓作證的時候，我看見他了。同樣自信，同樣傲慢，同樣用堅定不移的語氣對陪審團講出半眞半假的證詞，就像當初他在隱密的臥房裡對我說話那樣。他走下證人席的時候，我知道史丹擺脫罪名的機會幾乎等於零。

在法官的結案陳詞裡說我哥哥是個慣見的竊犯，利用職務之便盜取僱主財物。最後他說，他別無選擇，只能判史丹入獄三年。

審判期間，我每天都去旁聽，希望能從中得到蛛絲馬跡，知道亞瑟那天是出了什麼事。但在法官宣布「休庭」的時候，我還是什麼都不知道。雖然我確知我哥哥沒有說出事情的全貌。我過了很久才發現是為什麼。

另一個每天出庭旁聽的人是老傑克．塔爾，但我們沒有交談。事實上，若不是為了哈利，我後來很可能不會再見到他。

✣

過了好一段時間，我才接受亞瑟再也不會回來的事實。

史丹離開幾天之後，我領悟了「捉襟見肘」這個詞的眞正意義。賺錢維持家計的兩個人，一個被關進大牢，一個天曉得哪裡去了，我們很快就發現我們眞的要去排隊領救濟品了。還好，靜宅巷有條不成文的慣例：要是有人「出門度大假」，鄰居會想辦法幫忙照顧他的家人。

華茲牧師定期來訪，甚至還把我們這些年放進捐獻箱裡的銅板還我們一些。蒙岱小姐不定期出現，不只帶來好的建議，離開的時候籃子也總是空的。但是對我來說，丈夫失蹤，哥哥無辜入獄，兒子沒有父親，都是怎麼也彌補不了的。

哈利才剛學會走路，踏出他人生的第一步，但我已經擔心聽見他講出的第一個字。他會不會記得過去坐在桌首的那個人，問我說他爲什麼不見了？爸爸想出了解決辦法，萬一哈利問起，我們應該如何回答。我們必須統一口徑，告訴他同樣的故事。畢竟，哈利不太可能會碰到老傑克。

但當時坦寇克家最迫切的問題是如何趕走門口的豺狼，或者更重要的，收租金的人和驅逐執行官。我用掉史丹的那張五鎊鈔票，典當我媽的鍍銀濾茶器和我的訂婚戒指，最後連我的結婚戒指也當了，我很擔心過不了多久，我們就會被收回房子，掃地出門。

但是過了好幾個星期之後，才再有人來敲門。這一次不是警察，是位史帕克先生。他說他是亞瑟工會的代表，來看我是不是拿到公司的補償金了。

我讓史帕克先生在廚房餐桌坐下，幫他倒了茶，告訴他說：「一毛都沒有。他們說他無故失蹤，所以他們沒有任何責任。我到現在還不知道那天究竟是出了什麼事。」

「我也不知道，」史帕克先生說，「他們都守口如瓶，不只是管理階層，連工人也一樣。我從他們嘴巴裡挖不出半點消息來。『不值得我賠上一條命啊。』其中有個人告訴我。不過你丈夫的勞保金都按期繳付，」他又說，「所以你也應該拿到工會的補償金。」

我愣在那裡，不知道他要幹什麼。

史帕克先生從公事包裡拿出一份文件，攤在餐桌上，翻到最後一頁。

「在這裡簽名，」他指著劃線的那一行。

我在他指的地方畫個叉之後，他從口袋掏出一個信封。「不好意思，錢很少。」他交給我說。

我等到他喝完茶離開之後，才打開信封。

七鎊九先令六便士，是他們補償亞瑟一條命的價值。我獨自坐在餐桌旁，心想，這時我該知道自己再也見不到丈夫了。

那天下午我去當鋪，從科恩先生那裡贖回我的結婚戒指，爲了紀念亞瑟，這是我最起碼能做的。隔天早上，我付清拖欠的租金，以及肉店、麵包店，當然還有蠟燭店的賒帳，我過不了多久就必須再回到當鋪，把結婚戒指再次交給科恩先生。

等收租金的人來敲二十七號的門，沒得到回應時，我想全家人都不會意外，下一個來敲門的就會是驅逐執行官。就是在這時，我決定應該去找份工作。

12

梅西找工作本來就不容易，如今又更難，因爲政府才剛下達指令，建議僱主在僱用員工時優先考慮軍中退役的男人。這是爲了實踐勞合．喬治的允諾，讓英國軍人像英雄那樣光榮返家。

儘管婦女因爲戰時在軍需工廠的出色表現，所以在上次選舉之中，三十歲以上的婦女有了投票權，但在承平時期，她們找工作時總是被擠到隊伍的最末端。梅西斷定，她最好的機會是找男人不會考慮的工作，也就是要求太煩瑣或工資太低的工作。梅西揣著這樣的想法，在全市僱用員工最多的威爾斯公司外面排隊。輪到她的時候，她問負責招工的人說：「聽說你們的香菸工廠在招募包裝工人，是眞的嗎？」

「是的，可是你太年輕，寶貝。」他對她說。

「我二十二歲了。」

「你太年輕。」他又說一遍，「過兩三年再回來吧。」

梅西回到靜宅巷，和哈利與她媽媽分吃一碗雞肉湯和上週的麵包。

隔天，她在酒商哈維公司外面排隊，隊伍比昨天更長。三個鐘頭之後終於輪到她，一個戴白色漿領、打黑色細領帶的男人告訴她說，他們只收有經驗的人。

「那我要怎麼才能有經驗？」梅西問，儘量不顯得失望。

「加入我們的學徒計畫。」

「那我加入。」她告訴這個白漿領。

「你幾歲？」

「二十二。」

「年紀太大了。」

梅西把這為時六十秒的面談過程，一字不漏地轉述給她媽媽聽，同時配著同一鍋更稀的湯與同一條麵包。

「你可以去碼頭試試看。」她媽媽說。

「你在想什麼啊，媽？我應該去應徵裝卸工？」

梅西的媽媽沒笑，不過梅西也不記得她上回笑是什麼時候。「他們一直都需要清潔工。」她說，「而且天曉得他們欠你多少。」

隔天早上天還沒亮，梅西就起床穿好衣服，早餐不夠全家人吃，所以她空著肚子出門，走很長的路到碼頭去。

抵達以後，她告訴大門口的人說她要找清潔打掃的工作。

「去找涅特斯太太報到。」他說，朝著那幢她有一回差點走進去的紅磚建築點點頭，「僱用和開除清潔工是她負責的。」他顯然不記得她以前來過。

梅西不安地走向那幢建築，但離門口還有幾步就裹足不前。她站在那裡看著接連不斷的男人穿過雙扉門進去，個個打扮考究，帽子、外套、雨傘一樣不缺。

梅西就像扎了根似的站在那裡不動，在冰涼的晨風裡發抖，想要鼓足勇氣進去。正要轉身時，她瞥見一個年紀較大、穿罩袍的婦人從建築側面的另一道門進去，梅西跟上。

「你要幹嘛？」梅西才趕上她，那婦人就疑心地問。

「我要找工作。」

「很好，」她說，「我們是需要年輕人。去找涅特斯太太報到。」她指著一道窄得會被誤認成掃帚櫃的小門。梅西大膽走上前去敲門。

「進來。」一個疲累的聲音說。

梅西打開門，看見一個和她年齡相仿的女人，坐在唯一的一把椅子上，周圍是水桶、拖把和好幾大塊肥皂。

「聽說如果要找工作，就要來你這裡報到。」

「沒錯。如果你想把上帝賜與你的時間全拿來工作，拿到該死的酬勞。」

「工作時間和工資怎麼算？」梅西問。

「你凌晨三點開始工作，在他們那些大人物七點出現以前完成，因為他們希望來上班的時候，辦公室整整齊齊的。再不然你就晚上七點開始工作，做到半夜，看你喜歡早班或晚班。但不管你選哪一個，工資都是一樣的，一個鐘頭六便士。」

「我兩個班都做。」梅西說。

「很好。」那女人挑了一個水桶和拖把，「你晚上七點回來，我到時候再告訴你怎麼做。我是薇拉・涅特斯。你叫什麼名字？」

「梅西・柯里夫頓。」

涅特斯太太丟下水桶，拖把靠回牆上。她穿過房間，打開門：「這裡沒有工作可以給你做，柯里夫頓太太。」

✣

接下來的一個月，梅西試過在鞋店找工作，但經理覺得他無法僱用一個鞋子有破洞的人；試過女帽店，但他們一發現她不會算術就中止面試了；還有花店，他們不考慮僱用家裡沒有花園的人。她父親的津貼微不足道。絕望之下，她甚至去應徵酒館的女侍，但老闆說：「抱歉，寶貝，可是你的奶子不夠大。」

下一個星期天在神聖基督降生教會，梅西跪下祈求上帝伸出援手。

結果伸出援手的是蒙岱小姐，她告訴梅西說她有個朋友在布洛德街開了一家茶館，正在找女服務生。

「可是我又沒有經驗。」梅西說。

「這或許還正是你的優勢。」蒙岱小姐說，「提莉小姐是個很特別的人，她喜歡以自己的方式訓練員工。」

「說不定她會覺得我年紀太大，或太輕。」

「你年紀沒太大，也沒太輕。」梅西小姐說，「放心，要是我不認為你適合，就不會推薦你了。可是先警告你，梅西，提莉小姐非常重視準時。明天早上八點鐘之前到茶館。要是遲到了，那可就不只是你給她的第一印象，而是最後一個印象。」

隔天早上六點鐘，梅西就站在提莉茶館外面，一動也不動地站了兩個鐘頭。七點五十五分，一個胖胖的中年婦女，打扮入時，頭髮整齊挽個髻，鼻子上架了半月形的眼鏡，把門上的「休息」牌子翻面成「營業」，讓凍僵了的梅西進門。

「你得到工作了，柯里夫頓太太，」這是她新老闆說的第一句話。

✣

梅西上班的時候，哈利就由外婆照顧。雖然她一個小時的工資只有九便士，但可以分一半的小費，所以一個星期可以掙到三鎊的錢。而且還有意料之外的福利。每天傍晚六點「營業」的牌子翻面成「休息」時，提莉小姐准許她把店裡剩下的食物帶回家。「不新鮮」這個形容詞絕對不容出現在客人的嘴裡。

六個月之後，提莉小姐很滿意梅西的進步，讓她自己負責八張桌子的區域。又過六個月，有些常客都堅持要由梅西來招呼他們。提莉小姐只好把梅西負責的區域擴大到十二張桌子，工資也提高到每小時一先令。因爲每週有兩筆進帳，所以梅西很快就又把她的結婚戒指、訂婚戒指和鍍銀濾茶器贖了回來。

✣

要是梅西夠坦白，就會承認史丹入獄一年半因爲表現良好提前獲釋，是好壞參半的事。如今三歲半的哈利必須搬回媽媽房間，梅西努力不去想史丹不在的時候家裡有多平靜。讓梅西意外的是，史丹又在碼頭找回他原本的工作，好像什麼也沒發生過似的。這只讓她更加確信，他對亞瑟失蹤的內情知道的比他透露的多，不管她怎麼逼問，他都不吐實。有一回她逼得太急，他甚至拿皮帶抽了她。隔天早上提莉太太雖然假裝不注意她的黑眼圈，但有一兩個常客注意到了，所以梅西再也沒對哥哥提起這個話題。但只要哈利問起父親的事，史丹就堅持家裡的一貫說詞：「你老爸打仗的時候死了。子彈打中他的時候，我在他身邊。」

✣

梅西空閒的時間盡可能陪哈利。她想，等哈利大些，進了梅里塢初等學校，她的生活就會輕鬆得多。但是早上帶哈利上學，意味著要花額外的電車費，才能確保上班不遲到。而且她得要在下午休息，才能去接他放學。回家給哈利喝了茶，把他交給外婆，梅西再趕回店裡上班。

哈利才上學幾天，梅西幫他洗每週一次的澡時，就發現他背上有棍子的痕跡。

「誰打的？」她追問。

「校長。」

「爲什麼?」

「不能告訴你，媽。」

棍子打的痕跡還沒褪去，梅西就又看見六條紅色的新痕跡。她再次質問哈利，但他還是不肯回答。等第三次看見了，她就穿上外套，到梅里塢去，打算責問他的老師。

霍康畢老師和她想的完全不一樣。首先，他年紀不比她大多少，她一進門，他就站起來，完全不像她當年在梅里塢的那些老師。

「我兒子爲什麼挨校長棍子?」霍康畢老師還來不及請她坐下，她就逼問。

「因爲他不時逃學，柯里夫頓太太。他早上朝會之後就不見人影，一直到下午才回來踢足球。」

「那他一整天都在哪裡?」

「我猜是在碼頭。」霍康畢老師說，「或許你可以告訴我爲什麼。」

「因爲他舅舅在那裡工作，他總是告訴哈利說上學是浪費時間，因爲他遲早都要和他一起去巴靈頓公司工作。」

「我希望不會。」霍康畢老師說。

「你爲什麼這麼說?」梅西太太說，「他爸爸以前在那裡做也很好啊。」

「或許是。但那裡對哈利來說不夠好。」

「你是什麼意思?」梅西氣憤地問。

「哈利很聰明，柯里夫頓太太。非常聰明。要是我能勸服他更常來上課，誰也說不準他能有什麼成就。」

梅西突然懷疑，她是不是能確定那兩個男人哪一個才是哈利眞正的父親。

「有些聰明的孩子一直到離開學校之後，才知道自己有多聰明。」霍康畢老師繼續說，「所以終此一生都懊悔自己浪費的歲月。我很希望哈利不要落入這個田地。」

「你希望我怎麼做？」梅西終於坐下來，問。

「鼓勵他留在學校，別每天溜到碼頭去混。告訴他，如果他在班上表現得好，而不只是在足球場上踢得好，你會覺得多麼以他爲榮。我想提醒你，怕你萬一不知道，足球並不是他的強項。」

「他的強項？」

「很抱歉。但就算哈利現在很努力，也絕對進不了校隊，更不要說以後想替布里斯托城市隊踢球。」

「我會盡全力幫他。」梅西保證。

「謝謝你，柯里夫頓太太。」梅西站起來準備離開時，霍康畢老師說，「要是你可以鼓勵他，長期來說，一定比校長的棍子有效太多，我一點都不懷疑。」

從那天起，梅西開始比較關心哈利在學校裡的情形。她很喜歡聽他講霍康畢老師的故事，以及當天教的東西，挨揍的痕跡不再出現，她就認爲他必定不再逃學了。有天睡覺前，她去看看睡覺的兒子，發現棍痕又出現了，比以前更紅，也更深。她不必去見霍康畢老師，因爲他隔天就到茶館來找她了。

「他想辦法來上了一整個月的課，然後又不見了。」

「可是我不知道我還能怎麼辦。」梅西無助地說，「我已經扣了他的零用錢，告誡他說除非待在學校，否則別再想從我這裡得到半毛錢。問題是，他舅舅對他的影響力比我還大。」

「太糟糕了，」霍康畢老師說，「可是我或許已經找到方法來解決我們的問題了，柯里夫頓太太。不過，如果沒有你的全力合作，這計畫是沒有機會成功的。」

✣

梅西想，她雖然才二十六歲，但永遠不可能再婚。畢竟，單身的女人這麼多，帶個拖油瓶的寡婦可不算什麼好對象。事實上，她老是戴著結婚與訂婚戒指，很可能斬斷了不少茶館追求者的念頭，雖然還是有一兩個不斷嘗試。她沒把親愛的克瑞狄克老先生算在內。這位老先生總是喜歡拉她的手。

亞特金先生是提莉小姐茶館的常客，喜歡坐在梅西負責的區域。他早晨多半都會來，總是點黑咖啡和一片水果蛋糕。有天早上付完帳之後，讓梅西非常意外的，他竟邀她去看電影。

「葛麗泰．嘉寶演的《靈與肉》。」他想讓這個邀請顯得更有吸引力。

這不是第一次有客人邀梅西外出，但這是第一次有年輕英俊的人對她表示興趣。過去，她慣用的回答成功阻退許多堅定的追求者。「您眞好，亞特金先生。可是我空閒的時間要用來陪兒子。」

「你當然可以有一個晚上破例一下。」他說，不像其他人那麼輕易退卻。

梅西飛快瞄一眼他的左手：沒有結婚戒指，也沒有更要命的，一圈取下戒指的淡淡白色痕跡。

她聽見自己說，「您人太好了，亞特金先生。」同意在星期四晚上，她送哈利上床睡覺之後碰面。

「請叫我艾迪。」他說，留下六便士的小費。

艾迪開著一輛莫利斯汽車來接她去電影院，讓梅西印象深刻。而讓她詫異的是，他倆在黑漆漆的電影院裡眞的就只有看電影而已。要是他伸出手臂攬著她肩頭，她也不會有怨言的。事實上，她還在想，第一次約會她可以容許他進展到什麼程度。

電影布幕放下之後，風琴聲響起，全體起立唱國歌。

「想去喝點東西嗎？」走出電影院的時候，艾迪問。

「我得趕在電車收班之前回家。」

「你不必擔心電車收班的問題，梅西，你有艾迪．亞特金在身邊。」

「那好吧，但不要拖太晚。」她說，他帶她越過馬路到紅牛酒吧。

「你是做什麼的，艾迪？」她問。他把半品脫的柳澄汁擺在她面前的桌上。

「我是做娛樂業的。」他說，沒再談任何細節。相反的，他把話題轉到梅西身上。「我不必問你是做什麼的。」

喝完第二杯柳橙汁之後，他看看手錶，說：「我明天得早起，所以我最好送你回家了。」回靜宅巷的路上，梅西談起哈利，說她有多希望他加入神聖基督降生教會的唱詩班。艾迪似乎真的很感興趣，把車停在二十七號前面時，她等著他吻她。但他就只是跳下車，替她開車門，陪她走到家門口。

梅西在廚房的餐桌旁把這天晚上發生的、沒發生的所有事情告訴她媽媽。外婆只說了一句話：「他玩什麼把戲啊？」

13

梅西看見霍康畢老師陪著一位衣著考究的男士走進神聖基督降生教會時，她以爲哈利又惹上麻煩了。她很意外，因爲他這一年多來成績都沒紅字。

看見霍康畢老師朝她走來，梅西做好準備，但他看見她時，只露出羞怯的微笑，就和同伴從走道另一端坐進第三排長椅的座位裡。

梅西不時瞄著他們，但她認不得另一個人。那人看起來應該比霍康畢老師年紀大上一截。所以她懷疑他會不會就是梅里塢初等學校的校長。

唱詩班起立唱第一首詩歌時，蒙岱小姐朝那兩個人的方向瞥了一眼，才點頭要風琴手彈出準備好的曲子。

梅西覺得這天早上哈利表現優異，但幾分鐘之後，他又站起來唱第二段獨唱，讓她很意外。更意外的是，他竟然還唱了第三段。所有的人都知道蒙岱小姐做什麼事情都有理由，但梅西想不透她這麼做的理由是什麼。

華茲牧師給信眾最後的祝福，結束禮拜之後，梅西留在位子上等哈利，希望他可以說說他爲什麼唱了三段獨唱。她一面焦慮地和媽媽聊天，眼睛卻從未離開霍康畢老師，看見他把那位年齡較大的男人介紹給蒙岱小姐和華茲牧師。

一會兒之後，華茲牧師帶兩位男士進到法衣室。蒙岱小姐穿過走道朝梅西走來，臉上帶著堅決的表情，教區所有的信眾都知道，這代表她有任務在身。「我可以和你私下講句話嗎，柯里夫頓太太？」她問。

她沒給梅西回答的機會，就轉身沿著走道走向小祈禱室。

✣

艾迪．亞特金有一個多月沒在提莉小姐茶館出現，但有天早上，他又突然現身，坐在他慣坐的，由梅西負責的桌子旁。她走過去提供服務的時候，他露出大大的微笑，彷彿從未離開似的。

「早安，亞特金先生。」梅西翻開點菜單時說，「你今天要來點什麼？」

「和平常一樣。」艾迪說。

「那已經是很久以前的事了，」梅西說，「你得提醒我才行。」

「對不起，我一直沒聯絡，梅西。」艾迪說，「但我緊急去了美國一趟，昨天晚上才回來。」

她想要相信他。梅西已經向她媽媽坦承，艾迪帶她去看完電影之後音訊全無，讓她有點失望。她很喜歡有他陪在身邊，那天晚上過得很愉快。

另一個男人開始定期造訪茶館，而且像艾迪一樣，只挑梅西服務的區域坐。雖然梅西沒辦法不注意到他對她有興趣，但並沒有給他任何鼓勵，不只是因爲他已是中年，同時也因爲他手上戴著結婚戒指。他身上有一種冷漠超然的感覺，彷彿律師在對客戶打量那樣，每回和她講話總有點傲慢自大。梅西都聽得見媽媽會問：「他玩什麼把戲？」但或許她誤會他的意圖了，因為他從來沒有想要和她攀談。

一個星期之後，她的這兩個追求者在同一個早晨點了咖啡，同時問她說晚一點能不能碰面時，梅西不由自主地咧嘴笑。

艾迪先問，而且開門見山。「今天下班以後我來接你好嗎，梅西？我很想帶你去看樣東西。」

梅西很想告訴他說她有約了，只為了讓他明白，她可不是隨時等他來約的。但是幾分鐘之後，她帶著他的帳單回到他座位時，她聽見自己說：「那我們就下班見吧，艾迪。」

她臉上的微笑還沒褪去，另一客人也說：「我在想，我可以和你說句話嗎，柯里夫頓太太？」

梅西很納悶他怎麼會知道她姓什麼。

「你是想和店長談嗎，先生？」

「我是富蘭普頓。」他回答說，「不，謝謝你，我是想和你談。我可以建議在午休時間和你在皇家飯店碰面嗎？我頂多佔用你十五分鐘的時間。」

「就像你急著要搭公車的時候，半輛都沒有。」梅西對提莉小姐說，「然後突然兩輛一起出現。」提莉小姐說她覺得她應該認識富蘭普頓先生，只是想不起來是在哪裡認識的。

梅西把帳單送給富蘭普頓先生的時候特別強調，她只有十五分鐘的時間，因為她四點鐘要趕到學校接兒子。他點點頭，彷彿早就知道了。

讓哈利去申請聖貝迪的獎學金，眞的是對他最好的安排嗎？

✣

梅西不知道該和誰討論這個問題。史丹一定會反對這個主意，也不會肯從另一方面來考慮這個問題。提莉小姐和蒙岱小姐交情太好，不可能給出反對意見。而華茲牧師已經建議她尋求上帝的指引，但從過去的經驗來看，這也不怎麼靠譜。福洛比榭先生似乎是個好人，但他說得很清楚，只有她能做最後的決定。而霍康畢老師的想法是什麼，她一點都不懷疑。

梅西沒再多想富蘭普頓先生的事，直到伺候完最後一位客人，才換掉圍裙，穿上外套。提莉小姐透過窗戶看著梅西往皇家飯店的方向走去，心裡有些不安，但說不上來是爲什麼。

儘管梅西從未到過皇家飯店，但她知道這裡是全國西部的最佳飯店之一。有機會到裡面看看，是她答應見富蘭普頓先生的原因之一。

她站在飯店對面的人行道，看著顧客推著旋轉門進出。她從沒看過像這樣的東西，所以直到有把握知道門是怎麼運作的，才跨過馬路，走進飯店。她有點太用力推，所以衝進大廳的速度比預期來得稍快。

梅西左顧右盼，看見富蘭普頓先生獨自坐在大廳安靜的角落。她走過去找他。他馬上站起來，和她握手，請她在他對面坐下。

「我可以幫你點一杯咖啡嗎，柯里夫頓太太？」他問，她還來不及回答，他就說：「我得警告你，這和提莉小姐店裡的咖啡不能比。」

「不用了，謝謝你，富蘭普頓先生。」梅西只想知道他爲什麼想見她。富蘭普頓好整以暇地點起一根菸，深深吸了一口。「柯里夫頓太太，」他把菸擺在菸灰缸上說，「你不可能沒注意，我最近成爲提莉茶館的常客。」梅西點點頭，「我必須承認，我到那家茶館去的唯一原因就是你。」梅西已經在心裡準備好了應付這種熱情追求者的回答，只等他講完。「我一直都在飯店業，」他繼續說，「我從沒見過比你有效率的人。我只希望這家飯店的每一個女服務生都有你的能力。」

「我接受過很好的訓練。」梅西說。

「茶館裡的其他四個服務生也是啊，但不管哪一個沒都沒有你的能耐。」

「我受寵若驚，富蘭普頓先生。但是你爲什麼告訴——」

「我是這家飯店的總經理。」他說，「我希望你來負責我們的咖啡廳，也就是棕櫚宮。如你所見——」他用力揮著手——「我們有一百個座位，但是經常只有不到三分之一的位子有人坐。這對公司的投資來說很不划算。如果你能來負責，情況必定可以改觀。我相信我可以讓你值得花這些心力。」

梅西沒打斷他。

「我想你目前的工作時間沒有必要做太大的調整。我很樂意每週給你五鎊的薪水，而棕櫚宮所有女服務生的小費你都可以分得一半。要是你能建立起常客，那收入就會很可觀。而我——」

「可是我不想離開提莉小姐，」梅西打斷她的話說，「過去六年來，她一直都對我很好。」

「我很欣賞你的重感情，柯里夫頓太太。其實，要是你一口就答應，我還會有點失望呢。我是很看重忠誠的。不過，你不能只考慮你自己的未來，也要考慮兒子的未來，他應該要接受聖貝迪提供的合唱獎學金的。」

梅西啞口無言。

✣

那天晚上梅西下班之後，發現艾迪坐在他的車裡，停在茶館外面等她。她注意到這次他沒跳下車來幫她開車門。

「嗯，你要帶我去哪裡？」她上車坐在他身邊時問。

「是個驚喜。」艾迪發動車子，「可是我想你不會失望的。」

他把車子打到一檔，開向城市的另一個區域，這一帶是梅西以前從未來過的。幾分鐘之後，他駛進一條小巷，停在一扇巨大的橡木門外面，上方有個霓虹招牌，閃閃發亮的紅字寫著：「艾迪夜總會」。

「這是你的店？」梅西問。

「如假包換。」艾迪驕傲地說，「進去吧，自己瞧瞧。」他跳下車，打開大門，帶梅西進去。「這裡本來是糧倉。」他帶她走下一道木梯說，「但是現在船不再從河口開到這麼裡面來，那家公司只好搬走，所以我就用非常合理的價錢租下來了。」

梅西進到一個空間寬闊、燈光幽暗的房間。她的眼睛花了好一會兒工夫適應，才能一覽全貌。大約有六、七個男人坐在吧檯的高腳凳上喝酒，也有差不多同樣數量的女酒侍在和他們說笑調情。吧檯後面的牆壁是一面極大的鏡子，給人房間比實際面積更大的錯覺。正中央是個舞池，周圍是一張張只能坐兩個人的絲絨高背長椅。另一頭有個小舞台，擺了鋼琴、低音提琴、一套鼓和幾個譜架。

艾迪在吧檯找個位子坐下，四下張望之後說，「這就是我在美國待那麼久的原因。像這樣的地下夜總會到處都是。紐約和芝加哥，都大賺特賺。」他點起一根雪茄，「我跟你保證，這裡絕對是布里斯托絕無僅有的地方，我可以肯定。」

「肯定是。」梅西和他一起走向吧檯，但不想坐在高腳凳上。

「來點什麼毒藥，寶貝兒？」艾迪以他想像中的美國腔說。

「我不喝酒的。」梅西提醒他。

「這是我挑中你的原因之一。」

「挑中我？」

「沒錯。你是負責管理這些女酒侍的理想人選。我不只每個星期付你六鎊，而且這個地方如果生意興隆，光是小費就遠遠多過你在提莉茶館賺的錢。」

「而我就要穿成那樣？」梅西指著一個女酒侍說。那女人穿著露肩紅上衣，配上短得幾乎遮不住膝蓋的緊身黑裙。梅西覺得很有趣，因爲這衣服的顏色也恰恰是聖貝迪制服的顏色。

「有何不可呢？你是個好看的妞兒，有像你這樣的女人服侍，客人願意花大錢的。你也會碰到離譜的要求，當然，但我很有把握，你一定能應付得來。」

「這裡既然是男人專屬的俱樂部，爲什麼要有舞池？」

「這是我從美國學來的另一個點子。」艾迪說，「要是你想和女酒侍跳舞，那就得另外付費。」

「那麼費用還包括哪些呢？」

「那就得看他們啦。」艾迪聳聳肩說，「只要不在這個房子裡發生，就和我沒關係。」他說，笑得有點太過大聲。梅西沒笑。「你覺得如何？」他說。

「我想我最好回家去。」梅西說，「我沒有時間，不能讓哈利知道我晚回家。」

「隨便你吧，親愛的，」艾迪說。他一手攬著她的肩，帶她離開吧檯，走回樓梯。載她回靜宅巷途中，他把未來的計畫告訴梅西。「我已經相中第二個地點了。」他興奮地說，「所以發展無限啊。」

「發展無限。」梅西重複他的話。車停在二十七號門口。

梅西跳下車，快步走向大門。

「你需要幾天考慮一下嗎？」艾迪追上她問。

「不了，謝謝你，艾迪。」梅西毫不遲疑地說。「我已經做決定了。」她從包包裡拿出鑰匙。

艾迪咧嘴笑，一手攬著她。「我就知道對你來說這不是什麼困難的決定。」

梅西甩開他的手，露出甜美的微笑，說：「謝謝你考慮我，老實說，但我認爲我還是端咖啡好了。」她打開大門，然後又說：「謝謝你的邀請。」

「隨便你吧，寶貝兒。要是改變心意了，我的門永遠爲你敞開。」

梅西把門在她背後關上。

14

梅西終於想到一個她覺得可以徵詢意見的人。她決定不請自去地出現在碼頭，只希望她敲門的時候他在。

她沒告訴史丹和哈利說她要去見誰。因爲他們一個會制止她，一個會覺得她背叛了他的信任。

梅西等到休假日，把哈利送到學校之後，就搭電車到碼頭。她審愼挑選時間：上午稍晚，他應該還在辦公室裡，而史丹應該在碼頭另一端忙著裝卸貨。

梅西告訴大門口的那人說她是來應徵清潔工的。他漫不經心地指著紅磚建築，還是不記得她來過。

走向巴靈頓大樓的時候，梅西仰頭看五樓的窗戶，很想知道他的辦公室是哪一間。她想起和涅特斯太太的那次會面，一聽到她的名字，那女人馬上請她走。如今梅西不只有份喜歡的工作，而且受人敬重，過去幾天甚至還有兩個其他的工作邀約。她沒再多想涅特斯太太，逕自穿過大樓，沿著碼頭邊往前走。

梅西維持堅定的步伐，直到看見他家。她很難相信有人竟然可以住在火車車廂裡，不禁忖思，她是不是犯了可怕的錯誤。哈利談起的餐廳、臥房和圖書館的事，是不是都只是誇大其詞？已經走到這個地步，不能回頭了，梅西．柯里夫頓，她對自己說，大膽地敲敲車廂門。

「請進，柯里夫頓太太。」有個溫和的聲音說。

梅西打開門，看見一個老頭坐在舒服的位子上，書和其他物品散落在他四周。車廂裡很乾淨，讓她很意外，頓時醒悟，雖然有史丹的說法，但其實住在三等車廂裡的人是她，而不是老傑克。史丹那毫無根據的說法，透過沒有偏見的孩子眼睛看來不攻自破。

老傑克馬上站起來，請她坐到他對面的位子。「你一定是爲了小哈利來看我的，毫無疑問。」

「是的，塔爾先生。」她回答說。

「我猜啊，」他說，「你拿不定主意，不知道是該讓他去念聖貝迪呢，還是留在梅里塢初等學校。」

「你怎麼會知道的？」梅西問。

「因爲過去這個月來，我也一直在思考這個問題。」老傑克說。

「那你覺得他應該怎麼做？」

「我覺得他在聖貝迪雖然會面對很多困難，但是如果不把握這個機會，他終此一生可能都會後悔。」

「說不定他拿不到獎學金，我們也就不需要做決定了。」

「決定早就不在我們手裡了，」老傑克說，「從福洛比榭老師聽見小哈利開口唱歌的那一刻起。可是我覺得，你來看我不只是爲了這個問題。」

梅西開始瞭解爲什麼哈利這麼仰慕這個老人。「你說得沒錯，塔爾先生。有另一件事情，我需要聽聽你的意見。」

「你兒子喊我傑克，但生我氣的時候就叫我老傑克。」梅西微笑。「我擔心的是，就算哈利拿到獎學金，我賺的錢也負擔不起額外的支出，讓哈利享有聖貝迪的其他學生視爲理所當然的東西。我剛得到另一份工作的邀約，意味著我可以掙比較多的錢。」

「你擔心提莉小姐聽你要離職的時候會有什麼反應？」

「你認識提莉小姐？」

「不認識，但是哈利提起過她很多次。她和蒙岱小姐像同一個模子塑出來的，我向你保證，這樣的人並不多。你不必擔心。」

「我不瞭解。」梅西說。

「請容我解釋。」老傑克說，「蒙岱小姐已經投資了很多時間和心力在哈利身上，不只要讓哈利拿到聖貝迪獎學金，更重要的是，希望他能證明自己值得這一切。我猜她會和最親密的好友討論所有的可能性，而她的好朋友不就是提莉小姐嗎？所以你對她提起新工作的時候，我想你會發現她並不意外。」

「謝謝你，傑克。」梅西說，「哈利能有你這樣的朋友，眞是太幸運了。他不認識自己的父親。」她輕聲說。

「這是我這麼多年來得到的最大讚美。」老傑克說，「我只是很遺憾，他在那麼悲慘的情況下失去父親。」

「你知道我丈夫是怎麼死的？」

「是的，我知道。」老傑克說，知道自己根本不該提起這個話題，很快補上一句：「是因爲哈利告訴我。」

「他是怎麼告訴你的。」梅西焦急地問。

「說他父親在戰爭裡死了。」

「可是你知道這不是事實。」梅西說。

「是啊，我知道。」老傑克說，「我想哈利也知道他父親不是死於戰爭。」

「那他爲什麼不說？」

「他大概認爲你有些事不想告訴他吧。」

「可是連我自己也不知道眞相。」梅西承認。

老傑克沒答腔。

梅西緩緩走回家，一個問題得到答案，另一個問題還懸而未決。儘管如此，她一點也不懷疑，肯定可以把老傑克列入她丈夫出事眞相的知情名單裡。

老傑克對提莉小姐的看法是正確的，因爲梅西把富蘭普頓先生的工作邀約告訴她時，她非常理解，也大力支持。

「我們都會想念你的，」她說，「老實說，皇家飯店有了你還眞走運。」

「這些年你爲我所做的一切，我該從何謝起呢？」梅西說。

「哈利才應該謝謝你。」提莉小姐說，「我想他遲早會明白的。」

✣

一個月之後，梅西開始她的新工作，沒花多少功夫她就知道爲什麼棕櫚宮的來客率總是不超過三分之一。

服務生只把這個工作當成是一份工作，而不是像提莉小姐那樣，看成是一份專業。她們從來不費心去記住客人的名字，或他們特別喜歡的座位。更慘的是，咖啡端上桌的時候往往是冷的，蛋糕擺到過期等人買。她們拿不到小費也是應該的，梅西不意外，因爲她們不値得。

一個月後，她開始明白提莉小姐教了她多少東西。

三個月後，梅西換掉了七個服務生之中的五個，但沒從提莉小姐店裡挖角。她也爲所有的手下訂製了更爲時髦的制服，配上新的盤子、杯子與茶碟，更重要的是換掉咖啡供應商與蛋糕烘烤師。這是她想從提莉小姐那裡偷得的東西。

「你讓我花了一大筆錢，梅西。」富蘭普頓先生說，又一疊帳單送到他辦公桌上。「請別忘了，我說投資要有回報的。」

「再給我六個月，富蘭普頓先生，你就會看到成果。」

雖然梅西日夜工作，但她總是撥出時間早上送哈利上學，下午接哈利回家。她警告富蘭普頓先生，她某天可能無法準時來上班。

她告訴他爲什麼之後，他放她一天假。

✣

出門之前，梅西看看鏡裡的自己。她穿上星期天最好的衣服，但並不是要去做禮拜。她低頭對兒子微笑，他穿上紅色配黑色的新制服顯得好帥氣。儘管如此，在等電車的時候，她還是覺得有點不自在。

「到公園街，兩個。」十一號線開動時，她告訴車掌。車掌多看了哈利一眼，讓她掩不住的驕傲。這讓梅西更加相信自己的決定是對的。

到站之後，哈利不讓媽媽幫他提行李。梅西拉著他的手緩緩上坡走向學校，不確定母子倆誰比較緊張，眼睛始終離不開那些開學第一天載孩子來的雙座馬車與司機開的轎車。她只希望哈利至少能在其中找到一個好朋友。畢竟，連有些保姆都穿得比她漂亮。

接近學校大門的時候，哈利放慢腳步，梅西可以感覺到他的不安——或者只是對未知的恐懼？

「我就送你到這裡，」她說，俯身親吻他，「祝你好運，哈利，讓我們大家都以你為榮。」

「再見，媽媽。」

看著他走遠，梅西發現有其他人也注意著哈利．柯里夫頓。

15

梅西永遠也忘不了第一次客滿謝絕客人的經驗。

「我確信再過幾分鐘就會有空位，先生。」

只要客人一買單，她的手下就會立即清好桌子，換好檯布，重新擺放整齊，準備迎接下一位客人。一切只花不到五分鐘，這是讓梅西很自豪的事。

棕櫚宮很快就大受歡迎，梅西不得不隨時保留幾張桌子，以防常客出乎意料地出現。有些提莉茶館的老客人開始轉移陣地到棕櫚宮來，讓她有點不好意思，其中也包括親愛的克瑞狄克老先生，他記得替他送報的哈利。等提莉小姐本人大駕光臨來喝晨間咖啡的時候，梅西更是覺得受寵若驚。

「我只是來打探敵情。」她說，「不過呢，梅西，這咖啡眞不錯。」

「本來就應該很不錯，」梅西回答說，「這是你的咖啡。」

艾迪．亞特金也不時過來，從他雪茄的大小──更不要說是腰圍的寬度了──來看，他的事業還是發展無限。他儘管態度友善，卻從來沒邀梅西出去，只是常常提醒她說，他的大門永遠爲她敞開。

不過梅西也不是沒有一長串的仰慕者，她偶爾會答應和他們晚上一起出去，或許是去時髦的餐廳吃晚飯，或許是去看戲或看電影，特別是有葛麗泰．嘉寶電影上映的時候。但在活動結束分手之前，她頂多只准他們在她臉頰輕啄一下。至少在認識派崔克・凱塞伊之前是如此。凱塞伊證明所謂的愛爾蘭人魅力眞的不是道聽塗說而已。

派崔克第一次踏進棕櫚宮的時候，許多人都轉頭想多看他一眼。梅西只是其中之一。他身高超過一米八，滿頭黑色鬈髮，體格像運動員。對大部分的女人來說，這樣的條件已經夠好了，但眞正迷住梅西的是他的笑容，她想其他人應該也都看得入迷了。

派崔克告訴她說他是搞金融的，但當初艾迪不也說他自己是搞娛樂業的。他一個月有一兩次到布里斯托出差，梅西會容許他帶她出去吃晚飯、看戲或看電影，偶爾甚至打破她的黃金法則，不趕搭最後一班電車回靜宅巷。

若是發現派崔克在老家有妻子和六個孩子，她也一點都不意外。但他手貼胸口發誓，說他是單身漢。

✣

霍康畢老師到棕櫚宮來的時候，梅西總是帶他到靠內角的位子，這裡有根大柱子掩蔽部分視線，是她的常客不喜歡的位子。但這裡的隱密性讓她可以和他聊聊哈利。

今天他似乎對未來的興趣多過於往事，問說：「哈利離開聖貝迪之後，你決定要怎麼做了嗎？」

「我還沒怎麼想這個問題。」梅西承認，「畢竟，還有一段時間。」

「時間很快就過去了。」霍康畢老師回答說，「而且我也不相信你會讓他回梅里塢。」

「不，我不會的，」梅西堅定地說，「可是有什麼選項呢？」

「哈利說他想念布里斯托文法學校，但如果不能拿到獎學金，他擔心你沒辦法負擔學費。」

「那不是問題。」梅西要他放心，「以我現在的薪水加上小費，沒有人會知道他媽媽是個服務生。」

「是了不起的服務生。」霍康畢老師看看客滿的房間，「我只是很意外，你竟然沒自己開店。」

梅西笑起來，沒再多想這個問題，直到提莉小姐出乎意料地來訪。

✣

梅西每個星期天都參加聖瑪麗雷克里夫的晨禱儀式，為了聽兒子唱歌。蒙岱小姐警告過她，再過不久，哈利就會變聲，所以再過幾個星期之後，很可能就再也聽不見他擔任高音獨唱了。

梅西想集中精神聽牧師講道，但這天早上她心思漫遊。她瞄著走道另一側的巴靈頓夫婦，身邊是兒子吉爾斯，以及兩個想必是他們女兒的小女孩，但她不知道她們的名字。哈利告訴她說吉爾斯．巴靈頓是他最好的朋友時，梅西嚇了一跳。一開始只是姓氏字母的順序讓他們床位排在一起，他說。她希望她永遠不必告訴他說，吉爾斯或許不只是他的好朋友。

梅西常希望自己幫哈利更多忙，考取布里斯托文法學校的獎學金。雖然提莉小姐教她讀懂菜單，學會算術加減，甚至會寫一些簡單的字，但光是想到哈利必須靠自己通過考試，她就覺得羞慚。

蒙岱小姐不斷增強梅西的信心，說若不是她願意做出這麼多犧牲，哈利無法走到今天。「而且話說回來，」她又說，「你和哈利一樣聰明，只是沒有同樣的機會而已。」

霍康畢先生不時讓她知道他所謂的「時機」，隨著考試日期接近，梅西的緊張程度已經不下於考生了。她領略到老傑克說的一句至理明言：旁觀者有時比參與者更煎熬。

棕櫚宮如今天天客滿，但並沒有讓梅西在媒體形容為「輕浮」的三〇年代停止創造更多新的改變。

早晨，她開始提供各種口味的比斯吉來搭配咖啡，下午，她的茶單極受歡迎，特別是在哈利告訴她說巴靈頓夫人讓他選擇要印度茶或中國茶之後。不過，富蘭普頓先生否決了將煙燻鮭魚三明治列入菜單的建議。

每個星期天，梅西會跪在小跪墊上，禱詞直截了當：「上帝啊，請讓哈利拿到獎學金。要是他拿到了，我此生對祢再無所求。」

考試前的一個星期，梅西睡不著覺，整夜清醒地擔心哈利是不是應付得來。很多客人都想表達對他的祝福，有些是因爲聽過他在唱詩班的獨唱，有些是因爲他曾經替他們送報，有些則純粹只是因爲他們自己的孩子過去曾經或未來也將面臨同樣的經驗。梅西覺得好像布里斯托有一半的人都參加考試似的。

考試的那天早上，梅西給幾位常客安排座位的時候出了差錯，端了咖啡給克瑞狄克先生，而不是他慣喝的熱巧克力。甚至還搞混了兩位客人的帳單。但沒有人抱怨。

哈利告訴她說他覺得考得不錯，但不確定是不是考得夠好。他提到有個叫湯瑪斯・哈代的，但梅西不知道那是他的朋友還是老師。

✣

星期四早上，棕櫚宮的長方鐘敲響十下時，梅西知道校長就要在學校公布欄張貼考試結果了。但又過了二十二分鐘，霍康畢老師才走進棕櫚宮，直接走向柱子後面的老位子。從這位老師臉上的表情，梅西看不出來哈利的成績究竟如何。她快步穿過屋子到他的座位，而且四年來頭一次在客人對面坐下，雖然「癱倒」或許是比較精確的形容詞。

「哈利以優異的成績通過考試，」霍康畢老師說，「但是恐怕和獎學金擦身而過。」

「這是什麼意思？」梅西問，拚命想讓手不再發抖。

「前十二名考生，也就是分數超過八十分以上的，都獲得公開獎學金。事實上，哈利的朋友狄金斯是第一名，九十二分。哈利的分數也很高，七十八分，在三百名考生裡名列第十七。福洛比樹老師告訴我說他是英文沒考好。」

「他應該要讀哈代，而不是狄更斯的。」這個從沒讀過半本書的女人說。

「哈利可以進布里斯托文法學校，」霍康畢老師說，「但得不到一年一百鎊的獎學金資助。」

梅西站起來。「那我得開始做三班的工作，而不只是兩班，對吧？因爲他不會回梅里塢初等學校，霍康畢老師，我可以告訴你。」

✣

接下來幾天，梅西非常意外，有很多常客恭賀哈利的成就。她也發現有一兩位客人的孩子沒考上，有一個的成績還是個位數。他們必須去念第二志願的學校。這讓梅西更加堅決，沒有任何事情可以攔阻哈利在學期開學的第一天到布里斯托文法學校報到。

接下來的這個星期，她發現了一件奇怪的事：她的小費加倍了。親愛的克瑞狄克老先生塞給她一張五鎊鈔票，說：「給哈利的。希望他不負媽媽的期望。」

薄薄的白信封塞進靜宅巷的信箱，哈利打開來，唸給媽媽聽。哈利．柯里夫頓獲准進入九月十五日開學之秋季學期優等班。唸到最後一段，要柯里夫頓太太寫信確認這名學生是否接受或拒絕入學許可時，他緊張地看著媽媽。

「你一定要馬上回信，說你接受！」她說。

哈利抱住媽媽，輕聲說：「我眞希望爸爸還活著。」

說不定還活著呢，梅西想。

✣

幾天之後，又有一封信躺在大門的門墊上。這封信詳盡列出一長串清單，是開學前要買的東西。梅西發現哈利什麼東西都要兩份，有些還要三份或更多，例如襪子就要六雙，灰色，長及小腿肚，外加吊襪帶。

「可惜你不能借用我的吊襪帶。」她說。哈利臉紅起來。

第三封信邀請新生選擇三項課外活動，清單列出的項目從汽車俱樂部到預備軍官團都有，有些還要繳每項五鎊的額外費用。哈利選擇合唱團，這不必額外繳費，戲劇社和藝術欣賞社也是。不過最後這個社團有但書，到布里斯托以外的藝術館參觀是要收取額外費用的。

梅西眞希望有多幾位克瑞狄克先生，但她不讓哈利覺得有必要擔心，儘管霍康畢先生提醒她，她兒子要在布里斯托文法學校待上五年。他是家裡第一個不必在十四歲就離開學校找工作的人，她告訴自己。

梅西準備好再一次去馬許馳名服裝店。

等哈利為學期的開始準備好所有的配備之後，梅西又開始走路上下班，省下一個星期五便士的電車費，就像她告訴她媽媽的：「一年一鎊，就夠哈利做套新衣了。」

梅西從這些年的經驗學到，對孩子來說，爸媽或許是很不幸的必要存在，但更常是害他們覺得尷尬的人。

✣

在聖貝迪的第一個授獎日，梅西是唯一一個沒戴帽子的母親。之後，她在二手店裡買了一頂，雖然已經過時了，但卻要一直撐到哈利從布里斯托文法學校畢業。

哈利答應讓她在開學第一天陪他去學校，但梅西卻已經決定，他年紀夠大，傍晚可以自己搭電車回家。她最擔心的不是哈利如何上下學，而是晚上該怎麼安排。如今哈利是通勤的學生，不再住在學校裡。要是他再和舅舅睡同一個房間，最後肯定要鬧到不愉快了，她一點都不懷疑。為哈利在新學校的第一天做準備時，她試著把這個問題拋開來。

帽子戴在頭上，最好也是唯一的一件外套最近才剛洗乾淨，合宜的黑鞋配上她僅有的一雙絲襪，梅西覺得自己已經準備好去面對其他家長了。下了樓梯，看見哈利站在門邊等她。穿著紫紅配黑色新制服的他顯得很帥氣，讓她好想帶他在靜宅巷遊行一圈，讓街坊鄰居都知道這條巷子裡有人上了布里斯托文法學校。

就像去聖貝迪的第一天那樣，他們搭電車，但哈利問梅西可不可以在大學路的前一站下車。他已經不讓梅西牽他的手了，雖然她還是不止一次幫他戴正帽子，調整領帶。

梅西看見校門口擠著一大群喧譁的年輕人，就說：「我最好快走，免得上班遲到。」哈利很不解，因爲他知道富蘭普頓先生放了她一天假。

她給兒子一個快速的擁抱，但用警惕的眼神目送他走上山坡。第一個和他打招呼的是吉爾斯．巴靈頓。梅西看見他覺得很詫異，因爲哈利說過，吉爾斯很可能要去念伊頓。他們握手，就像兩個剛達成重要協議的成年人。

梅西看見巴靈頓夫婦站在人群後面。他是要避開她嗎？幾分鐘之後，狄金斯夫婦也來了，身邊是佩洛居紀念獎學金的得主。又是一番握手，狄金斯先生用的是左手。

家長開始離開的時候，梅西看著巴靈頓先生首先和自己的兒子握手，接著和狄金斯，但哈利伸出手時，他卻轉身離去。巴靈頓夫人看起來有點尷尬，梅西不禁納罕，她待會兒是不是會質問雨果爲何對吉爾斯最好的朋友視而不見。若是她問了，梅西認爲他肯定不會吐實。梅西擔心要不了多久，哈利也會問巴靈頓先生爲什麼總是冷落他。既然有三個人知道眞相，她覺得哈利沒有理由找不出答案來。

16

提莉小姐變成棕櫚宮的常客，最後甚至有了自己的老位子。

她通常下午四點鐘左右來，點一杯伯爵茶和一份小黃瓜三明治。儘管棕櫚宮有多樣的奶油蛋糕、果醬塔和巧克力閃電泡芙，但她從來不點，只偶爾准許自己來個奶油司康。這天下午她比平常的時間晚，快五點鐘才出現時，她的老位子還空著，讓梅西鬆了一口氣。

「我在想今天可不可以換個稍微隱密一點的位子，梅西。我有話想和你說。」

「沒問題，提莉小姐。」梅西說，帶她到霍康畢老師喜歡的那個柱子後面的角落座位。「我再過十分鐘就休息，」梅西說，「到時候再過來找你。」

她的副手蘇珊過來接手的時候，梅西告訴她說她要和提莉小姐待個幾分鐘，但不需要人招呼。

「那老母雞對什麼不滿嗎？」蘇珊問。

「我所會的一切都是那老母雞教的。」梅西咧嘴笑。

時鐘敲響五點鐘，梅西穿過屋子，坐在提莉小姐對面。她很少和客人一起坐，僅有的幾次也都覺得渾身不自在。

「你想來點茶嗎，梅西？」

「不用，謝謝你，提莉小姐。」

「我很瞭解，不會耽擱你太久的。但是在告訴你我來找你的眞正原因之前，可以先告訴我哈利現在怎麼樣嗎？」

「我希望他別再長高了。」梅西說，「我好像每隔幾個星期就要把他的長褲放長一次。照這個速度，今年還沒過完，他的長褲就要變短褲了。」

提莉小姐笑起來，「他的功課呢？」

「他的期末成績單說——」梅西頓了一下，努力回想精確的字句——「『表現優異，前途無量。』他英文拿了第一。」

「這有點諷刺，」提莉小姐說，「如果我記得沒錯，他入學考試就是栽在這一科的。」

梅西點點頭，不去想哈利沒多讀湯瑪斯．哈代所造成的財務後果。

「你一定很以他爲榮。」提莉小姐說，「我星期天去聖瑪麗的時候，看見他又回唱詩班了，很高興。」

「但是他現在只能和其他男中音一起站在後排了。他的獨唱生涯已經結束了。不過他加入戲劇社，因爲布里斯托文法學校沒有女生，所以他在學校戲劇表演上演烏蘇拉。」

「演《庸人自擾》啊。」提莉小姐說，「不過，我不能浪費你太多時間，所以我要說我來找你的原因。」她喝了口茶，讓自己鎭靜下來才開口，但一開口就一股腦全說出來。

「我下個月就滿六十歲了，親愛的。因爲某些原因，我考慮要退休。」

梅西從沒想過提莉小姐有一天也要退休。

「蒙岱小姐和我考慮要搬到康瓦爾去。我們相中了海邊的一幢小屋。」

你們不能離開布里斯托，梅西很想說。我愛你們，要是你們走了，我以後要去找誰商量呢？

「這件事在上個月突然變得緊急起來。」提莉小姐繼續說，「有個本地商人開價要買我的茶館，想要併入他越來越擴大的商業王國裡。雖然我不喜歡提莉茶館變成連鎖店的一部分，但是他的開價太有吸引力，很難拒絕。」梅西只有一個問題，但她沒打斷滔滔不絕的提莉小姐。「從那時起，我就一直在思考這個問題。我決定，如果你能出和他一樣的價錢，那我寧可把店交給你，而不是交給一個陌生人。」

「他出價多少？」

「五百鎊。」

梅西嘆口氣，「你想到我，我眞是受寵若驚。」最後她說，「但事實是，我名下連五百便士都沒有，哪裡來的五百鎊。」

「我就怕你會這麼說。」提莉小姐說，「但是如果可以找銀行，我覺得他們一定會覺得這是筆好投資。畢竟，我去年就賺了一百一十二鎊，這還不包括我的薪水喔。我很樂意以低於五百鎊的價格轉手給你，但我們在聖茅斯找到一間很可愛的小屋，屋主開價三百鎊，一毛都不肯減。蒙岱小姐和我是可以靠儲蓄過個一兩年沒問題，但是我們兩個都沒有退休金，多出來的這兩百鎊對我們來說就很重要。」

梅西正要告訴提莉小姐說她很抱歉，但實在無能爲力，卻看見派崔克・凱塞伊走進來，坐在他的老位子上。

✣

做完愛之後，梅西才把提莉小姐的提議告訴派崔克。他在床上坐起來，點根菸，深深吸了一口。

「籌足資金應該不會太困難。畢竟，這又不是布魯內爾[15]要籌資建柯里夫頓吊橋。」

「不，這只是口袋裡沒半毛錢的柯里夫頓太太想籌五百鎊。」

「話是沒錯，但你可以給銀行看現金流，以及穩定可靠的收入流動，更不要說茶館的商譽了。只是提醒你，我需要看過去五年的帳目，確定你說的是事實。」

「提莉小姐從來不騙人。」

「你也必須確認，近期不會提高租金。」派崔克不理會她的抗議，說：「也要再次確認她的會計師沒有擬出什麼違約條款，等你一開始賺錢就拿出來對付你。」

「提莉小姐不會做這種事的。」梅西說。

「你太容易相信別人了，梅西。你必須記得，這些並不是掌握在提莉小姐手中，而是掌握在覺得自己應該賺手續費的律師，以及你如果不注意就當給自己加薪的會計手裡。」

[15] Isambard Kingdom Brunel，1806–1859，英國工程師，曾主持多項公共建設計畫，包括鐵路、橋樑、蒸汽船等，對英國公共運輸現代化影響至深。

「你顯然沒見過提莉小姐。」

「你對這位老小姐的信心令人感動，梅西，但我的工作就是保護像你這樣的人，而且一年一百一十二鎊十先令的利潤並不夠你撐下去，記住，你還得定期還錢給你的投資人。」

「提莉小姐向我保證，這利潤還不包括她的薪水。」

「或許是，但你不知道這薪水是多少。如果你想撐下去的話，一年至少還需要另外兩百五十鎊才行，否則不只你口袋空空，連哈利也沒辦法念文法學校了。」

「我等不及要帶你去見提莉小姐。」

「小費呢？在皇家飯店，你可以拿到全部小費的一半，一年差不多就是兩百鎊，而且還不必繳稅，雖然我相信政府不久之後就會來收稅。」

「或許我應該告訴提莉小姐，這風險太高了。畢竟，就像你提醒我的，我在皇家飯店有穩定的收入，也沒有風險。」

「沒錯，但如果提莉小姐有你說的一半好，這或許也是千載難逢的好機會。」

「做決定吧，派崔克。」梅西努力不表現出激動的心緒。「我會的，等我看完帳目就決定。」

「你見到提莉小姐就會做出決定，」梅西說，「因為到時候你就會知道什麼叫做信譽。」

「我等不及要見見這位美德的化身。」

「這表示你會代表我囉？」

「是的。」他摁熄香菸。

「那麼，你要收這位身無分文的寡婦多少費用，凱塞伊先生？」

「關燈吧。」

✣

「你確信值得冒這樣的風險？」富蘭普頓先生問，「你的損失可能很大。」

「我的財務顧問認為值得。」梅西回答說，「他向我保證，不只是收支可以打平，等我還了貸款，在五年之內就應該就會有獲利。」

「但這幾年也正是哈利在布里斯托文法學校念書的期間。」

「我非常清楚，富蘭普頓先生，但是凱塞伊先生在貸款條件裡幫我爭取到一筆相當不少的薪水，加上我和員工分的小費，數額應該和我現在掙的錢差不多。更重要的是，經過五年的時間，我就可以擁有一筆資產，從此之後，所有的利潤都是我的。」她說，試著複述派崔克講的話。

「看來你已經下定決心了。」富蘭普頓先生說，「但是我必須提醒你，梅西，當員工和當僱主的差別是很大的。身為員工，你知道你每個星期都會帶薪水袋回家。而當僱主，每個星期五晚上在每個薪水袋裡放錢就是你的責任了。坦白說，梅西，你是這行最能幹的，但是你確信你想加入管理階層嗎？」

「凱塞伊先生會當我的顧問。」

「凱塞伊是能幹的人。我可以肯定，但他也必須照顧全國各地更多重要的客戶。每天管理店務的人會是你。要是出差錯了，他不會永遠都在旁邊伸出援手的。」

「但是我這輩子不可能再有這樣的機會。」這又是派崔克的看法。

「那就這樣了，梅西。」富蘭普頓說，「不必懷疑，我們肯定會很想念你的。你並非不可取代的唯一理由，是因爲你把副手訓練得太好了。」

「蘇珊不會讓你失望的，富蘭普頓先生。」

「我相信她不會的。但她永遠都不會是梅西．柯里夫頓。讓我第一個祝福你事業成功。要是情況不如預期，皇家飯店永遠有工作等著你。」

富蘭普頓先生從辦公桌後站起來，和梅西握手，就像六年前那樣。

17

一個月之後，梅西在孔恩街國民地區銀行經理普林德格斯特先生面前簽下六份文件。這當然是在派崔克逐頁逐行陪她審閱過之後才簽的。派崔克很樂於承認自己之前懷疑提莉小姐是不對的。要是每個人都表現得像她這麼正直高尚，他說，那他就沒工作了。

一九三四年三月十九日，梅西交給提莉小姐一張五百鎊的支票，得到一個大大的擁抱，以及一家茶館。一個星期之後，提莉小姐和蒙岱小姐就啓程赴康瓦爾。

隔天梅西開門營業，保留了「提莉茶館」的店名。派崔克提醒她，絕對不要低估提莉的名字掛在門上（一八九八年創立）所帶來的優良信譽，而且也建議她千萬不要改名，因爲提莉小姐留下了美好的回憶，「常客不喜歡改變，尤其是突如其來的改變，所以別急著做任何事情。」

然而，梅西還是看見幾件可以做、而且又不會得罪老客人的改變。她覺得換一組新桌布應該不錯，椅子和部分的桌子看起來都有點，呃，老派了。而且提莉小姐也沒注意到地毯變得有點太薄了？

「放慢腳步，」他們每月一聚時，派崔克警告她，「要記得，花錢比賺錢容易。如果有些老客人消失，而你頭幾個月的入帳也不如預期，千萬不要覺得意外。」

派崔克說的一點都沒錯。第一個月的來客數降低了，第二個月又更低，證明提莉小姐有多受歡迎。第三個月再度降低時，派崔克必須提醒梅西注意現金流量和透支限度，但這已經是谷底——這又是派崔克的用語——下一個月來客數開始爬升，雖然速度並不太快。

第一年結束時，梅西已經收支打平，但賺得不夠多，無法償還銀行貸款。「別煩惱，親愛的。」很少回布里斯托的提莉太太有回來看她時說，「我也熬了幾年才開始賺錢。」但梅西沒有幾年的時間。

✣

第二年開始好轉，有些棕櫚宮的常客開始回到他們的老地盤。艾迪．亞特金的體重增加頗多，雪茄也越來越大，所以梅西可以推斷他的娛樂事業生意興隆。克瑞狄克先生每天早上十一點鐘出現，無論天氣如何都身穿風衣，手拄雨傘。霍康畢老師不時來，總是想知道哈利的近況，她每回都不肯讓他付帳。而派崔克只要一回到布里斯托，第一站也一定是提莉茶館。

第二年裡，梅西不得不換掉一家不知道新鮮與不新鮮有什麼差別的供應商，以及一名不太相信顧客永遠是對的女服務生。有好幾名年輕婦女來應徵工作，因爲女人外出工作已經變得越來越被普遍接受了。梅西挑了一個名叫凱倫的女孩，她有一頭濃密的金色鬈髮，大大的藍眼睛，以及時尚雜誌會形容爲「沙漏」的身材。梅西覺得凱倫或許可以吸引年齡比她的常客稍微輕一些的新客人。

結果挑選蛋糕新供應商的工作並不容易。雖然有好幾家公司來爭取合約，但是梅西要求嚴格。然而，貝羅烘焙坊（一九三五年創立）的鮑伯．貝羅出現在門口，說提莉茶館會是他的第一個客戶時，梅西答應試用一個月。

事實證明，鮑伯工作勤奮，且信用可靠，更重要的是，他的產品非常新鮮誘人，讓她的老客人常說：「呃，就再來一塊好了。」他的奶油卷和水果司康格外受歡迎，但最厲害的是近日流行的巧克力布朗尼，他做的布朗尼總是不到中午就賣光了。雖然梅西不時催他，但鮑伯一直說他沒辦法再做更多。

有天早上，鮑伯卸完貨之後，梅西覺得他看起來有點孤伶伶的，所以坐下來陪他喝杯咖啡。他告訴她說他也正面臨像她第一年那樣的現金流量問題，但是他最近又接了兩家店的生意，有信心可以很快改善，不過他也強調，是梅西給了他第一個機會，他欠她太多了。

一個星期又一個星期的時間過去，這晨間咖啡變成了某種固定的儀式。儘管如此，鮑伯開口約她出去的時候，梅西還是極爲意外，因爲她向來以爲他們就只是生意往來的關係。他買了表演館《輝煌之夜》的票。梅西原本希望派崔克能帶她去看這個新上演的歌舞劇的。她謝謝鮑伯，但說不想破壞他們原本的關係。她很想再補充說明，她生命裡已經有兩個愛人，一個是成天擔心青春痘的十五歲少年，另一個是一個月來一次布里斯托，似乎並不明白她愛他的愛爾蘭人。

鮑伯並不接受拒絕，一個月之後，他送了一枚胸針，讓梅西更爲尷尬。她親吻他的臉頰，很納悶他是怎麼知道她的生日。那天晚上她把胸針收進抽屜，若非之後每隔一段時間就有禮物送達，她很可能就完全忘了這枚胸針的存在。

這位情敵的不屈不撓似乎讓派崔克覺得很有趣，有天晚餐時，他提醒梅西，她是個仍有大好前途的漂亮女人。

梅西沒笑。「不能再這樣下去了。」她說。

「那你何不乾脆換供應商呢？」

「因爲好的供應商比好的愛人還難找。不管怎麼說，鮑伯很有信用，他的蛋糕是全市最好的，而價格又比其他競爭對手低。」

「而且他還愛上你。」派崔克說。

「別嘲笑我，派崔克。不能再這樣下去了。」

「我要告訴你另一件不能再這樣下去的事，是更重要的事。」派崔克俯身打開公事包。

「請容我提醒你，」梅西說，「我們說好要吃一頓浪漫的燭光晚餐，不談公事。」

「這件事恐怕不能等了。」他說，把一疊文件擺在桌上，「這是你過去三個月以來的帳目，看起來不太妙。」

「可是我以爲你說情況已經在好轉了。」

「是在好轉。你甚至想辦法把支出壓低到銀行建議的範圍之內。但是奇怪的是，同一時間，你的收入卻減少。」

「怎麼可能？」梅西說，「我們上個月的來客數還創新高。」

「所以我才決定仔細檢查過去一個月所有的帳單和收據。兜不起來。我得出了一個令人傷心的結論，梅西，你的服務生裡一定有人把錢伸到錢櫃裡。這在飲食業是很常見的，通常都是酒保或領班，但一旦發生，除非你找出那個人，開除他，否則是難以逆轉的。要是你不能很快揪出這個小偷，你這一年很可能又沒有利潤了。這樣一來，你非但不能還銀行貸款半毛錢，更別想要降低透支。」

「你建議我怎麼做？」

「你再來要盯緊每一個員工，直到有人露出馬腳。」

「我怎麼會知道是哪一個？」

「有幾個要注意的現象。」派崔克說，「首先是生活水準超過收入，例如買新大衣或昂貴的首飾，或者是通常負擔不起的度假。她很可能會告訴你說她交了新男友，可是——」

「噢，該死，」梅西說，「我想我大概知道是誰了。」

「凱倫。」

「她才來幾個月，最近她都去倫敦度週末。上個月她來上班時圍了一條新圍巾，戴了新的皮手套，還讓我很嫉妒呢。」

「別這麼快下結論。」派崔克說，「可是要特別注意她。她可能是私吞小費，再不然就是從錢櫃裡偷錢，說不定還兩者兼有。我可以向你保證，她絕對不會停手的。在多半的情況裡，小偷都是越來越有信心，直到被逮著爲止。你要出手制止，而且要快，在她把你的生意拖垮之前就制止。」

✣

梅西討厭監視自己的員工。畢竟，大部分的年輕員工都是她親手挑選的，而年齡較大的都已經在提莉做了很多年。

她格外注意凱倫，但沒有什麼明顯的跡象證明她偷錢。不過就像派崔克警告她的，小偷比正直的人更狡猾，梅西沒辦法隨時隨地盯著她。

結果這個問題自己解決了。凱倫遞上辭呈，說她已經訂婚，月底就要和未婚夫一起到倫敦生活。梅西覺得她的訂婚戒指非常精緻，雖然心裡也很懷疑究竟是用誰的錢買的。她甩開這個想法，爲少了一個問題要煩惱而鬆了口氣。

但是幾個星期之後，派崔克回到布里斯托，警告梅西說她的月營收又減少了，所以並不是凱倫。

「我們該報警嗎？」梅西問。

「還不到時候。現在你最不需要的是錯誤的指控或謠言，這會讓員工心生不滿。警方或許可以揪出小偷，但在那之前，你很可能會失去幾個最優秀的員工，因爲她們不喜歡被懷疑。而且保證有些老客人也會察覺到這個問題，這是你不樂見的。」

「我還可以容許這個情況繼續發展多久？」

「再一個月吧。要是你還是找不出是誰，我們就報警。」他露出大大的微笑，「我們別再談工作的事了。我們說好要慶祝你的生日。」

「那都已經是兩個月以前的事了。」她說，「要不是因爲鮑伯，你連我哪一天生日都不知道。」

派崔克再次打開公事包，但這次拿出的是個皇家藍的盒子，上面有個熟悉的天鵝商標。他遞給梅西，梅西慢慢打開，看見一雙黑色皮手套，以及巴柏利經典花格的羊毛圍巾。

「把我錢偷得精光的人肯定是你。」梅西雙手攬住他說。

派崔克沒回答。

「怎麼回事？」梅西說。

「我還有一個消息要告訴你。」梅西看著他的眼睛，很擔心是提莉還有什麼問題。「我升職了。我現在是都柏林總行的副理。我大部分的時間都要待在總公司裡，這裡的工作會有別人來取代。我還是會來看你，只是不能這麼頻繁了。」

梅西躺在他懷裡哭了一整夜。她想她再也不會結婚，除非她愛的這個男人娶了別人。

隔天早上她遲到了，發現鮑伯等在門口。她打開門之後，他就開始從小貨車搬下今天送來的糕點。

「我先失陪一下。」梅西說，走進員工盥洗室。

她陪派崔克到布里斯托寺院草原火車站搭車，和他道別時又哭了。她看起來一定很慘，不希望老客人以爲她出了什麼事。「絕對不要把你的私人問題帶到工作來。」提莉小姐經常提醒自己的員工。「客人自己的問題夠多了，不需要再擔心你的問題。」

梅西看著鏡子：她的妝糊了。「該死。」她發現自己把皮包留在櫃檯，不禁大聲咒罵。走回店裡拿皮包的時候，突然覺得反胃。鮑伯背對她站著，一手伸進錢櫃裡。她看著他拿一把紙鈔和硬幣塞進褲袋，悄悄關上錢櫃，然後回小貨車去搬另一盤蛋糕進來。

梅西知道派崔克會建議她怎麼做。她走進茶館，站在錢櫃旁，看著鮑伯從大門走進來。他沒端著蛋糕，而是拿著一個紅色的小皮盒。他給她一個大大的微笑，單膝下跪。

「你馬上離開這裡，鮑伯．貝羅。」梅西的語氣連她自己都覺得意外，「要是我再看見你接近我的店，我就報警。」

她以爲會有一連串的解釋或咒罵，但鮑伯就只是站起來，把他偷的錢擺在櫃檯上，一句話都沒說的離開。梅西癱倒在最近的一張椅子裡，這時第一名員工也正好抵達。

「早安，柯里夫頓太太，這個時節天氣眞好。」

18

只要一只薄薄的棕色信封塞進靜宅巷二十七號的信箱，梅西就認爲是布里斯托文法學校寄來的，很可能是哈利的另一筆學費繳費單，外加布里斯托慈善協會喜歡稱之爲「附加」的額外費用。

她回家時總是順道去銀行把當天的營業所得存入公司帳戶，然後把自己的小費收入存入另一個帳戶。她說那個私人帳戶是「哈利的」，希望每個學期末都能攢夠支付布里斯托文法學校下一個學期學費的錢。

梅西撕開信封，雖然無法讀懂信裡的每一個字，但認得那個簽名，以及上面的數字：37 10s（三十七鎊十先令）。這是利弊得失難斷的事，但是在霍康畢老師唸哈利最近的成績單給她聽之後，她不得不同意他的看法：這證明是一筆划算的投資。

「提醒你，」霍康畢老師警告她，「等他從這裡畢業之後，開銷不會比現在更少。」

「爲什麼？」梅西問，「受過這麼多教育之後，找工作不應該有困難才對，然後他就可以開始支應自己的開銷啦。」

霍康畢老師遺憾地搖搖頭，彷彿某個不太專心的學生沒領略重點似的。「我很希望他離開布里斯托之後，能去牛津念英國文學。」

「那要念多久？」梅西問。

「三年，也可能四年。」

「念那麼久，他肯定念了一大堆英文。」

「多得夠他找到工作。」

梅西笑起來，「也許最後他可以像你一樣當老師。」

「他不會像我一樣的。」霍康畢老師說，「如果要我猜，我猜他以後會成爲作家。」

「當作家可以掙錢過日子嗎？」

「當然可以，如果成功的話。但是如果不成功，你說得沒錯，他最後可能像我一樣當老師。」

「我喜歡。」梅西說，沒聽出他話裡的自嘲意味。

她把信封收進包包裡。這天下午下班後到銀行的時候，她開支票付全學期學費之前，會先確認哈利帳戶裡有三十七鎊十先令。透支的話只是讓銀行賺錢而已，派崔克告訴她。過去學校偶爾會寬限她兩三個星期，但派崔克也說明過，學校就像她的茶館一樣，在每個學期結束之前必須在帳目上收支平衡。

梅西沒等多久，電車就來了。才剛落座，她的思緒就回到派崔克身上。她絕對不向任何人承認——包括她媽媽在內——她有多想念他。

一輛救火車追趕上電車，打斷了她的思緒。有些乘客看著窗外，望向救火車駛去的方向。救火車遠去之後，梅西的思緒回到提莉茶館。自從趕走鮑伯．貝羅之後，銀行經理向她報告說茶館每個月又有穩定的盈餘了，到年底甚至能打破提莉小姐每年一百一十二鎊利潤的紀錄，讓梅西可以開始分期償還五百鎊貸款的本金。她可能還有餘裕替哈利買雙新鞋。

梅西在維多利亞街街底下車。跨過貝德米尼斯特橋的時候，她瞄了一眼手錶，她的第一份禮物，再次想起兒子。七點三十二分：她還有很寬裕的時間開店，準備好在八點鐘接待第一個客人。把店門口的牌子從「休息」翻成「營業」時，看見人行道上已經有一小排等候的人，總是讓她很開心。

走到高街時，又一輛救火車呼嘯而過，她看見一束黑煙高高衝向天空。但一直到轉進布洛德街時，她的心臟才開始怦怦狂跳。三輛救火車和一輛警車圍成半圓，停在提莉茶館門口。

梅西開始跑。

「不，不，不可能是提莉茶館。」她大聲嘶喊，看見幾個員工一起站在馬路對面。其中一個在哭。梅西跑到離原本的大門幾公尺之處，被一個警察攔住，不讓她再往前。

「我是那家店的老闆！」她抗議，不敢相信原本是全城最熱門的茶館竟已變成冒煙的灰燼。她眼睛泛起淚水，開始咳嗽，因爲黑煙籠罩著她。她瞪著原本晶亮的櫃檯殘餘的碎片，堆著厚厚一層灰的地板，那裡原本有椅子和桌子，她昨天回家之前看見的時候都還鋪著潔白無瑕的檯布。

「很對不起，夫人。」那警察說，「但是爲了你的安全，我一定要請你和你的員工一起站到馬路對面。」

梅西轉身背對提莉茶館，很不情願地開始越過馬路。還沒走到另一邊的人行道，她就看見他站在人群邊緣。眼神交會的那一瞬間，他轉身走開。

✣

布雷克摩爾警探翻開筆記本，看著桌子對面的嫌疑人。

「你能告訴我，今天凌晨三點左右，你人在哪裡嗎，柯里夫頓太太？」

「我在家睡覺。」梅西回答說。

「有人可以證明嗎？」

「如果你的意思是，警探先生，那個時間有沒有人和我一起在床上，那麼答案是沒有。」警探記了下來，也花了一點時間想了想。然後他說：「我是想找出是不是有其他人牽涉在內？」

「牽涉什麼？」

「縱火。」他回答，很審慎地看著梅西。

「可是有誰會想要放火燒掉提莉茶館呢？」梅西追問。

「關於這個問題，我很希望你能協助我們。」布雷克摩爾頓了一下，希望梅西．柯里夫頓可以說出幾句她稍後會懊悔的話來。但她什麼也沒說。

布雷克摩爾警探無法斷定梅西．柯里夫頓究竟是個冷靜的當事人，或者純粹只是天眞。他知道有個人可以回答這個問題。

✣

富蘭普頓先生從辦公桌後站起來，和梅西握手，請她坐下。

「聽說提莉茶館發生火災，我很難過。」他說，「感謝上帝，還好沒有人受傷。」梅西最近沒怎麼想到上帝，「只希望茶館裡的東西都有保險。」

「嗯，都有。」梅西說，「還好有凱塞伊先生幫忙處理，當初都有保險。只可惜保險公司一毛錢都不肯付，除非警方證明我沒有涉案。」

「我眞不敢相信，警方竟然認爲你是嫌疑人。」富蘭普頓說。

「基於我的財務問題，」梅西說，「也不能怪他們啦。」

「他們遲早會知道這是荒謬的揣測。」

「但我沒有時間，」梅西說，「這也是我來見您的原因。我得要找份工作，上次我們在這裡談話的時候，我記得您說如果我想回皇家飯店來——」

「我是認眞的。」富蘭普頓先生打斷她的話，「可是我不能讓你恢復原本的職位，因爲蘇珊做得很好，而且我最近才剛僱了三名提莉茶館的員工，所以棕櫚宮沒有任何空缺。目前我唯一可以提供的工作其實不太値得……」

「我什麼工作都願意考慮，富蘭普頓先生。」梅西說，「眞的，任何工作。」

「有些客人告訴我們說，夜裡飯店餐廳打烊之後，他們有時想吃點東西。」富蘭普頓先生說，「我考慮要在晚上十點到隔天早上六點早餐開始之前，供應咖啡和三明治之類的少數品項。一開始我只能給你三鎊的週薪，但是所有的小費都歸你。當然，我也可以理解，如果你覺得——」

「我接受。」

「你什麼時候可以開始？」

「今天晚上。」

✣

下一個棕色信封躺在二十七號的門墊上時，梅西沒打開，直接塞進包包裡。她忖思，還要過多久就會有第二個、第三個信封寄達，最後還會寄來一個厚厚的白信封，署名的不是學校的總務主任，而是校長，要求柯里夫頓太太在學期結束時讓兒子轉學，她一想到哈利可能要唸這封信給她聽，她就覺得很害怕。

哈利九月就要念六年級了，只要一提到要「上」牛津，在當今最傑出的學者艾倫．吉特門下研讀英國文學，他的雙眼就掩不住興奮神色。梅西想到要告訴他說這再也不可能實現，就無法忍受。

她在皇家飯店工作的頭幾個晚上靜悄悄的，第二個月也都不怎麼忙。她很討厭無所事事。清晨五點清潔人員來上班時，常發現棕櫚宮沒有什麼好收拾的。就算是最忙碌的夜晚，頂多也只有

五、六個客人，大部分都是剛過午夜的時候離開飯店酒吧，對追求她的興趣遠高於點咖啡和火腿三明治。

她大部分的客人都是商務旅客，只住一個晚上，所以她不太可能有常客。而小費當然也不夠應付她包包裡的那個棕色信封。

梅西知道如果哈利想繼續留在布里斯托文法學校，而且擁抱最微弱的一線希望進牛津，那她只能去找一個人幫忙。如果必要，她會苦苦哀求。

19

「你憑什麼認爲雨果先生會願意幫忙？」老傑克在座位裡傾身問。「他從來就沒對哈利表露出絲毫的關心。相反的……」

「因爲這世界上若有人應該覺得對哈利的未來負有責任，那就一定是這個人了。」話才出口，梅西就後悔了。

老傑克沉默了半晌才問：「你是不是有事沒告訴我，梅西？」

「沒有。」她回答說，有點太快。她討厭說謊，特別是對老傑克，但她已經下定決心，這是她到死都不會透露的秘密。

「你想過要在什麼時候，到什麼地方去找雨果先生嗎？」

「我確實知道自己要怎麼做。他很少在下午六點之前離開辦公室，那時候多半的員工都已經下班回家了。我知道他的辦公室在五樓，左邊的第三扇門。我知道——」

「可是你知道波特斯小姐嗎？」老傑克打斷她的話，「就算你想辦法通過接待處那一關，然後神不知鬼不覺地到了五樓，也沒辦法避開她。」

「波特斯小姐？我沒聽說過這個人。」

「她當雨果先生的私人秘書已經十五年了。依據我個人的經驗，我可以告訴你，如果有波特斯小姐當秘書，你連看門狗都不需要了。」

「那我就等她下班回家。」

「波特斯小姐從來不比老闆早下班，而且早上也都在老闆進門前三十分鐘就坐在位子上了。」

「但是要進巴靈頓莊園宅邸的可能性更低，他們那裡也有看門狗的，叫簡勤斯。」

「那你就得找到雨果先生獨處的時間和地點，讓他逃不了，也不能仰賴波特斯小姐或簡勤斯來拯救他。」

「有這樣的時間地點嗎？」梅西問。

「噢，有的。」老傑克說，「但你得要掌握時機。」

✣

梅西一直等到天黑才溜出老傑克的火車車廂。她躡手躡腳穿過碎石步道，輕輕打開後座門，爬進去，關上。在漫長的等待時間裡，她坐在舒服的皮椅上，從側窗可以清楚看見大樓。梅西耐心等待燈一盞盞熄滅。老傑克警告過她，他的燈會是最後熄滅的其中一盞。

她利用這段時間複習她想問他的問題。這些問題她已經練習了好多天，今天下午還對老傑克預演了一次。他做了一些建議，她樂於接受。

六點剛過，一輛勞斯萊斯駛來，停在大樓外面。司機下車，站在車旁。幾分鐘之後，公司董事長華特．巴靈頓爵士走出正門，坐進後座，車子駛離。

更多燈熄滅，最後只剩一盞還亮著，宛如聖誕樹頂端的那顆星星。梅西突然聽見有人踩過碎石步道的腳步聲，立刻從座椅溜下來，趴在地板上。她聽見兩個男人交談的聲音，往這邊接近。她的計畫可沒有包括這兩個男人。就在她準備跳起來從另一側消失進夜色裡時，他們停下腳步了。

「……儘管這樣，」這是她認得的嗓音，「一定要確保不會有第三個人知道我牽涉在內。」

「當然啦，先生，你可以信任我。」這個聲音她也聽過，只是不記得是在哪裡聽到的。

「那我們保持聯繫，老兄。」第一個人說，「我毫不懷疑，我會再請銀行提供服務。」

梅西聽見一組腳步聲走遠。門打開時，她整個人一懍。

他進來了，坐在駕駛座上，把車門關上。不用司機，寧可自己開車享受駕駛的樂趣，這全是老傑克提供的寶貴情報。

他發動引擎，汽車抖顫地動了起來。他給引擎加速了好幾次，然後才打到一檔。巴靈頓先生的車子開到大馬路之後，大門口的那人把門關上。車子往市區開去，就像他每天晚上做的一樣，開回他的宅邸。

「在車子開到市中心區之前，絕對不能讓他知道你在車上。」老傑克建議，「他不會冒險在市區停車，因為怕有人會看見你們在一起，而且認出他來。但是一旦離開市區，他絕對毫不遲疑地把你丟下車。你頂多只有十到十五分鐘的時間。」

「我也只需要這麼多的時間。」梅西告訴他。

梅西一直等他把車開過大教堂，穿過夜裡這個時間向來很熱鬧的大學綠地。但就在她準備要坐起來，拍他肩膀的時候，車子卻突然減速，停了下來。車門打開，他下車，車門關上。梅西偷偷透過前座之間往外瞄，驚恐地發現他把車停在皇家飯店外面。

十幾個想法飛快竄過她腦袋。她應該趁還來得及的時候跳車嗎？為什麼他要到皇家飯店？他打算在這裡待多久？她決定等，怕在這麼人來人往的地方下車會被看見。況且，這很可能是支付學費之前，她最後一次能和他面對面的機會了。

她的一個問題得到答案，是二十分鐘。但早在他還沒回到駕駛座，重新開車上路之前，梅西就已經渾身冷汗了。她沒想到自己的心臟竟然可以跳得這麼快。她一直等到車子又開出一大段距離，才坐起來，拍拍他的肩膀。

他一臉驚恐地轉過頭來，先是認出她來的表情，然後是恍然大悟。「你想幹嘛？」他略微恢復鎮定地問。

「我覺得你很清楚我想幹嘛。」梅西說，「我唯一關心的是哈利，我希望確保他接下來兩年的學費都有人付。」

「給我一個好理由，說說我為什麼要付兩年的學費。」

「因為他是你的兒子。」梅西冷靜地回答。

「你憑什麼這麼有把握？」

「你第一次在聖貝迪見到他的時候，我一直觀察你。」梅西說，「還有他每個週日在聖瑪麗唱詩的時候也是。我看見你的眼神，你在開學那天不肯和他握手的時候，也是那個表情。」

「這算不上證據。」巴靈頓好像比較有自信了，「這只是女人的直覺罷了。」

「那也許是時候讓另一個女人知道你在員工郊遊日幹了什麼好事。」

「你憑什麼認爲她會相信你的話？」

「只不過是女人的直覺罷了。」這句話讓他沉默下來，給她繼續往下說的信心，「巴靈頓夫人可能也會很有興趣知道，在亞瑟失蹤之後，你幹嘛要費盡心思讓我哥哥入獄？」

「只是巧合，沒別的。」

「然後我丈夫從此人間蒸發，也只是巧合？」

「柯里夫頓的死和我沒有關係！」巴靈頓脫口嘶吼，車子突然一轉，越過馬路，差點撞上一輛對向來車。

梅西坐直起來，被剛才聽見的那句話嚇得說不出話來。「所以我丈夫的死肯定是你的責任。」

「你沒有證據。」他很不屑地說。

「我不需要其他的證據。儘管這麼多年你對我的家庭造成這麼大的傷害，但我還是會放過你。哈利就讀布里斯托文法學校期間，只要你能好好照料他，我就不會再煩你。」

巴靈頓沉默了半晌才回答。最後他說：「我需要幾天的時間來安排付款的最好辦法。」

「公司的慈善信託基金很容易就可以支付這麼小的一筆金額。」梅西說，「畢竟，你父親是管理委員會的董事長。」

這一次他沒有現成的答案可以回答。他是在想她怎麼得到這個情報的？他不是第一個低估老傑克的人。梅西打開手提包，拿出那個薄薄的棕色信封，擺在他身邊的座位上。

車子開進一條沒有燈光的巷道。巴靈頓跳下車，打開後座車門。梅西下車，覺得這次面對面的結果非常成功。但她雙腳才著地，他就抓住她的肩膀猛力搖晃。

「你給我聽好，梅西．柯里夫頓，仔細聽好。」他說，眼睛射出怒火，「要是你敢再威脅我，我不只會讓你哥哥丟工作，也會讓他永遠別想在這個城市找到工作。而你如果蠢得竟然去暗示我老婆說我是那男生的父親，我就讓警察逮捕你，你不是被關進牢裡，而是會被關進瘋人院。」

他放開她，握緊拳頭，朝她的臉一拳揮去。她倒在地上，整個人縮成一團，以爲他會一腳又一腳地踢她。結果沒有，她仰頭看見他站在她上方。他撕碎那個薄薄的褐色信封，撒開來，宛如對著新娘撒彩紙。

他沒說半句話就再跳上車開走了。

✣

白色信封穿過信箱口丟進來的時候，梅西知道自己被擊敗了。等哈利下午放學回家，她必須告訴他事實眞相。但是她必須先到銀行去，把前一天晚上微薄的小費存進去，告訴普林德格斯特先生說不會再有布里斯托文法學校的學費通知單，因爲她兒子這個學期末就要轉學了。

她決定步行到銀行，省下一便士的電車費。一路上，她想起她讓多少人失望。提莉小姐和蒙岱小姐會原諒她嗎？她的好幾個員工，特別是年齡比較大的，都沒能找到工作。還有她的爸媽，他們總是替她照顧哈利，讓她可以去工作。而老傑克，做了這麼多事情幫助她兒子的老傑克。更重要的是哈利自己，據霍康畢老師說，都已經快戴上勝利桂冠的哈利。

到了銀行之後，她加入長長的排隊人龍，反正也不急。

「早安，柯里夫頓太太。」她終於排到時，櫃員愉快地對她說。

「早安。」梅西說完，把四先令六便士擺在櫃檯上。

櫃員仔細查對金額，然後把銅板收進櫃檯下方的不同抽屜裡。接著寫了一張收條，證明柯里夫頓太太存進的金額，交給她。梅西站到一旁把位子讓給下一個顧客，才把收條收進皮包裡。

「柯里夫頓太太，」櫃員說。

「嗯？」她抬起頭說。

「經理想和你談一下。」

「我瞭解。」她說。梅西不需要他來告訴她說，她的帳戶裡沒有足夠的存款來支付最近一張的學費通知單。事實上，知道不用再支付其他課外活動的費用，普林德格斯特應該會鬆一口氣吧。

這名年輕人帶她默默穿過銀行大廳，走過長長的走廊。到了經理辦公室前面，他輕輕敲門，打開來說：「柯里夫頓太太來了，經理。」

「喔，好，」普林德格斯特先生說，「我需要和你談一下，柯里夫頓太太。快請進。」她在哪裡聽過這個嗓音呢？

「柯里夫頓太太，」她一坐下，他就接著說，「我很遺憾地通知你，我們沒有辦法兌現你最近開給布里斯托文法學校的那張三十七鎊十先令的支票。目前你的帳戶恐怕沒有足夠的金額支付全額。當然，除非你近期會再存進其他款項？」

「沒有，」梅西說，從包包裡拿出那個白信封，擺在他面前的辦公桌上。「或許你能幫忙讓布里斯托文法學校瞭解，只要給我時間，我會願意償付哈利上個學期的所有花費。」

「很對不起，柯里夫頓太太，」普林德格斯特先生說，「我只希望我可以幫得上忙。」他拿起那只白信封，「我可以打開嗎？」他問。

「當然可以。」梅西說，她在此刻之前都還迴避現實，不想知道她還欠學校多少錢。

普林德格斯特先生從桌上拿起一把拆信銀刀，打開信封，抽出一張布里斯托西英格蘭保險公司的支票，金額是六百鎊，受款人是梅西・柯里夫頓。

雨果·巴靈頓 1921—1936

20

若非她指控我殺了她丈夫，我連她的名字都不記得了。

事情的開端是我父親堅持我陪工廠員工一起參加年度郊遊，到濱海威斯頓去。「讓他們看見老闆的兒子很關心他們，可以鼓舞士氣。」他說。

我並不這麼認為，而且老實說，我覺得這整個活動根本就是浪費時間。但是只要我父親一決定要做什麼，和他爭辯一點用都沒有。如果梅西——這名字真是太普通的——沒來參加，這一次的出遊也就真的是浪費時間了。就連我自己都很意外，她竟然這麼想和老闆的兒子上床。我以為回布里斯托之後，我再也不會有她的消息。事情或許會真的如我所想的那樣，如果她沒嫁給亞瑟·柯里夫頓的話。

✣

當時我埋首在辦公桌上查看「楓葉號」的標單，一遍又一遍地核對數字，希望能找出方法讓公司多省些錢，但無論我怎麼努力，結算欄總是不怎麼好看。而更慘的是，決定去投標拿下合約的人是我。

我們的委託人梅森公司精打細算，很會殺價，而且經過幾次始料未及的延宕之後，我們的進度落後五個月。若是我們無法在十二月十五日之前建造完成，合約的違約條款就將啓動。剛開始看似可以大賺一筆的夢幻合約，如今竟然成爲夢魘，十二月十五日，我們即將從夢中驚醒，因爲嚴重的損失而驚醒。

我父親從一開始就反對巴靈頓公司爭取這個合約，而且話說得很明白。「我們應該堅守我們擅長的。」每回召開董事會，他都這麼說，「過去數百年來，巴靈頓航運在世界各個遙遠的角落之間來回運輸貨物，讓我們在貝爾法斯特、利物浦和紐卡索的競爭對手去造船吧。」

我知道我沒有辦法說動他，所以我把時間花在說服較年輕的董事，說我們最近幾年已經錯失了好幾次機會，坐視其他公司搶走原本可以輕易落入我們手中的有利可圖合約。最後我勸服了他們，以些微的多數獲董事會通過，略試水溫，和梅森簽約，爲他們快速擴增的船隊造一艘貨櫃船。

「如果我們表現出色，讓『楓葉號』如期交船，」我告訴董事會，「肯定會帶來更多合約。」

「希望我們的人生如願不懊悔。」在董事會投票失利之後，我父親只說了這句話。

我已經懊悔了。儘管巴靈頓航運預期在一九二一年創造獲利新高，但是新的子公司巴靈頓造船公司看來可能會是年度財務報表上唯一有赤字的項目。有些董事會成員已經和這個決定切割，告訴每個人說他們是投票支持我父親的。

我不久前才剛被任命爲公司的總經理，可以想像大家在我背後會怎麼說。「虎父無犬子」肯定不會是眾人掛在嘴邊的話。已經有個經理辭職，他離開的時候把心裡的話講得很明白，警告我父親：「這小夥子欠缺判斷力。小心一點，他最後不只會搞垮公司而已。」

但我沒放棄。我還是相信，只要能如期完成，就能損益平衡，或許還能稍有盈餘。一切都要看接下來幾個星期的進度。我下令一天三班二十四小時開工，而且允諾工人，只要如期完成合約，就發放豐厚的獎金。畢竟，有夠多的人在大門外晃蕩，渴望尋得工作。

✣

我正要告訴秘書說我要下班時，他不請自來地衝進我的辦公室。

他長得矮矮胖胖，肩膀寬厚，肌肉發達，一看就是碼頭工人的體格。閃過腦海的第一個念頭是，他是怎麼闖過波特斯小姐那一關的。波特斯小姐跟在他後面跑進來，像平常一樣激動不安。

「我攔不住他，」她說，這是不證自明的事實，「要我叫警衛嗎？」

我深深看著這名男子的眼睛，說：「不用。」

波特斯小姐就站在門邊不動，而我們兩個互相打量，像貓鼬和蛇那樣，都在想誰會先出拳。

但這人很不情願地摘下帽子，開始嘰哩呱啦。我花了半晌才聽懂他在講什麼。

「我最好的哥兒們就要沒命啦。亞瑟·柯里夫頓就要沒命啦，除非你有行動啊。」

我要他冷靜下來，好好說明是什麼問題。這時我的工班領班衝了進來。

「對不起，坦寇克打擾了您，先生。」他一喘過氣來就忙著說，「可是我向您保證，一切都在控制之中，您不必擔心。」

「什麼事情在控制之中？」我問。

「這個坦寇克說，工班交班的時候，他的哥兒們柯里夫頓正在船體裡工作，然後新的一班工人不知怎麼的把他給封死在裡面了。」

「你自己來看！」坦寇克大聲嚷著，「你可以聽見他在裡面敲。」

「這有可能嗎，哈斯金？」我問。

「什麼都有可能，先生。但比較可能的情況是，柯里夫頓可能早就開溜，現在人泡在酒館裡啦。」

「那大門口爲什麼沒有他簽退的紀錄？」坦寇克追問。

「這也沒什麼好奇怪的，先生，」哈斯金眼睛不看他，「簽到才重要，有沒有簽退並不重要。」

「要是你不來看看，」坦寇克說，「那你就要雙手沾滿他的血走入墳墓了。」聽到他脫口而出的這句話，連哈斯金都啞口無言了。

「波特斯小姐，我要去一號碼頭，」我說，「應該不會太久。」

這個矮胖的男人衝出我的辦公室，沒再說半句話。

「哈斯金，搭我的車。」我說，「我們可以在路上討論該怎麼做。」

「什麼都不必做啊，先生。」他堅持，「他講的全是胡說八道。」

直到我們兩個獨自在車裡，我才對我的領班直言不諱。「柯里夫頓眞的有可能被封死在船體裡？」

「沒有可能，先生。」哈斯金堅定地說，「我只覺得很抱歉，浪費了您的時間。」

「可是那人好像很有把握。」我說。

「是喔，就像他相信切普斯特的賽馬誰會贏那麼有把握。」

我沒笑。

「柯里夫頓的班在六點結束。」哈斯金繼續說，語氣變得比較嚴肅，「他一定知道焊工要進來，準備在凌晨兩點下班之前完成工作。」

「柯里夫頓一開始爲什麼會到船體裡？」

「在焊工班上工之前做最後的檢查。」

「他有沒有可能不知道自己的班時已經結束了？」

「下班的鐘聲響亮得連布里斯托市中心都聽得見。」我們的車駛過坦寇克身邊時，哈斯金說。坦寇克跑得好快，活像著了魔似的。

「就算人在船殼裡也聽得見？」

「我想如果他在下層船底是有可能聽不見，但我還沒見過哪個碼頭工人不知道自己的班時什麼時候結束的。」

「如果他有手錶的話，」我說，看看哈斯金手上有沒有手錶。他沒有。「要是柯里夫頓眞的在裡面，我們有儀器可以把他弄出來嗎？」

「我們是有足夠的焊槍可以把船殼燒穿，把一整塊船殼拆下來。問題是，這要花好幾個鐘頭，就算柯里夫頓眞的在裡面，也絕對不可能撐到我們找到他的時候。更重要的是，這得要讓大家再花兩個星期，甚至更久的時間，才能把那整個區域再補好。就像您一直提醒我的，老闆，您給大家獎金，爲的是節省時間，不是浪費時間。」

我的車停到船旁邊時，夜班已經開工兩個小時了。船上應該有一百多個人，全力以赴，敲鎚，焊接，拴螺絲。我爬上舷梯，看見坦寇克朝船跑來。不久之後他追上我，彎著腰，雙手貼在大腿上，讓自己可以喘過氣來。

「你希望我怎麼做，坦寇克？」他一喘過氣來，我就問。

「叫他們停工，老闆，只要幾分鐘，你就可以聽見他在敲……」

我點頭同意。

哈斯金聳聳肩，顯然無法相信我竟然會下這種命令。他花了好幾分鐘才讓每一個人放下工具，讓所有的工人安靜下來。船上的每一個人，以及船塢邊的每一個人都一動也不動地站著，凝神傾聽，但除了偶然飛過的海鷗鳴叫與老菸槍的咳嗽聲之外，我什麼也沒聽見。

「就像我說的，先生，這是在浪費大家的時間。」哈斯金說，「這個時間，柯里夫頓八成已經在豬與口哨酒館裡喝第三杯了。」

有人丟下榔頭，那聲音在船塢迴盪。就在那一瞬間，就僅僅那麼一瞬間，我覺得我聽見另一個聲音，規律但很輕微的聲音。

「是他！」坦寇克大嚷著。

然後，就像莫名開始那樣，這聲音也莫名地停止了。

「有人聽到什麼聲音嗎？」我拉開嗓門說。

「我啥也沒聽見。」哈斯金說，環顧周圍的人，幾乎是在看誰敢違抗他。有幾個人回瞪他，有一兩個則惡狠狠地拎起榔頭，彷彿等著有人帶領他們揭竿而起。

我覺得自己宛如船長，僅握有最後一絲機會鎮壓叛亂的船長。不管怎麼做，我都贏不了。要是我叫這些人回去工作，謠言勢必會傳開，到最後在碼頭工作的每一個人都會相信我個人要對柯里夫頓的死負責任。恐怕要耗上好幾個星期，好幾個月，甚至好幾年的時間，我才能重建威信。但如果我下令撬開船體，那麼要從這筆合約創造盈收的希望就完全破滅了，繼之而來的，是我成為董事長的希望也將破滅。我就這樣站在那裡，希望接下來的靜寂能讓大家相信是坦寇克搞錯了。隨著一秒接一秒的沉寂過去，我的信心也逐漸恢復。

「好像沒有人聽見任何聲音，先生。」一會兒之後哈斯金說，「您是否容許我讓大家回去工作？」

眾人一動也不動，連肌肉都不動一下，就繼續這樣桀驁不馴地瞪著我。哈斯金也瞪著他們，有一兩個終於垂下目光。

我轉身面對領班，下令讓大家回去工作。在接下來的半晌沉寂裡，我敢發誓，我聽見了一聲敲擊。我瞥了坦寇克一眼，但那聲音馬上就被其他的千百種噪音淹沒了，因為工人已經不滿地回去工作了。

「坦寇克，你何不到酒館去看看你哥兒們是不是在那裡。」哈斯金說，「等你找到他，就狠狠痛罵他一頓，因為害大家浪費這麼多時間。」

「要是找不到他，」我說，「就去他家，問他老婆有沒有看見他。」我一開口就知道自己說錯話了，連忙補上一句：「假設他有老婆的話。」

「他有，老闆，他有老婆。」坦寇克說，「他老婆是我妹妹。」

「要是你還是找不到他，就向我回報。」

「到那時候已經來不及了。」坦寇克垮著肩膀，轉身離開。

「有事就到辦公室找我，哈斯金。」我說完就走下舷梯，開車回到巴靈頓大樓，希望再也不會見到坦寇克。

我回到辦公室，但沒辦法集中精神看波特斯小姐擺在辦公桌上要我簽的信件。我腦袋裡還是不停聽見那個敲擊聲，一而再，再而三，就像流行的樂曲不停在心裡盤旋那樣，甚至讓你睡不著覺。我知道柯里夫頓明天如果沒來上班，我這輩子就永遠擺脫不了這個聲音了。

接下來的一個鐘頭，我慢慢有了信心，相信坦寇克一定已經找到他的哥兒們，此刻正後悔讓自己出了醜。

那天是極其罕有的幾次，波特斯小姐比我早下班。我正準備鎖上抽屜回家，就聽見跑上樓梯的腳步聲。那只可能是他。

我抬起頭，那個我希望再也不要見到的人就站在門口，眼中有強自壓抑的怒火。

「你害死我最好的哥兒們，你這個渾球。」他揮著拳頭說，「你最好也可以赤手空拳殺了我。」

「冷靜一點，坦寇克，老兄。」我說，「就我們所知，柯里夫頓應該還活著。」

「他已經進了墳墓，好讓你那艘該死的船可以如期完工。只要有人發現真相，就絕對沒有任何人願意上那條船的。」

「每天都有人死於造船意外。」我的話一點說服力都沒有。

坦寇克朝我走近一步。他好生氣，所以有那麼一會兒，我以為他就要出拳揍我了。但他就只是站在那裡，兩腿劈開，雙拳緊握，怒火難遏地瞪著我。「等我把我知道的事情告訴警察，你就不得不承認，你只要說一句話就可以救他一命。但因為你只在意自己能賺多少錢，我會保證讓所有的碼頭工人都不肯再替你賣命。」

我知道若是警方眞的介入，布里斯托有一半的人都會相信柯里夫頓在船體裡面，工會必定會要求撬開船來檢查。倘若如此，他們一定會有所發現，我毫不懷疑。

我緩緩站起來，穿過辦公室走到牆角的保險箱前。我輸入密碼，轉動鑰匙，打開門，抽出一個厚厚的白信封，回到辦公桌。我拿起一把拆信銀刀，拆開信封，拿出一張五鎊鈔票。我甚至懷疑坦寇克以前有沒有看過這樣的紙鈔。我把錢放在面前的吸墨墊上，看著他的小眼睛霎時睜大。

「再怎麼做都不可能讓你的朋友回來。」我說，又把一張紙鈔擺在第一張紙鈔上。他的眼睛始終沒離開錢。「況且，天曉得，他也許只是開溜幾天。就幹你們這一行的人來說，並不少見。」我又在第二張鈔票上擺了第三張，「等他回來，你其他的哥兒們絕對不會放過你。」接著是第四張和第五張，「你也不想因為浪費警察時間而被起訴，對吧？這是嚴重的犯罪行為，可能進大牢的。」又兩張，「當然，你也會丟掉工作。」他抬頭看我，原本的憤怒明顯變成恐懼了，「我可不能僱用罵我是凶手的人。」我在那疊鈔票上加了最後兩張。信封空了。

坦寇克轉開視線。我掏出皮夾，再加上一張五鎊紙鈔，三鎊，十先令：總共六十八鎊十先令。他的目光轉回鈔票上。「還會有更多。」我只希望自己的語氣夠有說服力。

坦寇克緩緩走到我的辦公桌前，沒看我，收攏鈔票，塞進口袋，一句話也沒說地離去。

我走到窗邊，看著他走出大樓，緩緩朝碼頭大門而去。

我讓保險箱門敞著，把裡頭的一些東西丟在地板上，把空信封丟在我的桌上，沒鎖門就離開辦公室。我是那天最後一個離開大樓的人。

21

「布雷克摩爾警探來了，先生。」波特斯小姐說，然後讓到一旁，好讓警探可以進到總經理辦公室。

雨果．巴靈頓仔細端詳走進辦公室裡的警探。身高大概只略高於一百七十五公分的下限，而體重可能比標準體重略重個一兩公斤，但看起來仍顯得勻稱。他帶了一件八成是當警員時候就買的風衣，頭上的褐色氈帽則較新，顯示他當上警探的時間並不算太長。

兩人握手。布雷克摩爾一坐下就從外套內口袋掏出筆記本和筆。「您應該知道，先生，我負責追查昨天晚上據報在這裡所發生的竊案。」巴靈頓不喜歡「據報」這兩個字。「我可不可以先請問，您是什麼時候發現錢不見的？」

「當然沒問題，警探。」巴靈頓想儘量表現出熱心協助的樣子。「我今天早上大約七點抵達碼頭，直接開車到船塢看昨天夜班的工作成果。」

「您每天早上都是這樣做的？」

「不是每天，只是偶爾。」雨果對這個問題很不解。

「您在那裡待了多久？」

「二十分鐘，也許三十分鐘也說不定。然後就到辦公室來了。」

「所以您大概是七點二十分左右到辦公室，最晚不超過七點半。」

「是的，應該是這樣沒錯。」

「那時您秘書已經到了？」

「是的，她到了。她很少比我晚到，是位傑出的女士。」他微笑補上這句話。

「相當傑出。」警探說，「所以是波特斯小姐告訴您說保險箱被打開的？」

「沒錯。她說她早上進辦公室之後，發現保險櫃的門敞開，有些東西散落在地板上，所以馬上打電話報警。」

「她沒先打電話給您，先生？」

「沒有，警探。那個時間我應該已經在開車來上班途中了。」

「所以今天早上秘書比您早到辦公室，那昨天晚上您也比她早下班嗎，先生？」

「我不記得了。」巴靈頓說，「但是我通常都比她早下班。」

「是的，波特斯小姐和您的說法一致，」警探說，「可是她也說——」他低頭看筆記本，「『我昨天晚上比巴靈頓先生早下班，因爲發生了一個問題需要他處理。』」布雷克摩爾抬起頭，「您能告訴我是什麼問題嗎，先生？」

「經營這麼大的一家公司，」雨果說，「隨時都會有問題發生。」

「所以您不記得昨天晚上發生的是什麼問題？」

「不記得，警探，我眞的不記得。」

「今天早上您進到辦公室，發現保險櫃敞開，您做的第一件事情是什麼？」

「我檢查看丟了什麼。」

「您發現了什麼？」

「所有的現金都不見了。」

「您怎麼確定是全部都不見了？」

「因爲我在辦公桌上找到空信封。」雨果遞出那個信封。

「信封裡原本應該有多少錢，先生？」

「六十八鎊十先令。」

「您好像非常確定。」

「是的，我是。」雨果說，「你爲什麼覺得驚訝？」

「只是因爲波特斯小姐說保險箱裡有六十鎊，全都是五鎊面額的紙鈔。也許您可以告訴我，先生，另外的八鎊十先令是哪來的？」

雨果沒有立即回答。「我有時候會在辦公桌抽屜裡擺些小額零鈔，警探。」

「這些『小額零鈔』數目還眞不小。請容許我再回頭談保險箱的問題。您早上進到辦公室，首先就注意到保險箱的門開著。」

「是這樣沒錯，警探。」

「您有保險箱的鑰匙？」

「當然有。」

「密碼和裡面擺了什麼，都只有您知道嗎，先生？」

「不是的，波特斯小姐也可以開保險箱。」

「您有把握，昨天晚上回家的時候保險箱是上鎖的？」

「是的，向來如此。」

「那麼我們應該推論，這是職業竊賊所爲？」

「您爲什麼這樣說，警探？」巴靈頓問。

「但是如果他是個職業竊賊，」布雷克摩爾不理會他的問題，「讓我不解的是，爲什麼會讓保險箱門敞著。」

「我不確定我聽懂你的意思，警探。」

「我會解釋，先生。職業竊賊傾向於讓所有的東西保持原狀，免得罪行立即被發現。這樣他們就有比較寬裕的時間處理贓物。」

「比較寬裕的時間。」雨果重複他的話。

「職業竊賊會關上保險箱門，帶走信封，讓您要多花一些時間才發現有東西不見了。就我的經驗來說，有些人幾天，甚至幾個星期都不開保險箱的。只有外行的小偷才會把您的辦公室搞得這麼亂。」

「那也許是外行的小偷所爲？」

「那他要怎麼打開保險箱啊，先生？」

「說不定他拿到波特斯小姐的鑰匙？」

「還有密碼？但是波特斯小姐向我保證，她每天晚上都帶保險箱鑰匙回家，就我的瞭解，您也是，先生。」雨果什麼都沒說，「我可以看一下保險箱裡面嗎？」

「當然，沒問題。」

「那是什麼？」警探指著擺在保險箱底層的一個錫盒問。

「是我收藏的硬幣，警探。我的嗜好。」

「您可以打開一下嗎，先生？」

「真的有必要嗎？」雨果不耐煩地問。

「是的，恐怕是有必要，先生。」

雨果很不情願地打開盒子，裡面是他多年來蒐集的金幣。

「嗯，這又是一個謎團。」警探說，「我們的這個小偷從保險箱裡拿走六十鎊，從你的辦公桌抽屜拿走八鎊十先令，但是放著一盒價值肯定更高的金幣沒拿。此外還有信封的問題。」

「信封？」雨果問。

「是的，先生，您說擺錢的那個信封。」

「我今天早上發現丟在我的辦公桌上。」

「這一點我並不懷疑，先生。可是您會發現，這信封是整整齊齊割開來的。」

「可能是用我的拆信刀。」雨果得意地舉起拆信刀。

「很有可能，先生，但是就我的經驗來說，竊賊通常都是一把撕開信封，而不會用拆信刀整整齊齊拆開，好像早就知道裡面有什麼似的。」

「可是波特斯小姐告訴我說，你已經逮到那個小偷了。」雨果說，儘量不表現出心裡的惱怒。

「沒有，先生，我們找到了錢，但我不相信我們逮到了犯罪的人。」

「可是你們找到佔有那些錢的人？」

「沒錯，我是找到了。」

「那你們還等什麼？」

「等著要確定沒抓錯人。」

「你們起訴的那個人是誰？」

「我沒說我們起訴他了，先生。」警探翻過一頁筆記說，「是一位史丹利・坦寇克先生。他是您公司的碼頭工人。您對他的名字有印象嗎，先生？」

「沒什麼印象。」雨果說，「但是他如果是在碼頭工作，一定知道我的辦公室在哪裡。」

「我不懷疑，先生，坦寇克知道您的辦公室在哪裡，因爲他說他昨天晚上七點左右來找過您，告訴您說他的妹夫，亞瑟・柯里夫頓先生被困在船塢正在造的那艘船船體裡，要是您不下令把他弄出來，他就要沒命了。」

「噢，是啊，我想起來了。我昨天下午確實去過船塢，我的領班可以證實。但那是假警報，浪費了大家的時間。他顯然是發現了保險箱的位置，後來又回來洗劫我。」

「他承認後來又到您的辦公室來，」布雷克摩爾說，又翻過一頁筆記本，「他說您給了他六十八鎊十先令，只要他閉口不談柯里夫頓的事。」

「我從沒聽過這麼令人憤怒的說法。」

「那麼讓我們先來考慮另一個可能性，先生。假設這個坦寇克昨天晚上確實在七點到七點半之間回到您的辦公室來想要偷您的東西。他想辦法在沒有人察覺的狀況下進到大樓，上到五樓，溜進您的辦公室，用您或波特斯小姐的鑰匙插進保險箱，輸入密碼，拿出信封，用拆信刀整整齊齊割開，拿走錢，放過擺滿金幣的盒子。他就這樣讓保險箱門敞著，有些東西撒落在地板上，把整齊割開的信封丟在你桌上，然後像紅花俠那樣消失得無影無蹤。」

「不一定是在昨天晚上七點到七點半之間，」雨果很不高興，「在今天早上八點之前的任何時間都有可能。」

「我不認爲，先生。」布雷克摩爾說，「您知道嗎，坦寇克先生昨晚八點到十一點之間有不在場證明。」

「這所謂的『不在場證明』肯定是他的某個哥兒們提供的吧。」巴靈頓說。

「總共三十一個人，最起碼。」警探說，「看來他偷了您的錢之後，八點鐘左右到了豬與口哨酒館，不只喝了酒，還償清的賒帳。他付給酒館老闆一張簇新五鎊紙鈔。這張鈔票被我扣留了。」

警探掏出皮夾，拿出這張鈔票，擺在巴靈頓桌上。

「酒館老闆還說，坦寇克大概是十一點離開的，喝得爛醉，動用兩個朋友扶他回靜宅巷的家。我們今天早上就是在他家找到他的。我必須告訴您，如果是坦寇克偷了您的東西，我們手裡就有了主嫌，我很樂意將這人送進大牢裡。我猜，這會不會就是您心裡想的，先生，」他眼睛盯著巴靈頓說，「在你給他錢的時候。」

「我爲什麼要這樣做？」雨果想要讓聲音保持平靜。

「因爲如果史丹利．坦寇克被捕入獄，就沒有人會把他講的亞瑟．柯里夫頓的事情當眞。巧的是，從昨天下午之後，就再也沒有人見到柯里夫頓了。所以我應該建議我的上級，立即下令撬開船體，這樣我們就可以知道這是不是假警報，知道坦寇克是不是在浪費大家的時間。」

✣

雨果．巴靈頓對著鏡子調整領結。他沒把亞瑟．柯里夫頓的意外和布雷克摩爾警探來訪的事情告訴父親。老頭知道得越少越好。他只說他辦公室裡有些錢被偷，有個碼頭工人被捕了。

雨果穿上晚宴服外套，坐在床尾，等妻子完成著裝。他討厭遲到，但是也知道不管怎麼催，都不可能讓伊麗莎白的動作變得快一點。他去探看吉爾斯和小女兒艾瑪，兩人很快就都睡熟了。

雨果很想要有兩個兒子，一個繼承人，一個備位。艾瑪沒能讓他如願，意味著他必須再努力嘗試。他父親排行老二，但哥哥在波爾戰爭期間死於南非。而雨果的哥哥和半個軍團的弟兄一起在伊普瑞斯殉職。所以，最後雨果會接替父親成爲公司的董事長，等父親過世，他就可以繼承爵位與家族財產。

因此他和伊麗莎白必須再次努力。這並沒有讓他再度感覺到與妻子做愛的樂趣。事實上，他甚至懷疑自己是不是曾經有過樂趣。最近以來，他一直在其他方面分散自己的注意力。

「你的婚姻是天造地設啊。」他母親常這麼說。他父親比較務實，覺得讓大兒子與哈維爵爺的獨生女結婚像是企業併購，而不是婚姻。雨果的哥哥死在西部戰線之後，他的未婚妻就移交給雨果。這下子不像併購，反而像接收了。在新婚之夜發現伊麗莎白是處女，他一點都不意外。這是他佔有的第二個處女，事實上。

伊麗莎白終於從更衣室出來了，像往常那樣為讓他等候而道歉。從莊園宅邸到巴靈頓爵士府邸只有三、四公里的距離，而且兩宅之間的土地都是家族的財產。等雨果和伊麗莎白走進他父親家的客廳時，時間是八點剛過幾分，哈維爵爺已經在喝他的第二杯雪利酒了。雨果環顧屋內的其他賓客，只有一對夫婦是他不認得的。

父親立刻帶他過去，把他介紹給最近剛上任的郡警局局長丹佛斯上校。雨果決定不對上校提起今早和布雷克摩爾警探見面的事，但在入座用餐之前，他把父親拉到一旁，告訴他竊案的最新發展，絕口不提亞瑟·柯里夫頓的名字。

一頓飯吃了野味湯和鮮美多汁的牛排佐四季豆，以及法式奶油布蕾。佐餐的話題從威爾斯親王蒞臨威爾斯首府卡迪夫和他對礦工境況雪上加霜似的同情言論，談到勞合·喬治首相最近進口關稅對船運業的影響，以及剛在老維克劇院上演、評價好壞參半的蕭伯納劇作《傷心之家》，然後又轉回威爾斯王子身上，核心問題是如何給他找個適合的妻子。

吃完甜點，僕人撤走餐具之後，女士到客廳去喝咖啡，總管則為男士斟上白蘭地或葡萄酒。

「我來運貨，你進口。」華特爵士舉杯敬哈維爵爺。總管繞著桌子，給諸位男士奉上雪茄。哈維爵爺的雪茄點著之後，他轉頭對女婿說：「你父親說有個混混闖進你辦公室，偷走一大筆錢。」

「是的，沒錯，」雨果回答說，「可是我很高興聽說竊賊已經落網。遺憾的是，他是我們的碼頭工人。」

「是眞的嗎，丹佛斯？」華特爵士問，「你們逮到那人了？」

「我略有耳聞，」警察局長說，「但我沒聽說有人被起訴。」

「爲什麼沒有？」哈維爵爺追問。

「因爲那人說錢是我給他的。」雨果打岔說，「事實上，今天早上警探來質問我的時候，我就開始懷疑，我們兩個究竟誰是罪犯，而誰又是受害人。」

「很抱歉讓你有這種感覺。」丹佛斯上校說，「請問負責調查的是哪位警官？」

「布雷克摩爾警探，」雨果說，然後又補上一句，「我覺得他可能對我們家心懷怨恨。」

「像我們僱用這麼多員工，」華特爵士把酒杯擺在桌上，說：「總是會碰上心懷怨恨的怪人。」

「我必須承認，」丹佛斯說，「這個布雷克摩爾是不夠老練。但我會親自監督，只要他跨過紅線，我就指派別人來負責這個案子。」

22

學校生涯是你此生最快樂的一段時光，羅伯特．塞德瑞克．雪瑞夫[16]如是說。但雨果．巴靈頓的經驗並非如此。然而他覺得吉爾斯應該會如他父親所說的，「更懂得掌握一切」。

雨果努力想忘掉他上學第一天所發生的事，距今已二十四年的往事。他當時搭著雙座馬車到聖貝迪，陪他一起去的是父親、母親，以及他那剛被任命為學生會長的哥哥尼可拉斯。有個新生天眞地問：「聽說你爺爺是碼頭工人，是眞的嗎？」雨果馬上就哭了出來。華特爵士向來很以自己父親的白手起家爲榮，但是對個八歲小孩來說，開學第一天的印象永生難忘。「爺爺是碼頭工人！爺爺是碼頭工人！愛哭鬼！愛哭鬼！」宿舍的室友不停嚷著。

今天他的兒子吉爾斯要搭華特爵士的勞斯萊斯去聖貝迪。雨果很想開自己的車載他去，但他父親不肯聽他的。「巴靈頓家一連三代都念聖貝迪和伊頓。我的繼承人應該要威儀堂堂地到校。」

雨果對父親說，吉爾斯還沒拿到伊頓的入學許可，而且這孩子很可能會對以後在哪裡受教育有自己的想法。「但願不會，」他聽見父親說，「理念滋生反抗，而反抗必須鎭壓。」

從離開家門之後，吉爾斯就沒說半句話，儘管過去一個小時他媽媽不停煩她這個獨生子。艾瑪知道自己不能一起去之後就哭了，而他另一個妹妹葛芮絲試都不想再試，緊緊抓著保姆的手，在台階頂端對著他們揮手，看著車子駛遠。

車子緩緩穿過鄉間道路往學校駛去時，雨果沒有餘力顧及家裡這些女人的情緒，因爲心裡有別的事情。他就要第一次見到哈利・柯里夫頓了嗎？他會認出這孩子是他一直想要卻無法擁有的另一個孩子，還是一眼就看得出來這孩子根本不可能是他的子嗣？

雨果必須小心迴避柯里夫頓的母親。他還認得出她來嗎？他最近發現她在皇家飯店的棕櫚宮當服務生。他是那裡的常客，只要在城裡有生意上的約會，都會約在那裡。如今他限制自己只能偶爾在夜間造訪，確保她已經下班回家。

梅西的哥哥史丹・坦寇克被判三年徒刑，但一年半後就出獄了。雨果並不知道布雷克摩爾警探後來怎麼回事，但在父親家那場晚宴之後，就沒再見過他了。在坦寇克受審時，有個年輕的警員作證，斬釘截鐵地斷定犯下罪行的人就是他。坦寇克妥妥地被關進牢裡之後，對亞瑟・柯里夫頓下落的揣測很快就煙消雲散了。在死亡事件司空見慣的工作地點，亞瑟・柯里夫頓只不過是統計數字的一部分。然而，六個月後，哈維爵爺爲《楓葉號》舉行下水典禮時，雨果還是不由自主地想，或許該給船取名叫《戴維・瓊斯的箱子[17]》才更爲適切呢。

最後的數字呈報給董事會時，巴靈頓公司在這個案子上虧損了一萬三千七百一十二鎊。雨果沒再建議未來爭取其他的造船合約，而巴靈頓爵士也沒再提起這個議題。接下來許多年，巴靈頓

---

[16] Robert Cedric Sherriff，1896–1975，英國作家，最知名的作品是以他在第一次世界的親身經歷爲藍本所寫的劇作《旅途的盡頭》（The End of Journey）。

[17] Davy Jones's Locker，水手慣用的行話，意指水手長眠之地。此俗語據稱來自十八世紀的英國海軍，他們稱海上的保護神爲「戴維・瓊斯」，遇有水手死亡，就以布裹屍沉入海底，讓他長眠於「戴維・瓊斯的箱子」。

回歸船運的傳統本業，而且一天比一天壯大。

史丹被關進本地監獄之後，雨果以爲自己再也不會聽見他的消息。但坦寇克出獄前不久，布里斯托監獄的副典獄長打電話給波特斯小姐，想約時間和雨果見面。見面時，副典獄長請巴靈頓公司讓史丹復職，否則他很難再找到其他工作。聽說史丹找不到工作，雨果起初很高興，但再多思索一番之後就改變主意了，派主任領班菲爾．哈斯金到牢裡去看坦寇克，說他可以復職，但有條件：絕對不能再提起亞瑟．柯里夫頓的名字。要是再提到那個名字，他就滾蛋，去其他地方找工作。坦寇克欣然接受這個條件，這麼多年的時間，他也顯然遵守約定。

勞斯萊斯停在聖貝迪門口，司機跳下來開後座車門。好幾雙眼睛轉過來看他們這邊，有些是讚嘆，有些則是嫉妒。

吉爾斯顯然不喜歡受人矚目，迅速走開，和司機也和自己的爸媽撇清關係。他母親追上他，俯身幫他拉好襪子，又再一次檢查他的指甲。雨果則一一看著無數的孩子臉孔，想知道自己是不是能一眼就認出那個他從未見過的孩子。

這時他看見一個男孩走上山坡，沒有父親也沒有母親陪同。他的視線越過這孩子，看見有個女人看著他，那個他永遠忘不了的女人。他倆想必都很想知道，在聖貝迪開學的這一天，他有一個兒子或兩個兒子報到。

✣

吉爾斯長水痘，必須在醫務室住幾天。他父親發現這是個機會，可以證明哈利．柯里夫頓並不是他的兒子。他沒告訴伊麗莎白說他要去醫務室探望吉爾斯，因爲他不希望他在問護理長一個看似無害的問題時，有她在身邊。

處理完早晨的郵件之後，雨果告訴波特斯小姐說他要去趟聖貝迪探望兒子，最起碼要兩三個鐘頭才會回來。他開車進市區，停在福洛比榭學舍外面。他腦海中還清清楚楚記得醫務室的模樣，他在聖貝迪念書的時候常常去。

雨果走進屋裡的時候，吉爾斯正坐在床上量體溫，一看見他，神色立即亮了起來。

護理長站在床邊，查看病人的體溫。「降到三十七度了。我們在星期一早上第一堂課之前就讓你回去，年輕人。」她甩甩體溫計說，「我不打擾你們，巴靈頓先生，你可以陪一下兒子。」

「謝謝你，護理長，」雨果說，「我在想，我離開之前可不可以去看妳一下？」

「當然可以，巴靈頓先生。我在辦公室等你。」

「你看起來還不錯，吉爾斯，」護理長一離開，雨果就對兒子說。

「我很好，爸爸。事實上我還很希望護理長能在星期六早上就放我回去，這樣我還可以踢足球。」

「我走之前會和她談一下。」

「爸爸，謝謝您。」

「那功課怎麼樣呢？」

「還可以，」吉爾斯說，「只是和我同一間書房的，是我們班上最聰明的兩個同學。」

「那兩個是誰？」他父親問，很擔心他的答案。

「一個是狄金斯，他是全校最優秀的學生。其他人都不和他講話，覺得他是個書呆子。可是我最要好的朋友是哈利．柯里夫頓。他也很聰明，可是不像狄金斯那麼聰明。您很可能聽過他在唱詩班的歌聲。我知道您一定會喜歡他。」

「可是這個柯里夫頓不是碼頭工人的小孩？」雨果說。

「沒錯，而且他像爺爺一樣，也不隱瞞。可是您怎麼會知道的，爸爸？」

「我想柯里夫頓以前也在我們公司工作。」雨果說，但話一出口就後悔了。

「那應該是您還沒到公司上班之前的事吧，爸爸，」吉爾斯說，「因爲他父親是在戰爭裡死的。」

「誰告訴你的？」雨果說。

「哈利的母親。她在皇家飯店當服務生。他生日那天，我們一起去那裡喝茶。」

雨果很想問柯里夫頓的生日是哪一天，但擔心這個問題太超過。所以他說：「你母親要我轉告你說她愛你。我想她過幾天會帶艾瑪來看你。」

「噢，眞是夠了。」吉爾斯說，「長水痘，加上我那可怕的妹妹。」

「她沒那麼壞啦。」他父親哈哈笑說。

「她最壞。」吉爾斯說，「而葛芮絲看來也好不到哪裡去。她們一定要和我們去度假嗎，爸爸？」

「是啊，當然要。」

「我在想，這個夏天柯里夫頓可不可以和我們一起去托斯卡尼？」

「不行，」雨果的語氣有點太過堅決，「度假只限家人，不能和陌生人分享的。」

「但他不是陌生人啊，」吉爾斯說，「他是我最好的朋友。」

「不行，」雨果再說一遍，「這個問題到此爲止。」吉爾斯一臉失望。「那麼你生日想要什麼，兒子？」雨果問，很快地轉換話題。

「最新款的收音機。」吉爾斯毫不猶豫地說，「叫做『可靠的羅伯斯』。」

「學校裡可以用收音機？」

「當然可以，」吉爾斯說，「但只能在週末聽。要是在熄燈後或週間聽，就會被沒收。」

「我看看是不是能買得到。你生日那天會回家？」

「是的，但只能回家喝茶。自習課之前就得回到學校。」

「那我會想辦法趕回家。」雨果說，「我得走了。我還要先去找護理長談一下。」

「別忘了問她，可不可以在星期六早上就放我出去。」吉爾斯提醒踏出房門去完成此行眞正目的的父親。

「很高興您能來，巴靈頓先生。這可以大大提振吉爾斯的精神。」他走進護理長辦公室時，她說，「但正如您所見，他差不多已經康復了。」

「是啊，他希望你能讓他在星期一早上出去，好參加足球賽。」

「我想沒有問題。」護理長說，「可是您說還有其他事情要和我談？」

「是的，護理長。如你所知，吉爾斯是色盲，我想知道這會不會給他造成任何問題？」

「就我所知並沒有。」護理長說，「就算有，也沒能阻止他打中一顆紅色的球，飛過綠色的草地，越過白色的邊線。」

巴靈頓笑起來，然後問出下一個精心準備的問題。「我在聖貝迪的時候常被嘲笑，因為我是唯一一個有色盲的小孩。」

「請放心，」護理長說，「沒有人嘲笑吉爾斯。而且呢，他最要好的朋友也是色盲。」

✣

雨果開車回辦公室的途中一直在想，情況失控之前應該要採取一些行動。他決定找丹佛斯上校談一談。

一在辦公桌後坐定，他就告訴波特斯小姐說他不想被打擾。他等到她關上門，才拿起電話。一會兒之後，警察局長就在線上了。

「上校，我是雨果．巴靈頓。」

「你還好嗎，孩子？」警察局長問。

「非常好，先生。我有個私人問題，不知道可不可以請教您的意見。」

「說吧，老弟。」

「我想找個新的保安主管，我在想您是不是可以爲我指點方向呢？」

「其實呢，我確實認識適合這個職位的人，但是我不確定他是不是能接下工作。我會去問，再給你回音。」

警察局長說到做到，隔天早上就回電話。「我說的那個人現在有份兼職，但他正在找長期穩定的工作。」

「可以告訴我他的背景嗎？」雨果問。

「他在警界本來前途看好的，可是在逮捕中土銀行搶匪的行動中受重傷，不得不離職。你或許還記得這個案子。連全國性的報紙都報導了。在我看來，他是帶領你們保安團隊的最佳人選，老實說，如果能請到他，算你運氣好。要是你有興趣，我可以把他的詳細資料給你。」

✣

巴靈頓在家裡打電話給德瑞克．米契爾，因爲不想讓波特斯小姐知道他想做什麼。他約好和這位前警官在皇家飯店見面，星期一晚上六點，在柯里夫頓太太下班、棕櫚宮差不多沒人的時候。

雨果早到幾分鐘，直接走到餐廳靠裡端的位子，這是他通常不會考慮的座位。他坐在柱子後面，因爲希望不會有人看見或聽見他和米契爾先生的會面。等候的時候，他在心裡列出需要對方回答的問題，這是他在對全然陌生的人託付信任之前必須先確認的事。

五點五十七分，一個體格高大健碩、渾身軍人氣質的男子穿過旋轉門進來。深藍色獵裝，灰色法蘭絨長褲，剪短的頭髮，擦得晶亮的皮鞋，在在說明他是個有紀律的人。

雨果揚起手，像召喚服務生那樣。米契爾緩緩走近，沒有掩飾他的輕微跛足，據丹佛斯的說法，這就是害米契爾不得不離開警界的傷。

雨果想起上一次和警官面對面的情景，但這一次，問問題的人是他。

「您好，先生。」

「你好，米契爾。」握手的時候，雨果說。米契爾一坐下，雨果就仔細打量他那受傷變形的鼻子和耳朵，想起丹佛斯上校說過他以前是布里斯托隊的中排球員。

「我們從頭開始，米契爾，」雨果絲毫不浪費時間地說，「我想和你討論的是高度機密的事，只能你知我知，不能讓第三者知道。」米契爾點點頭，「因爲非常機密，事實上，連丹佛斯上校都不知道我之所以要見你的眞正原因，因爲我並沒有要找人來負責我的保安事務。」

米契爾的臉上維持深不可測的神色，等待雨果說出他心裡的話。

「我想找人當私家偵探。這人唯一的任務就是每個月向我報告某個女人的行動。這女人住在本市，事實上就在這家飯店工作。」

「我瞭解，先生。」

「我想知道她正在做什麼，不管是工作或私人生活方面，不管是看起來多麼微不足道的事。她絕對不能，我再重複一遍，絕對不能知道你對她有興趣。所以在我透露她的姓名之前，你認爲你有能力執行這個任務嗎？」

「這樣的事情從來就不容易，」米契爾說，「但並非不可能。我還是年輕警官的時候，曾經執行臥底行動，最後讓一個特別可惡的傢伙被關進大牢十六年。就算他現在走進飯店，我很有信心，他也絕對認不出我來。」

雨果首次露出微笑，「在進一步討論之前，」他接著說，「我必須知道你有沒有意願接受委託？」

「這有幾個問題要先釐清，先生。」

「例如？」

「這是全職的工作嗎？因為我目前有份夜間的保全工作，在銀行。」

「明天就遞出辭呈。」雨果說，「我不希望你再替其他人工作。」

「工作時間？」

「你可以自行斟酌。」

「待遇？」

「我給你一週八鎊的薪水，先預付一個月，同時也支付所有正當的支出。」

米契爾點點頭，「我可以請您付現金嗎，先生？這樣就不會留下任何可追查到您身上的線索。」

「聽來很合理。」雨果說。他已經做出決定了。

「至於每個月的報告，您希望用書面或口頭親自彙報的方式？」

「親自彙報。我希望留下的書面紀錄越少越好。」

「那麼我們每次都應該在不同的地方會面，也不固定在星期幾。這樣就比較不會有人不止一次地恰巧碰見我們在一起。」

「我沒有問題。」雨果說。

「您希望我從什麼時候開始，先生？」

「你半個鐘頭之前就已經開始了。」巴靈頓說。他從外套內口袋裡掏出一張紙，以及一只裝著三十二鎊的信封，交給米契爾。

米契爾看著紙上寫的名字和地址，一會兒之後交還給新老闆。「我還需要您私人的電話號碼，先生，以及您何時何地方便聯絡的細節。」

「每天傍晚五點到六點，打電話到辦公室給我。」雨果說，「除非是緊急事件，否則別打電話到我家裡。」他一面拿出筆，一面說。

「只要告訴我電話號碼就好，先生，別寫下來。」

23

「您要參加吉爾斯少爺的生日宴嗎？」波特斯小姐問。

雨果看著他的行事曆。**吉爾斯，十二歲生日，三點，莊園宅邸**。用大寫字體寫在頁首。

「我回家途中還有時間去買禮物嗎？」

波特斯小姐走出辦公室，一會兒之後帶著一個盒子回來。包著閃亮紅色包裝紙的盒子，打著緞帶。

「裡面是什麼？」雨果問。

「是最新型的羅伯斯收音機。您上個月去探病時，他說他想要的生日禮物。」

「謝謝你，波特斯小姐。」雨果說。他看看手錶，「我最好快走，否則趕不及看他切蛋糕了。」

波特斯小姐把一個厚厚的檔案夾放進他的公事包，他還來不及開口問，她就說：「這是明天早上董事會的背景資料。您可以在吉爾斯少爺回聖貝迪之後看。這樣您晚上就不必再回辦公室來了。」

「謝謝你，波特斯小姐。」雨果說，「你什麼都想到了。」

開車穿過市區回家途中，雨果不由自主注意到公路上的汽車比一年前多了許多。自從政府把汽車速限提高到每小時四十五公里之後，行人過馬路的時候都更提心吊膽。雨果加速超過一輛雙座馬車時，拉車的馬揚起前腳。他不禁想，市政府既已批准第一輛計程車營業，這馬車還能存活多久。

車子一駛出市區，雨果就開始加速，不希望在兒子的生日宴上遲到。這孩子長得眞是快，已經比他母親高了。最後也會比父親高嗎？

再過一年，吉爾斯離開貝迪，到伊頓就學之後，雨果相信他很快就會拋開和柯里夫頓的友誼，雖然在那之前還有些問題必須先處理好。

他放慢車速，通過自宅大門。駛過橡樹成蔭的車道到宅邸，向來帶給他很大的樂趣。雨果下車時，簡勤斯站在台階頂端。他拉開雙扉門，說：「巴靈頓夫人在客廳裡，先生，吉爾斯少爺和他的兩位同學也在。」

他一走進門廳，艾瑪就從樓梯衝下來，擁抱父親。

「盒子裡是什麼東西？」她追問。

「是哥哥的生日禮物。」

「是喔，那是什麼？」

「等一下就知道了，小姐。」她父親笑著說，把公事包交給總管。「麻煩放進我書房裡，簡勤斯。」艾瑪已經抓著他的手，拖他往客廳去。

門一打開，瞥見坐在沙發的人，雨果的笑容立即消失。

吉爾斯跳起來，衝向父親。雨果把禮物交給他，說：「生日快樂，兒子。」

「謝謝您，爸爸。」他說，然後介紹他的朋友。

雨果和狄金斯握手，但哈利伸出手時，他只說：「午安，柯里夫頓。」然後就坐進他最愛的椅子裡。

雨果意興盎然地看著吉爾斯拆開禮物，和兒子同樣第一次看見裡面的東西。儘管兒子爲這新收音機興奮不已，雨果還是沒露出笑容。他有個問題想問柯里夫頓，但不能讓這孩子的答案顯現出任何的重要性。

他靜靜看著三個男生輪流在兩個電台之間轉來轉去，專心聆聽從喇叭傳出來的陌生嗓音與音樂。這通常都會帶來笑聲與掌聲。

巴靈頓夫人和哈利聊起她最近去聽的《彌賽亞》音樂會，也說她好喜歡他唱的〈我知道我的救主活著〉。

「謝謝您，巴靈頓夫人。」哈利說。

「你離開聖貝迪之後，要去念布里斯托文法學校嗎，柯里夫頓？」雨果找到空檔，開口問。

「如果我能拿到獎學金的話，先生。」他回答說。

「那有什麼重要，」巴靈頓夫人說，「你一定也和其他男生一樣，有學校可念的。」

「因爲我媽負擔不起學費，巴靈頓夫人。她在皇家飯店當服務生。」

「但是你父親不——」

「他過世了，」哈利說，「他死在戰場上。」

「對不起，」巴靈頓夫人說，「我不知道。」

這時門打開來，副總管用銀托盤端著大蛋糕走進來。吉爾斯成功吹熄十二根蠟燭之後，所有的人都鼓掌。

「你的生日是什麼時候，柯里夫頓？」

「是上個月，先生。」哈利回答說。

吉爾斯切完蛋糕之後，雨果沒說一句話就起身離開客廳。

他直接到書房，但怎麼也無法專心看明天董事會的資料。柯里夫頓的回答意味著他必須去徵詢律師的意見，專精繼承法的律師。

過了一個鐘頭左右，他聽見門廳裡有講話的聲音，接著是前門關上，汽車開走的聲音。幾分鐘之後，有人敲他的書房門，伊麗莎白走進來。

「你怎麼會這麼突兀的離開？」她問。「爲什麼沒來說再見？你一定知道吉爾斯和他的朋友要離開了。」

「我明天有很難應付的董事會。」他頭也沒抬的說。

「這不是沒和兒子道別的理由，尤其今天還是他的生日。」

「我心裡有太多事了。」他仍然看著文件。

「事情再重要，你也沒有理由對客人這麼粗魯。你對哈利的態度，比對僕人還無禮。」

雨果第一次抬起頭。「那可能是因爲我認爲柯里夫頓比我們的僕人還不如。」伊麗莎白一臉驚駭。「你知道他爸爸是碼頭工人，他媽媽是服務生嗎？我可不認爲這是該和吉爾斯混在一起的朋友。」

「吉爾斯顯然有不同的看法，而且不管出身如何，哈利是個討人喜歡的孩子。我不知道你爲什麼這麼討厭他。你沒這樣對狄金斯，他父親也只是個賣報紙的。」

「他是開放獎學金的得主。」

「哈利拿的是學校的合唱獎學金，布里斯托每個上教堂的人都知道。下回再碰到他，我希望你能比較文明一點。」伊麗莎白沒再說什麼，走出書房，把門在背後關上。

✣

華特．巴靈頓爵士坐在董事會議桌桌首，看著兒子走進來。

「我越來越擔心政府提議課徵進口稅的立法。」雨果在父親右邊坐下，說：「這很可能影響我們的收支損益。」

「所以我們董事會才會聘請律師。」華特爵士說，「他可以就這個問題提供我們建議。」

「可是我計算過，如果立法通過，我們每年可能要多花兩萬鎊。您不覺得我們應該再多問問其他的意見嗎？」

「我想我下次去倫敦時，會找詹姆斯．安赫斯特爵士談一下。」

「我星期二要到倫敦去參加英國船東協會年度晚宴，」雨果說，「他是船運業的法律顧問，也許我可以和他聊一下。」

「如果你覺得有必要的話。」華特爵士說，「別忘了，安赫斯特是按小時計費的，就算是晚宴也不例外。」

英國船東協會的晚宴在格羅夫納酒店舉行，有一千多名會員和貴賓出席。

雨果早就打電話給協會的秘書，問他能不能坐在安赫斯特爵士旁邊。那位秘書不以爲然，但還是同意把他們都安排在首桌。畢竟，老約夏．巴靈頓是協會的創會會員。

在紐凱索大主教賜福之後，雨果身邊的這位皇家大律師忙著和他右邊的人講話，雨果並沒有打斷他。然而，等大律師把注意力轉到左邊這位從未見過的人時，雨果一刻也沒浪費地切入重點。

「我父親，華特．巴靈頓爵士，」雨果抓住了他這位獵物的注意力，「很關心即將在下院通過的進口關稅法案，以及法案對航運業的影響。他想知道，下回來倫敦的時候，能不能就這個問題徵詢您的意見。」

「沒問題，孩子，」詹姆斯爵士說，「請他的秘書打電話給我的助理，他來倫敦的時候，我一定會空出時間來。」

「謝謝您，爵士。」雨果說，「我們聊點輕鬆的話題吧。我很好奇，您有沒有讀過阿嘉莎．克莉絲蒂的小說？」

「大概沒有吧，」詹姆斯爵士說，「她的小說很好看？」

「我很喜歡她最新出版的《遺囑》，」雨果說，「但我不確定小說裡的情節在法律上站不站得住腳。」

「這位女士是怎麼說的？」安赫斯特問，一小片盛在冷盤子上煎得過老的牛肉擺在他面前。

「據克莉絲蒂小姐說，世襲騎士最年長的兒子可以自動繼承爵位，就算這孩子是非婚生子也一樣。」

「噢，這是個很有意思的法律難題。」安赫斯特爵士說，「其實呢，上議院法官前不久才審過這樣一個案子，班森對卡斯塔爾斯案，如果我記得沒錯的話。常被媒體稱為『私生子修正案』。」

「那麼法官大人的結論是什麼呢？」雨果問，儘量不表現得太過有興趣。

「如果原本的遺囑找不出漏洞來，他們的結論是支持最年長的兒子，儘管案中的這個年輕人並非婚生子。」又是雨果不樂聽見的答案。「然而，」詹姆斯爵士繼續說，「法官大人怕遭抨擊，所以加上附加條款，說每個案子都應該依據各自的情況來判定，而且必須先送交掌理爵位勳章的紋章院院長審查。典型的法官大人作風。」他拿起刀叉對牛排進攻之前又補上一句，「怕會創下先例，又很樂於推卸責任。」

詹姆斯爵士又轉頭和左邊的那人講話時，雨果想著若是哈利．柯里夫頓發現他不只能繼承巴靈頓船運公司，還能繼承爵位時，會有什麼後果。被迫承認有個私生子已經夠慘的了，但想到在他死後，哈利．柯里夫頓將繼承家族頭銜，成為哈利爵士，簡直難以忍受。他願意在自己的能力範圍之內讓這件事不會發生。

24

雨果．巴靈頓一面吃早餐，一面看聖貝迪校長的來信。這信詳加敘述學校準備籌募一千鎊，爲校隊蓋一座新的板球場。他打開支票簿，寫上「100」時，卻聽見有輛車停在外面的碎石路上。

雨果走到窗前看看是誰在星期六一大早就來找他。看見兒子提著行李箱從計程車後座下來，他非常不解。今天下午他還要去看吉爾斯擔任先發打擊手，代表學校在本季的最後一場比賽對戰亞文赫斯特呢。

簡勤斯及時出現，在吉爾斯走到台階頂端時打開門。「早安，吉爾斯少爺，」他說，彷佛等著吉爾斯回來似的。

雨果快步走出早餐室，看見兒子站在門廳，低著頭，行李箱擺在身邊。「你回家來幹什麼？」他問，「學期不是還有一個星期才結束嗎？」

「我被勒令停學了。」吉爾斯只說這麼一句。

「勒令停學？」他父親說，「你是做了什麼要被勒令停學，請容我問？」

吉爾斯抬頭看簡勤斯，這位靜靜站在門口的總管。「我把吉爾斯少爺的行李送上他房間。」總管說，然後拎起行李，緩步走上樓梯。

「跟我來，」總管一離開視線，雨果就說。

兩人一路默默地走，直到雨果關上書房的門。「你究竟做了什麼，讓學校採取這麼嚴厲的手段？」他父親坐進椅子裡，問。

「我在福利社偷東西被逮到。」吉爾斯說，仍然站在房間中間。

「有沒有什麼簡單的解釋，例如誤會什麼的？」

「沒有，並沒有。」吉爾斯說，努力不掉淚。

「你有沒有什麼要辯解的？」

「沒有，」吉爾斯遲疑了一下，「只是……」

「只是什麼？」

「我總是把糖果分給別人，爸爸，我從來沒自己留下來。」

「給了柯里夫頓，毫無疑問。」

「還有狄金斯。」吉爾斯說。

「一開始是柯里夫頓鼓動你去做的？」

「不，不是。」吉爾斯斷然回答，「事實上，哈利一發現我做的事，就把我給他和狄金斯的糖果放回福利社。福洛比樹老師說糖果是他偷的時候，他甚至還默默承受。」

一陣漫長的沉默之後，他父親說：「所以你是被勒令停學，而不是眞的被退學？」

吉爾斯點點頭。

「你想他們下學期還會讓你回去嗎？」

「我懷疑。」吉爾斯說。

「你爲什麼這麼肯定？」

「因爲我從沒看過校長那麼生氣。」

「等你媽發現了，肯定比校長加倍生氣。」

「請不要告訴她，爸爸。」吉爾斯哀求，哭了出來。

「那你要我怎麼對她解釋，你提前一週回來，而且下個學期也不回聖貝迪了？」

吉爾斯不打算回答，但還是靜靜地哭。

「天曉得你爺爺會怎麼說，」他父親說，「等我不得不告訴他說你上不了伊頓的時候。」

又一段漫長的沉默。

「回你房間去，我沒叫你出來，你別想出來。」

「好的。」吉爾斯說，轉身準備出去。

「不管做什麼，都不准和別人討論，特別是不能在僕人面前講。」

「好的，爸爸。」吉爾斯說，衝出書房，跑上樓梯時差點撞上簡勤斯。

坐在椅子裡的雨果身體往前傾，拚命思索，不知道有沒有什麼辦法能讓他在校長來訪之前逆轉情勢。他手肘擱在書桌上，頭埋進掌心，但過了好一會兒，他的視線才集中在支票上。

他唇邊泛起一抹微笑，在數字欄加上一個零，然後簽上名字。

25

米契爾坐在候車室靠內的牆角，在看《布里斯托晚郵報》。雨果走過來，坐在他旁邊。這裡風灌進來好冷，雨果雙手一直插在口袋裡。

「目標，」米契爾眼睛還是盯著報紙說，「想籌五百鎊做生意。」

「她能做什麼生意？」

「提莉茶館。」米契爾說，「目標還沒換到皇家飯店棕櫚宮之前好像是在那裡工作的。最近有位愛德華·阿特肯斯先生開價五百鎊想買提莉小姐的茶館。提莉小姐不喜歡這個阿特肯斯，對目標說，如果她能籌足同樣的金額，就讓她來接手。」

「她期待誰給她這麼多錢？」

「或許是某個想要在財務上控制她的人，因爲以後可以善加利用？」

雨果沒說話。米契爾的眼睛始終沒離開報紙。

「她有接觸任何人去籌這筆錢嗎？」最後雨果問。

「目前有位派崔克·凱塞伊先生在爲她提供建議。這位先生是都柏林一家財務公司迪隆公司的代表。他們專門替私人客戶籌募貸款。」

「我要怎麼和凱塞伊先生接觸。」

「我不建議這麼做。」米契爾說。

「爲什麼不?」

「他大約一個月來布里斯托一次,每次都住在皇家飯店。」

「我們不必一定要在皇家飯店碰面。」

「他和目標有私人關係。每一次來,他都帶她去吃晚飯或看戲,最近她被看到和他一起回飯店,在三七一號房過夜。」

「有意思,」雨果說,「還有呢?」

「您或許也會有興趣知道,目標的銀行是位在孔恩街四十九號的國家地區銀行,經理是普林德格斯特先生。她目前帳戶裡有十二鎊九先令的存款。」

雨果很想問問米契爾怎麼挖得出來這樣的情報,但卻只說:「太好了。只要有其他的事情,不管再微不足道,都打電話給我。」他從外套口袋掏出厚厚的信封,悄悄塞給米契爾。

「停靠九號月台的火車七點二十二分開往陶頓。」

米契爾把信封塞進口袋,摺起報紙,走出候車室,一次也沒回頭看他的僱主。

✣

雨果發現吉爾斯不能進伊頓的眞正原因時,掩不住心中的怒火。他打電話給校長,校長不接電話;而原本可能擔任吉爾斯學監的老師雖然滿懷同情,卻認爲沒有補救的希望,甚至說會回電話的財務長也再也沒有音訊。儘管伊麗莎白和兩個女兒並不知道雨果近來爲什麼常沒來由地發脾氣，但還是很平靜地接受吉爾斯品行不端而造成的打擊。

雨果很不情願地在開學那天陪吉爾斯到布里斯托文法學校，不准艾瑪和葛芮絲跟著去，艾瑪沉著臉哭起來，他也不管。

雨果在大學街停下車，一眼就看見站在校門口的哈利．柯里夫頓。雨果還沒拉起煞車，吉爾斯就跳下車，跨過街去和他這位朋友打招呼。

雨果避免和其他家長打交道，而伊麗莎白似乎很開心地和大家聊天。而雨果不可避免地碰到柯里夫頓的時候，清楚表明不想和他握手。

回莊園宅邸的途中，伊麗莎白問丈夫為何要這麼侮辱吉爾斯的好朋友。雨果提醒妻子，他們兒子原本應該進伊頓公學，和其他紳士一起受教，而不是和本地商人之子，甚至更不入流的人——例如柯里夫頓——為伍。伊麗莎白沉默以對，這是相對比較安全的作法，也是她近來常採取的對應之道。

26

「茶館火災，夷為平地。疑似縱火！」布洛德街轉角的報僮大聲叫嚷。

雨果拉起煞車，跳下車，交給那孩子半便士，邊走回車上邊讀報紙頭版。

布里斯托地標，也是本地居民常造訪的提莉茶館今天清晨焚燬殆盡。警方逮捕一名三十出頭的本地男子，控之以縱火罪。目前定居康瓦爾郡的提莉小姐……

雨果在照片上看見梅西．柯里夫頓和員工站在對街人行道哀傷地望著提莉茶館殘骸，不禁露出微笑。諸神站在他這邊。

他回到車上，把報紙放在旁邊的座位上，繼續開往布里斯托動物園。他必須儘早約普林德格斯特先生見面。

米契爾建議，如果他不想讓他身為目標幕後贊助人的身分曝光，和普林德格斯特先生的會面最好在巴靈頓公司的辦公室進行，而且最好是在波特斯小姐回家之後。雨果不想對米契爾解釋，他根本不確定波特斯小姐晚上是不是真的會下班回家。他期待和普林德格斯特先生見面，一手操控最後的臨終儀式，但在這之前，他還需要去見另一個人。

✣

他抵達的時候，米契爾正在餵蘿西。

雨果緩緩走過來，靠在欄杆上，假裝欣賞印度象。這頭印度象不久之前才從英屬印度運抵布里斯托動物園，已經吸引了許多遊客。米契爾丟出一塊麵包，蘿西用鼻子接住，以流暢的動作迅即送進嘴裡。

「目標已回到皇家飯店工作，」米契爾活像對著大象說話，「她在棕櫚宮值晚班，從晚上六點到隔天清晨。每週週薪三鎊，外加所有的小費，但是夜裡那個時間客人很少，所以也沒多掙多少錢。」他又拋一塊麵包皮給大象，「警方逮捕了一個名叫鮑伯·貝羅的傢伙，罪名是縱火。貝羅原本是提莉茶館的糕點供應商，後來被目標開除。他供認所有的罪行，甚至還坦承曾經向目標求婚，也買了訂婚戒指，可是她不屑接受。至少他的說法是這樣。」

雨果唇邊泛起一抹微笑，「這案子是誰負責的？」他問。

「布雷克摩爾警探。」米契爾說。雨果的微笑變成蹙眉。「雖然布雷克摩爾剛開始的時候認為目標可能和貝羅共謀，」米契爾接著說，「但他已經通知布里斯托暨西英格蘭保險公司說目標已經不是嫌疑人了。」

「太可惜了。」雨果說，蹙緊的眉頭並未鬆開。

「未必，」米契爾說，「保險公司會開給柯里夫頓太太一張面額六百鎊的支票，全額給付她的保險理賠。」

「我在想她有沒有告訴兒子。」雨果說，近乎自言自語。

米契爾就算聽見這句話，也沒理會。「另一個消息您可能會比較有興趣，」他接著說，「派崔克・凱塞伊先生週五晚上住進皇家飯店，帶目標到吃水線餐廳吃晚飯，之後回到飯店，目標和他一起到他房間，三七一號房，直到隔天早上七點才離開。」

漫長的沉默繼之而來，米契爾知道這是他的每月報告就要結束的徵兆。雨果從外套內口袋拿出信封，塞給米契爾。米契爾不動聲色地收下，繼續把最後一塊麵包丟給心滿意足的蘿西。

✣

「普林德格斯特先生到了。」波特斯小姐說，站開來讓銀行經理進到總經理辦公室。

「謝謝你大老遠過來。」雨果說，「我相信你瞭解我為何不想在銀行討論這麼高度機密的事情。」

「我非常瞭解。」普林德格斯特說，還來不及坐下，就打開帶來的大提包，抽出厚厚一疊檔案。他把一張紙遞給辦公桌對面的巴靈頓先生。

巴靈頓查看最後一行，才坐進椅子裡。

「請容我扼要總結一下，」普林德格斯特說，「您投入總額五百鎊的資金，讓柯里夫頓太太可以買下位於布洛德街的提莉茶館。合約規定五年內歸還投資人借貸全額，外加百分之五的複利年息。

「雖然柯里夫頓太太營運的第一年和第二年，提莉茶館勉強稍有盈餘，但金額不夠大，所以始終無法支付利息，或歸還本金，所以到火災發生時，柯里夫頓太太的債務總計五百九十二鎊十六先令。保險金理賠當然可以償付所有的貸款，但這就表示，付清您的債款之後，柯里夫頓太太就什麼都不剩了。」

「眞是太不幸了。」雨果說，「我可以請問一下，最後的總額怎麼沒有包括凱塞伊先生提供服務的費用？」他更仔細查看數字之後問。

「因爲凱塞伊先生通知銀行說他爲她提供的服務不收費。」

雨果皺起眉頭。「這可憐的女人至少還有一點好消息。」

「的確是。不過，她恐怕負擔不了兒子下學期在布里斯托文法學校的學費了。」

「太慘了。」雨果說，「所以那孩子必須轉學？」

「很遺憾，但這大概是不可避免的結果，」普林德格斯特先生說，「太可惜了，因爲她很疼兒子，我相信她願意犧牲自己的一切，讓他留在學校裡。」

「太可惜了，」雨果闔上檔案，站起來，「我不能再耽擱您的時間，普林德格斯特先生。」他說，「我半個鐘頭之後在城裡有約。也許我可以載你一程？」

「您太客氣了，巴靈頓先生，但不必麻煩，我自己開車來的。」

「你開什麼車？」雨果問，一面拎起公事包，朝門口走去。

「摩里斯牛津。」普林德格斯特也迅速把文件收進大提包裡，跟著雨果走出辦公室。

「是大眾型的汽車，」雨果說，「我聽說。就像你一樣，普林德格斯特先生，非常可靠。」兩人哈哈笑走下樓梯。「太慘了，柯里夫頓太太的生意。」走出辦公樓的時候，雨果說。「但是話說回來，我也不完全贊成女人搞生意。這不合乎天生本質。」

「我很同意。」普林德格斯特說，兩人在巴靈頓的車子旁邊停下腳步。「您知道，」他說，「您已經爲這個可憐的女人做得太多了。」

「謝謝你這麼說，普林德格斯特，」雨果說，「不過，我希望我的參與只有你知我知，沒有第三個人知道。」

「當然，先生。」普林德格斯特說，兩人握手，「您可以信任我。」

「我們保持聯絡，老兄。」雨果上車時說，「我不懷疑，很快就要再請銀行幫忙。」普林德格斯特露出微笑。

雨果開向市區時，思緒飄回到梅西．柯里夫頓身上。他已經給她幾乎無法東山再起的一擊，而今，他要再一拳擊垮她。

他開進布里斯托市區時心想，她現在人在哪裡。很可能要兒子坐下來，解釋說他爲什麼要在夏季學期結束時離開布里斯托文法學校。她是不是曾經想過，若是這一切都沒發生，哈利很可能可以繼續學業？雨果決定不主動對吉爾斯提起這個話題，等兒子自己來告訴他這個壞消息，說他的朋友哈利不會回到布里斯托文法學校念六年級了。

想到兒子不得不念布里斯托文法學校，他還是覺得很生氣，但他從來沒讓伊麗莎白或他父親知道吉爾斯進不了伊頓的眞正原因。

車子經過大教堂之後，他穿過大學綠地，轉進皇家飯店的入口。他早到了幾分鐘，但相信經理不會讓他等待的。他穿過旋轉門，跨過大廳，不需要人指點，就知道富蘭普頓先生的辦公室在哪裡。

「很高興見到您，巴靈頓先生。」他請雨果進辦公室，「相信您和巴靈頓夫人都好。」雨果點點頭，在飯店經理對面坐下，但沒和他握手。

「您要求要見我時，我就立即查看貴公司年度晚宴的相關安排。」富蘭普頓先生說，「出席的賓客大約三百出頭一點，就我瞭解？」

「我不在乎有多少賓客出席。」雨果說，「我來見你不是爲了這件事，富蘭普頓。我想和你討論一件我覺得非常厭惡的私人問題。」

「我洗耳恭聽。」富蘭普頓坐得挺直。

「我們有位非執行董事星期四晚上入住你們飯店，隔天很不高興，嚴厲指責，讓我覺得我有義務讓你們知道。」

「是啊，當然。」富蘭普頓汗濕的手搓著長褲，「我們最不樂見的就是得罪我們最尊貴的客人。」

「很高興聽你這麼說。」雨果說，「那位先生登記入住時，餐廳已經打烊了，所以他到棕櫚宮，希望可以吃些點心。」

「這是我創設的新服務，」富蘭普頓露出緊張的微笑。

「他向一位年輕女士點餐。她好像是餐廳的負責人。」雨果不理會富蘭普頓的話，繼續說。

「是的，應該是我們的柯里夫頓太太。」

「我不知道她是誰。」雨果說，「反正，她端上咖啡和三明治的時候，另一位先生走進棕櫚宮，點了餐，問說能不能送上他的房間。我朋友記得那人有輕微的愛爾蘭口音。我朋友就結帳，回房休息。他隔天一大早就起床，想在董事會開會之前吃早餐、看報告。他走出房間的時候看見之前那個女人還穿著飯店制服，從三七一號房出來。她走向走廊盡頭，爬出窗子到防火梯。」

「我極度吃驚，先生，我……」

「我們這位董事要求，未來只要到布里斯托，就要幫他訂其他家飯店。我不想假道學，富蘭普頓，但是皇家飯店是我向來樂於帶妻子和孩子來的地方。」

「請放心，巴靈頓先生，您所說的人會立即解僱，而且我們也不會給推薦信。謝謝您讓我們知悉此事，我萬分感激。」

雨果站起來，「當然，希望你在解僱那個女士時不要提及我或我的公司。」

「您請放心，我一定謹慎處理。」富蘭普頓說。

雨果進來之後第一次露出微笑。「提點愉快的事，我們很期待年度晚宴，請你們一定要以最高的規格來辦理。明年是我們公司百週年慶，我相信我父親肯定花錢不手軟。」兩人都笑得有點太大聲。

「您可以信賴我，巴靈頓先生。」富蘭普頓說，跟在客人後面走出辦公室。

「還有一件事，富蘭普頓，」穿過走廊的時候，雨果說，「我希望你別對華特爵士提起這件事。對這種事，我父親有點老古板，所以只要你知我知就好。」

「我非常同意，巴靈頓先生。」富蘭普頓說，「您請放心，我會親自處理這件事。」

雨果推開旋轉門出去的時候不禁想，爲了提供這麼寶貴的情報，米契爾在皇家飯店究竟耗了多少時間。

他跳回車上，發動引擎，繼續往家裡開。還在想著梅西．柯里夫頓的時候，突然覺得有人拍他肩膀。一轉頭看見坐在後座的人，他一時嚇得不知所措。他甚至懷疑是她得知他去見富蘭普頓的事了。

「妳想幹嘛？」他問，不敢減速，怕有人看見他們在一起。

聽她提出要求時，他不得不讚嘆，她的消息眞是靈通。她一講完，他就同意她的條件，知道這是讓她下車最簡單的方法。

柯里夫頓太太把一個薄薄的褐色信封擺在他旁邊的座位上。「我等著聽到你的消息。」她說。

雨果把那個信封塞進外套的內側口袋。車開進一條沒有燈光的巷子才減速，但一直等到確定沒有人看見他們時才停車。他跳下車，打開後座門。她臉上的表情明明白白顯示她覺得自己已經達成目的。

雨果先讓她得意一會兒，然後抓住她的肩膀使勁搖晃，彷彿想把蘋果從樹上搖下來似的。他讓她清清楚楚知道，要是她膽敢再來煩他會有什麼後果，然後卯足全力，一拳打在她臉上。她倒在地上，縮成一團，不住顫抖。雨果本想踢她肚子，但又不想冒著被路人看見的風險。他沒讓她有機會多想，就開車離去了。

老傑克．塔爾 1925—1936

27

一個溫和宜人的星期四下午，在南非北德蘭士瓦，我殺了十一個人，衷心感激的國家頒給我維多利亞十字勳章，表彰我非比尋常的貢獻。自此而後，我再也無法一夜安眠。

若是在祖國殺了一個英國人，法官會判我上絞刑架，把我吊死。而今我被判無期徒刑，因爲我每天還是看見那十一個年輕人痛苦扭曲的臉，像銅板上的人像，永遠不消失。我常想要自殺，但那是懦夫的行徑。

據《泰晤士報》的報導引述，我的行動拯救了皇家格勞斯特郡步兵團的兩名軍官、五名軍士和十七名士兵。其中一名軍官是華特・巴靈頓中尉，只有這件事可能讓我的無期徒刑有些許榮譽可言。

那場行動過後不到幾個星期，我就被送回英國，幾個月後，有過如今會被形容爲精神崩潰的風波之後就光榮退伍了。我在陸軍醫院待了六個月，然後回到眞實世界。我改了名字，避開位於薩默塞特郡韋爾斯的家，落腳布里斯托。我不像回頭的浪子，不肯再往前幾公里到下一個郡，在我父親家裡享受平靜的生活。

白天，我在布里斯托大街小巷閒逛，在垃圾桶裡搜尋殘餘食物；夜裡以公園爲臥房，我的床是長椅，被子是報紙，喚醒我的則是清晨宣告黎明破曉的第一聲鳥鳴。天氣太冷或太濕時，我就躲進火車站的候車室，睡在長椅底下，在隔天第一班火車進站前離開。夜晚變得越來越長之後，我就到小喬治街的救世軍當免費住客，那裡有親切和善的女士給我片得薄薄的麵包和煮得稀稀的湯，然後蓋著一條毯子在馬毛床墊上沉沉入睡。奢侈。

一年年過去，我希望我的同袍弟兄都認爲我已經死了。這是我爲自己選擇的無期徒刑服刑方式，我不想讓他們發現。如果不是有輛勞斯萊斯停在路中央，事情原本可以如我所願的。後座車門打開來，下來一個我已經很多年沒見的人。

「塔蘭特上尉！」他喊著朝我走來。我撇開頭，希望他以爲自己看錯了。但我記得很清楚，華特・巴靈頓是個絕不自我懷疑的人。他抓住我的肩膀，盯著我看了好久，才說：「怎麼可能呢，老兄？」

我越想讓他相信我不需要他幫助，他越是堅信他是我的救星。我最後只好屈服，但要他先同意我的條件。

他本來懇求我和他太太一起住在莊園宅邸，但我已過著無拘無束的生活太久，那種所謂的舒適在我看來其實是負擔。他甚至要讓我在船運公司當董事，代表他。

「我對你能有什麼用呢？」我問。

「光是你的存在，傑克，對我們每一個人來說就已經是莫大的啓發了。」

我婉謝他，說我還沒爲謀殺十一個人的罪服完刑期。但他還是不肯放棄。

我最後答應接下船塢的守夜工作，每週週薪三鎊，外加住宿：一節廢棄的普爾曼火車車廂成爲我的牢房。我想我或許會就這樣服刑至死，如果不是遇見哈利・柯里夫頓少爺的話。

多年後哈利會說，是我形塑了他的人生。事實上，是他挽救了我的人生。

我第一次見到小哈利，他才四、五歲。「進來吧，孩子，」我曾見他趴在地上爬向車廂時就出聲喊他。但他馬上就跳起來，跑走了。

下一個星期六他更進一步，從車窗往裡瞧。我再試一次。「你為什麼不進來呢，孩子？我又不會咬你。」我說，想要讓他安心。這一次他接受我的邀請，開門進來，但只講了幾句話，就又跑走了。我是這麼可怕的一個人嗎？

再下一個星期六，他不只開了門，而且兩腿劈開，站在門口，挑釁似的看著我。我們聊了一個多鐘頭，天南地北，從布里斯托城市隊到蛇為什麼脫皮，再到誰蓋了柯里夫頓吊橋，最後他說：「我得走了，塔爾先生，我媽在等我回家喝茶。」這一次他慢慢走開，還回頭看了好幾次。

自此而後，哈利每個星期六都來，後來上了梅里塢初等學校的時候，他更是幾乎每天早上都來。我花了很多功夫勸他好好待在學校，學會讀書寫字。老實說，如果不是有蒙岱小姐、霍康畢老師和哈利那位精力充沛的媽媽協助，我還真勸不動他。靠著這一整個偉大團隊的努力，才讓哈利瞭解他的潛力。他為了要拿到聖貝迪的合唱獎學金，只能在星期六早上勉強擠出時間來看我時，我就知道我們成功了。

哈利進入新學校就讀之後，我以為要到聖誕假期才能再見到他。但讓我意外的是，第一學期第一個星期五的晚上十一點不到，我就看見他站在我的門外。

他告訴我說他離開聖貝迪了，因為有個級長欺負他——該死，我竟然不記得那個臭小子的名字——他要逃學去出海。要是他真去了，我想他搞不好能成為海軍上將呢。但還好，他聽我的勸，趕在隔天早餐之前回到學校。

因爲他常和史丹・坦寇克到碼頭來，我過了一段時間才知道哈利是亞瑟・柯里夫頓的兒子。他有一次問我認不認識他父親，我說認識，說他是個正直的好人，戰功彪炳。這是我唯一一次對這孩子扯謊。我不能不理會他媽媽的期待。

✣

換班的時候，我站在碼頭邊。沒有人多瞥我一眼，彷彿我不存在似的，而且我也知道他們之中有些人的確認爲我不存在。我不想採取什麼行動改變這個情況，因爲這讓我有一種隱姓埋名的感覺。

亞瑟・柯里夫頓是個優秀的工人，最頂尖的一個，他工作認眞，不像他的哥兒們史丹・坦寇克那樣。史丹下工的第一站總是豬與口哨酒館，混到深夜才想辦法回家。

我看著柯里夫頓走進《楓葉號》的船體裡面，在焊工來封死底層之前做最後檢查。想必是刺耳的換班號角聲分散了所有人的注意力，前一班下工，下一班上工，焊工急著要馬上動工，好趕在下工之前做完工作，拿到獎金。沒有人想一想柯里夫頓是不是從船體裡出來了，我是這麼認爲的。

我們都認爲他一定聽見號角聲，夾在成群擠過大門回家去的工人裡。柯里夫頓和大舅子不一樣，很少在豬與口哨酒館停下來喝一杯，寧可直接回靜宅巷陪老婆小孩。當時我還不認識他的妻子與兒子，或許也永遠不會認識，如果不是亞瑟・柯里夫頓那天晚上沒回家的話。

第二班正工作得如火如荼的時候，我聽見坦寇克大吼大叫，衝下舷梯，開始沿著碼頭邊跑向巴靈頓大樓。哈斯金發現坦寇克往那裡去的時候，就追上去，在他衝進航運總部大樓的門口時，差點兒抓住他。

讓我意外的是，幾分鐘之後坦寇克又從大樓裡跑出來，更意外的是，哈斯金和總經理跟在他後面。我無法想像在和史丹．坦寇克簡短交談幾句之後，雨果先生怎麼就會願意離開辦公室。

我很快就發現理由何在，因爲雨果先生一到碼頭上就下令工班放下工具，停工，保持安靜，就像陣亡將士紀念日那樣。但是，一分鐘之後，哈斯金命令他們回去工作。

這時我才想到，亞瑟．柯里夫頓說不定還在船體底層。但是，只要想到——就算只是一下下——有人可能活生生被困在他們親手打造的鐵棺材裡，沒有任何人會如此冷酷無情地走開的。

焊工回去工作之後，雨果先生和坦寇克又講了幾句話，坦寇克衝出碼頭大門，消失得無影無蹤。我轉頭看哈斯金有沒有再次追他，但他有興趣的顯然只是把手下逼迫到極限，以彌補剛才損失的時間。一會兒之後，雨果先生走下舷梯，坐進他的車裡，開回巴靈頓大樓。

等我再次從火車車窗裡看見坦寇克時，是他又從大門進來，跑向巴靈頓大樓。這一次，他待了至少半個鐘頭才出來。出來時，不再怒火沖天，滿臉通紅，而變得平靜許多。我想他大概是找到柯里夫頓，回來告訴雨果先生一聲。

我抬頭看著雨果先生的辦公室，看見他站在窗前，望著坦寇克離開碼頭。他一直等到看不見坦寇克之後，才離開窗邊。幾分鐘之後，雨果先生從大樓裡出來，走到他的車子旁邊，上車離開。

如果亞瑟·柯里夫頓那天日班簽退離開的話，我也不會對這件事多作他想。但他沒有簽退，再也不會有。

隔天早上，布雷克摩爾警探到我的火車車廂來找我。你從某人對待自己同胞的樣子，就看得出來這人的品格。布雷克摩爾是很罕見的那種目光遠大的人。

「你說你昨天晚上七點到七點半之間看見史丹利·坦寇克從巴靈頓大樓出來？」

「是的，我看見了。」我對他說。

「他離開的時候是不是很匆忙，很擔心，或想偷偷溜掉？」

「正好相反，」我說，「我還記得我當時心想，在這樣的情況下，他看起來還眞氣定神閒。」

「在這樣的情況下？」布雷克摩爾問。

「差不多一個鐘頭之前，他還說他的哥兒們亞瑟·柯里夫頓被困在《楓葉號》的船體底層裡，他怪他們不肯救他。」

布雷克摩爾把我的話記在筆記本裡。

「你知道坦寇克之後可能去哪裡嗎？」

「不知道，」我回答說，「我最後一次看見他的時候，他一手攬著個夥伴走出大門。」

「謝謝你，先生。」警探說，「你提供了很多協助。」已經很久沒有人喊我先生了。「你願意在方便的情況下，到警局來提供書面證詞嗎？」

「我想還是不要，警探，」我告訴他，「基於個人因素。但我樂意自己寫一份證詞，你方便的時候可以來拿。」

「謝謝你，先生。」

警探打開公事包，挖出一張警方證供表交給我。他抬抬帽子，說：「謝謝你，先生，我會保持聯繫。」但我再也沒見到他。

六個星期之後，史丹．坦寇克因爲竊盜罪被判刑三年，雨果先生是主要的證人。我每天都去觀審，他們哪個人才是有罪的人，我心裡清楚得很。

28

「別忘了你曾救我一命。」

「我過去二十六年，每天都努力想忘記。」老傑克提醒他。

「可是你也救了二十四個你們西部老鄉的命啊。在這個城裡，你是英雄，而你對這個事實似乎渾然不知。所以我不得不問，傑克，你還要這樣折磨自己多久？」

「直到我殺死的那十一個人不再像此刻的你一樣，清清楚楚出現在我面前。」

「你當時做的只是盡你的責任而已。」華特爵士抗議。

「我當時是這樣覺得沒錯。」傑克承認。

「那是什麼改變了？」

「如果我能回答這個問題，」傑克說，「我們就不會有這個對話了。」

「但你還是可以爲自己的同胞做很多事。例如你的這位小朋友。你告訴我說他還在逃學，但如果他發現你是得過維多利亞十字勳章的皇家格勞斯特郡步兵團上尉傑克．塔蘭特，你不覺得他會比較尊敬你說的話嗎？」

「他說不定就逃走了。」傑克回答說，「反正，對小哈利．柯里夫頓，我有別的計畫。」

「柯里夫頓，柯里夫頓……」華特爵士說，「這個名字怎麼這麼耳熟？」

「哈利的父親困在《楓葉號》的船體底層裡，沒有人去救他……」

「我聽到的可不是這樣。」華特爵士語氣丕變，「我聽說柯里夫頓離開妻子，因為她，這話不太好聽，說她是個蕩婦。」

「那你就被誤導了，」傑克說，「因為我可以告訴你，柯里夫頓太太是位可愛又聰明的女人，能娶她的男人真是好命，絕對不會想要拋棄她的。」

華特爵士看來是真的大吃一驚，過了好一會兒才說：「你當然不會相信柯里夫頓被困在船體底層的荒唐故事吧？」他靜靜地問。

「恐怕我是相信的，華特。你也知道，我親眼目睹了整個經過。」

「那你當時為什麼不說？」

「我是說了。事發隔天有個布雷克摩爾警探來問我話。我把所有的事情都告訴他了。我看見了，應他的要求，我還寫了證供。」

「那你的證供為什麼沒有提到坦寇克的庭審上？」華特爵士問。

「因為我再也沒見到布雷克摩爾。等我到警察局去，他們說他已經不負責這個案子，而接替他的那個人不肯見我。」

「是我讓布雷克摩爾調離那個案子的。」華特爵士說，「那個該死的傢伙竟然指控雨果把錢給坦寇克，好讓他不再挖柯里夫頓的事。」老傑克沉默不語。「我們別再提這件事，」華特爵士說，「我知道我兒子缺點很多，但我拒絕相信——」

「也或許是你不願相信。」老傑克說。

「傑克，你究竟站在哪一邊？」

「在正義那一邊。你以前也是，在我們剛認識的時候。」

「我現在還是。」華特爵士說，但他沉默了半晌才又說：「我要你答應我，傑克。要是你再發現雨果做了任何有辱家族名聲的事情，你一定要毫不遲疑的告訴我。」

「我答應你。」

「我也保證，老友，只要我認爲有違法律，我絕對會毫不遲疑的把雨果交給警方。」

「希望別再發生要走到這個地步的事情。」老傑克說。

「我同意，老友。我們談點愉快的事吧。你目前有任何需要嗎？我可以……」

「你有什麼多餘的舊衣服嗎？」

華特爵士揚起眉毛：「容我一問嗎？」

「不，不必問。」老傑克說，「但是我要去拜訪一位先生，所以需要穿著得體。」

✣

這些年來老傑克瘦了好多，所以華特爵士的衣服穿在他身上活像個布袋。而且就像安德魯・阿吉齊克爵士一樣，他比他這位老友高了幾公分，儘管把褲腳的縫邊放下來，褲長還只是勉強及踝。但他覺得穿上這套細斜紋西裝、格子襯衫和條紋領帶，已經足以去赴這場約會了。

傑克好幾年沒走出碼頭了，有幾張熟面孔轉頭過來多看這個精心打扮的陌生人一眼。

四點鐘，學校的鐘敲響時，老傑克退到蔭影裡，看著喧鬧躁動的小孩像放出監獄的囚犯那樣，衝出梅里塢初等學校大門。

柯里夫頓太太已經等了十分鐘了，哈利看見媽媽，很不情願地讓她拉起自己的手。真是個漂亮的女人，老傑克看著他倆走遠，心裡想著。哈利像往常一樣蹦蹦跳跳，話講個不停，活力充沛似蒸汽火車頭。

老傑克一直等到看不見他們的身影，才越過馬路，走進校園。如果他身上穿的是原本的舊衣服，肯定還沒走到校門口，就會被某個負有權責的人攔下。他在走廊四下張望，看見有位老師走過來。

「不好意思，請問一下，」老傑克說，「我想找霍康畢老師。」

「左邊第三道門，老先生。」那人指著走廊說。

老傑克停在霍康畢老師的教室門口，輕輕敲門。

「請進。」

老傑克開門，看見一個年輕人，黑色長袍沾滿粉筆灰，坐在一排排空課桌前面的桌子旁，正在改作業。「不好意思，打擾你了，」老傑克說，「我要找霍康畢老師。」

「那你不必再找了，」這位老師放下筆，說。

「我是塔爾。」他走上前說，「不過朋友都叫我傑克。」

霍康畢露出愉快的表情。「我相信你就是哈利．柯里夫頓幾乎每天早上都去找的那位。」

「恐怕就是。」老傑克承認，「我道歉。」

「不需要，」霍康畢說，「我只希望我對他的影響力能和你一樣大。」

「這也是我來找你的原因，霍康畢先生。我相信哈利是個很傑出的孩子，應該要盡可能給他機會，讓他充分發揮天賦。」

「我非常贊成。」霍康畢說，「而且我想，他還有一項您不知道的天賦。」

「是什麼？」

「他有副天使般的歌喉。」

「但哈利不是天使。」老傑克咧嘴笑。

「我同意，但從這裡下手，突破他心防的機會可能最大。」

「你有什麼主意？」

「他有可能會想加入神聖基督降臨教會的唱詩班。如果您能勸他多來上學，我知道我可以教他認字寫字。」

「這對教會唱詩班這麼重要？」

「這是神聖基督降生教會的強制規定，而唱詩班指揮蒙岱小姐嚴守規則，絕對不肯破例。」

「所以我只需要確保這個孩子來上課，對吧？」老傑克說。

「您可以做的不只這樣。他不來上學的日子，您可以自己教他。」

「可是我沒資格教任何人。」

「哈利．柯里夫頓又不在乎資格，而且我們都知道他聽你的話。也許我們兩個可以變成一個團隊。」

「但是如果被哈利發現我們在幹嘛，我們可能就再也看不見他了。」

「您眞是太瞭解他了。」老師嘆口氣說，「我們只能確保不讓他發現。」

「這可能會是個大挑戰，」老傑克說，「但我願意試試。」

「謝謝您，先生。」霍康畢說。他沉吟半晌，又說：「我在想，我是不是可以和您握手。」

老傑克詫異地看著這位老師伸出手來。老傑克熱誠地和他握手。「很榮幸見到您，塔蘭特上尉。」

老傑克一臉驚駭，「你怎麼可能……」

「我父親把您的照片掛在我家前廳牆上，現在還掛著。」

「爲什麼？」老傑克問。

「您救了他一命，先生。」

✣

接下來幾週，哈利來找老傑克的次數逐漸減少，到最後，他只在星期六早上來。老傑克知道霍康畢老師的計畫必定成功了，因爲哈利問他下個星期天能不能到神聖基督降生教會聽他唱歌。

星期天早上，老傑克早早起床，借用華特爵士位在巴靈頓大樓五樓的私人盥洗室淋浴，修剪鬍子，然後換上華特爵士給他的另一套西裝。

他抵達神聖基督降生教會時，禮拜正要開始，他溜到最後一排，坐進長椅末端。他看見柯里夫頓太太在第三排，兩旁的可能是她父親和母親。至於蒙岱小姐，儘管有上千信眾，他也一眼就看得見她。

對於哈利的歌喉，霍康畢老師眞的一點都沒有誇大其詞。就像他回憶裡在韋爾斯大教堂聆賞過的歌聲那般美妙。那孩子一張口唱〈上主，引領我〉，老傑克就絕對相信他這個門生具有獨特的天賦。

華茲牧師給予最後的賜福之後，老傑克溜出教會，快步走回碼頭。他得等到下個星期六，才能告訴那孩子，他有多喜歡他的歌聲。

往回走的時候，他想起華特爵士的責備。「要是你放下這無謂的自我否定，就可以替哈利做得更多。」他仔細思索華特爵士的話，但還沒準備好解開罪咎的枷鎖。然而，他確實認識一個可以扭轉哈利人生的人，一個在那個恐怖日子與他並肩作戰，但已二十五年沒和他談過話的人。這人任教的學校爲聖瑪麗雷克里夫提供唱詩歌手。該校每年提供合唱獎學金，但不幸的是，梅里塢初等學校並不是他們一般招募學生的地方，所以需要有人爲那人指引正確方向。

老傑克唯一擔心的是，福洛比榭中尉可能已經忘了他。

29

老傑克一直等到雨果離開巴靈頓大樓，但又等了半個鐘頭，波特斯小姐辦公室的燈才終於熄滅。

傑克走出火車車廂，緩緩走向巴靈頓大樓，他知道自己只有半個鐘頭的時間，之後清潔婦就要來打掃了。他溜進沒亮燈的大樓，爬樓梯到五樓，在華特爵士睜一隻眼閉一隻眼過了二十五年之後，他就像貓似的，在黑暗中也找得到門上標示「總經理辦公室」的那個房間。

他坐在雨果的辦公桌，打開燈，如果有人看見了，也只會以為是波特斯小姐在加班。他翻著電話號碼簿，找到「聖」字那一頁：聖安德魯，聖巴索勒摩，聖貝翠斯，聖貝迪。

他這輩子頭一次拿起電話，不太確定接下來該怎麼做。線上傳來一個講話的聲音：「請問幾號？」

「TEM八六一二。」他手指指著那行號碼說。

「謝謝，先生。」等待的時間，老傑克越來越緊張，要是接電話的是別人，他該說什麼呢？他只要掛掉電話就好了。他從口袋掏出一張紙，攤開來，擺在面前的桌上。這時，他聽到電話鈴響的聲音，接著是喀喀聲，然後是個男人的嗓音。「福洛比榭學舍。」

「是諾爾．福洛比榭嗎？」他問，想起聖貝迪傳統上每個學舍都用當時學監的名字命名。他看著自己寫的那張紙，每一句話都精心準備，再三演練過。

「我是，」福洛比榭聽到陌生的聲音喊出他的名字，顯然很詫異。一陣漫長的沉默。「有人在聽嗎？」福洛比榭說，似乎有點惱。

「我是傑克．塔蘭特上尉。」

又一陣更長的沉默之後，福洛比榭終於說：「您好，長官。」

「請原諒我這麼晚打電話來，老友，可是我需要你的意見。」

「請不要這麼說，長官。在這麼多年之後，能和您講話，是莫大的榮幸。」

「謝謝你能這麼說。」老傑克說，「我儘量不浪費你太多時間，可是我需要知道，聖貝迪現在是不是還為聖瑪麗雷克里夫唱詩班提供高音歌手？」

「我們現在還是，長官。雖然當今世界有許多改變，但這項傳統還是維持不變。」

「在我那個年代，」老傑克說，「學校每年會提供獎學金給天分特別高的高音歌手。」

「現在還是，長官。事實上，我們接下來幾週就要審核申請的資料了。」

「本郡的每一所學校都包括在內？」

「是的，任何一所有出色高音歌手的學校都可以申請。但他們的學業基礎也要不錯才行。」

「嗯，如果是這樣，」老傑克說，「我想推薦一位學生，請你們列入考慮。」

「當然可以，長官。這孩子目前念哪一所學校？」

「梅里塢初等學校。」

又一段漫長的沉默，「我必須坦承，這是我們第一次有這所學校的學生申請。您是不是知道他們音樂老師的名字？」

「他們沒有音樂老師，」老傑克說，「但你可以和那孩子的老師，霍康畢老師聯絡。他可以介紹你認識他的唱詩班指揮。」

「我可以請問那孩子的名字嗎？」福洛比榭問。

「哈利．柯里夫頓。要是你想聽他唱，我建議你這個星期天去參加神聖基督降生教會的晨間禮拜。」

「您會去嗎，長官？」

「不會。」老傑克說。

「那我聽他唱完之後，怎麼和您聯絡？」福洛比榭問。

「你不必和我聯絡。」老傑克語氣堅決地說，掛掉電話。把紙條摺起來收回口袋時，他聽見外面的碎石步道傳來腳步聲。他迅速關掉電燈，溜出雨果先生的辦公室到走廊去。

他聽見門打開的聲音，以及樓梯上的交談聲。他最不希望的就是被別人看見他在五樓，因爲這裡除了公司的高級主管和波特斯小姐之外，其他人是禁止進入的。他不想讓華特爵士覺得尷尬。

他迅速走下樓梯。走到三樓，涅特斯太太迎面走來，一手拿拖把，一手拿水桶，而她旁邊的那個女人，他並不認得。

「晚安啊，涅特斯太太，」老傑克說，「今天晚上天氣眞好，正好出來巡邏一下。」

「晚安，老傑克，」她悠悠哉哉從他身邊走過說。他一轉過牆角，就停下來豎起耳朵聽。

「這個老傑克啊，」他聽見涅特斯太太說，「是所謂的守夜人，根本是個瘋子，但人不壞，沒什麼惡意。所以你要是碰到他，就別理他……」老傑克聽著她的腳步聲走遠，不禁輕聲笑起來。

走回火車車廂的時候，他心想，什麼時候哈利會來徵詢他的意見，問要不要申請聖貝迪的合唱獎學金。

30

哈利敲敲車廂門，走進來，坐在頭等車廂的老傑克座位對面。

在聖貝迪的學期中，哈利只有星期六早上可以來看老傑克。而老傑克只能以參加聖瑪麗雷克里夫晨間禮拜來回報他的好意。老傑克總是坐在後排，樂於從背後欣賞福洛比榭老師和霍康畢老師驕傲沉醉在他門生的歌聲裡。

學校放假的時候，老傑克永遠也不知道哈利什麼時候會冒出來，因爲他把火車車廂當成第二個家。聖貝迪每個新學期開始，他一回到學校去，老傑克就很懷念有他陪伴的時光。柯里夫頓太太說他是哈利從未擁有過的父親時，他覺得很感動。事實上，哈利也是他始終渴望擁有的兒子。

「這麼早就送完報紙了？」這個星期六早上，哈利走進火車車廂，老傑克揉著眼睛，眨一眨說。

「不早了，你睡過頭了，老頭。」哈利交給他一份前一天的《泰晤士報》。

「你膽子越來越大了，小子。」老傑克咧嘴笑說，「今天早上報紙送得怎樣？」

「很好啊，我想我可以攢夠錢給我媽買只手錶。」

「對你媽媽的新工作來說，是很有意義的禮物啊。可是你買得起嗎？」

「我已經存了四先令，」哈利說，「我想假期結束的時候，我應該可以存到六先令。」

「你挑好想買的錶了嗎？」

「挑好了，就在狄金斯先生的展示櫃裡。不過，不會在那裡陳列太久了。」狄金斯。這是老傑克永遠忘不了的名字。「要多少錢？」

「不知道。」哈利說，「我等要回學校的時候再問狄金斯先生。」

老傑克不知道如何告訴這個孩子，六先令是不夠買只錶的，所以改變話題。「我希望送報不會影響你念書。我想我不必提醒你，考試一天比一天接近了。」

「你比老福還囉嗦。」哈利說，「可是你應該會很高興知道，我每天早上在圖書館和狄金斯念兩個鐘頭書，大部分的下午又兩個鐘頭。」

「大部分的下午？」

「嗯，吉爾斯和我偶爾去看電影。下個星期格勞斯特郡和約克郡在郡球場比賽，我也有機會看到赫伯特．蘇特克里夫打擊。」

「等吉爾斯去上伊頓的時候，你會很想念他的。」老傑克說。

「他要說服父親，讓他和我與狄金斯一起念布里斯托文法學校。」

「要說狄金斯與我，」老傑克糾正他，「提醒你，雨果先生只要打定主意，吉爾斯要花很多功夫才能讓他改變心意。」

「巴靈頓先生不喜歡我，」哈利說，讓老傑克嚇了一跳。

「你爲什麼這麼說？」

「他對我的態度，和對聖貝迪的學生很不一樣。好像我不夠格和他兒子當朋友似的。」

「你這一輩子都要面對這樣的問題，哈利。」老傑克說，「英國人是天底下最傲慢勢利的人，而且絕大部分的時間都沒有任何理由可言。越是沒天分的人，就越是自大，就我的經驗來看。這是所謂的上流階級唯一的生存之道。但提醒你，孩子，他們可不喜歡像你這樣新發跡的人不請自來闖進他們的俱樂部。」

「可是你對我就不是這樣。」哈利說。

「因爲我不是上流社會的人啊。」老傑克呵呵笑起來。

「或許不是，但我媽說你是第一流的。」哈利說，「我就想要這樣。」

老傑克不能告訴他雨果態度冷漠的眞正原因。有時候，他眞希望自己沒在錯誤的時間出現在錯誤的地方，也就不會目睹造成這孩子父親之死的眞正經過。

「你又睡著了啊，老頭？」哈利說，「因爲我不能整天在這裡和你聊天。我答應我媽到布洛德街的克拉克鞋店和她碰頭，因爲她要幫我買雙新鞋。我不知道我現在穿的這雙有什麼不好。」

「你媽媽是很特別的一位女士。」老傑克說。

「所以我才想送她手錶啊。」哈利說。

✣

進店裡的時候，門上的鈴噹噹響。老傑克希望時間已經過得夠久，讓士兵狄金斯不記得他。

「早安，先生。需要什麼嗎？」

老傑克一眼就認出狄金斯先生。他面帶微笑，走向展示櫃，端詳頂層架上的兩只手錶。「我想知道這只英格索蘭錶的價錢。」

「女錶還是男錶，先生？」狄金斯從櫃檯後面走出來，說。

「女錶。」老傑克說。

狄金斯一手打開上鎖的櫃子，靈巧的把錶從架上拿下來，看看標籤，說：「十六先令，先生。」

「很好，」老傑克說，把一張十先令的紙鈔放在櫃檯上。狄金斯更加困惑了。「等哈利·柯里夫頓問你這錶多少錢的時候，狄金斯先生，請告訴他說是六先令，因爲他替你打工結束的時候，就只能存到六先令。我知道他很想買這只錶送給媽媽當禮物。」

「你一定就是老傑克，」狄金斯說，「他會很感動的……」

「可是請不要告訴他，」老傑克盯著狄金斯先生的眼睛，「我希望他相信這只錶的價錢就是六先令。」

「我瞭解，」狄金斯先生說，把手錶擺回展示架上。

「男錶是多少錢呢？」

「一鎊。」

「你是不是允許我先付十先令當首期款，接下來一個月，每週付半克朗，到付清全額爲止。」

「我完全可以接受，先生。可是你想先試戴一下嗎？」

「不用，謝謝你。」老傑克說，「不是我要戴的。等哈利拿到布里斯托文法學校獎學金的時候，我要送他這只錶。」

「我也有同樣的打算，」狄金斯先生說，「如果我兒子小埃幸運拿到獎學金的話。」

「那你最好快點再訂一只來。」老傑克說，「因為哈利告訴我說，令郎肯定拿得到。」

狄金斯先生笑起來，更仔細看著老傑克，「我們以前是不是見過？」

「我想沒有。」老傑克說，沒再說什麼就離開店裡。

31

若穆罕默德不走向山[18]……老傑克兀自微笑，起身迎接霍康畢老師，請他坐下。

「你想和我到餐車去喝杯茶嗎？」老傑克問，「柯里夫頓太太很好意，提供我品質絕佳的伯爵茶。」

「不了，謝謝您，」霍康畢說，「我剛吃過早餐。」

「所以那孩子沒拿到獎學金。」老傑克說，認爲老師來找他一定是爲了這件事。

「哈利覺得自己失敗了，」霍康畢說，「可是他在三百個考生裡名列十七，能在今年九月進到這所一流學校。」

「可是他能接受入學許可嗎？對他媽媽來說，這是很大的財務負擔。」

「只要沒有意外的問題，她應該可以讓哈利念完接下來的五年。」

「就算是這樣，哈利也負擔不了其他學生視爲理所當然的課外活動。」

「很可能，但我會想辦法幫他付掉學校裡的一些雜費，讓他在喜歡的三項課外活動裡，至少可以選兩項參加。」

「我猜猜喔，」老傑克說，「合唱團、戲劇社和……」

[18] 原本的俚語應該是「如果山不走向穆罕默德，穆罕默德就走向山」。

「藝術欣賞。」霍康畢說，「蒙岱小姐和提莉小姐會幫忙負擔合唱團可能需要的旅費，我負擔戲劇社和……」

「那藝術欣賞就由我來。」老傑克說，「他新的喜好。要談林布蘭和維梅爾，甚至剛嶄露頭角的那個馬諦斯，我都還應付得了哈利。他現在又要我對個叫畢卡索的西班牙傢伙感興趣，但我自己是不怎麼喜歡。」

「我沒聽過這個人。」霍康畢承認。

「我想你可能永遠也不會聽到。」老傑克說，「不過別告訴哈利說我這麼講喔。」他拿起一個小錫盒，打開，拿出三張紙鈔，以及幾乎全部的銅板。

「不，不，」霍康畢老師說，「這不是我來見您的原因。其實，我下午要去看克瑞狄克先生，我相信他會——」

「我想你應該知道我比克瑞狄克先生有優先權吧。」老傑克把錢遞給他。

「您太慷慨了。」

「錢就要花在該花的地方，」老傑克說，「雖然很微不足道。但最起碼我父親會認同。」他彷彿突然想起似的補上一句。

「您父親？」霍康畢問。

「他是韋爾斯大教堂的駐堂牧師。」

「我並不知道。」霍康畢說，「所以您至少可以偶爾去探望他。」

「很遺憾，並沒有。我大概是個現代浪子。」老傑克說，不希望再談這個話題，「那麼告訴我，年輕人，你爲什麼來看我？」

「我不記得上回有人叫我年輕人是什麼時候了。」

「你應該慶幸自己還年輕。」老傑克說。

霍康畢笑起來，「我有兩張學校戲劇公演的票，《凱撒大帝》。因爲哈利也參與演出，所以我想您或許願意和我一起去欣賞開幕演出。」

「我知道他去參加試演。」老傑克說，「他演哪個角色？」

「他演秦納。」

「那我們只能從他的步伐認出他來。」

霍康畢深深一鞠躬，「所以您願意和我一起出席囉？」

「恐怕不行，」老傑克揚起手說，「謝謝你想到我，霍康畢，但我還沒準備參加公開演出，即使只當個觀眾都不行。」

✣

沒能欣賞哈利在學校戲劇的表演，老傑克覺得失望，但聽說這孩子演得很好，也就滿意了。隔年，霍康畢建議老傑克或許應該出席，因爲哈利演了更重要的角色。老傑克差點就讓步了，但還是一直等到再隔年，哈利飾演《仲夏夜之夢》裡的帕克，他才終於讓這個夢想成眞。

雖然還是很怕人多的地方，但老傑克決定要溜進學校禮堂後面，這樣就不會有人看見他或——更慘的——認出他來。

他到巴靈頓大樓五樓的盥洗室修剪鬍子的時候，在有人留下的一份本地報紙看見驚人的標題。**「茶館火災，夷為平地。疑似縱火！」**看見下方的照片，他整顆心都騷亂起來。站在人行道上的柯里夫頓太太，身邊圍繞著員工，望著焚燬的茶館殘骸。「完整報導請見第十一頁」老傑克翻著報紙，但沒有第十一頁。

他迅速離開盥洗室，希望能在波特斯小姐桌上找到那張不見的報紙。看見她桌面收得乾乾淨淨，字紙簍都已清空，他一點都不意外。他小心地打開總經理辦公室的門，探探裡面，發現那張報紙攤在雨果先生的辦公桌上。他坐在高背皮椅上，開始讀報。

老傑克讀完報導的第一個反應是，擔心哈利是不是得離開學校了。

報導指出，除非保險公司全額理賠，否則柯里夫頓太太就要面臨破產危機了。記者繼續寫道，布里斯托暨西英格蘭保險公司發言人指出，在警方調查排除所有嫌疑人之後，公司才可能支付保險金。這可憐的女人還會碰上什麼厄運呢，老傑克納悶。

記者很小心的不提及梅西的名字，但老傑克一點都不懷疑她的照片爲何如此醒目地登在頭版。他繼續看這篇報導，發現是布雷克摩爾警探負責這個案子，總算覺得有點希望。這位先生要不了多久就會知道，柯里夫頓太太只會建設，不會破壞。

老傑克把報紙擺回雨果桌上時，才第一次注意到一封信。他原本會視而不見的，因爲不關他的事，但他瞥見第一行出現了柯里夫頓太太的名字。

他讀起那封信，很難相信雨果．巴靈頓是出資五百鎊讓柯里夫頓太太可以買下提莉茶館的人。他爲什麼要幫梅西，老傑克很納悶。他有可能是對她丈夫的死感到懊悔嗎？或者是因爲害無辜的人套上莫須有的罪名去坐牢，而覺得羞愧？坦寇克一出獄，他就讓他回來工作。老傑克開始忖思，自己是不是應該放過雨果。他想起華特爵士的話：「他沒那麼壞，你知道的。」

他把信再讀一遍。這是國家地區銀行經理普林德格斯特先生寫來的，說他對保險公司施壓，要他們履行理賠義務，償付柯里夫頓太太全額保險金六百鎊。普林德格斯特指出，柯里夫頓太太是無辜的，布雷克摩爾警探不久前通知銀行，她不再是警方調查的對象。

在信的最後一段，普林德格斯特建議他和巴靈頓近期會面商討此事，讓柯里夫頓太太可以收到應得的理賠金。桌上的小鐘敲響七下。老傑克抬起頭來。

他熄了燈，衝向走廊，跑下樓梯。他不想錯過哈利的演出。

32

那天晚上老傑克回家之後，拿起前幾天哈利留給他的《泰晤士報》。他從來不看頭版的個人廣告，因爲他並不需要新的圓頂禮帽，也不需要新的吊帶或新版的《咆哮山莊》。

他翻開下一頁看見愛德華七世的照片。在地中海享受遊艇假期的國王，身邊是個名喚辛普森太太的美國女人。報導行文隱晦，但就算是宙斯也很難支持這位年輕國王，讓他得遂娶一名離婚女人的願望吧。這讓老傑克很難過，因爲他很欣賞愛德華，特別是他訪視威爾斯礦場，深深爲礦工痛苦所感動之後。就像他的老保姆說的，天底下沒有一帆風順的事。

老傑克接著花了相當多的時間讀一篇關於關稅改革法案的報導。這法案剛在國會通過二讀，儘管愛煽風點火的溫斯頓·邱吉爾宣稱法案不倫不類，對任何人都沒有好處，包括政府，因爲不利於選情。他等不及要聽聽華倫爵士對這個議題的完整高見。

他又翻過一頁，得知英國廣播公司從亞歷山大宮播送第一次的電視視訊。這是個他無法理解的概念。影像怎麼有辦法送進你家裡呢？他連收音機都沒有，當然絕對不想擁有電視機。

他翻到體育版，看見頭條標題下方是一張照片，弗雷德·佩里一身優雅打扮：溫布敦三度封王的冠軍選手料將贏得澳洲公開賽。網球記者繼續寫道，部分外國選手可能會穿著短褲登上森林丘球場，這是老傑克無法忍受的事。

每回看《泰晤士報》，老傑克總是把訃聞版從頭到尾讀一遍。到了他這個歲數，比他年輕的人都有可能過世，而且不是死於戰爭。

他翻到這一頁時，臉上血色全失，感覺到巨大的悲傷鋪天蓋地而來。他慢慢讀著韋爾斯大教堂駐堂牧師湯瑪斯．亞歷山大．塔蘭特的訃聞。他的訃聞擺在頭條，說他是信仰虔誠的人。老傑克讀完父親的訃聞，覺得滿心羞愧。

✣

「七鎊四先令？」老傑克重複一遍，「可是我以為你從布里斯托暨西英格蘭銀行收到六百鎊的支票，『全額理賠』，我還記得是這麼說的。」

「我是收到了，」梅西說，「但是付清最初的貸款和貸款的複利，再加上銀行的手續費，我就只剩下七鎊四先令了。」

「我太天眞了，」老傑克說，「有那麼一會兒，就那麼一會兒，我還以為巴靈頓眞心想幫忙。」

「我比你加倍天眞，」梅西說，「因為我如果認為，就算只有一下下，認為那人牽涉在內，絕對不會拿他一毛錢，但就因為我拿了，所以什麼都沒了，包括我在旅館的工作。」

「為什麼？」老傑克說，「富蘭普頓先生向來都說你無可取代。」

「呃，顯然現在不是了。我問他為什麼開除我，他不肯告訴我理由，只說他從『無可奉告的人』接到客訴。這絕對不是巧合，那個『無可奉告的人』到皇家飯店找經理聊聊之後隔天，我就被開除。」

「你看見巴靈頓進了飯店？」老傑克問。

「不，我沒看見，但我看見他出來。別忘了，我當時躲在他車上等他。」

「沒錯。」老傑克說，「那你為哈利的事情去找他，結果怎麼樣？」

「我們在車上的時候，」梅西說，「他承認亞瑟的死是他造成的。」

「這麼多年之後，他終於承認了？」老傑克不敢置信。

「也不完全是這樣啦，」梅西說，「應該是說溜嘴吧，但是我把裝下學期學費通知單的信封放在前座，他就塞進口袋裡，說他會想辦法幫忙。」

「你就信以為眞？」

「我深信不疑，」梅西坦承，「因為他停車之後，甚至過來幫我開車門。可是我才下車，他就一拳把我打倒在地上，撕掉那張繳費通知，開車走了。」

「你就是這樣才眼睛瘀青的？」

梅西點點頭，「他也警告我，要是我想和他妻子聯絡，他就要把我關進精神病院。」

「這只是嚇唬你，」老傑克說，「因為他擺脫不了干係。」

「你說的或許沒錯，」梅西說，「但我不願冒這個風險。」

「要是你告訴巴靈頓夫人說她丈夫害死亞瑟，」老傑克說，「他要做的就只是讓她知道你是史丹・坦寇克的妹妹，她就會放手不管。」

「很可能，」梅西說，「但她不可能放手不管，如果我告訴她說她丈夫可能是哈利的父親……」

老傑克嚇呆了，一句話都說不出來，想辦法消化梅西的意思。「我不只天真，」最後他說，「而且還很蠢。雨果．巴靈頓才不在乎他妻子相不相信他和妳丈夫的死有關係。他最害怕的是哈利會發現他可能是他的父親……」

「可是我從來沒告訴哈利。」梅西說，「我最不想要的就是讓他這一輩子都在思索自己的父親是誰。」

「巴靈頓倚仗的就是這一點。如今他擊垮了你，下一步就是毀了哈利。」

「可是爲什麼？」梅西問，「哈利從來就沒礙著他。」

「他當然沒有，但是如果哈利能證明自己是雨果．巴靈頓最年長的兒子，很可能就會成爲繼承人，不只爵位，還有伴隨爵位而來的一切，與此同時，吉爾斯將一無所有。」

這會兒輪到梅西說不出話來了。

「現在我們找出巴靈頓急著想把哈利趕出文法學校的眞正原因，或許我該去拜訪一下華特爵士了，把他兒子這些天理不容的行徑告訴他。」

「不，拜託別這麼做。」梅西懇求。

「爲什麼不要？這很可能是我們讓哈利留在布里斯托文法學校的唯一機會。」

「很可能，但這也一定會讓我哥哥史丹被開除，天曉得巴靈頓還會做出什麼事來。」

老傑克沉默了一會兒，然後說：「如果你不許我把眞相告訴華特爵士，那我就得開始爬進雨果．巴靈頓這會兒藏身的巢穴了。」

33

「你想幹嘛？」波特斯小姐說，不確定自己有沒有聽錯。

「私下和雨果先生見個面。」老傑克說。

「請容我問一下，見面的目的是什麼？」她一點都不想掩飾挖苦的語氣。

「他兒子的未來。」

「等一下。我看巴靈頓先生是不是想見你。」

波特斯小姐輕敲總經理的門，消失在門裡。一會兒之後回來，臉上是驚訝的神色。

「巴靈頓先生現在可以見你。」她拉開門說。

老傑克忍不住微笑，從她身邊走過。雨果．巴靈頓在辦公桌後面抬起頭。他沒請老人坐下，也沒打算和他握手。

「你對吉爾斯的未來怎麼可能有什麼興趣？」巴靈頓問。

「是沒有，」老傑克承認，「我關心的是你另一個兒子的未來。」

「你在胡說八道什麼？」巴靈頓說，嗓音有點太大。

「你若是不知道我講的是誰，就不會答應見我了。」老傑克鄙夷的說。

巴靈頓臉色發白。老傑克甚至懷疑他是不是要昏倒了。「你想要什麼？」最後他說。

「你一輩子都是生意人，」老傑克說，「我手裡有你很想向我買的東西。」

「怎麼可能？」

「亞瑟・柯里夫頓神秘失蹤，而史丹・坦寇克因爲沒犯的罪被逮捕的隔天，有位布雷克摩爾警探要我把那天晚上看見的一切寫成書面證供。因爲你讓布雷克摩爾調離那個案子，所以證供還一直留在我這裡。我覺得，如果落到不對的人手裡，想必會很有意思。」

「我想你會發現這是勒索。」巴靈頓輕蔑地說，「爲了這個，你可能要到牢裡蹲好長一段時間。」

「有人或許會認爲把這個文件公諸於世不過是盡公民責任罷了。」

「你以爲誰會對老頭的胡言亂語有興趣？媒體當然不會，只要我的律師好好向他們說明一下毀謗罪。而警方幾年前就已經結案，我看不出來警察局局長有什麼必要自找麻煩重啓舊案，就只爲了一個說好聽是行事詭異，說難聽就是瘋子的老頭胡說八道。所以我不得不問，對於這個荒謬的指控，你還想要告訴誰呢？」

「你父親。」老傑克虛張聲勢說。但巴靈頓並不知道他對梅西的承諾。

巴靈頓整個人垮在椅子裡，太清楚老傑克對他父親的影響力了，儘管他始終不明白是爲什麼。「你希望我付多少錢買這份文件？」

「三百鎊。」

「這是光天化日搶劫啊。」

「這筆錢不多不少，剛好夠負擔哈利・柯里夫頓未來兩年在布里斯托文法學校的學費和課外活動費用。」

「何不讓我在每個學期開學的時候幫他付學費，就像我付我兒子的學費一樣？」

「因爲你一拿到我的證供，就不會再付你另一個兒子的學費了。」

「你得要拿現金。」巴靈頓說，從口袋掏出鑰匙。

「不，謝了。」老傑克說，「我記得太清楚了，你把你的金銀財寶交給史丹．坦寇克之後，他有什麼下場。我可不想因爲我沒犯的罪在大牢裡蹲三年。」

「如果要開這麼大面額的支票，我必須打電話給銀行。」

「請便。」老傑克說，指著巴靈頓辦公桌上的電話。

巴靈頓遲疑了一下，拿起話筒。他等著線上傳來聲音，才說：「TEM三七三一。」

又等了一會兒，另一個聲音傳來，「喂。」

「是你嗎，普林德格斯特？」

「不是的，先生。」那聲音說。

「很好，你正是我要找的人。」巴靈頓回答說，「我要請一位塔爾先生在一個鐘頭之內去見你，他會帶一張三百鎊的支票，是開給布里斯托慈善會的。你看看是不是能馬上處理，然後回我電話。」

「如果你要我回你電話，就說：『是的，沒錯。』我就過幾分鐘再打來。」那聲音說。

「是的，沒錯。」巴靈頓說，掛掉電話。

他打開辦公桌抽屜，拿出支票簿，寫上：「支付布里斯托慈善會」，換行：「三百鎊」。然後簽上名字，交給老傑克。老傑克仔細看看，點點頭。

「我把支票裝進信封裡。」他按了裝在辦公桌下方的電鈴。老傑克看著波特斯小姐走進來。

「什麼事，先生？」

「塔爾先生要去銀行。」巴靈頓說，把支票擺進信封裡，封起來，寫上普林德格斯特先生的名字，並加上大大的「親啓」兩個字，才交給老傑克。

「謝謝你。」老傑克說，「等我回來，就馬上把文件送來給你。」

巴靈頓點點頭，這時他辦公桌上的電話響了。他等老傑克離開，才接起電話。

老傑克決定搭電車到布里斯托，覺得這麼重要的事情，花這筆錢是應該的。二十分鐘之後，他走進銀行，告訴接待櫃檯的年輕人說他有封信要交給普林德格斯特先生。那接待員似乎不爲所動，於是老傑克又說：「是雨果．巴靈頓先生給他的信。」

這年輕人立刻離開座位，帶老傑克穿過銀行大廳，走過長長的走廊到經理辦公室。他敲敲門，打開來，通報：「經理，這位先生送來巴靈頓先生的信。」

普林德格斯特先生從辦公桌後面跳起來，和老人握手，請他在辦公桌對面坐下。老傑克把信封交給普林德格斯特，說：「巴靈頓先生要我親自把這個交給你。」

「是，沒問題。」普林德格斯特立刻就認出信封上那熟悉的字跡，是他最有價值的客戶親手寫的。他用拆信刀拆開信封，抽出一張支票，看了一會兒才說：「一定是搞錯了。」

「不會有錯，」老傑克說，「巴靈頓先生希望你儘速將全額兌現給布里斯托慈善會，他半個鐘頭之前已經在電話裡指示你了。」

「可是今天早上我沒接到巴靈頓先生的電話啊。」普林德格斯特說，把那張支票交還給老傑克。

老傑克難以置信地盯著這張空白支票。花了半晌工夫，他才明白巴靈頓一定是利用波特斯小姐走進來的時候調換支票。他眞正高明的地方是寫上「普林德格斯特先生親啓」，確保在他親手交給經理之前，不會有人打開。但傑克唯一猜不透的謎團是：電話另一端的人是誰？

老傑克沒再和普林德格斯特說什麼，就匆匆離開。他越過銀行大廳，衝到馬路上，只是又等了幾分鐘，才搭上電車回碼頭。穿過大門走進碼頭時，距他離開這裡的時間前後頂多一個鐘頭。有個他不認識的人迎面走來。這人渾身散發軍人氣息，老傑克心想，他是不是因爲在大戰裡受傷才跛腳的。

老傑克快步和他擦身而過，走向碼頭邊。看見車廂門還鎖著，他鬆了一口氣，打開門之後，看見一切都和他離開時無異，更加高興。他跪下來，掀開地毯一角，但那份警方證供已經不見了。布雷克摩爾警探一定會說這起竊案是專業竊賊所爲。

34

老傑克坐在第五排的會眾裡，希望沒有人認出他來。教堂裡很擁擠，沒辦法在小堂找到座位的人都站在走道上，或擠在後面。

巴斯與韋爾斯大主教讓老傑克熱淚盈眶。他談起傑克的父親全心信靠上帝，自從妻子早逝之後，這位駐堂牧師就把自己奉獻給信眾。「最好的證明，」主教舉起雙臂對信眾宣告：「就是今天有這麼多人出席，有這麼多各行各業的人來獻上敬意，榮耀他。

「儘管這人毫不虛榮，但也掩不住爲兒子傑克而自豪，因爲傑克秉持無私的勇氣，在南非波爾戰爭期間，英勇地不顧自己的生命安危，奮力拯救許多同袍的性命，讓他獲頒維多利亞十字勳章。」他頓了一下，看著第五排，說：「我很高興在信眾裡看見他。」

好幾個人開始東張西望，尋找他們沒見過的人。傑克慚愧地低下頭。

儀式結束之後，許多信眾過來告訴塔蘭特上尉，他們有多欽敬他父親。「奉獻」、「無私」、「寬容」和「愛」是每個人都一再重複的詞彙。

傑克以身爲他父親的兒子爲榮，同時也爲自己把父親排除在他的生活之外、不願像對其他同胞那樣對待他而羞愧不已。

就要離去時，覺得自己好像認得站在門邊的那位老先生，那人顯然是等著和他講話。那人走向前，摘下帽子。「塔蘭特上尉？」他用頗有威儀的語氣問。

傑克也恭敬回答：「是的，您是？」

「我是埃德溫．特倫，有幸擔任令尊的律師，我把自己當成是他最好、也最老的朋友。」

傑克熱情和他握手。「我記得您，先生。您讓我愛上特洛普羅[19]，也讓我學會欣賞旋轉投球的精妙。」

「你還記得，眞是太窩心了。」特倫輕聲笑起來，「我在想，我可不可以陪你走回車站？」

「當然沒問題，先生。」

「你知道的，」往車站走的時候，特倫說，「你父親過去九年都在這座大教堂擔任駐堂牧師。你也知道他對世俗之物一概不掛心，雖然自己擁有的有限，卻還是與比他更不幸的人分享。若是能封聖，他必定會是流浪漢的守護聖徒。」

老傑克微笑。他還記得有一回沒吃早餐餓肚子上學，因爲有三個流浪漢睡在他家走廊，而且，套句他媽媽的話說，把他們一整個家連房子都吃得乾乾淨淨了。

「所以等宣讀他的遺囑時，」特倫繼續說，「會發現他和來到世上的時候一樣，一無所有，什麼也沒留下——除了上千名好友，他認爲這才是名符其實的財富。在他過世之前，託付了我一項小任務，如果你來參加他的葬禮，就把他生前寫的最後一封信交給你。」他從大衣內側口袋掏出一個信封，交給老傑克，再次舉起帽子，說：「我已經完成他的付託，很榮幸能再次見到他的兒子。」

「我很感激，先生。我眞希望一開始就不必讓他寫這封信。」傑克揚起帽子，兩人分道揚鑣。

老傑克決定坐上火車回布里斯托的路上再讀父親的信。火車轉軌離開車站，冒出團團灰煙，傑克在三等車廂安穩坐下。他還記得小時候曾問過父親，爲什麼他出門都搭三等車廂，他的回答是：「因爲沒有四等車廂。」很諷刺的是過去三十年，傑克都住在頭等車廂裡。

他慢慢打開信封，抽出摺起的信紙之後，甚至還隔了一會兒都沒打開，愣愣地懷想父親。他父親是所有兒子夢寐以求的朋友與導師。回顧自己的漫漫人生，他所有的行爲、判斷與決定，都只是拙劣模仿他父親而已。

終於打開信之後，一看見那熟悉的筆跡，一個個用純黑墨水寫下的粗大而工整的字，又一波回憶襲湧而來。他開始讀信。

薩默塞特郡韋爾斯
韋爾斯大教堂
一九三六年八月二十六日

吾兒摯愛，

倘你來參加葬禮，此刻必定正在讀這封信。請容我先謝謝你與信眾同來。

---

⑲ Anthony Trollope，1815–1882，英國作家，以描繪十九世紀英國社會著稱，代表作包括《巴塞特郡紀事》（Chronicles of Barsetshire）和《巴塞特最後紀事》（The Last Chronicles of Barset）等。

老傑克抬起頭，看著窗外飛掠而過的鄉間景物。他再度爲自己對待父親的輕忽與不體貼而充滿愧疚。如今已來不及請求原諒了。他的視線又回到信紙上。

你獲頒維多利亞十字勳章時，我是全英格蘭最驕傲的父親，你的勳章證書至今仍掛在我的書桌上方。然而隨著歲月流逝，我的喜悅變成哀傷，我問上主，我是做了什麼要遭此懲罰，不只失去你親愛的母親，也失去你，我唯一的孩子。

你爲了某些高貴的目標而背離這個世界，我可以接受，但我希望你能讓我知道你這樣做的理由。倘若你此時讀到這封信，或許可以答應我，完成我最後的心願。

老傑克從上衣口袋掏出手帕，抹抹眼睛，才能繼續往下讀。

上帝賜你以卓越的領導天賦，以及啓發同胞的出色能力，所以我懇求你，不要到離開塵世的那一天，知道自己要面對造物主的時候，像馬太福音第二十五章第十四至三十節所說的，必須向祂承認，你浪費了祂所賦予你的天分。

利用你的天賦去幫助你的同胞吧，如此一來，在你的時日到來之時，參加你葬禮的人聽到「傑克」之名，就不會只記得維多利亞十字勳章。

你的父親　塔蘭特

「你還好嗎，親愛的？」有位女士從車廂另一側坐到老傑克身邊。

「沒事，謝謝你。」他說，淚水淌下他臉頰，「我只是今天剛出獄。」

吉爾斯・巴靈頓 1936—1938

35

開學第一天，看見哈利穿過學校大門走來，我激動得不得了。我整個暑假都待在我們托斯卡尼的別墅，提莉茶館燒燬的那天我不在布里斯托，一直到開學前的那個週末回到英格蘭才得知消息。我很希望哈利和我們一起去義大利，但我爸不肯理會我的要求。

我所認識的每一個人都很喜歡哈利，除了我父親之外，他甚至不許我們在家裡提起哈利的名字。我有一回問媽媽，她知不知道他爲什麼這麼奇怪，但她似乎也不比我清楚。

我並沒有逼他，因爲在他眼裡，我並不是個可以讓他引以爲榮的兒子。我差點就因爲偷竊而被聖貝迪退學——天曉得他是怎麼搞定的——之後我又因爲進不了伊頓而讓他失望。我考完試之後告訴爸爸，我已經盡了全力，這是事實。呃，一半的事實啦。要是我的共犯閉緊嘴巴，我的形跡就不會敗露。這件事至少給了我一個簡單的教訓：要是你和笨蛋打交道，就別怪他們幹蠢事。

我的共犯是布里波特伯爵的兒子珀西。他面對的困境比我更艱難，因爲他家七代都念伊頓，而眼看著小珀西就要毀了這個輝煌的傳統。

眾所周知的，伊頓碰上貴族的時候規則就會有些彈性，偶爾甚至還允許某個蠢小子來玷污校譽。這也是我一開始爲我的這個小詭計挑中珀西當共犯的原因。因爲我不久前聽到老福對另一個老師說：「布里波特就算再聰明一點，也還是智力不足。」所以我知道我不需要再另尋串謀的搭檔了。

珀西拚命想進伊頓，他渴望的程度和我渴望被伊頓拒絕的程度不相上下。所以我覺得這是我們兩個達成各自目標的機會。

我沒和哈利或狄金斯討論我的計畫。哈利絕對不會贊成，他是個道德高尚的傢伙。而狄金斯則是不會理解怎麼有人想要把考試給搞砸。

考試舉行的前一天，我爸開他新買的布加迪跑車載我去伊頓。這車時速高達一百六十公里，我們一開上高速公路，他就證明給我看。那天晚上我們住天鵝飯店，二十年前我爸來考入學考試的時候也住這家飯店。晚餐時，爸爸清清楚楚讓我知道，他多麼盼望我能進伊頓，讓我差點在最後一刻改變心意。但是我已經答應珀西．布里波特了，我覺得我不該讓他失望。

珀西和我在聖貝迪握手達成協議，決定在進考場向監考人員報到時互換名字，我報他的名字，他報我的名字。我很樂於被所有的人尊稱爲「閣下」，雖然只有幾個鐘頭也好。

考卷不像我之前考的布里斯托文法學校那麼難，我覺得我答得夠好，讓珀西九月進伊頓綽綽有餘。不過這考題其實也不算簡單，所以我很有信心，珀西閣下肯定不會讓我失望。

一交出考卷，恢復我們眞實的身分之後，我就和爸爸一起到溫莎喝茶。他問我考得怎麼樣，我告訴他說我竭盡所能了。他似乎很滿意，甚至放鬆下來，讓我覺得更歉疚。回布里斯托的路上，我並不開心，回到家之後，我媽問了同樣的問題，讓我心情更糟。

十天之後，我收到伊頓寄來的「很遺憾必須通知您……」。我只考了三十二分。珀西考了五十六分，獲得秋季入學許可，讓他父親很高興，卻也讓老福不敢置信。

一切原本都會平安無事的，如果珀西別告訴他的朋友說他是如何擠進伊頓的。這朋友告訴另一個朋友，那朋友又告訴另一個朋友，然後就傳到他父親耳朵裡了。布里波特伯爵是個榮譽感很強的人，立即通知伊頓的校長。結果，珀西還沒入學就被退學。如果不是老福運用個人關係，布里斯托文法學校很可能也會給我相同的處分。

我父親試圖說服伊頓校長，說我只是筆誤，既然我實際上的分數是五十六分，就應該取代布里波特，獲准入學。這個邏輯立即被駁回，因爲伊頓並不需要新的板球場。開學第一天，我如期到布里斯托文法學校報到。

✣

在布里斯托文法學校的第一年，我靠著在板球賽擊出三百分，多多少少扳回一些聲望，到了季末，更贏得獎章。哈利在《庸人自擾》裡演烏蘇拉，而狄金斯就是狄金斯，他拿下全年級第一名，沒人覺得意外。

第二年，我開始察覺到哈利的母親必定面對財務拮据的困難，因爲我注意到他穿鞋的時候鞋帶沒繫上，也承認鞋子太緊而夾腳。

所以在我們就要升六年級的幾個星期之前，提莉茶館遭火災夷爲平地，哈利認爲他可能沒辦法回校念書，我一點都不意外。我想過要問父親可不可以幫他，但媽媽叫我別浪費時間。這也是開學那天，我看見他走進校門時，會這麼激動的原因。

他告訴我說，他母親在皇家飯店找到新工作，上夜班，收入比她原本預期的多得多。

下一個暑假我還是想邀哈利和我們一起去托斯卡尼度假，但我知道我父親連考慮都不會考慮的。不過哈利擔任會務秘書的藝術欣賞社正在籌劃羅馬之旅，我們說好要在那裡見面，儘管這麼一來我就必須造訪貝佳斯花園了。

✣

雖然我們住在英國西部，活在自己的小天地裡，但不可能不知道歐洲大陸正在發生的事情。納粹在德國的崛起，法西斯在義大利的發展，似乎沒有對一般的英國人造成什麼影響。我們還是在星期天享受蘋果酒和乳酪漢堡，然後下午在村莊裡的球場欣賞或像我一樣上場打一場板球賽。多年來這樣幸福祥和的狀態能持續下去，是因爲沒有人願意去回想和德國打過的另一場戰爭。我們的父親爲了終止所有的戰爭而去打了那場戰爭，但如今，那不可提及的事情卻似乎已在每個人的舌尖。

哈利以頗爲肯定的語氣告訴我，如果宣戰，他就不上大學，立即入伍，就像二十年前他父親與舅舅所做的。我父親「失去機會」，他自己是這麼說的，因爲很不幸的，他有色盲，所以當局認爲他留在原來的崗位，在碼頭扮演重要角色，對戰爭的貢獻更大。雖然我從來就不太確定，所謂的重要角色是什麼。

我們在布里斯托文法學校的最後一年，哈利和我決定以牛津爲目標。狄金斯已經獲得牛津貝利歐學院的公開獎學金。我想進牛津基督學院，但入學導師非常婉轉的告訴我，基督學院很少收文法學校的畢業生，所以我決定選布雷齊諾斯學院，因爲貝提・伍斯特[20]曾說這是個「腦袋瓜不重要」的學院。

布雷齊諾斯學院也是牛津擁有最多板球獎盃的學院，我擔任布里斯托文法學校校隊隊長的最後一年打擊分高達三百分，還曾經在羅德球場代表公學聯隊出賽，所以我覺得自己機會頗大。事實上，我以前的導師帕吉特博士還說，我去面試的時候，一踏進屋裡，他們肯定就對著我投來一顆板球。如果我接住了，就會拿到入學許可。要是我單手接住球，那就有獎學金了。結果這根本是道聽塗說。不過，我也得承認，和學院院長喝酒的時候，他問最多的不是羅馬詩人，而是板球明星。

在學校的最後兩年還是有高潮有低潮：傑西・歐文斯在柏林奧運會，就在希特勒的眼皮子下，奪得四面金牌，這是高潮；而愛德華八世爲了娶一個美國離婚女人而退位，絕對是低潮。對於國王該不該退位，看法似乎很分歧，哈利和我也是。我不能理解，天生要當國王的人怎麼會願意犧牲王位，就爲了要娶一個離過婚的女人。哈利則很同情國王的困境，說除非我們自己墜入愛河，否則無法瞭解那個可憐人所要經歷的煎熬。我覺得他簡直一派胡言，直到羅馬之旅改變了我們兩個。

⑳ Bertie Wooster，爲英國作家伍德豪斯（P.G. Wodehouse，1881–1975）系列幽默小說《吉維斯》（Jeeves）的角色，是個有錢的倫敦年輕人，不時靠貼身男僕吉維斯協助脫離困境。

36

如果吉爾斯認為他在聖貝迪的最後一年是努力用功，那麼在布里斯托文法學校最後兩年，他和哈利終於開始認識以往只有狄金斯才知道的所謂「夜以繼日」。

六年級的導師帕吉特博士用頗為肯定的語氣告訴他們，如果想要進牛津或劍橋，就必須拋開所有的活動，因為除了睡覺時間之外，每一分每一秒都要用來準備入學考試。

吉爾斯希望能在最後一年繼續當校隊隊長，而哈利則渴望在學校戲劇裡演出主角。帕吉特博士聽到這件事，挑起眉毛，儘管《羅密歐與茱莉葉》是這年牛津的指定讀本，「除此之外，其他的活動一概不准參加。」他堅決地說。

哈利很不情願地退出合唱團，讓他一個星期多出兩個晚上念書的時間。然而，有一項活動是所有的學生都必須參加的：每個星期二和星期四，下午四點鐘，所有的學生都必須在操場立正站好，全套配備齊全，以軍官訓練團團員的身分接受校閱。

「不能讓希特勒青年軍以為他們德國人蠢得對我們二次宣戰，我們卻還沒做好迎戰的準備。」士官長吼著。

每回退役士官長羅伯茲喊出這句話時，總讓列隊的這些學生不寒而慄。他們知道隨著日子一天天過去，他們越來越有可能以低階軍官的身分派赴某個異國戰場的前線作戰，而不是去念大學，當個大學生。

哈利牢記士官長的話，很快就晉升爲見習軍官。吉爾斯則較不當一回事，知道如果被徵召了，可以像他父親一樣輕易逃脫，只要提醒他們他有色盲問題，就不必和敵人在戰場上面對面了。

狄金斯對整個訓練都沒什麼興趣，不容反駁地斷然宣稱：「進英國情報部隊，何必要學拿槍。」

等漫長的夏夜開始接近尾聲時，他們也準備好要放暑假，然後回校念最後一個學年，在學年結束時再次面對考試。學期結束不到一個星期，他們三個都已經展開各自的假期：吉爾斯到托斯卡尼的別墅和家人會合，哈利參加藝術欣賞社的羅馬之旅，而狄金斯則把自己關在布里斯托中央圖書館裡，避免和人類打交道，儘管他已經拿到牛津的入學許可了。

✣

經過這些年，吉爾斯已經接受事實，如果想要在假期裡見哈利，絕對不能讓他父親知道他想做什麼，否則再精心籌劃的計謀都會失敗……但是爲了達成目的，他常常得要妹妹艾瑪幫忙，而她每次答應之前，都不忘獅子大開口。

「如果你晚餐的時候可以先提出要求，那我就跟進。」吉爾斯把最新想出的計策告訴她。

「好像很自然而然啊。」艾瑪挖苦地說。

上完第二道菜時，艾瑪天真爛漫地問媽媽，隔天可不可以帶她去貝斯佳花園，因爲她的美術老師說那裡是必去的地方。她明明知道媽媽明天已經另有安排了。

「對不起，親愛的，」她說，「明天你父親和我要到阿瑞佐，去和韓德森夫婦吃午飯。你可以和我們一起去。」

「可以讓吉爾斯帶你去羅馬。」坐在餐桌另一頭的父親說。

「我非得要帶她去不可嗎？」原本吉爾斯打算自告奮勇的。

「是的，一定要。」他父親堅決地說。

「可是，這沒什麼意義，爸爸，我們一到那裡，就差不多要馬上啓程回來了根本不值得。」

「除非你們在廣場飯店住一夜。我明天一早就打電話，幫你們訂兩個房間。」

「你確定他們已經夠大，可以自己在外過夜？」巴靈頓夫人問，好像有點擔心。

「吉爾斯再過幾個星期就滿十八歲了。他是該當個大人，承擔一些責任了。」吉爾斯低下頭，彷彿溫馴屈服。

隔天早上，一輛計程車載他和艾瑪到火車站，及時趕上到羅馬的早班火車。

「一定要照顧好你妹妹。」他們離開別墅之前，他父親說。

「我會的。」車子發動的時候，吉爾斯說。

艾瑪一進車廂，就有好幾個人起身讓座，吉爾斯則一路站到羅馬。抵達羅馬之後，他們搭計程車到科索大道，在飯店登記入住，然後再到貝斯佳花園。看見許多年紀不比他大多少的年輕人身著軍裝，讓吉爾斯非常意外，而且幾乎每根柱子和路燈桿都貼著墨索里尼的海報。

哈利寫信告訴吉爾斯，他們的正式行程十點鐘展開。他看看手錶——剛過十一點，幸運的話，行程差不多要結束了。他買了兩張票，一張交給艾瑪，然後就跑上階梯，到廊廳裡找學校的參訪團。艾瑪則慢慢欣賞佔據前四個房間的貝里尼雕塑，反正她又不急。吉爾斯一間廊廳又一間廊廳的找，終於看見一群身穿紫紅外套和黑色法蘭絨長褲的年輕人，圍在一小張肖像前面。畫中人是個老人，身穿米白眞絲長袍，頭戴白色法冠。

「他們在那裡，」他說，但艾瑪已不見人影。他不理會妹妹的行蹤，走向那群專心欣賞的人。看見她的那一瞬間，他幾乎就忘了自己到羅馬來的原因了。

「卡拉瓦喬在一六〇五年接受委託，爲教宗保羅五世畫肖像。」她說，英文稍微有外國腔。「你們會發現這幅畫並沒有畫完，因爲畫家被迫逃離羅馬。」

「爲什麼？」前排一個年輕人問，這個男生顯然可以在未來接替狄金斯的角色。

「因爲他捲入酒醉鬧事，最後殺了人。」

「他被逮捕了嗎？」同一個男生問。

「沒有，」導覽說，「卡拉瓦喬每回總是在執法人員逮到他之前，想辦法逃到下一個城市。但最後教皇決定特赦他。」

「爲什麼？」還是同一個男生。

「因爲他有其他幾件工作想交給卡拉瓦喬來做。其中有十七件作品，今天在羅馬都還可以見到。」

這時，哈利瞥見吉爾斯用敬畏的眼神看著畫作方向，於是離開同學，走到他旁邊。「你在這裡站多久了？」他問。

哈利這才發現吉爾斯看的不是畫，而是那位對著學生講解的優雅自信女性，於是笑起來。「我想她和你不是同一個年齡層吧，」哈利說，「也不是你應付得起的。」

「我願意冒險。」吉爾斯說。導覽帶著這群學生走向下一個房間，吉爾斯也跟過去，同時找了個可以清楚看見她的位置。其他人都專心看著卡諾瓦的寶琳娜．貝佳斯雕像。「有人認爲他是最偉大的雕塑家。」她說。吉爾斯並不打算反駁她。

「好了，我們今天的參觀就到此結束了。」她宣布，「我還會在這裡待幾分鐘，所以如果還有其他問題，請不要客氣。」

吉爾斯一點都不客氣。

哈利意興盎然地看著他朋友走到這位年輕的義大利女子身旁，像老朋友似的聊開了。就連前排的那個小男生也不敢打斷他們。吉爾斯幾分鐘之後回來找哈利，臉上掛著大大的咧嘴笑容。

「她答應今晚和我一起吃飯。」

「我不相信。」哈利說。

「但是有個問題，」他不理會他這位朋友臉上那宛如「多疑的多馬[21]」的表情。

「不止一個吧，我想。」

「……但有你的協助就可以解決。」

「你需要有個監護人同行，」哈利說，「以防萬一事情失控。」

「才不是，你這個渾蛋。在凱特琳娜帶我認識羅馬夜生活的時候，你要替我照顧我妹。」

「休想。」哈利說，「我大老遠來到羅馬，可不是來當保姆的。」

「可是你是我最好的朋友，」吉爾斯懇求，「要是你不肯幫我，我還能找誰？」

「何不試試找寶琳娜・貝佳斯？我想她今天晚上應該沒有別的計畫。」

「你只需要帶她去吃晚飯，確保她十點以前上床睡覺就行了。」

「我實在不想提醒你，吉爾斯，但是我以為你到羅馬來是要找我一起吃晚飯的吧？」

「我給你一千里拉，如果你接手照顧她的話。我們明天還是可以在我住的飯店一起吃早餐。」

「我才沒這麼好收買咧。」

「還有，」吉爾斯打出王牌，「我把我那張卡羅素演唱《波希米亞人》的唱片送給你。」

哈利轉頭看見一個年輕女孩站在他身邊。

「順便介紹一下，」吉爾斯說，「這是我妹妹，艾瑪。」

「哈囉，」哈利說，然後轉頭對吉爾斯說：「就這樣說定了。」

㉑ Doubling Thomas，多馬為耶穌十二門徒之一，但在未親眼目睹之前，拒絕相信耶穌復活。

隔天早上，哈利到廣場飯店和吉爾斯一起吃早餐，他這位朋友滿臉自負的微笑就像他擊出一百分的時候一樣。

「那麼，凱特琳娜如何啊？」哈利問，不想聽到他的回答。

「遠遠超過我最狂野的夢想。」

哈利正要更仔細盤問，有個服務生出現在身旁。「卡布奇諾，麻煩。」然後他問：「她對你開放到什麼程度？」

「一路暢行無阻。」吉爾斯說。

哈利嘴巴張得大大的，說不出話來。「難道你……」

「我怎樣？」哈利又試著說。

「什麼？」

「看見她裸體？」

「是啊，沒錯。」

「全身？」

「當然是。」咖啡送到哈利面前時，吉爾斯說。

「下半身和上半身都看見了?」

「全部。」吉爾斯說,「我說全部喔。」

「你摸了她的胸部?」

「我舔了她的乳頭,其實。」吉爾斯說,啜了一口咖啡。

「你做了什麼?」

「你聽見啦。」吉爾斯說。

「可是你,我的意思是,可是你有……」

「是的,我有。」

「幾次?」

「我數不清。」吉爾斯說,「她簡直貪得無饜。七次,也許八次。她不肯讓我睡覺。如果不是因爲她今天早上十點鐘要趕到梵蒂岡博物館接待另一團英國人,我現在還在那裡呢。」

「可是她如果懷孕怎麼辦?」哈利說。

「別那麼天眞,哈利,要記得,她是義大利人哪。」他又啜了一口咖啡,問:「那我妹的表現如何?」

「菜很棒,然後你還欠我一張卡羅素的唱片。」

「這麼慘啊?好吧,我們不可能雙贏。」

兩人都沒注意到艾瑪已經走進餐廳,直到她站在他們旁邊。哈利跳起來,替她拉椅子。「不好意思,我得走了。」他說,「我十點要到梵蒂岡博物館。」

吉爾斯等到看不見哈利了之後才問妹妹：「昨天晚上還好嗎？」

「糟到不能再糟了。」她拿起一個可頌說，「有點嚴肅，他那個人？」

「那你應該見見狄金斯。」

艾瑪笑起來，「好吧，至少菜很好吃。可是別忘了，你的留聲機是我的了。」

37

後來吉爾斯會形容這是他此生最難忘的一個夜晚——也是糟糕透頂的一個晚上。

年度戲劇演出是布里斯托文法學校行事曆上的大事，特別是因爲布里斯托有優良的戲劇傳統，而一九三七年又是豐收的一年。

就像英國的其他許多學校一樣，布里斯托文法學校在這年演出莎士比亞的戲劇，劇碼是《羅密歐與茱麗葉》和《仲夏夜之夢》二擇一。帕吉特博士選了悲劇而不是喜劇，尤其是因爲他有演羅密歐的人選，卻沒有演波頓的人選。

這也是校史上頭一遭，位在城市另一頭的瑞梅德女校的女生獲邀參加女性角色的甄選。但在這之前經過多次討論，且該校校長魏柏小姐堅持設下連修女院院長都會佩服的嚴格規範。

這齣戲在學期的最後一個星期連續演出三個晚上。一如既往，星期六的票最先售罄，因爲校友和演出者的家長都希望參加閉幕之夜。

吉爾斯焦急地站在門廳，每隔幾分鐘就看錶一次，等爸媽和妹妹來，等得快失去耐心了。他希望哈利今晚還是演得很出色，讓父親最終願意接受他。

《布里斯托夜世界》的劇評形容哈利的演出「超乎他年齡的成熟」，但最高的讚譽給了茱麗葉，劇評家說他從未見過演出得如此動人的死亡場景，就連史特拉福的劇場也比不上。

吉爾斯和踏進門廳的福洛比榭老師握手。這位學監介紹和他同來的霍康畢老師，然後走進大廳就座。

塔蘭特上尉穿過中央走道，坐到前排時，觀眾響起一波波的竊竊私語。他最近被聘爲學校董事，獲得廣泛的認同。他傾身和董事長交談時，看見坐在他後面幾排的梅西．柯里夫頓。他對她露出親切的微笑，但不認得坐在她身邊的那名男子。接著，看演員表的時候，又是一大意外。最後進入大廳的是校長夫婦。他們在前排與華特．巴靈頓、塔蘭特上尉坐在一起。

時間一分鐘一分鐘過去，吉爾斯越來越緊張，開始懷疑舞台布幕拉起之前，他爸媽能不能趕到。

「對不起，吉爾斯。」終於現身之後，他媽媽說：「是我的錯，我忘了時間。」她和葛芮絲匆匆走進大廳，他父親跟在他們背後約一公尺處，看見兒子很訝異。吉爾斯沒給他節目表，希望保留驚喜，雖然他已經把消息透露給媽媽了。巴靈頓夫人和兒子一樣，希望丈夫最後能把哈利當成自家的朋友，而非外人。

巴靈頓一家才剛坐下，布幕就拉起，擁擠的觀眾席立刻陷入期待的靜默裡。

哈利一出場，吉爾斯就朝父親的方向瞥了一眼。看見父親沒有任何立即的反應，他這天晚上頭一次鬆卸下來。但這愉快的情況只持續到舞會的場景，因爲羅密歐，還有雨果，第一次看見茱麗葉。

坐在巴靈頓夫婦周圍的幾個人顯得很惱，因爲有個激動的人不停用太過大聲的耳語要求看節目表。在羅密歐開口說：「她不是卡帕萊特家的女兒嗎？」之後，他們更惱火了，因爲雨果．巴靈頓竟然站起來，從那排座位擠出去，完全不管踩到誰的腳。他大步走過中央走道，穿過旋轉門，消失在夜色裡。羅密歐花了一會兒工夫才恢復鎮靜。

華特爵士想讓人覺得他沒注意到背後發生的事，雖然塔蘭特上尉蹙起眉頭，但他的目光始終沒離開舞台。要是他回頭看，必定會看見柯里夫頓太太毫不理會巴靈頓的意外離去，只專心地聽著舞台上這對年輕戀人的每一句話。

中場休息時，吉爾斯去找父親，但沒找到。他查看停車場，但那輛布加迪已經不見蹤影了。回到前廳，他看見祖父俯身在他母親耳邊說話。

「雨果腦袋是壞了嗎？」華特爵士問。

「不，他正常得很。」伊麗莎白不想掩飾她的憤怒。

「那他是以爲自己在幹嘛？」

「我也不知道。」

「可能和柯里夫頓家的那孩子有關係嗎？」

如果不是傑克．塔蘭特走過來加入談話，她就會回答這個問題了。

「令嬡天分出眾啊，伊麗莎白。」他親吻她的手之後說，「同時也遺傳了你的美貌。」

「你眞是太會諂媚了，傑克。」她說，「我想你沒見過我兒子，吉爾斯。」

「您好，先生。」吉爾斯說，「很榮幸見到您。恭喜您就任新職。」

「謝謝你，年輕人。」塔蘭特說，「你覺得你朋友的演出如何？」

「很出色，可是你知道——」

「您好，巴靈頓夫人。」

「您好，校長。」

「我一定要加入這長長的隊伍，大家都希望來表達……」

吉爾斯看著塔蘭特上尉悄悄走開，到哈利母親身邊，很好奇他們兩人怎麼會認識。

「見到你眞好，塔蘭特上尉。」

「你也是，柯里夫頓太太，你今天晚上眞是容光煥發。要是卡萊．葛倫知道布里斯托有這樣的美女在，肯定不會拋下我們去好萊塢的。」接著壓低嗓音，「你知道艾瑪．巴靈頓要演茱麗葉嗎？」

「不知道，哈利沒對我提過。」梅西說，「可是，他爲什麼要提？」

「只希望他們在舞台上演出的濃情蜜意只是精湛的演技，因爲如果他們眞的對彼此有感覺，那我們的問題就更大了。」他四下張望，確定沒有人聽見他們的談話，「我想你還沒對哈利透露任何事情？」

「一個字都沒說，」梅西說，「而從巴靈頓不禮貌的行爲來看，他也嚇了一跳。」

「你好，塔蘭特上尉。」蒙岱小姐碰碰傑克手臂說。她身邊是提莉小姐。「你能專程從倫敦來看你門生的演出，眞是太貼心了。」

「親愛的蒙岱小姐，」塔蘭特說，「哈利百分之百是你的門生，知道你從康瓦爾專程來看他演出，他一定會很高興。」蒙岱小姐滿臉笑容。這時鈴聲響起，指示觀眾回席。

等所有的人都就座之後，下半場就揭幕了。但第六排有個位子空著，非常醒目。死亡的那一景讓有些從來不在公開場合掉淚的人熱淚盈眶，而蒙岱小姐自從哈利變聲之後，就沒掉過這麼多眼淚了。

終場布幕落下時，觀眾全體起立。哈利和艾瑪手拉手走到台前，迎接他們的是如雷的掌聲，很少表露感情的成年人大聲喝采。

他倆轉身對彼此行禮的時候，巴靈頓太太綻開微笑，臉紅了。「天哪，他們不是在演戲。」聲音大得連吉爾斯都聽見了。而早在演員最後行禮之前，相同的想法就已劃過梅西．柯里夫頓和傑克．塔蘭特心頭。

巴靈頓夫人、吉爾斯和葛芮絲到後台，看見羅密歐與茱麗葉仍然手拉手，接受大家排隊來獻上讚美。

「你太棒了，」吉爾斯拍拍好友的背。

「我還好，」哈利說，「但艾瑪太了不起了。」

「這是從什麼時候開始的啊？」他咬耳朵說。

「從在羅馬的時候。」哈利頑皮地咧嘴笑。

「想想，爲了成全你們，我犧牲了我的卡羅素唱片，更別提我的留聲機了。」

「還有，我們第一次約會的晚餐也是你請客的喔。」

「爸爸呢？」艾瑪四下張望，問。

葛芮絲就要告訴她發生什麼事情的時候，傑克．塔蘭特走過來了。

「恭喜，孩子。」他說，「你光芒四射。」

「謝謝您，先生，」哈利說，「可是我想您還沒見過這齣戲眞正的明星。」

「沒有，但是我向你保證，小姐，要是再年輕四十歲，我肯定要幹掉所有的對手。」

「我最愛的是您，所以您沒有對手。」艾瑪說，「哈利總是說您爲他做了多少事情，說個不停。」

「我們是有來有往啊。」傑克說。這時哈利看見媽媽，馬上伸手抱住她。

「你讓我太驕傲了。」梅西說。

「謝謝，媽。我介紹一下，這是艾瑪．巴靈頓。」他說，一手摟著艾瑪的腰。

「我現在知道令郎爲什麼這麼英俊了，」艾瑪和哈利媽媽握手，「請容我介紹我母親。」她說。

這是梅西已經想過許多年的會面，但眼前的這場景卻是她從未設想過的。和伊麗莎白．巴靈頓握手的時候，她很擔心，但面對如此親切的笑容，她馬上就知道伊麗莎白對他們之間的關係一無所悉。

「這位是亞特金先生。」梅西介紹觀劇時坐在她身邊的那個人。

哈利以前沒見過亞特金先生。看著她的皮草大衣，他很想知道，亞特金是不是他如今擁有三雙皮鞋的原因。

他正要開口和亞特金先生講話，卻被帕吉特博士打斷，因爲他想要介紹哈利認識亨利．懷爾德教授。哈利立即認出他來。

「我聽說你希望到牛津讀英國文學。」懷爾德說。

「如果能拜在您門下的話，先生。」

「我看羅密歐的魅力並沒有留在舞台上喔。」

「這位是艾瑪．巴靈頓，先生。」

這位牛津的英國語文與文學教授微微躬身致意，「你的表演太精采了，小姐。」

「謝謝您，先生。」艾瑪說，「我也希望能受教於您。」又補上一句：「我已經申請明年就讀牛津的桑默維爾學院。」

傑克．塔蘭特瞥了一眼梅西．柯里夫頓，清楚看見她眼裡的驚恐。

「爺爺，」校董會董事長走過來時，吉爾斯說，「我想您還不認識我的朋友哈利．柯里夫頓。」

華特爵士親切與哈利握手，之後攬著孫子肩頭，「你們兩個讓老頭兒很驕傲。」他說。

傑克和梅西痛苦地意識到，這對「不幸的戀人」渾然不知自己引發了什麼問題。

✣

華特爵士要司機開車送巴靈頓夫人和孩子回莊園宅邸。雖然艾瑪演出成功，但是車子開向秋谷的時候，她母親一點都不想掩飾自己心中的感覺。車子駛進大門，往主屋開去時，吉爾斯發現客廳還有幾盞燈亮著。

司機一放他們下車，伊麗莎白就叫吉爾斯、艾瑪和葛芮絲去睡覺，那語氣他們已經很多年沒聽見了。她自己則往客廳去。吉爾斯和艾瑪很不情願地爬上寬闊的樓梯，但媽媽一看不見，就坐在樓梯頂上，而葛芮絲則乖乖回房。吉爾斯甚至懷疑，媽媽是不是故意不關門的。

伊麗莎白走進客廳，她丈夫並沒有站起來。她注意到他旁邊的桌上有只剩半瓶的威士忌和杯子。

「對今天晚上無可原諒的行爲，你應該有些解釋吧？」

「我做的事情，沒有必要向你解釋。」

「你今天的行爲很可怕，還好艾瑪沒受影響。」

巴靈頓又給自己倒了一杯威士忌，大口灌下。「我已經安排好，讓艾瑪立刻轉學離開瑞梅德。下個學期她會到別的地方念書，遠得讓她再也見不到那個男生。」

坐在樓梯上的艾瑪哭了出來，吉爾斯伸出手臂攬著她。

「哈利．柯里夫頓到底做了什麼，竟然讓你做出這麼可恥的事情來？」

「不干你的事。」

「這當然是我的事。」伊麗莎白說，拚命想讓自己鎮靜下來。「我們討論的是我們的女兒和你兒子最要好的朋友。要是艾瑪愛上哈利——我想她是愛上了——我想不出來還有其他更優秀、更高尙的年輕人值得她託付眞心。」

「哈利．柯里夫頓是蕩婦的兒子。所以她丈夫才會離開她。我再說一遍，艾瑪絕對不許再和那個小雜種接觸。」

「我要去睡覺了，免得我發脾氣。」伊麗莎白說，「就你現在這個狀況，別想到我的房間來。」

「不管是什麼狀況，我都不想到你的房間去。」巴靈頓又給自己倒了一杯威士忌，「就我記憶所及，你在臥房裡從來就沒有給我帶來任何快樂。」

艾瑪跳起來，衝向臥房，鎖上門。吉爾斯一動也不動。

「你顯然喝醉了，」伊麗莎白說，「我們明天再討論，等你清醒之後。」

「明天沒什麼好討論的。」妻子離開客廳時，巴靈頓含含糊糊說。一會兒之後，他往後倒在靠墊上，開始打呼。

✣

隔天早上不到八點，簡勤斯拉開客廳窗簾時，毫不意外地看見主人睡在扶手椅裡，身上還穿著晚宴服，睡得很熟。

早晨的陽光喚醒巴靈頓，他眨眨眼，看著總管，然後看看手錶。

「再過大約一個鐘頭，會有車來接艾瑪小姐，簡勤斯，所以讓她開始打包，準備好。」

「艾瑪小姐不在，先生。」

「什麼？她去哪裡了？」巴靈頓追問。他想站起來，但搖搖晃晃站不穩，一會兒之後就跌回椅子裡。

「我不清楚，先生。她和巴靈頓夫人午夜過後就離開了。」

38

「你想她們去哪裡了？」哈利問。吉爾斯剛把他們回到莊園宅邸之後的事情說給他聽。

「我不知道。」吉爾斯說，「她們離開家的時候，我在睡覺。我從簡勤斯那裡只打聽到，有輛計程車半夜過後載她們到車站。」

「你說你們昨晚回家的時候，你父親喝醉了？」

「酒氣沖天像臭鼬，今天早上我下樓吃早餐的時候，他都還沒清醒。誰走到他面前，都被他又吼又罵。他甚至想把所有的事情都怪到我頭上。所以我就決定去住我爺爺家。」

「你認為你爺爺會知道她們在哪兒嗎？」

「我想不知道，不過我告訴他發生什麼事情的時候，他也一點都不意外。爺爺說我可以住他家，要住多久都可以。」

「他們不可能在布里斯托，」哈利說，「要是計程車載她們去車站的話。」

「她們現在有可能在任何地方。」吉爾斯說。

兩人好一陣子都沒說話，直到哈利說：「也許在托斯卡尼的別墅？」

「不太可能，」吉爾斯說，「那是爸爸會找的第一個地方，她們在那裡躲不了多久的。」

「所以是你父親去之前會三思的地方。」兩個男生又陷入沉默，後來哈利說：「我想到有個人或許知道她們在哪裡。」

「是誰？」

「老傑克。」哈利說，他還是不太習慣喊他塔蘭特上尉，「我知道他現在和你母親是好朋友，她一定會信任他的。」

「你知道他現在可能在哪裡嗎？」

「任何看《泰晤士報》的人都知道。」哈利挖苦他說。

吉爾斯捶朋友的手臂一拳，「他究竟在哪兒，自以爲是的傢伙？」

「他就在他倫敦的辦公室。蘇活廣場，如果我沒記錯的話。」

「我一直想找藉口到倫敦混一天，」吉爾斯說，「太可惜了，我把所有的錢都留在家裡沒帶。」

「沒問題的，」哈利說，「我有錢。那位亞特金給我五鎊，雖然他說是給我買書用的。」

「別擔心，」吉爾斯說，「我可以想個替代方案。」

「譬如說？」哈利問，滿懷希望。

「我們可以坐在這裡，等艾瑪寫信給你。」

這回輪到哈利捶他的朋友。「好吧，」他說，「我們最好趁沒人發現我們要幹嘛之前趕快走。」

✣

「我不習慣搭三等車廂。」吉爾斯說。火車開出寺院草原火車站。

「這個嘛，既然是我出錢，你最好習慣。」

「那麼，告訴我，哈利，你這位朋友塔蘭特上尉在做什麼？我知道政府指派他擔任平民移置處的處長。但我不清楚他的工作究竟是什麼。」

「就是字面上的意思啊。」哈利說，「他負責為難民尋找安置的住處，特別是逃離納粹德國暴政的難民家庭。他說他是繼承父親的工作。」

「出類拔萃啊，這位塔蘭特上尉。」

「你對他的瞭解還不到一半呢。」哈利說。

「車票，麻煩一下。」

兩個男生一路上試圖想出艾瑪和巴靈頓夫人可能的去處，但直到火車開進帕丁頓車站，他們都還沒有任何具體的結論。

他們搭地鐵到萊斯特街，爬出地面進到陽光裡，尋找蘇活廣場。行經西區時，吉爾斯被鮮豔的霓虹燈和商店櫥窗裡他沒見過的商品吸引了注意力，害哈利偶爾得提醒他，他們到倫敦來的目的是什麼。

抵達蘇活廣場時，兩人都看見衣衫襤褸的男女老少排成長長的人龍，低著頭，拖著腳步，進了廣場另一端的大建築，然後又出來。

兩個年輕人身穿獵裝、灰色長褲、打領帶，走進大樓的時候，看起來格格不入。他們遵循箭頭的指示，到了三樓。好幾個難民讓開來，好讓他們過去，認爲他們一定是來處理公務的。

吉爾斯和哈利加入排在處長門口的長隊伍裡，如果不是秘書出來看見他們，他們很可能要在這裡站一整天。她走向哈利，問他是不是來見塔蘭特上尉的。

「是的，」哈利說，「他是我的老朋友。」

「我知道，」那女人說，「我一眼就認出你了。」

「怎麼會？」哈利問。

「他桌上有一張你的照片。」她說，「跟我來。塔蘭特上尉會很高興見到你的。」

老傑克臉色一亮，看見這兩個男生——他不該再叫他們男生，他們都是大人了——走進辦公室來。「很高興看見你們兩個。」他從辦公桌後面跳起來迎接他們，「這回是在躲誰啊？」他帶著微笑問。

「我父親。」吉爾斯平靜地說。

老傑克走過來，關上房門，請兩個年輕人坐在一張不舒服的沙發上。他拉來一把椅子，坐下來仔細聽他們說自從昨夜看戲之後所發生的一切。

「我看見你父親離開劇院，當然。」老傑克說，「可是我從沒想到他會對你媽媽和妹妹這麼惡劣。」

「您知道她們可能在哪裡嗎，先生？」吉爾斯問。

「不知道，但是如果要我猜，我會說她們和你祖父在一起。」

「沒有，先生，我今天早上都和爺爺在一起，他也不知道她們去哪兒了。」

「我又沒說是哪個祖父。」傑克說。

「是哈維爵爺？」哈利說。

「我是這麼猜的。」傑克說，「和他在一起，她們會覺得安全，相信巴靈頓去找她們之前得再三考慮。」

「但是就我知道的，外公至少有三處宅邸，」吉爾斯說，「我不知道該從哪裡開始找起。」

「我眞蠢，」哈利說，「我知道他在哪裡。」

「你知道？」吉爾斯說，「在哪？」

「在蘇格蘭的鄉間莊園。」

「你好像很有把握。」傑克說。

「因爲他上個星期寫信給艾瑪，說他爲什麼不能來看學校戲劇演出。他好像每年十二月和一月都在蘇格蘭。可是很該死，我不記得地址。」

「蘇格蘭高地，靠近穆爾吉瑞的穆爾吉瑞城堡。」吉爾斯說。

「太厲害了。」傑克說。

「一點都不，先生。只是每年節禮日媽媽都要我寫謝函給所有的親戚。可是我從沒去過蘇格蘭，我根本就不知道那是在哪裡。」

老傑克站起來從辦公桌後面的書架拿來一本大大的地圖集。他在索引處查穆爾吉瑞，翻了幾頁，然後攤在他面前的桌上。他用一根手指從倫敦劃到蘇格蘭說：「你們得搭臥鋪夜車到愛丁堡，然後換當地火車到穆爾吉瑞。」

「我想我們剩下的錢不夠到那裡去。」哈利檢查皮夾說。

「那我只好開火車乘車券給你們了，對吧？」傑克說。他打開抽屜，拿出一大疊牛皮紙顏色的紙張，撕下兩張。他填好表格，簽名，蓋章。「畢竟，」他說，「你們顯然是無國籍的難民，正在尋找棲身的家。」

「謝謝您，先生。」吉爾斯說。

「最後一個建議，」老傑克從辦公桌後面站起來，說，「雨果·巴靈頓很不喜歡有人反對他。我雖然相信他絕對不會做任何惹惱哈維爵爺的事，但這並不適用在你，哈利，不適用在你的身上。所以在安全進入穆爾吉瑞城堡之前，都不要掉以輕心。無論何時何地，如果碰見一個跛腳的人，」他說，「就要小心他。他是替吉爾斯的父親工作的。他很聰明，人脈也很廣，但是更重要的是，他只對付他錢的人忠心。」

39

吉爾斯和哈利又被帶進三等車廂，但兩人都累了，儘管車廂門整夜開開關關，車輪喀啦喀啦響，以及火車每隔一段時間就響起汽笛聲，他們還是睡得很熟。

快六點時，火車在紐卡索靠站，吉爾斯一驚而起。他望向窗外，看見灰沉的白晝，以及排成一列列等待登車的士兵。一個士官對一名看起來年紀不比吉爾斯大多少的少尉敬禮，說：「長官，請求准許登車！」年輕軍官回禮，用較溫和的語氣說：「請求照准，士官。」士兵便開始登上火車。

迫在眉睫的戰爭威脅，他和哈利是否會在進牛津之前就入伍，是始終在吉爾斯心頭盤桓的問題。他素未謀面的伯父尼可拉斯就像月台上的那個年輕人一樣，是個軍官，率領一排士兵，在伊普瑞斯戰死沙場。吉爾斯很想知道，若是再有一場為制止所有戰爭而戰的大戰爆發，未來大家每年要戴起罌粟花紀念的會是哪些戰場。

這時他的思緒被打斷了，因爲他在車窗上看見一個倒影閃過。他轉身，但那個人已經不見了。是塔蘭特上尉的警告讓他反應過度，或者只是個巧合？

吉爾斯看著哈利，他還在睡，但他很可能兩天沒睡了。火車在特威德河的波爾克靠站時，吉爾斯又看見同一個人從他們的臥鋪隔間外面走過。只瞥一眼就走了，這不是巧合。他是在查看他們在哪個車站下車嗎？

哈利終於醒了，眨眨眼，伸伸懶腰。「我好餓，」他說。

吉爾斯傾身在他耳邊說：「我覺得車上有人跟蹤我們。」

「你爲什麼這樣說？」哈利陡然清醒。

「我看見有個人經過我們隔間外面好幾次，太過頻繁。」

「車票，麻煩。」

吉爾斯和哈利把乘車劵交給列車長，「這班車在每一站停多久？」列車長在劵上打洞之後，他問。

「嗯，這要看我們趕不趕時間，」他有點疲累的說，「可是公司規定，不可以少於十分鐘。」

「下一站是哪裡？」吉爾斯問。

「丹巴爾。我們大概再三十分鐘會到。可是你們的乘車劵是到穆爾吉瑞的。」他走向下一個隔間時又說。

「這是怎麼回事？」哈利問。

「我想搞清楚我們有沒有被跟蹤。」吉爾斯說，「計畫的下一個部分就需要你了。」

「這次我要演什麼角色？」哈利有點坐立不安了。

「當然不是羅密歐啦。」吉爾斯說，「等火車在丹巴爾靠站，我要你下車，讓我觀察看看有沒有人跟蹤你。你一下到月台，就快步走到驗票閘口，再折回來，進候車室，買杯茶。記住，在火車離站之前，你只有四分鐘的時間可以回到車上。而且不管做什麼，都不要回頭看，否則他就知道我們在監視他。」

「可是如果有人跟蹤我們，應該是對你比較有興趣才對吧？」

「我不認爲，」吉爾斯說，「而且如果塔蘭特上尉說得沒錯，那就肯定不是針對我啦。因爲我覺得你那位朋友知道的比他願意承認的要來得多。」

「這可沒讓我更有信心喔。」哈利說。

半小時之後，火車抖顫顫地在丹巴爾停下來。哈利打開車廂門，下到月台，走向出口。

「逮到你了，」吉爾斯說，接著身體往後靠，閉上眼睛，他相信，那人一發現哈利只是下車買茶，就會轉頭朝他的方向看來，確保他沒有下車。

吉爾斯張開眼睛時，哈利也拿著一條巧克力回到車上。

「嗯，」哈利說，「你看見人了？」

「當然看見了。」吉爾斯說，「事實上，他也剛回到車上。」

「他長什麼樣子？」哈利問，努力不露出憂心的神情。

「我只瞥了他一眼，」吉爾斯說，「但是我覺得他差不多四十歲，一百八十公分左右，穿著考究，頭髮很短。但絕對會注意到的是，他跛腳。」

「所以我們現在知道要對付的是誰了，福爾摩斯，接下來呢？」

「首先呢，華生，我們必須記住，我們有好幾個優勢。」

「我一個也想不出來。」哈利說。

「這個嘛，第一，我們知道有人跟蹤我們，但他不知道我們知情。我們也知道我們要去哪裡，他顯然不知道。我們體格健全，而且年紀只有他的一半。跛腳的他不可能走得那麼快。」

「你太厲害了。」哈利說。

「我有天生的優勢，」吉爾斯說，「我是我爸的兒子。」

✣

火車停靠愛丁堡威佛里車站時，吉爾斯已經和哈利把計畫複習了十幾遍。他們下車，沿著月台朝出口走去。

「千萬別回頭看。」吉爾斯拿出乘車券時說，走向　排計程車。

「皇家飯店。」吉爾斯對計程車司機說，「要是有其他計程車跟蹤我們，可以讓我知道嗎？」他和哈利坐進後座時說。

「瞭解。」司機說，把車開離排隊的隊伍，加入車陣中。

「你怎麼知道愛丁堡有皇家飯店？」哈利問。

「每個城市都有皇家飯店。」吉爾斯說。

幾分鐘之後司機說：「我不是很確定，但是排隊排在我後面的那輛計程車跟在我們後面不遠的地方。」

「很好。」吉爾斯說，「到皇家飯店車資多少？」

「兩先令，先生。」

「要是你可以甩掉他們，我給你四先令。」

司機立刻把油門踩到底，害兩個乘客往後摔到座椅上。吉爾斯馬上就坐直起來，從後車窗看見緊隨在後的那輛計程車也加速了。他們領先六、七十公尺，但吉爾斯知道這優勢不可能維持太久。

「司機，下一條路左轉，然後稍微放慢速度。我們跳出去之後，你繼續開往皇家飯店，一直開到飯店才停。」一條手臂伸過來。哈利把兩個二先令硬幣放進他的掌心。

「我們跳出去之後，」吉爾斯說，「跟緊我，我怎麼做，你就怎麼做。」哈利點點頭。

計程車拐過街角，稍微放慢速度，吉爾斯打開車門，跳到人行道上，翻滾，迅速站起來，衝進最近的一家店鋪，整個人躺在地上。哈利緊隨在後，跟在他後面進門，躺在他朋友身邊。這時第二輛計程車也快速拐過街角。

「需要幫忙嗎，先生？」有個店員手扠腰，低頭看著這兩個俯臥地上的年輕人。

「你已經幫了大忙了。」吉爾斯說，站起來，給她一個親切的微笑。他拍掉衣服的塵土，說：「謝謝你。」然後就走向店外。

哈利一站起來，正好和一個只穿緊身內衣的人形模特兒面對面。他滿臉通紅，跑出店門，和吉爾斯在人行道會合。

「我想那個跛腳男不會在皇家飯店登記入住。」吉爾斯說，「我們最好趕快行動。」

「同意，」哈利說。吉爾斯又招來一輛計程車，「威佛里車站。」他說，爬進後座。

「你在哪裡學到這些的？」哈利很欽佩地問。他們折返回車站。

「你知道嗎，哈利，你應該少讀一點約瑟夫．康拉德，多讀一點約翰．巴肯，如果你想知道該怎麼在有個死敵追蹤的情況下赴蘇格蘭旅行的話。」

前往穆爾吉瑞的旅程比倫敦到愛丁堡更慢，也更乏味，當然也沒有任何跛腳男的影跡。火車終於拖著四節車廂和兩名乘客進入小車站時，太陽已經消失在最高的一座山背後了。車站站長在出口等著驗票，他們搭的是這天最晚的一班車。

「這裡叫得到計程車嗎？」交出乘車券時，吉爾斯問。

「叫不到，先生。」站長回答說，「喬克六點就回家喝茶了，他要再過一個鐘頭才會回來。」

吉爾斯想了又想，不知道怎麼對站長解釋喬克的行爲完全不合邏輯，於是問：「那麼你或許可以好心的告訴我們，要怎麼到穆爾吉瑞城堡去。」

「你們得走路去。」站長熱心地說。

「往哪個方向走？」吉爾斯問，不想顯得氣憤。

「從那邊往上走大約五公里。」站長指著山丘說，「你們一定會看得見的。」

結果站長提供的資訊大概只有「往那邊」是正確的，因爲他倆走了一個多鐘頭，走到四處一片漆黑，都還沒看到城堡的影子。

吉爾斯開始懷疑，他們在高地的第一個夜晚，是不是得要在野外和羊群爲伴，這時哈利嚷了起來：「在那裡！」

吉爾斯的目光越過霧氣氤氳的黑夜，儘管無法看清城堡的輪廓，但好幾扇窗戶射出的閃爍燈光已經讓他精神為之一振。他們一路前行，最後走到宏偉的鍛鐵大門前。門沒鎖，他們走上長長的車道，吉爾斯聽到狗吠聲，但看不見狗。又走了一公里多之後，面前出現跨越護城河的橋，橋的另一端是沉重的木門，看來不像歡迎陌生人的樣子。

「待會兒由我應付。」他們跨過橋，停在大門前，吉爾斯說。

吉爾斯用拳頭側面使勁捶了三下，一會兒之後門開了，出現一名高大似巨人的男人，穿蘇格蘭裙和墨綠外套、白襯衫，打白領結。

管家低頭看這兩個站在他面前，一身狼狽，疲累不堪的『東西』。「晚安，吉爾斯先生。」他說，雖然吉爾斯從沒見過這個人。「爵爺一直在等您來，他想知道您願不願意陪他一起吃晚飯？」

40

吉爾斯和哈利柯里夫頓往穆爾吉瑞的火車上。應該六點到。

哈維爵爺把電報遞給吉爾斯，輕聲笑起來。「是我們共同的朋友塔蘭特上尉拍來的。只不過他還是搞錯你們抵達的時間了。」

「我們一路從火車站走過來。」吉爾斯一面吃一面說。

「是啊，我本來考慮在最後一班火車到站的時候派車去接你們。」哈維爵爺說，「可是有什麼比在高地散步更能讓人胃口大開的事呢？」

哈利微笑。打從坐下來吃飯開始，他幾乎就沒開過口，等艾瑪在餐桌另一端就座，他就心滿意足地偶爾和她渴望地互看一眼，忖思他倆有沒有可能獨處。

第一道菜是濃郁的高地燉湯，但吉爾斯被問到是不是還要來一點的時候，也沒拒絕再把碗盛滿。哈利原本想要喝第三碗的，但是其他人都客氣交談，等著他和吉爾斯喝完湯好上主菜。

「你們兩個不必擔心大家不知道你們的下落，」哈維爵爺說，「我已經拍電報給華特爵士和柯里夫頓太太，說你們兩個很安全，很好，請他們放心。我沒費事和你父親聯絡，吉爾斯。」他補上這一句，但沒再多說什麼。吉爾斯瞄向餐桌另一邊，看見媽媽抿起嘴唇。

一會兒之後，餐廳門打開來，幾個穿制服的僕人進來，收走湯碗。緊接著三個僕人進來，端著銀盤，盤上的東西在哈利看來像是六隻小雞。

「我希望你喜歡松雞，柯里夫頓先生。」哈維爵爺說，這是頭一次有人喊他「先生」。一隻松雞擺到他面前。「這是我自己獵來的。」

哈利想不出得體的回答。他看著吉爾斯拿起刀叉，把松雞切成小塊，不禁想起他們第一次一起在聖貝迪吃飯的情景。盤子收走的時候，哈利只勉強吃了三口肉，很想知道自己要到年紀多老才有資格說：「不，謝謝你，我比較想要再來一碗湯。」

一大盤水果上桌的時候，情況略有改善。擺在餐桌正中央的各色水果，有些哈利連看都沒看過。他本想開口問主人這些水果的名字和來自哪些國家，但驀然想起第一次接觸香蕉，那絕對錯誤的經驗。他安於遵循吉爾斯的指引，仔細觀察哪些要剝皮，哪些要切開，而哪些又可以直接咬。

吃完之後，僕人現身，擺了一碗水在他盤子旁邊。他正要端起水來喝時，看見哈維夫人把手指泡進水裡，一會兒之後，僕人遞上亞麻餐巾，讓她可以擦乾手。哈利也把手指泡進水裡，宛如魔術一般，餐巾就立即出現。

晚餐之後，女士到客廳，哈利也想加入她們，希望能終於與艾瑪在一起，把她在舞台上自殺之後所發生的一切告訴她。但她才剛走出餐廳，哈維爵爺就坐下，副總管馬上收到訊號，給爵爺奉上雪茄，而另一個僕人則給他倒了大大一杯白蘭地。

他啜了一口，點點頭，兩個杯子就立即擺在吉爾斯和哈利面前。總管蓋上雪茄盒，幫他們的杯子斟上白蘭地。

「嗯，」哈維爵爺吐出兩三口昂貴的煙圈之後說，「就我瞭解，你們兩個都希望上牛津？」

「哈利沒問題，」吉爾斯說，「可是夏天裡我得在球場上再得個一兩百分，而且最好是在羅德球場，以防萬一考官想多挑我的毛病。」

「吉爾斯太謙虛了，先生。」哈利說，「他上牛津的機率不比我小。畢竟，他不只是板球冠軍，也是校隊隊長。」

「是啊，如果你們都成功入學，我保證那會是你們人生裡最快樂的三年。當然也得假設希特勒先生沒蠢得把上次的戰爭再重演一遍，癡心妄想要扭轉結果。」

三人舉起酒杯，哈利喝了他人生的第一口白蘭地。他不喜歡這個味道，思忖著如果不喝完會不會太不禮貌。結果是哈維爵爺拯救了他。

「也許我們該去加入女士們了。」他喝乾杯裡的酒，把雪茄放進菸灰缸，沒等他們回話就站起來，走出餐廳。兩個年輕人跟著他穿過走廊，進到客廳。

哈維爵爺在伊麗莎白身邊坐下，吉爾斯對哈利眨眨眼，越過房間，坐到外婆身邊。哈利和艾瑪一起坐在沙發上。

「大老遠來到這裡，你眞是太英勇了，哈利。」她摸摸他的手說。

「表演結束之後發生的事情，我很抱歉。只希望這些麻煩不是我惹出來的。」

「怎麼可能是你惹出來的，哈利？你根本沒做什麼事情能讓我爸對我媽講那種話。」

「但是你父親覺得我們不應該在一起，就算是演戲也不行，一點都不是秘密。」

「這留到明天早上再談吧。」艾瑪低聲說，「我們可以到山坡上去散步，就我們兩個，除了高地城堡，沒有人可以聽到我們講話。」

「我很期待。」哈利說。他很想拉著她的手，但有太多雙眼睛不時瞄向他們。

「旅途勞頓，你們兩個年輕人一定很累了。」哈維夫人說，「你們就去睡覺吧，我們明天早餐再見。」

哈利不想去睡覺，他想留在艾瑪身邊，想問她是不是知道父親爲什麼反對他們在一起。但吉爾斯立即起身，親吻外婆和母親的臉頰，道晚安，哈利別無選擇，只能和他一起走。他傾身親吻艾瑪的臉頰，謝謝主人晚上的款待，隨著吉爾斯走出客廳。

穿過走廊的時候，哈利駐足欣賞一位名叫皮波的畫家所畫的水果缽，艾瑪從客廳衝出來，攬住他的脖子，溫柔地貼唇親吻他。

吉爾斯彷彿沒注意似的繼續爬上樓梯，而哈利則盯著客廳門。艾瑪一聽到背後有開門聲就放開他。

「晚安，晚安，離別是如此甜蜜的哀愁。」她輕聲說。

「我應該說晚安，直到天明[22]。」哈利回答說。

[22] 兩人所說的是《羅密歐與茱麗葉》的台詞。

✣

「你們兩個要去哪裡？」伊麗莎白．巴靈頓走出早餐室問。

「我們要去爬科文崖，」艾瑪說，「別等我們，因爲你們可能再也見不到我們了。」

她媽媽笑起來，「那你們兩個最好穿暖一點，因爲在蘇格蘭高地，連羊都會感冒喔。」她等到哈利關上門離開才再開口：「吉爾斯，外公希望我們十點鐘到書房見他。」吉爾斯覺得這不是請求，而是命令。

「好的，媽媽。」他說，抬眼望向窗外，看著哈利和艾瑪走向科文崖的步道。才走了幾公尺，艾瑪就拉著哈利的手。吉爾斯微笑看著他們轉過牆角，消失在一排松樹後面。

門廳的鐘開始敲響時，吉爾斯快步穿過走廊，趕在十聲鐘響敲完之前抵達外公書房。他一踏進房裡，外公外婆和媽媽就停止交談。他們顯然在等他。

「坐下吧，孩子。」外公說。

「謝謝您。」吉爾斯回答說，在媽媽與外婆之間的椅子落座。

「我想這可以稱之爲戰事會議吧。」坐在高背皮椅裡的哈維爵爺抬頭說，彷彿是在對董事會發表談話，「我先向大家簡報目前的情況，再來決定應該採取什麼行動最好。」吉爾斯很高興，因爲外公把他當成家族會議的正式成員了。

「我昨天晚上打電話給華特，他也被雨果戲劇演出那天的行徑嚇到了，就像伊麗莎白告訴我的時候，我的反應一樣，雖然你們回莊園宅邸之後發生的事情，還是我告訴他的。」吉爾斯的母親低下頭，但沒打岔。「我告訴他說，我和女兒散了長長的步，我們覺得只可能有兩條路。」

吉爾斯靠在椅背上，但不敢放鬆。

「我覺得華特認為如果伊麗莎白還考慮回去的話，雨果一定要做幾項讓步。第一，他必須明確地為自己駭人的行為道歉。」

吉爾斯的外婆贊同地點頭。

「第二，他絕對不能，我再重複一遍，他絕對不能再說要讓艾瑪轉學，未來也要全力支持她進牛津。天曉得，男生要達到標準已經夠困難的了，女生更是幾近不可能。

「我的第三個，也是最重要的要求，對這一點我非常堅持，他必須對我們全部的人解釋，他為什麼一直用這麼可怕的態度對待哈利・柯里夫頓。我懷疑和哈利舅舅以前偷雨果的錢有關……他常對伊麗莎白說，他認為柯里夫頓不夠格和他的子女為伍，因為他父親是碼頭工人，母親是服務生，但這個理由我不能接受。也許雨果忘了，我祖父以前是酒商的臨時僱員，而他自己的祖父十二歲就離開學校，開始當碼頭工人，就像柯里夫頓的父親一樣，提醒一下，免得有人忘記，我是第一代的哈維爵爺，是新得不能再新的貴族。」

吉爾斯簡直想喝采。

「我們都不可能沒發現，」哈維爵爺繼續說，「艾瑪和哈利對彼此的感覺，他們兩個都是這麼出類拔萃的年輕人，所以也一點都不意外。等時機成熟時，他倆的感情如果能開花結果，最快樂的人一定是維多利亞和我。對於這個問題，華特和我有同樣的看法。」

吉爾斯露出微笑。他想到哈利可以成為家族一員就很開心，雖然他並不相信他父親能接受這件事。

「我告訴華特，」他外公繼續說，「要是雨果無法接受這些條件，那伊麗莎白別無選擇，只能離開，立即進行離婚手續。我也要退出巴靈頓的董事會，同時公告周知我為何要退出。」

吉爾斯覺得很難過，因為他知道兩個家族從來都沒有人離婚。

「華特很善意地答應再過幾天回覆我，等他有機會和兒子談一談之後。不過他告訴我，雨果已經保證不再喝酒了，他顯然已經悔不當初了。我最後要再提醒你們，這是家務事，在任何情況之下都不得在外人面前討論。我們都希望這只是個不幸的意外，很快就可以拋在腦後的意外。」

✣

隔天早上，吉爾斯的父親打電話來找他。父親鄭重道歉，說他不應該把所有的事情怪在吉爾斯頭上，因為完全是他自己的錯。他請求吉爾斯竭盡所能勸媽媽和妹妹回到格勞斯特郡，讓全家人可以一起在莊園宅邸過聖誕節。他也希望，就像岳父說的，能儘快把這個意外拋在腦後。他提都沒提到哈利．柯里夫頓。

41

在寺院草原車站下火車之後，吉爾斯和母親坐進車裡等艾瑪和哈利道別。

「他們明明已經待在一起九天，」吉爾斯說，「難道忘了明天就可以見面了嗎？」

「後天大概也會再見。」吉爾斯的母親說，「可是別忘了，雖然現在看起來不可能，可是有一天也會發生在你身上。」

艾瑪終於上車，但是車一開動，她還是轉頭看著後車窗，不停和哈利揮手，直到看不見他爲止。

吉爾斯渴望回家，解開他父親這些年對待哈利如此惡劣的原因。當然不可能有比偷福利社東西或故意考不上學校更糟的事吧。他設想過十幾種可能性，但沒有半個看起來合理。如今，終於，他希望自己可以找出眞相。他瞄了母親一眼。雖然她很少表露情緒，但車子開進秋谷的時候，她顯然越來越心緒激動。

車開到主屋門口時，吉爾斯的父親站在門階上等著迎接他們；沒看見簡勤斯的影蹤。他立即道歉，先是對伊麗莎白，接著對子女，然後說他有多麼想念他們。

「客廳已經備好茶了，」他說，「你們一收拾好，就過來和我一起喝茶。」

吉爾斯第一個回到樓下，很不安地坐在父親對面。等待母親和艾瑪來的時候，他父親只問他在蘇格蘭過得如何，也說保姆帶葛芮絲到布里斯托去買學校制服。他還是沒提到哈利。幾分鐘之後，吉爾斯的母親和妹妹進到客廳，他父親馬上站起來。再次坐下之後，他替大家倒茶。他顯然不想讓任何僕人聽到他打算告訴他們的事情。

所有的人都安頓好之後，吉爾斯的父親有點不安的輕聲說。

「我首先要向你們三個說，在大家都說艾瑪『大獲成功』的那個晚上，我的行爲有多麼不可接受。謝幕的時候你父親不在，已經夠不應該的了，艾瑪，」他看著女兒說，「但是那天晚上你們回來之後，我對你們媽媽的態度，更是不可原諒。我知道我造成的傷痛，要很長的時間才能癒合。」

雨果．巴靈頓頭埋在掌心，吉爾斯發現他在顫抖。最後他終於讓自己平靜下來。

「你們都曾基於不同的原因問過，爲什麼這些年來我對哈利．柯里夫頓這麼壞。是的，我受不了他的存在，但這完全是我自己的錯。等你們知道原因，你們或許會開始瞭解，甚至會同情。」

吉爾斯看看母親。她還是一動也不動的坐在椅子裡，看不出來她有什麼感覺。

「很多年以前，」巴靈頓說，「我剛成爲公司的總經理時，說服董事會，說我們應該跨足造船業。儘管我父親態度保留，但我還是和一家加拿大公司簽了合約，造一艘名爲《楓葉號》的商船。結果不只對公司的財務造成極大的災難，也是我個人的浩劫，自此而後，我始終沒有完全復原，甚至覺得我永遠不會康復了。請聽我說明。

「有一天下午，一個碼頭工人衝進我的辦公室，說他的工作夥伴被困在《楓葉號》的船體裡，如果我不下令撬開船體，他就會沒命。我當然馬上就趕到船塢，領班向我保證，那人說的完全不是事實。然而，我還是要所有的工人放下工具，聽聽看船體裡有沒有傳出任何聲音來。我等了相當長的一段時間，沒有聲音，我下令恢復動工，因爲我們的進度已經落後好幾個星期了。

「我以爲這個碼頭工人隔天就會來上班。但他再也沒有出現，再也沒有人見到他。自此而後，我始終忘不掉他有可能已經死了。」他頓了一下，抬起頭說，「這人的名字是亞瑟・柯里夫頓，哈利是他的獨生子。」

艾瑪哭了起來。

「我希望你們想想，如果你們可以想像的話，看見那個年輕人的時候，我心裡會有什麼感覺，而他如果發現我可能和他父親的死脫不了干係，又會怎麼想。這個哈利・柯里夫頓成爲吉爾斯最要好的朋友，愛上我的女兒，完完全全就是一齣希臘悲劇。」

他再次把頭埋進手裡，久久沒說話。終於抬起頭之後，他說：「如果你們想問我任何問題，我都會儘量回答。」

吉爾斯等他母親先開口。「你是不是也把一個無辜的人送進牢裡，爲他沒有犯過的罪行服刑？」伊麗莎白靜靜地問。

「沒有，親愛的，」巴靈頓說，「我希望你對我夠瞭解，知道我絕對不會做這樣的事。史丹・坦寇克是個小偷，他闖進我的辦公室，偷我的東西。因爲他是亞瑟・柯里夫頓的大舅子，所以他出獄之後，我讓他復職，沒別的原因。」伊麗莎白第一次露出微笑。

「爸爸，我想知道，哈利和我去蘇格蘭的時候，您是不是派人跟蹤我們？」

「沒錯，我是派了人去，吉爾斯。我拚命想找出你母親和艾瑪的下落，希望能爲我可鄙的行爲向她們道歉。請原諒我。」

所有的人都把注意力轉到艾瑪身上，因爲只有她還沒開口。她一開口講的話讓他們都很意外。「您必須把您告訴我們的事情，全部告訴哈利。要是他願意原諒您，您就必須歡迎他加入我們的家族。」

「我當然歡迎他加入我們的家族，親愛的，就算他從此不再和我說話，我也可以理解。但我不能把他父親的遭遇告訴他。」

「爲什麼不行？」艾瑪追問。

「因爲哈利的母親說得非常清楚，她不希望哈利知道他父親是怎麼死的。他從小就以爲父親是個英勇的人，死在戰場上。一直到現在，我都謹守承諾，從來沒有對任何人透露那個可怕的日子發生的事。」

伊麗莎白．巴靈頓站起來，走向丈夫，輕輕親吻他。巴靈頓情緒潰堤，哭了起來。一會兒之後，吉爾斯走向爸媽，伸手攬著父親肩膀。

艾瑪一動也不動。

42

「你母親一直都這麼漂亮嗎？」吉爾斯說，「還是因爲我長大了？」

「不知道，」哈利說，「我能說的就只是，你母親始終都這麼優雅。」

「雖然我很愛她，但是她和你母親比起來，絕對老得多。」吉爾斯說，看著伊麗莎白．巴靈頓一手撐陽傘，一手拎手提包，朝他們走來。

就像其他的男生一樣，吉爾斯很在意媽媽出現在眾人面前時的穿著打扮。至於帽子的選擇，比阿斯寇特賽馬會更慘，每個媽媽和女兒都想把別人比下去。

哈利更仔細看看媽媽，她正在和帕吉特博士講話。他不得不承認，她是比其他人的媽媽更引人注目，這讓他有點不好意思。但是看見她不再爲財務問題所困，他覺得很高興，也相信這和站在她身邊的人有點關係。

儘管他很感激亞特金先生，但還是不樂見他成爲繼父。過去巴靈頓先生對女兒的保護或許過度強烈，但是對母親，哈利自己也有同樣的保護心態。

她最近告訴他，富蘭普頓先生對她在飯店的工作表現很滿意，拔擢她負責管理夜班，也給她加薪。當然哈利也不必再等長褲變得太短才換新。可是他和藝術欣賞社去羅馬的時候，她對旅費不置一詞，還是讓他很意外。

「很高興見到你，哈利，在你這麼光榮的日子裡。」巴靈頓夫人說，「得了兩項獎，如果我記得沒錯的話。可惜艾瑪不能和我們一起來分享你的榮耀。魏柏小姐說，今天有人來演講，早上不准請假，就算她哥哥是學生會會長也不行。」

巴靈頓先生走過來，吉爾斯凝神看著父親和哈利握手。他父親還是有點欠缺熱情，雖然大家都看得出來他已經盡力掩飾了。

「牛津什麼時候會有消息呢，哈利？」巴靈頓問。

「應該是下個星期吧，先生。」

「我很有把握，他們一定會給你入學許可的，不過我懷疑吉爾斯有沒有希望。」

「別忘了，他也有很光榮的時刻。」

「這我可不記得。」巴靈頓夫人說。

「我想哈利說的是我在羅德球場得一百分的事，媽媽。」

「雖然很值得肯定，但是我不覺得這能幫你進牛津。」他父親說。

「在通常的情況下，我會同意您的看法，爸爸，」吉爾斯說，「只不過呢，當時歷史系教授就坐在馬利雷本板球俱樂部會長的旁邊。」

他們的笑聲淹沒在鐘聲裡。學生開始快步走向大禮堂，父母親則跟在他們後面，相隔幾步。吉爾斯和哈利坐在前三排的級長與受獎學生裡。

「你還記得我們在聖貝迪的第一天嗎？」哈利說，「我們都坐在前排，很怕那位奧克夏特校長。」

「我從來就不怕那個老奧客。」吉爾斯說。

「你當然不怕啦。」哈利說。

「可是我還記得第一天早上，我們下樓吃早餐的時候，你舔盛粥的碗。」

「我還記得你發誓永遠不再提那件事。」哈利低聲耳語。

「我保證不再提。」吉爾斯說，聲音大得不像咬耳朵，「第一天晚上用拖鞋修理你的那個傢伙叫什麼來著？」

「費雪，」哈利說，「那是第二天晚上。」

「眞想知道他現在在幹嘛。」

「八成在帶納粹青年營吧。」

「這倒是參戰的好理由。」吉爾斯說。禮堂裡所有的人都起身歡迎校董會董事長和董事。一排衣著考究的男士緩緩穿過中央走道，走到台上。校長巴頓先生是最後一個就座的，因爲他先把貴賓送到第一排中央的座位。

所有的人都安頓好之後，校長起身歡迎家長與來賓，然後發表校務年度報告。他說一九三八年是豐收的一年，接下來的二十分鐘就以此爲基調，詳加述說學校在學術與運動方面的種種成就。最後他邀請貴賓布里斯托大學校長兼英國國會議員溫斯頓．邱吉爾閣下致詞，並頒獎。

邱吉爾先生從座位上緩緩起身，看著觀眾許久，才開始致詞。

「有些貴賓在致詞一開始會告訴聽眾說，他們在校時沒得過任何獎，在班上成績總是墊底。這話我不能講，因爲我雖然沒得過任何獎，但成績總算沒墊底——我是倒數第二。」學生們鼓譟喝采，連校長也露出微笑。只有狄金斯不爲所動。

笑聲一平息，邱吉爾就蹙起眉頭，「我們的國家再度面對歷史上的另一個偉大時刻，英國人民或許必須再次決定自由世界的命運。今天在禮堂裡的許多人……」他壓低嗓音，把注意力集中於坐在他前面的一排排學生，一次也沒看他們的家長。

「經歷過大戰的我們永遠不會忘記我們國家在戰爭中損失的生命，以及戰爭對整個世代造成的影響。我哈羅公學的同班同學有二十個上戰場，只有三個活到可以投票。我只希望二十年之後來此地致詞的人，不必再提到像第一次世界大戰那樣野蠻、且毫無必要的血肉犧牲。帶著這樣的期望，我祝各位擁有快樂成功的生活。」

吉爾斯是第一批站起來熱烈鼓掌的學生之一。他覺得英國別無選擇，只能參戰。這個人應該取代張伯倫，成爲首相。幾分鐘之後，所有的人再次就座，校長請邱吉爾先生頒獎。

吉爾斯和哈利高聲喝采，因爲巴頓先生宣布，狄金斯不只是年度獎學金得主，而且：「今天早上我收到牛津大學貝里歐學院院長拍來的電報，說狄金斯獲得古典文學高級學者獎學金，我必須說，」巴頓先生說，「他是本校四百年校史上，第一位獲此榮譽的學生。」

吉爾斯和哈利立刻站起來，看著這位一百八十幾公分、戴眼鏡、身上的西裝鬆垮得像掛在衣架上的男生緩緩走上台。狄金斯先生很想跳起來，拍張邱吉爾先生頒獎給他兒子的照片，但又怕不適當，所以作罷。

哈利獲頒英文獎與學校閱讀獎，得到熱烈反應。校長說：「我們永遠都不會忘記他所扮演的羅密歐。我們期待哈利下週也能收到牛津拍來的電報，取得入學許可。」

邱吉爾先生把獎頒給哈利時，在他耳邊說：「我沒上過大學，但眞的很希望我有。希望你能收到電報，柯里夫頓。祝你好運。」

「謝謝您，先生。」哈利說。

但這天最熱烈的掌聲是給吉爾斯．巴靈頓的，他起身以學生會長與校隊隊長的身分受獎。讓貴賓意外的是，校董會董事長跳起來，搶在吉爾斯還沒走到邱吉爾面前時，和他握手。

「是我孫子，先生。」華特爵士相當驕傲地解釋。

邱吉爾露出微笑，抓著吉爾斯的手，看著他說：「希望你能以爲校服務的卓越表現，爲國家服務。」

就在此刻，吉爾斯清清楚楚知道，如果英國參戰，他會怎麼做。

典禮一結束，學生、家長和老師全體起立唱以拉丁文寫成的校歌：

願名聲遠播
願校譽傳揚
無論經歷多少歲月
我們都是布里斯托人

唱完最後一句，校長帶領貴賓與同僚走下舞台，離開大禮堂，踏進午後的陽光裡。頃刻之後，所有的人都到戶外的草地上一起喝茶。三個男生身邊有最多人來道賀，尤其是一群覺得吉爾斯「很可愛」的太太小姐們。

「這是我這輩子最光榮的一天，」哈利母親擁抱他說。

「我瞭解你的感覺，柯里夫頓太太。」老傑克握著哈利的手說，「我好希望蒙岱小姐還在世，能看見今天。因爲我知道，這必定也是她一生中最快樂的一天。」

霍康畢老師站在一旁，耐心等著向哈利道賀。哈利把他介紹給塔蘭特上尉，渾然不知他倆已是老朋友。

樂隊演奏結束，來賓離開之後，吉爾斯、哈利和狄金斯坐在草地上，緬懷往事。他們已不再是小男生了。

43

星期四下午，一個低年級男生送電報到哈利的自習室。吉爾斯和狄金斯耐心等待他拆開，但他卻把這個褐色信封交給吉爾斯。

「又要推卸責任。」吉爾斯撕開信封，讀著內容的時候，滿臉掩不住的意外。

「你搞砸了，」吉爾斯非常驚駭的樣子。哈利整個人癱在椅子裡。「沒拿到獎學金。不過呢，」吉爾斯開始大聲唸電報，「我們很樂於提供獎助金讓你就讀牛津布雷齊諾斯學院。非常恭喜。詳情日內奉告。校長W.T.S.史塔利布拉斯。不錯嘛，雖然你還及不上狄金斯的水準。」

「那你又是什麼水準，請問？」哈利說，但話一出口就後悔。

「一個獎學金，一個助金——」

「獎助金，」狄金斯糾正他。

「還有一個全自費。」吉爾斯不理會他的朋友，「我覺得還不賴。」

這天總共有十一封電報送到申請成功的布里斯托文法學校學生手裡，但沒有給吉爾斯．巴靈頓的。

「你應該讓你母親知道，」走向大堂吃晚餐的時候，吉爾斯說，「她爲了這件事，八成已經失眠一個星期了。」

哈利看看手錶，「太晚了，她已經出門上班了。我要到明天早上才能告訴她。」

「爲什麼不到飯店去給她一個驚喜呢？」吉爾斯說。

「不行。她覺得上班的時候去打擾她很不專業，我想我也不能例外，就算是爲了這件事也不行。」他得意的晃動電報說。

「可是你不覺得她有權利知道嗎？」吉爾斯說，「她犧牲了一切，就爲了讓你達到這個目標。坦白說，要是牛津給我入學許可，就算我媽在母親協會演講，我也會打斷她。你同意吧，狄金斯？」

狄金斯摘下眼鏡，開始用手帕擦，這是他陷入沉思的徵兆，「我得問問老帕的看法，要是他反對——」

「好主意，」吉爾斯說，「我們去找老帕。」

「你要一起來嗎，狄金斯？」哈利問，但發現狄金斯的眼鏡已經戴回鼻梁上，這表示他已經又進入另一個世界了。

「恭喜恭喜，」帕吉特博士看完電報後說，「這是你應得的，我必須這麼說。」

「謝謝您，老師。」哈利說，「我在想，我可不可以去一趟皇家飯店，告訴我母親這個消息？」

「我看不出來有任何理由不這麼做，柯里夫頓。」

「我可以陪他去嗎？」吉爾斯裝天眞地問。

帕吉特有點遲疑，「好吧，可以，巴靈頓。但你們在飯店裡的時候，休想要抽菸喝酒。」

「連喝杯香檳都不行啊，老師？」

「不行，連一杯蘋果酒都不行。」帕吉特堅定地說。

兩個年輕人闊步走出學校大門，經過一個點路燈的人站在腳踏車上，伸長手點亮路燈。他們聊起暑假，哈利要頭一次和吉爾斯一家人去托斯卡尼度假，然後要及時趕回來看澳洲隊和格勞斯特郡隊在郡球場的比賽。有人說如果宣戰了，就會發放毒氣面具給每一個人，他倆討論著，吉爾斯懷疑這事的可能性，哈利則認爲不無可能，只是可能性高低而已。但兩人都沒碰觸另一個盤桓在心頭的問題：今年九月，吉爾斯能不能和哈利與狄金斯一起上哈佛？

快到飯店時，哈利又有點猶豫，不知道該不該打擾媽媽上班，但吉爾斯已經穿過旋轉門，站在門廳等他了。

「只要幾分鐘就好了。」哈利走過來時，吉爾斯說，「只要把好消息告訴她，然後我們就回學校。」哈利點點頭。

吉爾斯問門僮說棕櫚宮在哪裡，他指向門廳另一頭一處高起的區域。爬上六個台階之後，吉爾斯走向櫃檯，壓低嗓音，問接待員：「我們可以和柯里夫頓太太講幾句話嗎？」

「柯里夫頓太太？」那女孩問，「她有訂位嗎？」她的手指滑過訂位單。

「不，她在這裡工作。」吉爾斯說。

「噢，我是新來的，」那女孩說，「我去問問服務生，她們應該會知道。」

「謝謝你。」

哈利站在台階底下，眼睛在屋裡搜尋媽媽的身影。

「海蒂，」接待員問走過的一名服務生，「有位柯里夫頓太太在這裡工作嗎？」

「現在沒有了，」那名服務生立即回答，「她幾年前離開了，那之後就沒有她的消息。」

「一定搞錯了，」哈利跑上台階，和朋友站在一起。

「你們知道可以去哪裡找她嗎？」吉爾斯說，嗓音還是壓得低低的。

「不知道，」海蒂說，「可是你們可以去找夜班行李員道格問問，他在這裡一輩子了。」

「謝謝你，」吉爾斯說，轉頭對哈利說：「這一定有很簡單的理由，可是如果你想離開……」

「不，我們去問問道格知不知道她在哪裡。」

吉爾斯緩緩走到行李員櫃檯，讓哈利有時間改變心意，但他一句話都沒說。「你是道格嗎？」他問一名男子。這人身上的藍色長大衣已褪色，鈕釦也不再閃亮。

「我是，先生。」他回答說，「有什麼需要效勞的嗎？」

「我們在找柯里夫頓太太。」

「梅西已經不在這裡工作了，先生。她離開至少有兩年了吧。」

「你知道她現在在哪裡工作嗎？」

「我不知道，先生。」

吉爾斯掏出皮夾，抽出半克朗，擺在櫃檯上。行李員盯著鈔票看了一會兒，說：「你們可能可以在艾迪的夜總會找到她。」

「艾迪·亞特金？」哈利問。

「我想沒錯，先生。」

「嗯，這就說得通了。」哈利說，「艾迪的夜總會在哪裡？」

「在威許貝克，先生。」行李員把鈔票塞進口袋裡說。

哈利一聲不響地離開飯店，跳進等候著的計程車裡。吉爾斯也上車，挨在他身邊。「你不覺得我們應該回學校嗎？」吉爾斯看著手錶說，「你還是可以等到早上再告訴你母親。」

哈利搖搖頭，「是你自己說的，就算你媽在母親協會發表演講，你也要打斷她。」哈利提醒他，「威許貝克，艾迪夜總會。司機，麻煩快一點。」他堅定地說。

在這段短短的車程裡，哈利一句話也沒說。計程車轉進一條陰暗的小巷，停在艾迪夜總會外面，他下車，逕自走向門口。

哈利用力敲門。百葉窗拉開，一雙眼睛盯著這兩個年輕人。「入場費五先令，每個人。」那雙眼睛後面有個聲音說。吉爾斯從洞裡放進一張十先令鈔票。門立即打開。

兩人走下一道燈光幽暗的樓梯，到了地下室。吉爾斯先看見她，馬上就轉身離去，但來不及了。哈利怔在那裡一動也不動，看著一排女孩坐在吧檯的高凳上，有些和男人聊天，有些彼此交談。一名身穿白色透明上衣，搭黑色短皮裙和黑絲襪的女孩走向他們，問：「有我可以效勞的地方嗎，兩位？」

哈利不理她。他的眼睛盯著吧檯另一頭的女人，她凝神聽著一個年紀較大的男人講話，那人的手貼在她的大腿上。這女孩看見他盯著的人。「我得說啊，你還眞是識貨。」她說，「告訴你，梅西很挑剔，而且警告你，她可不便宜喔。」

哈利轉身跑上樓梯，推開門，衝向馬路。吉爾斯在後面追他。哈利一站到人行道上，就膝蓋一軟，跪了下來，拚命嘔吐。吉爾斯蹲在朋友旁邊，攬著他，想要安撫他。

有個始終站在對街陰影裡的男子一跛一跛地走開了。

艾瑪·巴靈頓 1932—1939

44

我始終忘不了第一次見到他的情景。

他到莊園宅邸來喝茶，爲我哥哥的十二歲生日慶生。他好安靜，好含蓄，讓我不禁懷疑他怎麼可能是吉爾斯最要好的朋友。另一個，狄金斯，眞是個怪人，吃個不停，一個下午幾乎什麼話都沒說。

然後哈利開口講話，那溫和輕柔的聲音，讓你很想一直聽下去。慶生會原本進行得很順利，直到我父親突然衝進來，然後他就幾乎沒再開口了。我從沒見過父親對任何人如此粗魯，也不明白他爲什麼用這樣的態度對待一個全然陌生的人。但是更奇怪的是，爸爸居然問哈利什麼時候生日。這麼平淡無奇的問題，竟引來極端的反應？一會兒之後，我父親起身離開，甚至沒對吉爾斯和他的客人道再見。我看得出來，他的行徑讓媽媽很尷尬，雖然她又倒了一杯茶，假裝沒事。

幾分鐘之後，我哥和他的兩個朋友要回學校。離開前，他轉身對我微笑，但我像我媽一樣，假裝沒注意。前門一關上，我就站在客廳窗戶旁邊，看著車子開下車道，逐漸消失。我覺得我看見他從後車窗往外看，但我不確定。

他們離去之後，媽媽直接到父親書房，我聽見拔高的嗓音，這在最近以來變得越來越常見。她出來的時候，對我微笑，彷彿什麼都沒發生似的。

「吉爾斯最要好的那個朋友叫什麼名字？」我問。

「哈利・柯里夫頓。」她回答說。

✣

下一次見到哈利，是在聖瑪麗雷克里夫的基督降臨禮拜。他唱〈伯利恆小城〉，而我最要好的朋友潔西卡・布雷斯維特說我這麼如癡如醉，好像把他當平克勞斯貝似的。我沒否認。禮拜結束後，我看見吉爾斯和他在講話，本想過去恭喜他的，但爸爸好像趕著要回家。我們離開時，我看見他的保姆給他一個大大的擁抱。

他破嗓那天晚上，我也在聖瑪麗雷克里夫，但當時我不明白為什麼這麼多人轉頭，有些信眾甚至交頭接耳。我知道的就只是，再也沒聽見他唱歌了。

吉爾斯到文法學校的第一天，我求媽媽讓我一起去，只因為我想見哈利。但我爸不理，儘管我刻意滴了幾滴眼淚，他們還是丟下我和葛芮絲站在門階上目送他們離去。我知道爸爸很氣吉爾斯沒進伊頓。對這件事我始終不解，因為很多比我哥笨的男生都通過入學考試了。媽媽好像不在意吉爾斯念哪一所學校，而我很高興他念布里斯托文法學校，因為這樣我見到哈利的機會比較大。

事實上，接下來三年，我至少見到他十一、二次，但他想不起來，直到我們在羅馬碰面。

那年夏天我們全家到托斯卡尼的別墅度假，吉爾斯把我拉到一旁，說他要徵詢我的意見。他只有在想要什麼的時候才會這樣做。結果這一次他所想要的卻也正是我想要的。

「你這次想要我做什麼？」我問。

「我明天要找個藉口去羅馬。」他說，「因爲我打算在羅馬和哈利見面。」

「誰是哈利啊？」我假裝不在意地問。

「哈利．柯里夫頓啊，你眞蠢。他參加學校旅行到羅馬，我答應要溜去和他玩一天的。」他不須特別指出爸爸不會同意的。「你要做的只是，」他繼續說，「問媽媽，看她要不要帶你去羅馬。」

「可是她會想知道我幹嘛要去羅馬。」

「告訴她說你一直想去看看貝斯佳花園。」

「爲什麼是貝斯佳花園？」

「因爲哈利明天早上十點鐘會在那裡。」

「要是媽媽答應帶我去怎麼辦？那你就無法得逞了。」

「她不會的。他們明天要去和韓德森夫婦吃午飯。所以我會自願陪你去。」

「那我可以得到什麼？」我說，不想讓吉爾斯知道我有多想見到哈利。

「我的留聲機。」他說。

「是給我，還是借我？」

吉爾斯半晌沒回答。「永遠給你。」他很不情願地說。

「現在就給我，」我說，「不然你又會忘了。」出乎我意料的是，他竟然眞的給我了。

我更詫異的是，我媽竟然掉入他的小陷阱裡了。吉爾斯不必自告奮勇，爸爸堅持要他陪我去。我這個狡猾的哥哥演了一場戲，假裝抗議，最後讓步。

隔天早上我清晨即起，花了些時間考慮該穿什麼。如果要我媽不起疑，我必須穿得保守一些，但另一方面，我也想讓哈利眼睛一亮。

搭上開往羅馬的火車之後，我到洗手間，穿上媽媽的絲襪，抹上口紅，但淡得讓吉爾斯不至於注意到。

到飯店登記入住之後，吉爾斯想馬上就到貝斯佳花園去，我也是。

穿過花園，走上別墅時，有個軍人轉頭看我。這是我頭一次碰上這樣的事，我感覺到自己臉紅了。

一走進廊廳，吉爾斯就忙著找哈利，我慢慢走，假裝欣賞這些畫作和雕塑。我需要亮麗登場。

終於趕上他們時，我看見哈利在和我哥講話，但吉爾斯連假裝聽他講話的興趣都沒有，所有的注意力都在女導覽身上。要是他問我，我一定會告訴他說他一點機會都沒有。但談到女人，很少有哥哥會聽妹妹的意見。我很想建議他稱讚她的鞋，那雙鞋讓我嫉妒。男人都以爲義大利有名的只是車款的設計。唯一例外的是塔蘭特上尉，他非常懂得應付女士。我哥應該向他好好學學的。吉爾斯向來把我當成駑鈍的妹妹，雖然他八成不知道「駑鈍」這兩個字怎麼寫。

我挑選時機，昂首走過展廳，等著吉爾斯介紹我們認識。哈利邀我晚上和他一起吃飯時，想想我有多意外。我唯一想到的是，我沒帶適合的晚宴服來。晚餐時，我才知道我哥付了哈利一千里拉，讓他接手照顧我，但他拒絕，後來吉爾斯只好答應把卡羅素的唱片也給他。我告訴哈利說他拿到唱片，而我得到留聲機，但哈利聽不懂我的意思。

越過馬路回飯店的時候，他第一次拉我的手，走到對街時，我不放手。這是哈利第一次拉女生的手，我感覺得出來，因爲他緊張得出汗。

回到飯店時，我想讓他輕鬆的吻我，但他只拉拉我的手，像好朋友那樣說再見。我暗示說，也許回布里斯托之後，我們可以再見面。這一次他的反應比較積極，甚至爲下次約會提議了更爲浪漫的地點：布里斯托中央圖書館。他說那是唯一一個不會被吉爾斯撞見的地方。我欣然同意。

十點剛過，哈利離開，我回房間。幾分鐘之後，我聽見吉爾斯打開他房門的聲音，不禁露出微笑。他和凱特琳娜共度的這個夜晚，顯然不值得付出卡羅素唱片和留聲機。

幾個星期之後，我們全家返回秋谷，有三封信躺在門廳的桌上等我，每一封都是同樣的筆跡，就算父親看到了，他也沒說什麼。

下一個月，哈利和我在圖書館共度許多美好時光，而且沒有人起疑，更何況他找到了一個隱密的地方，沒人會發現我們，連狄金斯都找不到。

開學之後，沒辦法常常相見，我馬上就發現自己有多麼想念他。我們每隔一天寫信，在週末也想辦法抓住幾個鐘頭見面。如果不是不知情的帕吉特博士介入，我們很可能就會這樣繼續下去。

星期六早上在卡瓦汀喝咖啡的時候，已經變得比以前大膽無畏的哈利告訴我，他們英文老師說服了魏柏小姐，讓我們學校的女生參與今年布里斯托文法學校的戲劇演出。試演甄選將在三個星期之後舉行，茱麗葉的台詞我早已熟記在心。無辜可憐的帕吉特簡直不相信他運氣這麼好。

排演不只讓我們一個星期有三個下午可以在一起，而且還讓我們可以扮演一對年輕的戀人。首演當晚布幕拉起時，我們已經不是在演戲了。

頭兩個晚上的表演非常成功，我等不及讓我爸媽在閉幕那天晚上看我的演出，雖然我沒告訴父親說我演茱麗葉，準備要給他一個驚喜。我才剛登場，就被觀眾席有人咆哮離席給分散注意力了。但是帕吉特博士告訴過我們好多次，要我們絕對不要看觀眾席，這句提醒讓我集中精神，所以我完全不知道是誰這樣公然離席。我祈禱那不會是我爸。但是演出結束之後，他沒到後台來，我就知道上帝沒有應允我的祈求。而更慘的是，我確信他發飆的對象肯定是哈利，雖然我還是不知道爲什麼。

當晚我們回家之後，吉爾斯和我坐在樓梯上，聽我爸媽吵架。但這次和以往不一樣，因爲我從沒聽過爸爸對媽媽這麼兇。我再也聽不下去，衝回房間，鎖起房門。

我躺在床上想著哈利的時候，聽見有人輕輕敲門。打開門看見媽媽，她剛哭過，也完全沒有打算掩飾，只叫我收拾一小箱行李，因爲我們馬上就要離開。有輛計程車載我們到車站，趕上一班到倫敦的慢車。在車上，我寫信給哈利，讓他知道出了什麼事，以及如何和我聯繫。我在國王十字車站寄出信，然後轉搭另一班火車到愛丁堡。

可以想見，隔天傍晚哈利和我哥哥出現在穆爾吉瑞城堡，正好趕上晚餐時，我有多驚喜。我們在蘇格蘭共度了出乎意料、極其美好的九天。我甚至不想回秋谷了，儘管父親已經爲公演那天晚上的行爲打電話來竭誠道歉了。

可是我知道我們終究得要回家。在一次漫長的晨間散步裡，我向哈利保證，我會想辦法找出我爸對他始終有敵意的原因。

回到莊園宅邸之後，爸爸拚命安撫我們。他告訴我們他這些年來為什麼用如此惡劣的態度對待哈利，我媽和吉爾斯似乎接受了他的說法。但我不相信他說出了全部的事實。

對我來說更為難的是，他禁止我把哈利父親真正的死因告訴他，說是他母親堅持這是家族秘密。我覺得柯里夫頓太太知道我父親不贊成哈利和我在一起的真正原因，雖然我很想告訴他們兩個，沒有任何人或任何事情可以把我們兩個分開。然而，事情卻發展到我想都沒想到過的地步。

我和哈利一樣急著想知道他是不是獲得牛津的入學許可，我們約好他收到電報知道結果的隔天在圖書館碰面。

星期五早上，我遲到幾分鐘，我看見他坐在台階上，頭埋在手裡，我知道他沒能入學。

45

哈利一看見艾瑪就跳起來，擁她入懷。他沒放開她，這是他以前從來不會在公共場合做的事，讓她更加相信一定是壞消息。

他倆默默沒說話，他拉著她的手，帶她走進圖書館，走下螺旋木梯，穿過窄窄的走廊，到一個標著「古物」的門口。他探頭看看，確保沒有人發現他們的這個藏身處。

他倆面對面坐在一張小桌子旁，過去一年，他們在這裡花了很多時間念書。哈利在發抖，不是因爲這個房間很冷。這個沒有窗戶的房間四面都有書架，擺放堆滿灰塵的皮面精裝書，有些看起來已經很多年沒有人翻過了。這些書遲早都會成爲古董。

哈利過了好一會兒才開口。

「你會不會因爲我做了什麼，或說了什麼，而不再愛我呢？」

「我的愛，不會的。」艾瑪說，「絕對不會。」

「我知道你父親爲什麼這麼堅決不讓我們在一起。」

「我早就知道了。」艾瑪微微垂下頭說，「我向你保證，這不會有任何影響。」

「你怎麼可能知道？」哈利說。

「我們從蘇格蘭回來那天，我爸爸告訴我們的。可是他要我們發誓不說。」

「他告訴你說我媽是妓女？」

艾瑪嚇得說不出話來，隔了好一會心情才平復到可以開口的地步，說：「不，他沒這麼說。」她激動的說，「你怎麼能說這麼殘酷的話？」

「因爲這是事實。」哈利說，「我以爲我媽在皇家飯店工作，但她已經離職兩年，在一家叫艾迪的夜總會上班。」

「她在那裡上班，並不會讓她變成妓女啊。」艾瑪說。

「有個男的坐在吧檯前面喝威士忌，一隻手貼在她大腿上，完全不是想和她講話的樣子。」艾瑪越過桌子，輕輕摸著哈利的臉頰。「我很遺憾，親愛的，」她說，「可是這不影響我對你的感情，永遠不會。」

哈利勉強擠出微弱的笑容，但艾瑪沉默著，知道過不了幾分鐘，他就會問她那個不可避免的問題。

「如果你父親要你守密的不是這件事，」他說，突然又嚴肅起來了，「那他告訴你的是什麼事？」

這會兒輪到艾瑪把頭埋在手裡了。她知道他讓她別無選擇，只能說出事實。她和她媽媽一樣，不擅長僞裝。

「他告訴你什麼？」哈利又問一遍，更加堅決。

艾瑪抓著桌子邊緣，想辦法讓自己平靜下來。最後她鼓起勇氣看哈利。雖然他近在咫尺，卻彷彿遙不可及。「我要問你剛才你問我的問題。」艾瑪說，「你會不會因爲我做了什麼，或說了什麼，而不再愛我呢？」

哈利傾身，拉起她的手，「當然不會。」他說。

「你父親不是死在戰場上，」她輕聲說，「而我父親很可能要爲他的死負責。」她緊緊拉著他的手，把他們從蘇格蘭回來那天，她父親告訴他們的事情全部告訴他。

她講完之後，哈利一臉茫然失措，無法開口。他想站起來，但是雙腿完全不聽使喚，像被揍了太多拳的拳擊手，頹然倒回椅子裡。

「我早就知道我父親不可能死在戰場上，」哈利靜靜地說，「但我不明白的是，爲什麼我媽不肯直截了當告訴我眞相。」

「現在你知道眞相了。」艾瑪想辦法忍住眼淚，「如果你因爲我父親對你們家所做的事情，而和我斷絕往來，我可以理解。」

「這不是你的錯，」哈利說，「可是我永遠不會原諒他。」他停了半晌又說：「等他發現我媽的事，我也沒辦法再面對他。」

「他不需要知道，」艾瑪再次拉起他的手說，「這會是我們之間的秘密。」

「這瞞不了多久的。」哈利說。

「爲什麼？」

「因爲吉爾斯發現在愛丁堡跟蹤我們的那個人，就站在艾迪夜總會對街。」

「那我父親才是在作踐自己。」艾瑪說，「因爲他不只再一次對我們說謊，也違背他自己說的話。」

「怎麼說？」

「他向吉爾斯保證，那個人絕對不會再跟蹤他。」

「那人對吉爾斯沒興趣，」哈利說，「我想他是在跟蹤我媽。」

「爲什麼？」

「因爲如果他能證明我媽是怎麼掙錢的，就有希望可以說服你放棄我。」

「他對自己的女兒還眞是不瞭解。」艾瑪說，「因爲我現在比以前更堅定，沒有任何事情能讓我們分開。他當然也不能讓我不敬佩你母親。我比以前更敬佩她。」

「你怎麼會這麼說？」哈利說。

「她做服務生養活一家人，最後還擁有提莉茶館。茶館燒掉之後，她被控縱火，但還是抬頭挺胸，知道自己是無辜的。她又在皇家飯店找到工作。收到六百鎊的支票之後，以爲所有的問題都解決了，卻發現自己一文不名。而那時她卻最需要錢，好讓你能繼續念書。在絕望之下，她才會……」

「可是我不希望她……」

「她知道，哈利，但是她還是覺得這是値得犧牲的。」

又一陣漫長的沉默。「天哪，」哈利說，「我怎麼能把她想成這樣。」他抬頭看艾瑪，「我需要你替我做一件事。」

「什麼事都行。」

「你可以去看我媽媽嗎？找個藉口，探探她昨天是不是看到我出現在那個可怕的地方。」

「如果她不願意承認，我又怎麼知道？」

「你會知道的。」哈利靜靜地說。

「可是你媽如果看見你了，一定會問你去幹嘛。」

「我去找她。」

「爲什麼？」

「告訴她說我拿到牛津入學許可了。」

✣

艾瑪溜進神聖基督降生教會後排的長椅裡，等待禮拜結束。她看見柯里夫頓太太坐在第三排，旁邊是一位老太太。這天早上他們再次碰面時，哈利顯得沒那麼緊張了。他說得很清楚，他必須找出答案，她保證不逾越界線。他們把可能的情況演練好幾遍，直到她的說詞完美無缺。

老牧師說完最後祝禱，艾瑪就走到中央走道等著，讓柯里夫頓太太一定會碰見她。梅西看見艾瑪，掩不住意外的神情，但馬上就被歡迎的笑容取代了。她快步走過來，介紹她身邊的老太太：「媽，這位是艾瑪．巴靈頓，哈利的朋友。」

老太太對艾瑪笑，露出滿口牙。「他的朋友和他的女朋友之間的差別是很大的。你是哪一種？」她追問。

柯里夫頓太太笑起來，但艾瑪明顯感覺到，她也很有興趣知道答案。

「我是他的女朋友。」艾瑪驕傲地說。

老太太又咧嘴笑，但梅西沒笑。

「嗯，很不錯，對吧？」哈利的外婆說，然後又補上一句：「我沒辦法在這裡站一整天聊天。我還要回去做飯。」她開始走，但馬上又回頭問：「你願意來一起吃飯嗎，小姐？」

這是哈利早就料到的問題，他甚至想好答案了。「您眞是太好了，」艾瑪說，「可是我爸媽在等我回去吃飯。」

「沒錯沒錯，」老太太說，「你應該要尊重爸媽的期待。我先走了，梅西。」

「我可以和您一道走嗎，柯里夫頓太太？」走出教堂的時候，艾瑪問。

「當然可以，親愛的。」

「哈利要我來見您，因爲他知道您一定想知道他拿到牛津入學許可了。」

「噢，眞是好消息。」梅西擁抱艾瑪，但突然放開，問：「他爲什麼不自己來告訴我？」

又是個打好草稿的答案。「他被罰留校，」艾瑪說，希望聽起來不會太像練習過很多遍的樣子，「抄雪萊的詩。都要怪我哥，您知道嗎，他一聽到好消息，就偷帶一瓶香檳到學校，昨天晚上在自習室慶祝的時候被逮到。」

「這麼嚴重嗎？」梅西笑著問。

「帕吉特博士認爲很嚴重。哈利覺得很抱歉。」

梅西笑得好大聲，艾瑪一點都不懷疑，她肯定不知道昨天晚上兒子去夜總會的事。她很想再多問一個她始終不解的問題，但哈利說得很明白：「要是我媽不想讓我知道我爸的死因，那就算了吧。」

「可惜你不能留下來吃午飯，」梅西說，「因爲我有事想告訴你。也許下次吧。」

46

接下來的一個星期，哈利都在等另一個炸彈落下。那一刻終於來臨時，他雀躍歡呼。

在學期的最後一天，吉爾斯接到電報，說他獲得牛津大學布雷齊諾斯學院入學許可，將主修歷史。

「他是僥倖。」帕吉特博士報告校長的時候這麼說。

兩個月後，一個獎學金學者，一個獎助金得主，和一個自費生搭乘不同的交通工具，抵達這座古老的大學城，展開為期三年的大學課程。

哈利加入戲劇社和軍官訓練團，吉爾斯加入學生會和板球社，狄金斯則安於待在飽蠹樓圖書館[23]裡，像隻鼴鼠似的，罕見天日。然而他此時已下定決心，認定牛津是他要待上一輩子的地方。

而哈利對他這輩子要怎麼過，就沒這麼有把握了。首相不斷在英國與德國之間穿梭，最後回到赫斯頓港，面帶微笑，手裡揮著一張紙，把民眾想聽的話告訴他們。哈利一點都不懷疑，英國已在戰爭邊緣。艾瑪問他為什麼這麼有把握的時候，他回答說：「你難道沒注意到，希特勒懶得來英國訪問？我們是死纏爛打的追求者，遲早會被一腳踢開。」艾瑪不理會他的意見，就像張伯倫一樣，她不想相信他可能是對的。

艾瑪兩週寫一次信給哈利，有時候還寫三封，儘管她自己為了準備牛津入學考試已經搞到筋疲力盡了。

✣

哈利回布里斯托過聖誕節，兩人盡可能找時間在一起，不過哈利總是想辦法避開巴靈頓先生。

艾瑪拒絕和家人一起到托斯卡尼度假，也不怕爸爸知道她寧可和哈利待在一起。

隨著入學考試的時間越來越接近，艾瑪待在古物室的時間也越來越多，多到連狄金斯都不得不佩服。哈利的結論是，她肯定會像他這位遺世獨立的好友一樣，給考官留下深刻印象。但哈利只要這麼說，艾瑪就提醒他，牛津大學的男女生比例是二十比一。

「你可以去念劍橋啊。」吉爾斯蠢頭蠢腦地建議。

「他們還更食古不化。」艾瑪說，「他們從來沒有頒過學位給女生。」

艾瑪最害怕的不是拿不到牛津的入學許可，而是她入學的時候，戰爭已經爆發，而哈利會自願入伍，到某個外國戰場，遠離英國。她這輩子對大戰的印象就是許多永遠身著黑衣的女人，懷念著永遠沒從戰場回來的丈夫、愛人、兄弟和兒子，正因爲這樣，再也沒有人認爲那場大戰是終

㉓ Bodlerian Library，建於一六〇二年，爲牛津大學最主要的圖書館，也是歐洲最古老的圖書館之一，「飽蠹樓」之名出自錢鍾書。

結一切戰爭的戰爭。

她懇求哈利，宣戰之後不要自願入伍，至少要等到被徵召。但是在希特勒入侵捷克，併吞蘇德台地區之後，哈利堅信和德國的戰爭已不可免，只要一宣戰，他隔天就要穿上軍服。

大一結束時，哈利邀艾瑪陪他參加紀念舞會，她決定不再討論戰爭爆發的可能性。她也做了另一個決定。

✣

舞會舉行的當天早上，艾瑪抵達牛津，住進魯道夫飯店。這天白天其餘的時間，哈利都帶著她逛桑默維爾、阿什莫林博物館和飽蠹樓圖書館，他相信她幾個月之後就會成爲牛津的新鮮人。艾瑪回到飯店，留下寬裕的時間爲舞會做準備。哈利說好八點鐘來接她。

哈利比約定的時間提早幾分鐘走進飯店大門，身穿媽媽送給他當十九歲生日禮物的時髦深藍晚宴服。他在櫃檯打電話到艾瑪房間，告訴她說他在樓下門廳等她。

「我馬上就下來。」她保證。

時間一分鐘一分鐘過去，哈利開始在門廳踱步，懷疑艾瑪的「馬上」是多久。但吉爾斯常告訴他，她的時間觀念是向媽媽學的。

這時，他看見她站在樓梯頂端。她緩緩步下樓梯，土耳其藍的無肩禮服襯托出她的優雅身材。他一動也不動地站著。門廳裡的每一個年輕人都一副想和哈利易地而處的樣子。

他們離開飯店，手挽手走向瑞克里夫廣場。走進哈利學院大門時，太陽已落在飽蠹樓後面了。這個晚上踏進布雷齊諾斯學院的人都沒想到英國再過幾個星期就將參戰，而愉快跳舞的年輕男子有一半都畢不了業。

但這天晚上，年輕漂亮的對對情侶就只是隨著科爾・波特和傑洛姆・寇恩的音樂翩翩起舞。幾百名大學生和他們的客人喝掉一大箱一大箱的香檳，吃掉像山般多的煙燻鮭魚。哈利幾乎從不讓艾瑪離開他的視線，怕某個沒有道義的人會想偷走她。

吉爾斯喝了太多香檳，吃了太多生蠔，整個晚上沒和同一個女生跳兩次舞。

凌晨兩點，比利寇頓樂團演奏最後一曲華爾滋，哈利和艾瑪緊緊擁抱，隨著樂曲旋律輕輕搖擺。

指揮舉起指揮棒奏出國歌時，艾瑪不由得注意到周圍的年輕人，不管喝得多醉，都立正站好，高唱「天佑吾皇」。

哈利和艾瑪緩緩走回魯道夫飯店，一路上想到什麼聊什麼，就是不希望這個晚上畫上句點。

「還好你再過兩個星期就會回來考試了。」走上飯店門階時，哈利說，「所以我不必等太久就能再見到你。」

「沒錯，」艾瑪說，「但在我寫完考卷之前，所有的時間都必須聚精會神。但等這事了結，我們週末剩下的時間就可以在一起了。」

哈利正要和她吻別，她卻在他耳邊輕聲說：「你想到我的房間來嗎？我有禮物要給你。我可不想要你以為我忘了你的生日。」

哈利一臉驚訝，大堂的行李員也是，很意外地看著這對年輕情侶手拉手爬上樓梯。到了房間門口，艾瑪緊張地用鑰匙摸索了很久，才終於打開門。

「等我一下。」她說著，消失在浴室裡。

哈利坐在房裡唯一的一把椅子上，思索他最想要的禮物是什麼。浴室門打開來，艾瑪站在半明半暗的光線裡。那襲優雅的無肩禮服已經被飯店浴巾所取代。

她緩緩走來，哈利聽見自己心臟狂跳。

「我覺得你穿得有點太多，親愛的。」艾瑪說，她脫掉哈利的外套，丟在地上。接著她解開他的領結，然後是襯衫，最後褪下他的長褲。她正要解除她最後的一個障礙時，他抱起她，越過房間。

他用力把她放在床上，浴巾滑落地上。打從羅馬歸來之後，艾瑪不時想像這一刻，以爲她的第一次會是笨拙且尷尬。但哈利非常溫柔體貼，雖然他顯然也和她一樣緊張。做愛之後，她躺在他懷裡，不想睡去。

「你喜歡你的生日禮物嗎？」她問。

「是的，我喜歡。」哈利說，「但我不希望要再等一年才打開下一個禮物。這提醒了我，我也有禮物要送你。」

「可是我生日又還沒到。」

「這不是生日禮物。」

他從床上跳起來，拎起地板上的長褲，摸索口袋，找出一個小小的眞皮盒子。他回到床邊，單膝下跪說：「艾瑪，親愛的，你願意嫁給我嗎？」

「你這樣看起來好可笑，」艾瑪蹙起眉頭說，「趁還沒凍死之前，快回床上來。」

「不，除非你回答我的問題。」

「別蠢了，哈利，你到莊園宅邸參加吉爾斯十二歲生日慶生會的時候，我就決定要嫁給你了。」

哈利笑了起來，把戒指戴進她的左手中指。

「對不起，這鑽石很小。」他說。

「這大得像麗池飯店啦。」她說，他爬回床上。「你好像什麼事情都計劃好了，」她揶揄說，「那你挑哪個日子舉行我們的婚禮呢？」

「星期六，七月二十九日，下午三點。」

「爲什麼？」

「那是學期的最後一天，而且，只要放假離校，我就不能訂大學教堂了。」

艾瑪坐起來，抓起床頭櫃上的鉛筆和便條紙開始寫。

「你在幹嘛？」哈利問。

「開始擬賓客名單啊，我們只有七個星期……」

「那可以等等再做。」哈利說，伸長手臂把她抓回來，「我覺得另一個生日又要到了。」

「她還太小，不應該考慮結婚的事。」艾瑪的父親說，彷彿她不在場似的。
「你向我求婚的時候，我和她一樣大。」伊麗莎白提醒他。
「可是你在婚禮舉行前的幾個星期，並沒有要參加一生中最重要的考試。」
「所以我才接手負責所有的籌備工作啊，」伊麗莎白說，「這樣艾瑪就可以先安心考試，不必分心。」
「婚禮往後推遲幾個月肯定會更好。畢竟，有什麼好急的？」
「眞是好主意，爸爸，」艾瑪第一次開口，「或許我們也該問問希特勒先生能不能行行好，把戰爭也延後幾個月，因爲你女兒想要結婚。」
「那麼柯里夫頓太太有什麼意見？」她父親問，完全不理會女兒的說法。
「她除了開心聽到這個消息之外，還可能有什麼意見？」伊麗莎白問他，他沒回答。

✣

十天之後，《泰晤士報》登出艾瑪．葛蕾絲．巴靈頓和哈洛德．亞瑟．柯里夫頓即將成婚的消息，下一個週日由聖瑪麗教堂史泰勒牧師在講壇上公告，然後三百張請帖就在下一週發送出去。一點都不意外的，哈利請吉爾斯擔任伴郎，塔蘭特上尉和狄金斯擔任總招待。

但讓哈利大吃一驚的是，老傑克竟然寫給他一封信，婉謝他的好意邀請，因為在當前的情況下，無法離開工作崗位。哈利回信請他重新考慮，就算沒辦法當總招待，至少來參加婚禮。老傑克的回覆讓哈利更為不解：「我覺得我的出席也許會造成尷尬局面。」

「他在說什麼啊？」哈利說，「他肯定知道，他的出席是我們莫大的光榮。」

「他簡直和我爸一樣壞。」艾瑪說，「他不肯陪我走紅毯，說他甚至不出席。」

「可是你告訴我說他答應以後要更支持我們的。」

「是沒錯，但他一聽說我們訂婚，一切就都變了。」

「不瞞你說，我告訴我媽這個消息的時候，她的反應也不怎麼熱烈。」哈利坦承。

✣

回到牛津考試之前，艾瑪沒再見到哈利。就連考試那天，她也是到交了卷之後才見到他。從考場出來時，她的未婚夫站在台階上，一手拿了瓶香檳，另一手拿了兩只杯子。

「你覺得你考得怎麼樣？」他幫她倒酒說。

「我不知道，」艾瑪嘆口氣，其他女生也湧出考場。「還沒看到考卷之前，我根本不知道自己面對的是什麼。」

「這個嘛，最起碼在結果揭曉之前，你還有事情可以分散注意力。」

「只剩三個星期了。」艾瑪提醒他，「不過你還有足夠的時間可以改變心意。」

「要是你拿不到獎學金，我可能得重新考慮一下了。畢竟，我是不能讓別人把我和自費生相提並論。」

「要是我拿到獎學金，我可能得重新考慮一下，另外找個獎學金得主。」

「狄金斯還單身，」哈利再替她斟酒說。

「到時候可能來不及了。」艾瑪說。

「爲什麼？」

「因爲成績要到我們婚禮那天早上才會揭曉。」

那一整個週末，艾瑪和哈利幾乎都關在她飯店的小房間裡，不做愛的時候就不停地檢視婚禮細節。到星期天晚上，艾瑪得出一個結論。

「媽媽實在太了不起了，」她說，「比起爸爸來。」

「你覺得他會出席嗎？」

「會的。媽勸他來，可是他還是不肯陪我走紅毯。老傑克有消息嗎？」

「他甚至沒回我信。」哈利說。

47

「你是胖了嗎，親愛的？」艾瑪的母親想幫女兒扣上結婚禮服背後最後一個扣鉤時問。

「我想沒有。」艾瑪說，用嚴苛的目光看著全身鏡裡的自己。

「太美了。」伊麗莎白退後一步欣賞女兒的禮服。

她們專程到倫敦好幾次，試穿蕾妮夫人訂製的禮服。在梅菲爾區擁有一家小時裝店的蕾妮夫人是瑪麗皇后與伊麗莎白女王的御用服裝設計師。她親自督導每一次的試穿，維多利亞式的蕾絲環繞頸間，看似老派的縫邊很自然地融合了真絲緊身上衣與今年流行的帝國式蓬裙，顯得很時髦。蕾妮夫人向她們保證，米白色的淚滴形小帽會是明年每個女人都戴的款式。艾瑪父親對這整件事不置一詞，只有收到帳單時才咕噥幾句。

伊麗莎白・巴靈頓看看手錶，兩點四十一分。「慢慢來，不急。」她對艾瑪說，卻聽見有人敲門。她很確定自己在門把上掛了「請勿打擾」的牌子，告訴司機說她們最快要三點才會出來。在前一天的彩排裡，從飯店到教堂花了七分鐘。伊麗莎白打算讓艾瑪遲到一下子，這樣才是時髦的作風。「讓他們等幾分鐘，但別讓他們擔心。」又一聲敲門。

「我聽到了。」伊麗莎白說，打開門。一名穿著筆挺紅色制服的年輕行李員交給她一封電報，是今天的第十一封。伊麗莎白正要關上門，行李員說：「夫人，他們要我提醒您，這封電報很重要。」

伊麗莎白第一個念頭是有人在最後關頭取消出席了。她只希望不至於要重新安排主桌的座次。她撕開信封，開始看內文。

「誰拍來的？」艾瑪問，一面調整帽子的角度，稍微挪個一公分，心想這樣看起來會不會不太端莊。

伊麗莎白把電報遞給她。艾瑪一看內容就哭了起來。

「恭喜，親愛的。」她媽媽說，從手提包裡掏出手帕，開始幫女兒擦眼淚。「我很想擁抱你，但怕弄皺你的禮服。」

伊麗莎白對艾瑪的打扮滿意之後，花了一些時間照鏡子，檢查自己的裝扮。蕾妮夫人曾經說：「在女兒的大日子裡，你不能打扮得比她漂亮，但是，你也不能打扮得太平凡無奇。」伊麗莎白格外喜歡諾曼・哈特尼爾設計的帽子，雖然不是年輕人會稱之爲「俏麗」的款式。

「該出發了。」再看一眼手錶之後，她說。艾瑪微笑瞥了一眼酒會結束之後要換上的旅行裝。她和哈利要去蘇格蘭度蜜月。哈維爵爺讓他們在穆爾吉瑞城堡住兩個星期，而且保證在這段時間裡，其他家族成員絕對不能接近方圓二十公里之內，更重要的是，哈利每天晚餐可以要求喝三碗高地燉湯，而且不會有松雞端上桌。

艾瑪隨著母親走出飯店套房，穿過走道。等走到樓梯口時，她覺得自己的腿就要癱軟了。她步下樓梯，其他的客人都讓開來，免得擋住她的路。

一名行李員替她拉開飯店大門，華特爵士的司機站在勞斯萊斯後座門邊，讓新娘可以與外公一起搭車。華特爵士右眼戴著單眼鏡片，說：「你太漂亮了，小姐。哈利眞是最走運的人。」

「謝謝您，爺爺。」她親吻他的臉頰，從後車窗看見媽媽搭上第二輛勞斯萊斯，頃刻之後，兩輛車就駛入午後的車流裡，平穩地開向大學的聖瑪麗教堂。

「爸在教堂裡嗎？」艾瑪問，儘量不顯得焦急。

「他是最早到的。」她爺爺說，「我相信他已經後悔把陪你走紅毯的機會拱手讓我了。」

「哈利呢？」

「從沒看過他這麼緊張。但是吉爾斯一副什麼事情都在掌握中的樣子，這才最重要。我知道他為了伴郎致詞，已經準備一個月了。」

「我們很幸運，擁有同一個好朋友。」艾瑪說，「你知道嗎，爺爺，我有一回在書上讀到，說每個新娘在婚禮那天早上都會改變心意。」

「這很正常，親愛的。」

「但是我對哈利從未改變心意。」艾瑪說，車子停在大學教堂外面，「我知道我們一輩子都會在一起。」

她等爺爺下車，才攏起裙襬，下車和他一起站在人行道上。

她媽媽衝上前來最後一次檢查她的裝束，然後才讓她進教堂。伊麗莎白交給她一小束淡粉紅玫瑰花束，兩位伴娘——妹妹葛芮絲和好友潔西卡——走在隊伍最後面。

「你是下一個，葛芮絲，」她媽媽彎腰拉平她的伴娘禮服。

「希望不是。」葛芮絲說，聲音大得讓媽媽不得不聽見。

伊麗莎白退後一步，點點頭。兩位教區副執事拉開沉重的門，是給風琴手的信號。孟德爾頌的〈婚禮進行曲〉開始奏起，全體起立迎接新娘。

艾瑪走進教堂，驚喜地發現有這麼多人遠道來牛津分享她的喜悅。她挽著爺爺的臂彎，緩緩走過中央走道，她一路往祭壇走去，賓客都對她微笑。

她發現福洛比樹老師和霍康畢老師一起坐在走道右邊。提莉小姐戴著好可愛的帽子，不遠千里從康瓦爾郡來。帕吉特博士則給她最溫暖的微笑。但讓她臉上綻開最燦爛笑容的是看見塔蘭特上尉低頭坐著，身穿不太合身的晨禮服。他終於決定要來，一定讓哈利很開心。柯里夫頓太太坐在第一排，顯然花了很多功夫挑選服飾，因為她看起來好時髦。艾瑪唇邊泛起一抹微笑，但她意外又失望地發現未來的婆婆根本沒有轉頭看她。

這時她看見哈利，和她哥哥一起站在祭壇前的台階，等待新娘到來。艾瑪挽著爺爺的手繼續往前走，外公直挺挺地站在第一排，旁邊是她的父親。她覺得爸爸看起來有點憂鬱，或許是真的很後悔沒挽著她走紅毯。

華特爵士站到一旁，艾瑪走上四層階梯，和未來的丈夫站在一起。她靠著他，輕聲說：「我差點就改變心意了。」哈利忍住不笑，等著她說出結論。「畢竟，這個學校的獎學金得主不應該降格下嫁的。」

「你讓我太驕傲了，親愛的。」他說，「恭喜。」

吉爾斯尊敬地垂下頭，這消息從前排傳開，整個教堂響起竊竊私語的聲音。

音樂停止，學院牧師舉起雙手說：「親愛的弟兄姐妹，我們齊聚在上主面前，參加這個男人與這個女人神聖的婚禮……」

艾瑪突然緊張起來。她已經把婚禮進行的程序熟記於心，但這時卻什麼也想不起來。

「首先是生養子女……」

艾瑪想要集中精神聽牧師講的話，但卻等不及要逃走，和哈利獨處。或許他們昨晚就該啓程去蘇格蘭，到知名的私奔小鎮葛雷特納格林。她曾對哈利說，那裡離穆爾吉瑞城堡近多了。

「這兩人在神聖裡結合。倘有任何人有任何正當的理由反對他們的結合，請此刻提出，否則就當永遠緘默……」

牧師停了一會兒，準備在一段適當的時間之後開口說「我要求你們兩人」，但卻有個清晰的聲音說：「我反對！」

艾瑪和哈利同時轉頭看是誰竟然講出這麼可惡的三個字。

牧師不敢置信地抬頭看，有半晌猶疑，以爲自己聽錯了，但整座教堂的信眾都轉頭想找出是誰突如其來打斷了婚禮的進行。這位牧師從未碰過像這樣的事情，拚命回想碰到這樣的情況應該怎麼應付。

艾瑪把頭埋在哈利肩上，他則在竊竊私語的信眾中搜尋，想找出是誰導致這驚愕的場面。他原本以爲是艾瑪的父親，但他看見坐在第一排的雨果．巴靈頓臉色白得像一張紙，也很想找出是誰害典禮中止的。

史泰勒牧師提高嗓音，壓住越來越嘈雜的喧鬧聲。「反對這樁婚姻的先生可否讓大家知道您是誰？」

一個修長挺拔的身影出現在中央走道上。每一雙眼睛都盯著走向祭壇，停在牧師面前的塔蘭特上尉。艾瑪抓著哈利，怕他會被搶走。

「就我的理解，先生，」牧師說，「您認爲這樁婚姻不該繼續進行？」

「沒錯，牧師。」老傑克說。

「那我必須請您、新娘、新郎和新人的近親一起和我到祈禱室，」他提高嗓音又說，「信眾請留在座位上，等我考慮過反對的原因，做出決定。」

被點名的眾人隨著牧師走進祈禱室，哈利和艾瑪走在最後。沒有人開口，雖然觀禮的眾人彼此交頭接耳，越講越大聲。

兩家人擠進擁擠的祈禱室之後，史泰勒牧師關上門。

「塔蘭特上尉，」他開口說，「我必須先告訴您，只有我獲得法律的授權，可以決定這樁婚姻是否繼續進行。當然，我得先聽聽您反對的原因，才能做出決定。」

在這間過度擁擠的房間裡，只有一個人保持平靜，那就是老傑克。「謝謝您，牧師。」他開始說，「首先，我必須向各位道歉，特別是對艾瑪和哈利，爲我的干預而道歉。過去幾個星期，我不斷和自己的良心搏鬥，才做出這個決定。我大可以用最省事的方法，找個簡單的藉口不來參加婚禮。我在這之前始終保持沉默，是希望隨著時間過去，任何的反對都會變得沒有必要。可惜的是，事情發展並非如此，因爲艾瑪和哈利對彼此的愛不但沒有消失，而且還更深了，這也是我爲什麼無法再保持沉默的原因。」

所有的人都被老傑克的話給吸引住了，只有伊麗莎白發現丈夫悄悄從祈禱室的後門溜走。

「謝謝您，塔蘭特上尉。」史泰勒牧師說，「儘管我接受了您的干預，但我必須知道您反對這兩位年輕人的確切原因。」

「我不是要指控艾瑪和哈利，我很愛他們兩個，也相信他們和在場的各位一樣毫不知情。不，我要指控的是雨果・巴靈頓，他這麼多年來都知道，他很可能是這兩個不幸的孩子的父親。」

祈禱室一聲驚呼，每個人都努力消化這句窮凶惡極的話。牧師愣了好半晌之後才有辦法讓其他人重新轉回注意力，「在場的各位，有人可以證實或反駁塔蘭特上尉的說法嗎？」

「這不可能是眞的，」艾瑪說，仍然緊緊抓著哈利，「一定是搞錯了，我父親當然不可能……」

這時大家才發現艾瑪父親已經不在這裡了。牧師把注意力轉到柯里夫頓太太身上，她正靜靜啜泣。

「我無法否認塔蘭特上尉的擔憂。」她吞吞吐吐的，隔了好一會兒才繼續說，「我承認，我確實和巴靈頓先生發生過一次關係。」她又沉吟一下，「只有一次，但不幸的是，那是在我嫁給我先生的幾個星期之前——」她緩緩抬起頭，「所以我沒辦法知道哈利的父親是誰。」

「我必須向各位指出，」老傑克說，「雨果・巴靈頓不止一次威脅柯里夫頓太太，要她絕對不能透露他這個駭人的秘密。」

「柯里夫頓太太，我可以問你一個問題嗎？」華特爵士客氣地問。

梅西點點頭，雖然頭還是沒抬起來。

「你過世的丈夫有色盲嗎？」

「就我所知沒有。」她說，聲音小得幾乎只有她自己聽得見。

華特爵士轉頭對哈利說：「可是我相信你有，對不對？」

「是的，我有。」哈利毫不遲疑地說，「這有什麼重要嗎？」

「因爲我也有色盲，」華特爵士說，「我兒子和孫子也都有。這是困擾我們家一代又一代的遺傳問題。」

哈利把艾瑪擁進懷裡，「我發誓，親愛的，我什麼都不知道。」

「你當然不知道，」伊麗莎白．巴靈頓頭一次開口，「唯一知道的人是我丈夫，他甚至沒有勇氣出面承認。要是他早承認，事情就不必鬧到這個地步。爸爸，」她對哈維爵爺說，「可以請您對客人解釋一下，說典禮無法進行了。」

哈維爵爺點點頭，「交給我吧，孩子，」他輕輕拍著女兒的手臂，「可是你打算怎麼辦？」

「我要帶女兒離開，走得越遠越好。」

「我不要走，」艾瑪說，「除非哈利和我一起。」

「恐怕你父親讓我們別無選擇了。」伊麗莎白輕輕拉著她的手臂，但艾瑪還是抓著哈利不放，直到他說：「我想你母親說得對，親愛的。但你父親永遠無法讓我不再愛你。我終此一生都會愛你。我會證明他不是我的父親。」

「也許你會想從後門離開，巴靈頓夫人，」牧師建議。艾瑪很不情願地放開哈利，讓媽媽帶她走。

牧師帶她們走出祈禱室，穿過狹小的通道，到一扇意外沒上鎖的門。「願上帝與你們同在，我的孩子。」他讓她們出去時說。

伊麗莎白陪著女兒繞過教堂外面，到等候著的勞斯萊斯車旁。有些觀禮的人出來呼吸新鮮空氣或抽根菸，看見母女倆有違常理地坐進車裡，一臉掩不住的好奇之情，但伊麗莎白毫不理會。

伊麗莎白打開第一輛勞斯萊斯的車門，把女兒塞進後座。這時司機還沒發現她們。他站在大門口，以為還要半個鐘頭之後，等鐘聲宣布哈利・柯里夫頓先生夫人完婚時，新郎新娘才會走出教堂。司機一聽到車門甩上的聲音，就馬上按熄菸蒂，走到車子旁邊，跳進駕駛座。

「載我們回飯店。」伊麗莎白說。

母女倆一路沉默，直到安抵房間。艾瑪躺在床上哭，伊麗莎白輕輕搓著她的頭髮，就像她小時候那樣。

「我該怎麼辦？」艾瑪哭著說，「我沒辦法突然不愛哈利。」

「我相信你是不會，」她媽媽說，「但命運註定你們不能在一起，除非證明哈利的父親是誰。」她繼續搓著女兒的頭髮，想她或許可以睡著，但艾瑪靜靜地說：「我的孩子問父親是誰時，我該怎麼回答？」

哈利・柯里夫頓 1939—1940

48

艾瑪和她媽媽離開教堂之後，我記得最清楚的就是所有的人都好平靜。沒有人歇斯底里，沒有人昏倒，甚至沒有人拉高嗓音。意外闖進的人若沒發現有多少人的生活自此受到無可彌補的損傷，甚至毀滅，也可以諒解。非常英國作風，頂多就只有抿緊上唇；沒有人願意承認，他們的個人生活在這一個鐘頭之內粉碎成灰。呃，我必須承認，我的人生確實粉碎成灰了。

我麻木沉默的站在那裡，任由不同的人各自扮演他們的角色。老傑克做了他認爲是份內義務的事，但他臉色的慘白與深刻的皺紋卻證明不是這麼回事。他原本可以用最省事的方法，拒絕我的邀請，不來參加婚禮的。但維多利亞十字勳章得主絕對不會迴避責任。

伊麗莎白．巴靈頓非常堅強，面對試煉的時候，證明她不遜於男人：她是《凱撒大帝》裡的鮑西雅，卻沒能嫁個布魯塔斯。

我環顧祈禱室，等候牧師回來。我最替華特爵士覺得難過，他陪孫女走過紅毯，沒得到一個孫女婿，反而失去了兒子，因爲就像老傑克多年前警告過我的一樣，雨果．巴靈頓「和他父親不是同一塊料」。

我親愛的母親在我想攬她入懷，向她表現我的愛時，不敢有反應。她顯然認爲今天所發生的一切都只能怪她一個人。

在父親偷偷溜出祈禱室躲起來，把爛攤子留給其他人收拾之後，吉爾斯就成爲成熟男人了。在場的許多人遲早都會發現，這天的事情對吉爾斯造成的傷害完全不亞於艾瑪。

最後是哈維爵爺。他向我們示範了面對危機應有的作爲。牧師回到祈禱室，對我們說明血親關係可能牽扯的法律問題，我們都同意應該由哈維爵爺代表雙方家庭向觀禮賓客宣布。

「我希望哈利站在我右邊，」他說，「好讓出席的每一個人都不會懷疑，因爲我女兒說得非常清楚，誰都不能把責任怪到哈利頭上。」

「柯里夫頓太太，」他轉頭對我媽說，「我希望你願意站在我的左邊，你面對困境的勇氣是我們大家的典範，特別是對我們其中的一個人來說。

「我希望塔蘭特上尉站在哈利旁邊：只有笨蛋才會怪使者。吉爾斯則站在他旁邊。華特爵士，你或許可以站在柯里夫頓太太旁邊，其餘的家族成員則站在我們後面。讓我對你們說清楚，」他接著說，「面對這件可悲的事，我只有一個目標，就是讓今天在教堂裡的每一個人都毫不懷疑的瞭解我們的決心，這樣就絕對不會有人說我們是個分裂的家族。」

他話說到這裡，領著這一小群人走出祈禱室。

嘈雜的賓客看見我們回到教堂裡之後，不需要哈維爵爺呼籲，就安靜下來。我們每一個人都按分配好的位置站在祭壇台階上，彷彿要拍以後將擺進婚禮相簿的家族合照似的。

「各位朋友，請原諒我的無禮，」哈維爵爺說，「我代表我們兩個家族向各位報告，很遺憾的，我孫女艾瑪．巴靈頓和哈利．柯里夫頓先生的婚禮今天不會舉行，事實上，以後也不會。」

最後這五個字令人不寒而慄，因爲我是在場唯一一個還抱有一絲希望，但願這個問題在一天之後就能得到解決的人。「我必須向大家道歉，」他繼續說，「我們當然不樂見對各位造成任何的不便。最後請容我感謝大家今天的出席，希望各位平安返家。」

我不確定接下來會怎麼樣，但有一兩位客人從座位起身，開始緩緩走出教堂；不到一會兒，人潮就穩定地往外移動，最後教堂裡就只剩下站在祭壇台階上的我們了。

哈維爵爺謝謝牧師，親切地和我握手，然後陪著夫人從中央走道離開教堂。

我媽轉身面對我，想開口說話，但情緒激動得無法言語。老傑克伸出援手，輕輕拉起她的手臂，帶她離開，而華特爵士則帶著葛芮絲和潔西卡。雙方母親和伴娘這輩子都不想再回憶起這一天。

吉爾斯和我最後離開。進教堂的時候，他是我的伴郎；離開教堂的時候，他卻可能是我同父異母的弟弟了。在你最黑暗的時候，有人站在你身邊，有人離你而去，但只有非常少的人會反而走向你，成爲你更爲親近的朋友。

我們向史泰勒牧師道再見，他好像不知道該怎麼表達心中的遺憾。吉爾斯和我頹喪地踏過鵝卵石鋪地的廣場，回我們的學院。我們一語未發地爬上木樓梯到我的房間，癱坐在舊皮椅裡，陷入年輕憂鬱的沉默裡。

我們就這樣坐著，坐到白晝漸漸轉爲黑夜。偶爾的幾句交談沒頭沒尾，沒有意義，也沒有邏輯。第一道長長的陰影出現，預示著讓人輕易傾吐心聲的黑夜來臨了。吉爾斯問我一個我已經很多年沒想到的問題。

「你還記得你和狄金斯第一次到我家去的情景嗎?」

「我怎麼忘得掉?那是你的十二歲生日,你父親不肯和我握手。」

「你難道不好奇是爲什麼?」

「我想我們今天找到原因了。」我說,儘量裝得不在意。

「不,我們沒有。」吉爾斯平靜地說,「我們今天知道的是,艾瑪有可能是你的同父異母妹妹。我現在知道他這麼多年來爲什麼瞞著他和你母親的事,他並不只是擔心你可能發現自己是他的兒子。」

「我不瞭解這有什麼差別。」我盯著他看。

「這很重要,你想得起來他那天問你的唯一一個問題嗎?」

「他問我生日是哪一天。」

「沒錯,他發現你比我大幾個星期,就一言不發的離開客廳。後來,我們要回學校的時候,他也沒從書房出來說再見,儘管那天是我的生日。直到今天,我才瞭解這件事的重要性。」

「都過這麼多年了,那個小插曲還有什麼重要性?」我問。

「因爲就在那時,我父親發現你可能是他的長子,等他過世,繼承家族爵位、公司和所有世俗財產的,會是你,而不是我。」

「你父親當然可以把他的財產留給他喜歡的人,那肯定不會是我。」

「我也希望事情這麼簡單，」吉爾斯說，「但就像我爺爺不時提起的，他父親，約夏・巴靈頓爵士在一八七七年因爲對船運的貢獻獲維多利亞女王封爵。在他的遺囑裡，他聲明他的爵位、財產與一切都留給在世最年長的兒子，永遠如此。」

「可是我沒有興趣去爭取顯然不屬於我的東西。」我說，想要他放心。

「我相信你不會，」吉爾斯說，「但在這件事情上，你可能別無選擇，因爲等時機成熟時，法律會要求你擔負起巴靈頓家族大家長的責任。」

✣

午夜過後不久，吉爾斯離開我的房間，開車回格勞斯特郡。他答應要去探探艾瑪肯不肯見我，因爲我們連再見都沒說。吉爾斯也說，只要一有消息，他就會回牛津。

那天晚上我徹夜未眠，心中有無數思緒翻騰。有那麼一會兒，僅僅片刻的時間，我甚至想要自殺。但不需要老傑克提醒，我也知道那是懦夫的行爲。

接下來三天，我沒出房門一步，誰來敲門我都不理，電話響不接，塞進門縫裡來的信也不拆。不理會這些單純秉持善意的人，或許很不體貼，但有時太多同情比孤獨更讓人難以招架。

吉爾斯在第四天回到牛津。他不必開口，我就知道他帶來的消息不能拯救我。情況比我料想的還糟。艾瑪和她媽媽到穆爾吉瑞城堡去了。那是我們原本要去度蜜月，同時方圓二十公里之內不准親戚接近的地方。巴靈頓夫人已經指示律師開始進行離婚程序，但他們還沒辦法把文件送給她丈夫，因爲打從他離開教堂祈禱室之後，就沒有人見到他了。哈維爵爺和老傑克辭掉巴靈頓公司董事的職位，但爲了尊重華特爵士，他們並沒有將辭職的事公諸於世——但也還是攔不住造謠生事的人嚼舌根。我媽離開艾迪夜總會，在華麗飯店的餐廳當服務生。

「艾瑪呢？」我說，「你有沒有問她……」

「我沒機會和她講話。」吉爾斯說，「我還沒到家，她們就已經啓程去蘇格蘭了。可是她在門廳桌上留了一封給你的信。」他把有她筆跡的信封遞給我時，我心臟怦怦跳，「要是你晚一點想吃晚餐，我在我的房間裡。」

「謝謝，」我言不由衷的說。

我坐在俯瞰柯柏廣場的窗邊，不想打開這封肯定無法帶來任何希望的信。即使撕開信封，抽出三頁艾瑪整齊筆跡寫成的信之後，我還是拖了好一會兒才有辦法讀內文。

莊園宅邸

秋谷

格勞斯特郡

一九三九年七月二十九日

我親愛的哈利，

時間已過午夜，我還坐在床上寫給我此生唯一的愛人。

我永遠不會原諒我父親，但對他的恨卻突然被平靜所取代，所以我必須趁此時寫信，免得痛苦指責又再回到心頭，讓我想起這個背信棄義的人是如何背叛我們的。

我只希望我們是以愛人的身分離別，而不是那個擁擠房間裡的兩個陌生人。命運註定我們永遠不能說出「直到死亡將我們分離」，儘管我相信到長眠墳中的那天，我都還是只愛一個人。

只能在記憶裡擁有你的愛，我是永遠無法滿足的。只要有一絲希望能證明亞瑟．柯里夫頓是你父親，親愛的，請放心，我一定會堅定不移。

媽媽相信只要有足夠的時間，對你的愛，就像傍晚的太陽一樣，終會淡去，直到消失，然後再次迎接新的朝陽到來。她難道忘了，在我們婚禮那天，她告訴我說我們對彼此的愛如此純粹，如此單純，如此眞誠，絕對經得起時間的考驗。媽媽還說她很嫉妒，因爲她從來沒有體驗過這樣的幸福滋味。

但在我可以成爲你的妻子之前，親愛的，我決定我們必須分開，直到我們可以合法結婚爲止。沒有人能取代你，如果必要，我會維持單身，也不要找個替身安頓此生。

我懷疑黎明是不是還會再來，因爲我如此期盼你在我身邊，但卻摸不著你。我懷疑我是不是要夜夜呼喚你的名字，永遠再也無法入睡。

我很樂於犧牲我此生餘下的生命，換得再一年與你相處的日子，上帝或人類所造的法律都無法改變這一點。我依舊期盼有一天我們還可以在同樣的上帝、同樣的嘉賓見證下結合，在那一天到來之前，親愛的，我始終都是你心愛、沒有名分的妻子。

艾瑪

49

哈利終於鼓足勇氣打開散落地上的無數信件時，發現一封老傑克秘書從倫敦寫來的信。

蘇活廣場，倫敦
一九三九年八月二日，週三

親愛的柯里夫頓先生，

您或許要到從蘇格蘭度蜜月回來才會看到這封信，但我想知道，塔蘭特上尉在婚禮之後是否繼續留在牛津。他週一早上沒進辦公室，自此而後音訊全無，所以我想請問您是否知道哪裡可以聯繫得上他。

靜候回音
翡麗絲．瓦森敬上

老傑克顯然忘了通知瓦森小姐說他要到布里斯托和華特爵士待幾天，以資證明他雖然導致婚禮中止，並退出巴靈頓公司董事會，但依舊是董事長的好友。既然在成堆的信件裡沒看見瓦森小姐寄來的第二封信，哈利就認爲老傑克必定回到蘇活廣場，繼續坐在他的辦公桌後面了。

一整個早上，哈利都在給他這段時間沒看的信寫回信。這麼多親切的人表達同情——他們讓他再次想起自己的不幸，但這並不是他們的錯。哈利驀然決定，他必須離開牛津，走得越遠越好。他拿起電話，告訴接線生說他要打長途電話到倫敦。半個鐘頭之後，她回電說那個號碼一直忙線。接下來他試著打到巴靈頓大樓找華特爵士，但電話響了又響，沒人接。聯絡不上他們，讓哈利很沮喪，但他決定遵循老傑克的格言：抬起屁股，做點積極的事。

他抓起為蘇格蘭蜜月行所準備的行李箱，穿過宿舍，告訴門房說他要去倫敦，開學才會回來。「要是吉爾斯・巴靈頓先生問我去哪裡，」他補上一句，「請告訴他說我去找老傑克。」

「老傑克，」門房複誦一遍，把這名字寫在紙上。

搭火車到帕丁頓車站途中，哈利看了《泰晤士報》上有關倫敦與柏林外交部之間的來回溝通。他想，張伯倫先生可能是唯一相信此時和平仍有可能的人吧。《泰晤士報》預測英國幾日內就要面臨戰爭，而如果德國人不顧英國的最後通牒，進軍波蘭，首相就保不住他的位子了。《泰晤士報》進一步指出，最後勢將組成聯合政府，由外相哈利法克斯爵士（這是安全牌）而非溫斯頓・邱吉爾（這人難以捉摸，易怒暴躁）。儘管新聞界顯然不喜歡邱吉爾，但哈利認為英國在面臨歷史緊要關頭的此刻，需要的不是「安全牌」，而是不怕以暴制暴的人。

哈利在帕丁頓車站下火車時，遇見從四面八方湧來、身穿不同顏色制服的人。他已經決定開戰之後要加入什麼軍種。搭巴士去皮卡迪里圓環的時候，有個恐怖的念頭驀然浮現心頭：要是他為國捐軀，那就可以解決巴靈頓家的問題了——除了一個問題之外。

巴士抵達皮卡迪里圓環，哈利跳下車，穿過妝點西區鬧市的小丑、劇場、高級餐廳，以及決心無視戰爭即將爆發、過度昂貴的夜總會。等待安置的難民在蘇活廣場那幢大樓進進出出，排隊的人龍似乎比哈利上次看到時更長，也更衣衫襤褸。和上次一樣，他爬樓梯上三樓時，好幾個難民讓路給他，以爲他是工作人員。他很希望自己馬上能加入工作行列。

到了三樓，他直接到瓦森小姐辦公室，發現她忙著塡寫乘車劵表格，安排住宿，發放小額現金給絕望的人們。她一看見哈利就臉色發亮。「告訴我說塔蘭特上尉和你在一起。」她劈頭就說。

「沒，他沒有。」哈利說，「我以爲他回倫敦了，所以我才會到這裡來啊。我想你或許需要幫手。」

「你眞好心，哈利。」她說，「可是你現在能幫我的最大一個忙，就是找到塔蘭特上尉。沒有他，這個地方就要忙炸了。」

「我之前聽說他待在格勞斯特郡的華特爵士家裡。」哈利說，「但那也是四個星期之前的事了。」

「打從他去牛津參加你的婚禮之後，我們就沒再見到他。」瓦森小姐一面安撫兩個不會講英文的難民，一面說。

「有沒有人打電話到他的公寓，看看他在不在？」哈利問。

「他沒有電話，」瓦森小姐說，「而且過去兩個星期以來，我忙到連家都很少回。」她的頭朝著長到看不到盡頭的人龍點了點。

「那我就從這個工作開始，再向你回報？」

「你可以嗎?」瓦森小姐說。有兩個小女孩開始哭,「別哭,不會有事的。」她蹲下來,摟著她們說。

「他住在哪裡?」哈利問。

「藍伯斯路愛德華王子大廈二十三號。搭十一號公車到藍伯斯路,然後再找人問路。謝謝你,哈利。」

哈利轉身走向樓梯。有點不太對勁,他心想。老傑克絕對不會不告訴瓦森小姐一聲就丟下工作不管的。

「我忘了問,」瓦森小姐在他背後喊著,「你的蜜月還好嗎?」

哈利覺得自己走得夠遠,沒聽見她說的話。

他走回皮卡迪里圓環,搭上擠滿士兵的雙層公車。車子開往白廳,擠上來一大堆政府人員,接著穿過國會廣場,那裡圍著一大堆群眾,等著下院傳出來的任何消息。公車繼續駛過藍伯斯橋,抵達亞伯特堤岸時,哈利下車。

一個喊著:「英國等待希特勒回應」的報僮叫哈利走過兩條街左轉,再三條街右轉,接著又補上一句:「我以為每個人都知道藍伯斯路在哪裡。」

哈利開始像被人追著那樣拚命跑,跑到一大排宛如荒廢的公寓,讓他不禁懷疑大廈是以哪個愛德華王子命名的。他推開一扇掛在鉸鍊上搖搖欲墜的門,快步爬上樓梯,穿過多日未清理的一堆堆垃圾。

他爬到三樓,停在二十三號門口,用力敲門,但沒有回應。他更用力敲,但還是沒有回應。

他衝下樓梯，想找在這幢公寓大樓工作的人，一路衝到地下室，才找到一個老頭癱坐在年齡看似更老的椅子裡，抽著捲菸，翻看《每日鏡報》。

「你最近有沒有看見塔蘭特上尉？」哈利厲聲問。

「好幾個星期沒看見了，先生。」那人一聽見哈利的口音就跳起來，幾乎是立正。

「你有萬用鑰匙可以打開他的公寓嗎？」哈利問。

「我有，先生，但是除非發生緊急事故，否則我不准用。」

「我向你保證，這絕對是緊急事故，」哈利說完就轉身往樓上走，不等他回答。

那人跟在後面，雖然動作並不太快，但隨即趕上，幫他開了門。哈利快步穿過一個又一個房間，但沒有老傑克的蹤影。最後來到一扇關起的門前。他敲了敲，擔心有最壞的狀況。沒有人回答，所以他小心翼翼地進去，只看見一張整整齊齊的床，沒有人影。他一定還和華特爵士在一起，這是哈利的第一個念頭。

他謝謝門房，走下樓梯，在街道上努力整理思緒。他攔下一部經過的計程車，不想再在這座陌生的城市浪費時間在公車上。

「帕丁頓車站，我趕時間。」

「今天好像每個人都在趕時間。」計程車司機一面開一面說。

二十分鐘之後，哈利站在六號月台上，但還要再等五十分鐘才有開往寺院草原車站的車。他利用這個時間買了三明治和一杯茶——「我們只有乳酪三明治了，先生。」——然後打電話給瓦森小姐，讓她知道老傑克並沒有回公寓。她感覺上比他們剛才分手時更憂心。「我正要回布里斯託，」他告訴她，「我一找到他就打電話給你。」

火車開出首都，穿過煙霧瀰漫的街巷，迎向鄉間的清新空氣。哈利決定，他別無選擇，只能馬上到碼頭的華特爵士辦公室去，儘管這樣有可能碰見雨果．巴靈頓。找到老傑克比其他任何事情都重要。

火車停進寺院草原站，哈利不需要問報僮就知道有哪兩線公車可以搭。站在街角的報僮高喊著：「英國等待希特勒回應！」同樣的頭條新聞，但喊著的是布里斯托口音。三十分鐘之後，哈利在碼頭大門口。

「需要幫忙嗎？」問話的是一個不認得他的警衛。

「我和華特爵士有約。」哈利說，希望警衛不會質疑他的話。

「好的，先生。您知道怎麼去他的辦公室嗎？」

「知道，謝謝你。」哈利說，開始慢慢走向他從未踏進一步的大樓。他開始想，要是在抵達華特爵士辦公室之前碰到雨果．巴靈頓，他應該怎麼辦。

看見董事長的勞斯萊斯停在慣停的位置上，他很高興，而沒看見雨果．巴靈頓的那輛布加迪，他更是鬆了一口氣。就要踏進巴靈頓大頭之前，他瞥見遠遠的那一輛火車車廂。有可能嗎？他改變方向，走向普爾曼的臥車，老傑克在兩杯威士忌下肚之後，總是這麼稱呼這節車廂的。

哈利走到車廂前，敲敲玻璃，彷彿這是一幢豪宅似的。既沒有管家開門，他就自己開門進去。他沿著走道到頭等車廂，然後坐在他以前坐的那個座位上。

這是哈利頭一次看見老傑克戴著他的維多利亞十字勳章。

　　哈利坐在他的朋友對面，回想起第一次坐在這裡的情景。他那時差不多五歲，腳都還碰不到地。接著想起他逃離聖貝迪的那個晚上，這精明的老人說服他趕在早餐之前回校。他想起老傑克到教堂聽他唱歌，也就是他破嗓的那天。老傑克認爲這只是個小挫折。接著是他得知自己沒能拿到布里斯托文法學校獎學金的那天，天大的挫折。儘管他考試失利，但老傑克送了他一只如今還戴在他手上的英格索蘭手錶。這錶肯定花光了他的每一分錢。哈利在文法學校的最後一年，老傑克大老遠從倫敦來看他演羅密歐，那是他第一次介紹艾瑪給他認識。他永遠忘不了畢業那天，老傑克擔任學校校董，緊張不安地看著哈利領取英文獎。

　　而今，哈利再也無法爲他這麼多年來許多友善的行爲表達感謝，更無法報答。他看著他摯愛、以爲永遠不會死的這個人。他們一起靜靜坐在頭等車廂，太陽從他年輕的生命裡殞落。

50

哈利看著擔架上救護車。心臟病發，救護車開走之前醫生說。

哈利不需要去告訴華特爵士說老傑克過世了，因為隔天早上醒來時，巴靈頓公司董事長就坐在他身邊。

「他告訴我說，他再也沒有活下去的理由。」華特爵士開口就說，「我們都失去了一位親近的好朋友。」

哈利的反應讓華特爵士意外。「你現在這個車廂要做什麼用呢，既然老傑克已經不在了。」

「只要我還當董事長一天，就不准任何人動這輛車。」華特爵士說，「對我來說，這裡有太多個人的回憶了。」

「我也是，」哈利說，「我小時候在這裡待的時間，比在家裡多。」

「或者應該說是比在教室裡多吧，其實。」華特爵士微笑說，「我常從辦公室的窗戶看著你。我心想，老傑克願意在你身上花那麼多時間，你一定是個很特別的孩子。」

哈利露出微笑，想起老傑克是怎麼找出理由說服他應該回學校，學會讀書寫字。

「你再來要做什麼，哈利？回牛津，繼續學業？」

「不，先生，我怕戰爭就要在……」

「在這個月底爆發，我猜。」華特爵士說。

「那我就會立刻離開牛津，加入海軍。我已經告訴學院導師班布里吉先生了。這是我的計畫。他保證，等戰爭結束，我還可以回去繼續學業。」

「這是牛津的典型作風，」華特爵士說，「總是很有遠見。所以你要去達特茅斯，接受海軍軍官訓練？」

「不，長官，我一輩子和船爲伍。老傑克從士官開始做起，一路升到上尉，我又爲什麼做不到呢？」

「的確，有什麼做不到的？」華特爵士說，「事實上，也就因爲這樣，他永遠都比一同服役的我們高一個階級。」

「我不知道你們曾經一起服役。」

「是的，我和塔蘭特上尉一起在南非參戰，」華特爵士說，「他因爲英勇事蹟而獲頒維多利亞十字勳章，而我就是他那天救的人其中的一個。」

「我現在總算明白以前始終不理解的緣由。」哈利說，接著，他再度讓華特爵士意外，「其他的人，有我認識的嗎，先生？」

「老福，」華特爵士說，「他以前是福洛比榭中尉。還有霍康畢下士，是霍康畢老師的父親。以及年輕的狄金斯士兵。」

「狄金斯的父親？」哈利說。

「是啊，我們都叫他菜鳥。很好的年輕人。他從來不多話，結果卻很勇敢。在那個可怕的日子裡失去一條手臂。」

兩人陷入沉默，各自沉浸在對老傑克的緬懷裡，後來華特爵士問：「如果你不去達特茅斯，孩子，那你打算怎麼隻手打贏戰爭呢？」

「誰肯收我，我就上哪一條船，先生，只要他們是要去找英國的敵人就行了。」

「那麼我或許可以幫上一些忙。」

「謝謝您的好意，先生，但我想上的是戰艦，不是客輪或商船。」

華特爵士再度露出微笑。「你會如願的，親愛的孩子。別忘了，我很清楚在這些碼頭來來去去的船，也認識大部分的船長。想想，他們的父親大多是船長，我也都認識。所以你何不和我一起到辦公室，看看接下來幾天有哪些船要出港，更重要的是，問問他們肯不肯載你？」

「您眞是太好了，先生，但我可以先回去看家母嗎？我可能要好一段時間不能和她見面。」

「這樣做很對，孩子。」華特爵士說，「見過令堂之後，今天下午到我的辦公室來好嗎？這樣我就有足夠的時間可以查查看最近進出的船隻清單。」

「謝謝您，先生。我把我的計畫告訴家母之後，儘快回來。」

「回來的時候，只要告訴大門口的人說你和董事長有約，這樣保全就不會找你麻煩。」

「謝謝您，先生。」哈利露出微笑。

「也請代我向令堂問好。她是很傑出的女性。」

哈利明白華特爵士爲何是老傑克最親近的好友了。

✣

哈利走向華麗飯店，這是位居市中心的維多利亞式宏偉建築，他問門房，找出餐廳的位置。穿過門廳，他很詫異地看見餐廳接待櫃檯前有好幾個人排隊，等候帶位。他站到隊伍末端，想起媽媽向來不贊成他在上班時間到提莉茶館或皇家飯店找她。

哈利等待的時候，張望著餐廳，裡面滿是聊天的人，似乎沒有人想到如果戰爭爆發，可能有食物短缺或被徵召入伍的問題。餐餚滿滿裝在銀托盤裡，從旋轉門送進送出，還有個身穿廚師服的男子推著推車在桌子之間走動，切下一片片牛肉，而跟在他後面的另一個人則端著一缽醬汁。

哈利找不到媽媽的身影。他甚至開始懷疑吉爾斯是不是只挑他想聽的話講，但她突然從旋轉門裡出來，手臂上托著三個盤子。她靈巧的把盤子擺在客人面前，在他們幾乎都還沒注意到她的存在之前，就再回到廚房裡。哈利終於排到隊伍前面時，已經領悟到是誰給他如此無羈的活力，無限的熱情和絕不接受失敗的精神。這位卓越女性為他所做的犧牲，他怎麼可能償還得了呢——

「讓您久等了，先生，」領班打斷他的思緒說。「但我們目前沒有位子，您介不介意二十分鐘之後再回來呢？」

哈利沒告訴他說他其實不需要位子，不只是因為他母親是這裡的服務生，也因為他負擔不起菜單上的餐餚，或許除了醬汁之外吧。

「我晚一點再來。」他裝出失望的語氣。大約十年之後吧，他想，那時他母親可能是領班了。他帶著微笑離開飯店，搭公車回碼頭。

✣

華特爵士的秘書帶他進華特爵士的辦公室，看見董事長靠在辦公桌上，低頭看攤滿桌面的港口日程表、時間表和航海圖。

「坐吧，孩子。」華特爵士說，把單眼鏡片戴回右眼，目光堅定地看著哈利，「我花了一點時間思索我們今天早上的談話，」他語氣很嚴肅，「在我們繼續之前，我必須確定你做了正確的決定。」

「我非常確定。」哈利毫不猶豫地說。

「或許是，但我很肯定老傑克會建議你回牛津，等接到徵召再入伍。」

「他或許會這麼做，先生，但他自己也不會接受這樣的建議的。」

「你對他眞是瞭解。」華特爵士說，「其實我早想到你會這麼說了。我告訴你我目前的進度。」他繼續說，注意力回到攤滿一桌的文件上，「好消息是，皇家海軍戰艦《決心號》預計在布里斯托入港停泊大約一個月的時間，補給資源，然後等待進一步的指令。」

「一個月？」哈利掩不住心裡的挫折。

「有耐心一點，孩子。」華特爵士說，「我之所以選擇《決心號》是因爲船長是我的老朋友，我相信我可以讓你上船當水手，只要我計畫的其他部分沒問題就行。」

「可是《決心號》船長會願意收一個沒有航海經驗的人嗎？」

「很可能不會，但如果其他的一切都順利，等你登上《決心號》的時候，就會是個航海老手了。」

哈利想起老傑克常愛講的一句訓示：「光說不聽，什麼也學不到。」於是不再打斷華特爵士的話，靜心聽。

「現在，」華特爵士接著說，「我找到三艘船，都預計在二十四小時之內離開布里斯托，而且三、四星期就會回來，這可以讓你有更多時間準備，成為《決心號》的水手。」

哈利很想打岔，但忍住沒說。

「先說我的第一選擇。《得文郡號》要開往古巴，載運棉布服裝、馬鈴薯和來禮自行車；從古巴裝載菸草、糖和香蕉，預計四個星期之後回到布里斯托。

「在我名單上的第二順位是《堪薩斯之星》，這是客輪，明天漲潮就要啓程航向紐約。這是美國政府徵用的船隻，負責在英國對德國宣戰之前運載美國國民回鄉。

「第三順位是一艘空的油輪《貝翠絲公主號》，準備回阿姆斯特丹裝油，然後在月底之前回到布里斯托。三艘船的船長都很清楚，他們必須儘快安全返抵港口，因為一旦宣戰，兩艘商船都會成為德國的獵物，只有《堪薩斯之星》可以安全避開德軍威脅。德國潛水艇潛伏在大西洋，等待命令一來就要炸沉所有掛紅旗或藍旗的船。」

「這些船需要什麼樣的人力？」哈利說，「我條件不怎麼樣啊。」

華特爵士再次翻找桌上的文件，抽出一張紙來，「《貝翠絲公主號》缺水手，《堪薩斯之星》

在找廚房工作人員，這通常指的是洗碗工或服務生，《得文郡號》需要的則是四副。」

「所以這個可以刪除了。」

「太有趣了，」華特爵士說，「我覺得這個工作最適合你。《得文郡號》有三十七個船員，很少有見習船員跟著出海，所以大家都會把你當新手，不會對你有太大的期待。」

「可是船長幹嘛要考慮我？」

「因爲我告訴他說你是我孫子。」

51

哈利獨自沿著碼頭走到《得文郡號》。手上拎著小小的行李箱，讓他覺得自己像開學第一天的新生。校長會是什麼樣子？他旁邊睡的會是吉爾斯或狄金斯？他會遇見一個老傑克嗎？船上會有個費雪嗎？

雖然華特爵士提議要陪他上船，把他介紹給船長，但哈利覺得那不是討新同事喜歡的好方法。

他駐足看著這艘舊船，接下來的一個月，他將在這艘船上度過。華特爵士告訴他，《得文郡號》造於一九一三年，當時還是帆船主宰大海的時代，機動引擎的貨櫃船被認爲是最新穎的船舶。但如今二十六年過去了，再過不了多久，這船就要除役，被拖到船塢一角等待拆解，零件當成破銅爛鐵拋售。

華特爵士已經提醒他，赫文斯船長再過一年就要退休，船東決定要讓他和這艘船一起走入歷史。

《得文郡號》的合約上說船員總共有三十七名，但就像許多貨櫃船一樣，人員數目並不見得精確：在香港找上船的廚子和洗碗工並沒有列在領薪名單上，在甲板工作的那名水手也是，更不要說有兩個爲躲避法律制裁、不肯回到家鄉的人。

哈利緩緩走上舷梯。他一踏上甲板就不再前進，等待上船的許可。在碼頭混了這麼多年，他很瞭解船上的規矩。他仰頭看艦橋，認爲那個正在下指令的人應該就是赫文斯船長。華特爵士告訴他，貨櫃船上的高階管理階級雖然實際上只是資深船員，但在船上應該被稱爲船長。赫文斯船長大概將近一百八十公分高，看起來約五十出頭，身材粗壯，曬得黝黑的臉飽經風霜，留著精心修剪的黑鬍子，頭微禿，讓他看起來有點像喬治五世國王。

船長一看見哈利站在舷梯上等候，就對站在他旁邊的人下達指令，然後走下艦橋到甲板上。

「我是赫文斯船長，」他輕快地說，「你一定是哈利．柯里夫頓。」他和哈利熱情握手。「歡迎登上《得文郡號》。有人大力推薦你喔。」

「我必須指出，長官，」哈利說，「這是我頭一次——」

「我瞭解，」赫文斯船長壓低嗓音說，「但是你如果不想讓自己在船上的生活生不如死，那就把這個當成你自己的秘密就好。無論如何，都別提到你念牛津，因爲這裡大部分的人哪，」他指著在甲板上忙碌的船員，「都會以爲那是另一條船的名字。跟我來，我帶你去四副的艙房。」

哈利跟在船長後面，知道有十幾雙懷疑的眼睛盯著他的一舉一動。

「我的船上還有兩個高階船員，」船長在哈利跟上之後說，「吉姆．帕特森是資深輪機師，這輩子大部分的時間都待在船底的鍋爐間，所以你只有吃飯的時候才會見到他，有時候連吃飯時間也見不著。他跟我做了十四年，老實說，如果沒有他把關，我懷疑這艘老小姐是不是能跨過一半的海峽，更不要說越過大西洋了。另一個高階船員是湯姆．布拉德蕭，現在正在艦橋上。他才跟我三年，所以還沒能完全獨當一面。他不太講自己的事，但不管訓練他的是誰，都很在行，因爲他是個好得要命的船員。」

赫文斯走進一條狹小的樓梯，通向下艙。「這是我的房間，」他繼續穿過走道，說：「這是帕特森先生的。」他停在看來像掃帚櫃的門口。「這是你的房間，」他推開門，但門只開了一小條縫就卡到一張窄窄的木床。「我不進去了，因為裡面塞不下我們兩個。你會在床上找到衣服。換好衣服之後，就到艦橋找我們。我們要坐在那裡航行好幾個鐘頭。離開港口會是我們抵達古巴之前最有趣的一段航程。」

哈利擠進半開的門，得把門關上之後才有足夠的空間換衣服。他檢查整整齊齊摺放在他床上的衣服：兩件藍色厚毛衣、兩件白襯衫、兩條藍色長褲、三雙藍色羊毛襪，和一雙厚膠底的帆布鞋。真的很像回到學校生活。所有的衣服都有一個共同點：看起來都像在他之前已經有很多人穿過了。他迅速換上船員裝束，然後打開行李。

因為房裡只有一個抽屜，所以哈利把裝滿文明服裝的行李箱塞在床下——整個房間只有這裡塞得下。他打開房門，擠回走道上，尋找樓梯。又好幾雙起疑的眼睛跟著他轉。

「柯里夫頓先生，」船長一看見首次踏進艦橋的哈利就說，「這位是三副湯姆·布拉德蕭，等到港口當局一放行，他就要把船駛出港口。順便告訴你，布拉德蕭先生，」赫文斯說，「我們這趟航程有個任務，就是要把我們所知的一切教給這位年輕人，一個月後回到布里斯托，一定要讓皇家海軍《決心號》的人員以為他是個航海老手。」

就算布拉德蕭先生說了什麼，也都被兩聲汽笛給蓋住了。這是哈利多年來聽過無數次的聲音，代表兩艘拖船已就位，等待護送《得文郡號》出港。船長把菸草塞進陳舊的石南菸斗裡，而布拉德蕭先生則按了兩聲喇叭回應汽笛，確認《得文郡號》已經準備好啟程了。

「準備解纜，布拉德蕭先生。」赫文斯船長劃著一根火柴說。

布拉德蕭先生取下銅製傳聲筒的蓋子，這是哈利之前沒發現的設備。「引擎低速前進，帕特森先生。拖船就位，準備護送我們出港。」他講話微帶美國口音。

「引擎低速前進，布拉德蕭先生，」是從輪機室傳來的聲音。

哈利從艦橋側面往下看，看著船員各自執行分派的任務。四個人——兩個在船頭，兩個在船尾——鬆開碼頭絞盤的粗繩。另兩個人收起舷梯。「注意看領航員，」船長一面吐煙圈一面說，「他的責任是引導我們開出港口，安全駛進海峽。等我們到了海峽上，就會由布拉德蕭先生接手。要是你表現得好，柯里夫頓先生，或許一年之後就會獲准取代他，不過得等我退休，布拉德蕭先生接替我的位子之後才行。」布拉德蕭臉上連一絲微笑都沒閃現，哈利只好保持沉默，繼續觀察周圍進行的工作。「沒有人可以在夜裡把我的小妞帶出去，」赫文斯船長繼續說，「除非我確信他不會隨便佔她便宜。」布拉德蕭還是沒笑，不過也許這些話他早就聽過了。

哈利看得入迷，因為所有的運作都非常流暢。《得文郡號》駛離碼頭區，在兩艘拖船的協助下，緩緩開出船塢，沿著亞文河，穿過吊橋底下。

「你知道這橋是誰蓋的嗎，柯里夫頓先生？」船長拿下菸斗問。

「伊桑巴德．金德姆．布魯內爾。」哈利說。

「他生前為什麼沒能看到橋通車？」

「因為本地議會缺錢，橋還沒蓋完，他就過世了。」

船長蹙起眉頭。「下次你八成會告訴我說這橋是用你的名字命名的吧。」他說，菸斗又塞回嘴巴裡。他沒再說話，直到拖船開抵巴瑞島，又響了兩聲汽笛，放開繩纜，開回港口。

《得文郡號》或許是個老小姐了，但哈利越來越明白，赫文斯船長和他的手下知道如何駕馭她。

「接手，布拉德蕭先生。」船長說，又有一雙眼睛出現在艦橋上，眼睛的主人端著兩個裝了茶的馬克杯。「在越過海峽的這段航程，艦橋有三位長官。小盧，再去幫柯里夫頓先生倒一杯茶來。」那名華人點點頭，走回下艙。

港口燈光消失在海平線之外，浪濤變得越來越大，讓船左搖右晃。赫文斯和布拉德蕭雙腿劈開站立，好像黏在甲板上似的，而哈利卻不時得抓住東西，才不至於摔倒。那名華人再次現身，端來一杯茶，哈利沒說茶已經涼了，也沒說他媽媽通常會加一大堆糖。

就在哈利開始有點信心，甚至享受這個經驗時，船長說：「你今天晚上沒有什麼可做的，柯里夫頓先生。你何不到下艙，想辦法閉一下眼睛。明天早上七點二十分回到艦橋，負責在早餐時間值班。」哈利正要抗議，卻看見布拉德蕭先生臉上頭一次出現笑意。

「晚安，長官。」哈利說，然後走下樓梯到甲板。他搖搖晃晃走下狹小的樓梯，覺得每跨出一步，都吸引來更多目光的注視。有個人的聲音大得讓他聽得見：「他一定是個乘客。」

「不，他是長官。」另一個聲音說。

「有差別嗎？」好幾個人笑起來。

回到自己的房間之後，他脫掉衣服，爬上窄小的木床。他想找個舒服的姿勢，同時也不會在船左搖右晃上下顛簸的時候摔下床或撞到牆。他甚至連可以嘔吐的水槽或廁所都沒有。

他清醒地躺著，思緒飄回到艾瑪身上。他很想知道她是不是還在蘇格蘭，或者已經回到莊園宅邸，也許她已經搬到牛津去住也說不定。吉爾斯會納悶他人在哪裡嗎？或者華特爵士已經告訴他說哈利上船出海，回到布里斯托之後就要即刻登上《決心號》？他媽媽會想知道他人在哪裡嗎？或許他應該打破她的黃金守則，在她工作時去找她。最後，他想到老傑克，突然意識到他沒辦法參加葬禮，覺得非常有罪惡感。

哈利不知道的是，他自己的葬禮會比老傑克更早舉行。

52

鈴響四聲的時候，哈利醒來。他跳起來，頭撞到天花板，匆忙套上衣服，擠到狹小的走道，衝上樓梯到艦橋。

「對不起，我來晚了，長官。我睡過頭了。」

「只有我們兩個人在一起的時候，不必叫我長官，」布拉德蕭說，「我叫湯姆。事實上，你早到了一個鐘頭。船長顯然忘了告訴你，早餐班的鈴響是七聲。響四聲的是六點的班。可是你既然來了，就由你接手，讓我去小便吧。」讓哈利驚駭的是，布拉德蕭竟然不是開玩笑的。「你只要讓羅盤上的箭頭一直指著南南西，就不可能出什麼大錯。」他的美國腔似乎更重了。

哈利雙手掌舵，眼睛專心盯著羅盤上的黑色箭頭，努力讓船在浪濤之中直線行進。回頭一看，方才布拉德蕭看似輕輕鬆鬆就維持的直線，已經蜿蜒曲折，如曲線畢露的女明星梅蕙絲。雖然布拉德蕭只離開幾分鐘，但看見他回來，哈利簡直高興到不行。

布拉德蕭接手，筆直的直線很快就再度出現，雖然他只用單手操舵。

「記住，你應付的是位小姐。」布拉德蕭說，「你不能用力抓她，只能輕輕撫摸她。要是你能做得到，她就會規規矩矩的。現在再試一次，我來把我們七聲鈴響時的位置標在日誌圖上。」

二十五分鐘之後鈴響，船長出現在艦橋讓布拉德蕭下班時，哈利在海上航行的軌跡或許不能算是平整的直線，但這艘船至少不再像是醉酒的水手掌舵了。

✣

早餐時，哈利被介紹給一個人認識。這人當然就是輪機長。吉姆·帕特森鬼魂也似的外貌，讓他看起來就像大半生都在底艙度過的人，而他鼓鼓的肚子則說明他其餘的時間都在吃。不像布拉德蕭，他話講個不停，哈利很快就知道，他和船長是老朋友。

那名華人出現，端來三個不怎麼乾淨的盤子。哈利沒拿油膩的培根和炸蕃茄，挑了一面烤焦的吐司和一顆蘋果。

「你早上空閒的時間何不到船上各處走走，柯里夫頓先生，」盤子收走之後，船長說，「你也可以和帕特森先生去鍋爐間，看你在下面可以待得了幾分鐘。」帕特森哈哈大笑，抓起最後兩片吐司說，「要是你覺得這像烤焦，那你到下面和我待幾分鐘試試看。」

✣

像隻被丟在新房子裡的小貓一樣，哈利開始繞著甲板外側走，想要熟悉這個新領域。他知道這艘船長四七五呎，最大船幅五十六呎，最高船速十五節，但船上還有許多各有用處的配備與構造，他現在完全摸不著頭緒，再過一段時間，肯定能搞得懂。哈利也注意到，甲板的每一個角落，船長都可以從艦橋上一覽無遺，所以偷懶的水手休想躲過他的視線。

哈利走樓梯到中層甲板。船尾的空間包括了高級船員的艙房，船中間是廚房，往前是一片很大的開放區域，有一排排吊床。怎麼可能有人能在這樣的吊床上睡覺，他無法理解。這時他注意到有六、七個水手大概剛結束值班，躺在吊床上隨著船的律動左右搖晃，睡得很沉。

一道鐵梯通向下甲板，那裡有一個個木箱，裝了一百四十四輛來禮自行車、一千件洋裝，和兩噸的馬鈴薯，全都綑得牢牢的，在抵達古巴靠岸之前不會打開。

最後，他爬下狹小的梯子，到鍋爐間，也就是帕特森先生的王國。他讓艙門敞著，像舊約聖經裡不願崇拜偶像而受火刑的沙得拉、米煞、亞伯尼歌一樣，無畏走向熾熱的火爐。他站在那裡觀察，六個矮壯結實的男人背心沾滿黑色的灰，汗水淌下後背，把煤鏟到張大嘴巴、一天不止吃四餐的爐子裡。

和船長預期的一樣，才過幾分鐘，哈利就退到走道上，渾身是汗，喘不過氣來。他隔了好一會兒才有力氣爬上樓梯回甲板。一到甲板他就膝蓋一軟，大口吸著新鮮空氣。他不禁納罕，那些人怎麼能在這樣的環境裡存活，還要一個星期七天，每天值三班，每班兩個小時。

哈利喘過氣來之後才走回艦橋。他揣著千百個問題，從大熊星座哪一顆星指向北極星，到這船平均一天可以航行幾海里，再到需要多少噸的煤……船長樂意一一回答，一點都沒有被這年輕船員的求知若渴給搞得筋疲力盡。事實上，在哈利休息的時間，赫文斯船長對布拉德蕭先生說，這年輕人讓他印象最深刻的一點是，同樣的問題從來不問第二遍。

✣

接下來幾天，哈利學會如何用羅盤查對海圖上的虛線，如何透過觀察海鷗來得知風向，如何讓船航過波谷還能保持既定的航道。第一個星期結束時，在其他高階船員休息用餐的時候，他已經可以掌舵了。夜裡，船長教他認識和羅盤一樣可靠的星星，但船長也坦承，他的知識只限於北半球，因為《得文郡號》航海的二十六年來，從未跨越赤道。

出海十天之後，船長簡直希望有風暴來襲，不只可以結束那沒完沒了的問題，也能稍微打斷哈利的勁頭。吉姆．帕特森已經警告過他，柯里夫頓先生這天早上在鍋爐間待了足足一個鐘頭，下定決心在抵達古巴之前要值完一整個班。

「最起碼你在下面可以不必聽他問個沒完沒了。」船長說。

「這個星期是如此。」輪機長回答說。

赫文斯船長很想知道他哪天能從他的四副那裡聽到什麼消息。結果是在航程的第十二天，那天哈利首度完成在鍋爐室的兩小時值班。

「您知道帕特森先生蒐集郵票嗎，船長？」

「是啊，我知道啊。」船長信心滿滿的回答。

「他收藏的郵票已經有四千多張，包括沒有齒孔的黑便士郵票和三角形的南非好望角郵票，您知道嗎？」

「是啊，我知道啊。」船長還是說。

「這些收藏品比他在林肯郡梅柏索波的家還値錢，您知道嗎？」

「那只是一間小房子啦，要命，」船長說，想辦法克制自己，在哈利還沒問下一個問題之前就補上一句：「你好像從我的輪機長身上挖出不少消息了，但我比較有興趣的是，你能不能也從湯姆·布拉德蕭身上挖出這麼多的消息來。因爲老實說，哈利，我和你才在一起十二天，對你的瞭解卻比和我在一起三年的他來得多。在以前，我從來不認爲美國人是這麼含蓄內向的民族。」

哈利越是思索船長的話，越是明白他對湯姆所知的有限，儘管兩人一起待在艦橋的時間這麼多。他不知道這人有沒有兄弟姐妹，父親做哪一行，爸媽住哪裡，甚至連他有沒有女朋友都不知道。只有講話的口音讓人知道他是美國人，但哈利不知道他是從哪個城市，甚至哪一州來的。

七聲鈴響。「你可以接手嗎，柯里夫頓先生？」船長說，「我要和帕特森先生、布拉德蕭先生一起吃飯。要是你看見什麼了，就馬上告訴我。」他要離開艦橋時又說，「特別是比我們大的傢伙。」

「好的，船長。」哈利說。他很樂於一個人待在艦橋，就算只有四十分鐘，儘管這四十分鐘一天比一天拉長。

✣

哈利問起還要多少天才能抵達古巴時，赫文斯船長知道這個早熟的年輕人覺得乏味了。他開始同情皇家海軍《決心號》的船長，因爲那人不知道自己惹了什麼麻煩。

最近哈利都在晚餐之後接手掌舵，讓其他幾位高階船員可以喝幾杯酒之後再回艦橋。如今，那個華人只要端茶給哈利，永遠都是熱騰騰的，而且加了一大堆糖。

聽說帕特森先生有天晚上對船長說，柯里夫頓先生是打算在回布里斯托之前就接管這條船嗎，因爲他不知道該支持誰。

「你這是在煽動叛變嗎，吉姆？」赫文斯問，一面給他的輪機長再倒一杯蘭姆酒。

「不是，可是我警告你，船長，這個小子已經搞熟鍋爐間的班表。所以我知道我的手下支持誰。」

「那我們最起碼可以做的是，」赫文斯又給自己倒一杯蘭姆酒，「命令我們的將級軍官拍電報給《決心號》，警告他們會碰上什麼情況。」

「可是我們又沒有將級軍官。」帕特森說。

「那我們就得給這小子鍍上鐐銬。」船長說。

「好主意，船長，只可惜我們沒有鐐銬。」

「眞是太可惜了。記得提醒我，回布里斯托之後馬上弄幾副來。」

「可是你好像忘了，等我們一靠岸，柯里夫頓就要離開我們，去加入《決心號》了。」

船長灌下一大口蘭姆酒，說：「眞是太可惜了。」

53

哈利在七聲鈴響的幾分鐘之前抵達艦橋，讓布拉德蕭可以去下艙和船長吃晚飯。湯姆讓他獨自掌舵的時間一天比一天長，但哈利從無怨言，他每天的這一個鐘頭都沉醉在幻想裡，覺得整艘船都在他的掌控之下。

他檢查羅盤的指針，循著船長設定的路線前進。他甚至獲得授權，在交卸職務之前代替他們登錄航海日誌。

哈利獨自站在艦橋，滿月當空，大海平靜無波，在眼前延伸千里。他的思緒飄回英格蘭，很想知道艾瑪此時此刻在做什麼。

此時艾瑪坐在牛津桑默維爾學院的臥房裡，把收音機轉到國家廣播電台的國內頻道，收聽張伯倫首相對全國民眾的廣播。

「這裡是位於倫敦的國家廣播電台，各位即將聽見的是首相發表的談話。」

「我從唐寧街十號的首相辦公室對各位發表談話。今天早上英國駐柏林大使遞交最後通牒給德國政府，明白指出，除非在十一點鐘之前得到他們的回覆，準備立即從波蘭撤軍，否則英德兩國即刻進入交戰狀態。我必須告訴各位，我們並沒有接到這樣的回覆，因此，我國已與德國開戰。」

但是《得文郡號》的收音機並收不到英國國家廣播電台的廣播，所以船上的每一個人都如常進行例行活動。

哈利還在想著艾瑪的時候，第一顆砲彈劃過船頭。他不確定自己該怎麼做，也不想打擾正在用餐的船長，怕被責罵浪費他的時間。哈利看見第二顆砲彈的時候就完全清醒了，這一次，他一點也不懷疑那是什麼東西了。哈利看著那纖長閃亮的東西滑過水面底下，一路朝船頭而來。他本能地把舵輪往右打，但船卻往左轉。這不是他想要的結果，但這個錯誤卻讓他有足夠的時間可以拉響警報，因爲這個閃亮亮的東西從船頭旁邊掠過，只差幾公尺的距離就擊中。

這一次他毫無猶豫，掌心壓下警報器，警報立即震天價響。不到一會兒，布拉德蕭先生就出現在甲板上，開始衝向艦橋，後面緊跟著一面穿上外套的船長。

船員一個接一個的從船艙裡跑出來，衝向各自的崗位，以爲是無預警的消防演習。

「怎麼回事，柯里夫頓先生？」赫文斯船長走進艦橋，鎮靜的問。

「我想我看見魚雷了，先生，但我以前沒見過，所以也不敢肯定。」

「可不可能是來享用我們剩菜的海豚？」船長說。

「不，先生，不是海豚。」

「我以前也沒見過魚雷。」赫文斯接手掌舵之後承認，「從哪個方向來的？」

「北北東方。」

「布拉德蕭先生，」船長說，「通知所有船員就緊急位置，準備聽我的命令放下救生艇。」

「是的，船長。」布拉德蕭說，馬上滑下欄杆到甲板上，開始給船員編組。

「柯里夫頓先生，睁大眼睛，一看到什麼東西就馬上告訴我。」

哈利抓著望遠鏡，開始慢慢搜尋海面。與此同時，船長對著傳聲筒大吼：「所有引擎倒轉，帕特森先生，所有引擎倒轉，等候進一步的命令。」

「是的，船長。」驚嚇非常的輪機長說，他打從一九一八年以來就沒聽過命令了。

「又來一個，」哈利說，「北北東方，直朝著我們來。」

「我看見了，」船長說。他把舵輪往左轉，魚雷差幾公尺，沒擊中他們。他知道他不太可能再重施故技。

「你說得沒錯，柯里夫頓先生。那不是海豚。」赫文斯實事求是地說。他壓低嗓音又說：「我們一定是開戰了。敵軍有魚雷，而我只有一百四十四輛來禮自行車、幾袋馬鈴薯和一些棉布洋裝。」哈利還是瞪大眼睛。

船長如此鎮靜，讓哈利幾乎沒有危險的感覺。「第四枚直衝著我們來，船長。」他說，「還是北北東方向。」

赫文斯頑強地想要再一次操控這艘老小姐，但她面對這不速之客反應不夠敏捷，魚雷穿進船腹裡。幾分鐘之後，帕特森先生回報說吃水線下失火，他的手下用船上老舊的救火泡沫管無法撲滅火勢。船長不需要有人提點，也知道自己面對的是無望的任務。

「布拉德蕭先生，準備棄船。所有的船員都到救生艇旁就位，等待後續命令。」

「好的，船長。」布拉德蕭從甲板上嚷著。

赫文斯對著傳聲筒大吼：「帕特森先生，你和你的手下馬上離開那裡，我說馬上，到救生艇旁報到。」

「我們來了，船長。」

「又一枚，船長，」哈利說，「北北西方，朝向右舷，船腹。」

船長再次轉動舵輪，但他知道這一次他承受不了這一擊。幾秒鐘之後，魚雷穿船而入，讓船傾向一側。

「棄船！」赫文斯吼道，伸手抓起擴音器，「棄船！」他重複了好幾次，轉身看見哈利還用望遠鏡在搜尋海面。

「馬上到最近的一艘救生艇去，柯里夫頓先生，馬上！誰都沒有必要留在艦橋上。」

「是的，船長。」哈利說。

「船長，」是從輪機室傳來的聲音，「四號艙卡住了，我和我的五個手下困在底層甲板。」

「我們馬上過來，帕特森先生。我們立刻救你們出來。計畫改變，柯里夫頓先生，跟我來。」船長衝下樓梯，雙腳幾乎沒踏到階梯上，哈利緊跟在後。

「布拉德蕭先生，」船長一面閃躲因油而熾烈跳躍的火燄，一面吼著，「立刻讓大家上救生艇，棄船！」

「是的，船長。」布拉德蕭抓著欄杆。

「我需要一根槳。然後準備好一艘救生艇，等帕特森先生和他的手下從鍋爐室出來。」

布拉德蕭抓起一艘救生艇的船槳，在另一個水手的協助下，想辦法遞給船長。哈利和船長各抓住船槳一端，腳步踉蹌地跑過甲板，衝向四號艙。哈利不明白船槳怎麼對付魚雷，但這不是問問題的時候。

船長往前衝，從華人身邊經過。那人跪在地上，低著頭，祈求他的神明保佑。

「快上救生艇，快點，你這個蠢蛋！」赫文斯吼著。盧先生搖搖晃晃站起來，但沒動作。哈利跌跌撞撞衝過來的時候，把他往三副的方向推，害盧先生往前倒，差點撞進布拉德蕭先生懷裡。

船長跑到四號艙的艙蓋上方時，把船槳較細的那頭塞進彎曲的鉤子裡，跳起來，用全身的力氣往下壓。哈利馬上就學他的動作，兩人合力撬動厚重的鐵板，直到出現約三十公分的空隙。

「你把他們拉出來，柯里夫頓先生，我繼續想辦法打開艙門。」看見空隙裡伸出兩隻手來，赫文斯說。

哈利放開船槳，跪下來，爬向撬開的艙口。就在他抓住那人肩膀時，一波大浪湧過他，灌進艙裡。他把那人拉出來，吼著叫他立即向最近的一艘救生艇報到。第二個人身手比較敏捷，不等哈利拉他，就自己爬出來了。第三個則嚇得不知所措，拉出洞口時頭撞上艙蓋，搖搖晃晃跟上同伴。接下來兩個人迅速出來，爬向僅餘的那艘救生艇。哈利等待輪機長出現，但沒有他的蹤影。船搖晃得更厲害了，哈利必須抓住甲板，才不讓自己倒栽蔥跌進洞裡。

他看著漆黑的洞，發現一隻伸長的手。他把手伸進洞裡，想辦法在不跌進洞的情況下儘量探身，但卻還是搆不到帕特森的手。帕特森想跳起來，但試了好幾次，都被灌進艙裡的海水當頭壓下。赫文斯船長知道發生了什麼問題，卻幫不了忙，因爲他只要一放開船槳，艙蓋就會壓到哈利身上。

此時膝蓋以下都淹在水裡的帕特森喊著：「拜託，你們兩個，趁還來得及，快上救生艇吧。」

「門都沒有。」船長說，「柯里夫頓先生，快下去，把這個渾蛋弄出來，然後你也跟著出來。」

哈利毫不猶豫，身體往後，腳先進洞，手指抓住艙口突出的邊緣，最後放手，掉進黑暗裡。他跌進油膩冰冷不斷潑濺的水裡，一恢復平衡，就抓住兩旁，蹲進水裡，說：「爬到我肩膀上來，長官，這樣你應該就搆得到了。」

輪機長聽從四副的指示，但伸長手，卻還是差了幾公分，構不到甲板。哈利用盡身體的每一分力氣，把帕特森往上推，直到他搆著艙口邊緣，用指尖抓住。水已經灌進船艙，船身傾斜得更加厲害。哈利雙手撐住帕特森屁股，開始像舉重那樣往上舉，直到輪機長的頭探到甲板上。

「很高興見到你，吉姆。」船長咕噥說，身上的所有力氣都還是用在船槳上。

「我也是，亞諾德。」輪機長回答，緩緩爬出船艙。

就在這時，最後一枚魚雷擊中正在下沉的船。船槳斷成兩截，鐵艙蓋重重壓向輪機長。就像中世紀劊子手的斧頭那樣，乾淨俐落切斷他的頭，然後蓋上。帕特森的身體掉回洞裡，落在哈利旁邊。

哈利感謝老天爺，讓他在伸手不見五指的黑暗裡看不見帕特森。最起碼水不再灌進來了，即使這意味著他也逃脫不了。

《得文郡號》開始翻覆時，哈利以為船長一定也死了，否則他肯定會敲艙蓋，想辦法把哈利弄出去。跌落水裡時，哈利心想，這還眞是諷刺，他竟然要像父親一樣，埋屍在船身裡。他抓著船艙的側邊，想逃離死亡的命運。他等待水一吋吋淹過他的肩膀、他的脖子，許多臉孔在眼前閃現。你知道自己只能再活幾分鐘，就會滿腦子古怪的想法。

至少他的死可以爲他所愛的那許多人解決問題。艾瑪不必再固守誓言，終此一生拒絕其他人。華特爵士不必再擔心他父親遺言的問題。等時機一到，吉爾斯就會繼承家族爵位與他父親的所有財產。就連雨果．巴靈頓都可以逃過一劫，不必再證明他不是哈利的父親。只有他親愛的母親……

突然一個巨大的爆炸。《得文郡號》裂成兩半，幾秒鐘之後，這兩截都像受驚的馬那樣往後仰，很不合體統地沉進海底。

德國潛水艇船長透過潛望鏡看著《得文郡號》消失在浪濤裡，只留下上千件色彩豔麗的棉衣和無數屍體上下浮沉，周圍盡是馬鈴薯。

54

「你能告訴我你叫什麼名字嗎？」哈利仰望護士，但無法掀動嘴唇。「你聽得見我說的話嗎？」她問。又是美國口音。

哈利想辦法微微點頭，她露出微笑。他聽見門打開的聲音，但看不見是誰進到醫務室來，那名護士立即走開，所以必定是某個位高權重的人。儘管看不見，但哈利可以聽見他們說的話。讓他覺得自己像是個偷聽別人談話的人。

「你好，凱瑞文護士。」是個年紀較大的男人。

「您好，華歷斯醫師。」她回答說。

「我們的兩位病人情況如何？」

「有一位情況有顯著改善，另一位還昏迷不醒。」

所以我們至少有兩個人獲救，哈利想。他想要讓心情振奮起來，但儘管嘴唇嚅動，卻發不出聲音來。

「我們還是不知道他們的身分？」

「不知道，不過帕克船長稍早之前來過，想知道他們的情況，我給他看他們殘存的制服，他很肯定他們兩個都是高階船員。」

哈利心臟狂跳，想到赫文斯船長或許也獲救了。他聽見醫生走到另一張病床，但他無法轉頭看看是誰躺在那裡。一會兒之後，他聽見：「可憐的傢伙，他如果能撐過今天晚上，我會很意外。」

醫生來到哈利床邊，開始檢查他。哈利看見的就只是一個中年男子，一臉若有所思的嚴肅表情。華歷斯醫師完成檢查之後，就轉身走開，和護士低聲交談。「我覺得這一個比較有希望，雖然經歷這一切之後，機會頂多也只有百分之五十。繼續奮鬥，年輕人。」他轉身面對哈利說，雖然並不確定病人聽不聽得見他說的話。「我們會盡一切努力，讓你活下來。」哈利想謝謝他，但能做的就只是在醫生走開之前再次微微點頭。「要是他們兩個都熬不過今天晚上，」他聽見醫生輕聲對護士說，「你知道正確的處理程序嗎？」

「知道，醫師。要立刻通知船長，屍體送到停屍間。」哈利很想問問，他有多少同袍已經在那裡了。

「你也要通知我，」華歷斯說，「就算我在睡覺。」

「沒問題，醫師。我可以請問一下，我們從海裡救上來就已經死了的那些人，船長決定要怎麼處理？」

「他已經下令，既然他們都是水手，就要葬在大海。明天天一亮就進行。」

「他不想讓乘客知道昨天晚上死了多少人，」醫生臨走前又說。哈利聽見門打開的聲音，「晚安，護士。」

「晚安，醫師。」護士回答說，門關上。

凱瑞文護士走回來，坐在哈利床邊，「我才不管什麼機率咧，」她說，「你一定會活下來。」

哈利仰看護士，她整個人裹在漿燙得硬挺的白色制服和白色帽子裡，但儘管如此，哈利還是看得見她眼裡堅定不移的光芒。

✣

哈利再次醒來時，房裡一片漆黑，只有遠遠的角落有一絲微光，很可能是其他房間的燈光。他首先想起的是赫文斯船長，在隔壁病床爲自己的生命搏鬥。他祈禱他可以活下來，他們可以一起回英國，然後船長退休，哈利請華特爵士幫忙，讓他上皇家海軍戰艦。

他的思緒再次飄向艾瑪，想到巴靈頓家族原本可以因爲他的死而解決的諸多麻煩，如今又將繼續纏著他們不放了。

哈利聽見門再次打開，有個陌生的腳步聲走進醫務室。雖然他看不見是誰，但鞋子的聲音讓他知道兩件事：是個男人，而且他知道他走向哪裡。房間另一頭的門打開，光線變得更亮了。

「嗨，克麗絲汀，」男人的嗓音說。

「哈囉，理察。」又是那位護士，「你來晚了，」她的聲音有點揶揄，但不生氣。

「對不起，親愛的，所有的高階船員都要留在艦橋上，等到搜救行動完全終止。」門關上，光線再次變弱了。哈利無法得知距離上次開門已經過了多久的時間——半個鐘頭，或許一個鐘頭——他聽見他們的交談。

「你領帶歪了。」護士說。

「沒用的，」那人回答說，「總會有人知道我們在幹什麼。」她笑起來，他走向門口，突然駐足，「這兩個是什麼人？」

「A先生和B先生，昨天晚上只有他們兩個活下來。」

我是C先生[24]，哈利很想告訴她。他們朝他的病床走來，哈利閉上眼睛，不想讓他們知道他聽見他們的交談。她量他的脈搏。

「我覺得B先生情況越來越好。你知道的，想到他們可能一個都救不活，我就受不了。」她離開哈利身邊，走向另一張病床。

哈利睜開眼睛，微微轉頭，看見一名個頭頗高的年輕人，身穿有金色肩章的筆挺白制服。凱瑞文護士突然毫無預警地哭了起來，年輕男子一手輕輕攬住她肩頭想安慰她。不，不，哈利想大叫，赫文斯船長不能死。我們要一起回英國的。

「碰到這樣的狀況，該採取什麼程序？」那年輕人問，語氣很審慎。

「我必須馬上通知船長，然後叫醒華歷斯醫師。等所有的文件都簽好，獲准清理，屍體就要送到下艙的停屍間，準備明天早上海葬。」

不，不，哈利吶喊，但那兩人都沒聽見。

「我要向所有的神祈求，」護士說，「但願美國不會捲入這場戰爭。」

「不會的，親愛的，」年輕軍官說，「羅斯福太精明了，不會讓自己再捲入歐洲戰爭裡。」

---

[24] 哈利姓柯里夫頓（Clifton），字首為C。

「上一次那些政客也都是這麼說的。」克麗絲汀說。

「欸，我們幹嘛談這個？」他好像有點擔心。

「A先生年紀和你差不多，」她說，「說不定在老家也有個未婚妻。」

哈利這時知道躺在旁邊病床的不是赫文斯船長，而是湯姆．布拉德蕭。這時他暗自下了決定。

✣

哈利再次醒來，聽見隔壁房間傳來的交談聲。一會兒之後，華歷斯醫師和凱瑞文護士走進醫務室。

「實在讓人很心痛。」護士說。

「的確是很不愉快的事。」醫生說，「更難受的是，他們就這樣沒名沒姓的葬身大海。不過我同意船長的看法，水手都會希望這麼安葬的。」

「另一艘船有消息嗎？」護士問。

「有，他們的成績比我們稍微好一點。十一個人喪生，但有三個生還：一個華人和兩個英國人。」

哈利很想知道，那兩個英國人之中會不會有赫文斯船長。

醫生俯身解開哈利的睡衣上身，冰冷的聽診器貼在他胸口幾處，專心聽。然後護士把體溫計插進哈利嘴巴。

「體溫降下來了，醫師。」護士查看水銀刻度之後說。

「太好了，你可以試著餵他喝一些清湯。」

「好的。你需要我幫忙照顧其他乘客嗎？」

「不用，謝謝你，護士。你最重要的工作就是確保這個人能活下來。我過一兩個鐘頭再過來看看。」

醫生一關上門，護士就回到哈利床邊。她坐下，微笑說：「你聽得到我講話嗎？」她問。哈利點點頭，「你能告訴我，你叫什麼名字嗎？」

「湯姆．布拉德蕭。」他回答說。

55

「湯姆，」華歷斯醫師檢查完之後對他說，「我在想，你是不是可以告訴我，昨天過世的那位同事叫什麼名字。我想寫信給他母親，或者他的妻子，如果他有的話。」

「他叫哈利・柯里夫頓。」哈利說，聲音微弱得幾乎聽不見，「他未婚，可是我和他母親很熟，我想自己寫信給她。」

「你眞是好人。」華歷斯說，「可是我還是想給她寫封信。你有她的地址嗎？」

「有，我有。」哈利說，「可是她如果先收到我而不是陌生人寫的信，應該會比較好。」他提議說。

「如果你這麼認爲的話。」華歷斯的語氣不怎麼肯定。

「是的，我是這麼認爲的。」哈利的語氣變得堅定一些，「《堪薩斯之星》返回布里斯托的時候，你就可以寄出信。這是假設船長還打算回英國，儘管我們現在已經和德國交戰了。」

「**我們**沒和德國交戰。」華歷斯說。

「沒有，當然沒有，」哈利馬上糾正自己的話，「希望永遠不會。」

「同意。」華歷斯說，「不過這也不會改變《堪薩斯之星》返航的計畫。有很多美國人還困在英國，沒辦法回家。」

「這不是很危險嗎？」哈利問，「特別是考量到我們才剛經歷過的情況。」

「不，我不這麼認爲。」華歷斯說，「德國人最不想做的就是炸沉美國客輪，因爲那樣一來就肯定會把我們拖進戰爭裡。我建議你睡一下，湯姆，因爲我希望明天護士能帶你去甲板上走一走。一開始只能走一圈。」他強調。

哈利閉上眼睛，但不想睡，開始思索自己所做的決定，以及這個決定會影響多少人的人生。借用湯姆・布拉德蕭的身分，可以讓他有多一點餘裕思考自己的未來。一旦聽說哈利死在海上的消息，華特爵士和巴靈頓家的其他人都可以從他們自覺被束縛的義務裡得到解脫。而艾瑪也可以展開新的人生。他覺得這是老傑克會認同的決定，雖然他還無法想清楚全盤的影響。

然而，頂替湯姆・布拉德蕭無疑也會導致新的問題，他得要時時提高警覺。更何況他對布拉德蕭一無所知，所以只要凱瑞文護士問他過去的事，他不是信口胡謅，就是改變話題。

布拉德蕭確實是個熟練的好手，非常善於閃躲他不想回答的問題，而且顯然是個獨行俠。他至少有三年沒踏上自己的國家一步，甚至可能更多年，所以他的家人也不會得知他的突然返國。《堪薩斯之星》在紐約靠岸之後，哈利打算立刻跳上第一艘船回英國。

他最大的難題是如何讓他母親不要以爲自己失去了獨子，而承受不必要的痛苦。華歷斯醫師答應一回到英國之後，就替他把寫給梅西的信寄出去，相當程度解決了這個問題。但哈利還是得寫這封信才行。

他花了好多時間在心裡打草稿，所以等體力恢復，可以把思緒寫在紙上時，他早就已經把要寫的內容牢記於心了。

紐約
一九三九年九月八日

親愛的媽媽，

我用盡所有的方法，確保您在聽到我死於海上的消息之前，先收到這封信。

正如信首的日期所示，《得文郡號》九月四日沉船之時，我並沒有死。事實上，我被一艘美國船救起，活得好好的。然而，我恰好有機會頂替另一個人的身分，所以我就這麼做了，希望這能讓您和巴靈頓家族擺脫這些年來我很不智導致的問題。

重要的是，您必須瞭解，我對艾瑪的愛絕對不會消失，永遠不會。但我也不認爲自己有權利讓她終此餘生都懷抱渺茫的希望，期待有一天我能證明雨果·巴靈頓不是我的父親，亞瑟·柯里夫頓才是。她至少可以考慮和其他人展開新的未來。我嫉妒那個人。

我打算在近期返回英國，屆時會有個名叫湯姆·布拉德蕭的人和您聯絡，那就是我。

我一回到英國就會與您聯絡，但與此同時，我也請您堅定地替我守住這個秘密，一如您這麼多年來守住您的秘密。

愛您的兒子
哈利

他把信反覆讀了好幾遍，才放進寫著「絕對機密，限本人親閱」的信封裡，然後寫上布里斯托靜宅巷二十七號，亞瑟・柯里夫頓夫人收。

隔天早上，他把信交給華歷斯醫師。

✣

「你覺得你準備好要在甲板繞一圈散散步了嗎？」克麗絲汀問。

「當然啦。」哈利回答說。他努力想模仿他上回聽到她男朋友用過的講話口吻，雖然還是覺得加上一句「親愛的」很不自然。

躺在病床上的漫長時間裡，哈利很仔細聽華歷斯醫生講的話，只要自己一個人獨處，就努力模仿他的口音，據克麗絲汀對理察說，那是東岸口音。哈利很慶幸自己曾經花很多時間向帕吉特博士學習講話聲音的技巧，他當時以為只有在舞台上才用得到。不過他現在確實也是在舞台上沒錯。然而，面對克麗絲汀天真無邪追問他成長背景與家世的好奇心，他還是有點難以應付。

他得靠霍瑞修・愛爾傑和桑頓・懷爾德的小說幫忙，因為醫務室總共只有這兩本書。藉由小說，他虛構了一個位在康乃狄克州橋港的家，爸爸是康乃狄克信託儲蓄銀行小鎮分行的經理，媽媽是個盡責的家庭主婦，曾在小鎮年度選美會上奪得第二名。另外還有個婚姻幸福的姐姐莎莉，老公傑克經營一家五金行。他想起帕吉特博士當年曾經說，像他這麼有想像力，最後應該會當作家而不是演員。哈利不禁露出微笑。

哈利小心翼翼地把腳放到地上，在克麗絲汀的扶持下，緩緩站起來。一穿上晨袍，他就挽著她的臂彎，搖搖晃地走向門口，爬上一段樓梯到甲板上。

「你離家多久了？」開始慢慢繞行甲板時，克麗絲汀問。

哈利總是想辦法固守他對布拉德蕭眞實人生僅知的一切，再從他虛構的家庭裡找出一些小細節來增添。「差不多三年多，」他說，「我的家人從來沒怨言，因爲他們知道我從小就想出海。」

「可是你怎麼會跑到英國船上工作呢？」

這問題眞是好得要命，哈利想。他還眞希望自己知道答案呢。他踉蹌了一下，給自己多爭取一點時間來想出能讓人信服的回答。克麗絲汀俯身扶他。

「我沒事，」他說，再次挽住克麗絲汀的臂彎。他開始不停打噴嚏。

「你也許該回病房了。」克麗絲汀建議，「我們可承擔不起你著涼的風險喔。我們可以明天再試。」

「都聽你的，」哈利說。她沒再追問其他問題，讓他鬆了一口氣。

她像媽媽送小孩上床那樣幫他蓋好被子，他很快就沉沉睡去。

✣

《堪薩斯之星》開進紐約港的前一天，哈利想辦法在甲板上繞了十一圈。儘管無法向任何人袒露，但他確實對第一次見到美國覺得很興奮。

「我們一靠岸，你就要直接回橋港嗎？」他繞最後一圈時克麗絲汀問，「還是你打算留在紐約？」

「還沒想好，」哈利說，事實上他早就想好了，「我想要看我們靠岸的時間來決定。」他說，想猜出她的下一個問題。

「我只是想說，你如果要在理察東區的公寓住一晚，也沒問題。」

「噢，我不想給他添任何麻煩。」

克麗絲汀笑起來，「你知道嗎，湯姆，你有時候比較像英國人而不是美國人。」

「我猜呢，在英國船上待那麼多年之後，你最後總是會被英國佬給腐化了。」

「也就是因為這樣，所以你覺得你沒辦法讓我們分擔你的問題嗎？」哈利陡然止步，這回靠腳步踉蹌或打噴嚏都救不了他。「如果你一開始就願意敞開心來，我們可能早就很愉快地解決這個問題了。但是在眼前這個狀況下，我們別無選擇，只能通知帕克船長，讓他來決定該怎麼做。」

哈利跌坐在最近的一張躺椅上，但克麗絲汀沒打算出手扶他，他就知道自己這下潰敗了。

「這比你想的要來得複雜，」他說，「可是我可以解釋，我為什麼不想牽連任何人。」

「不需要，」克麗絲汀說，「船長已經出手解決我們的問題了。可是他想問你，要怎麼解決更大的問題。」

哈利垂下頭，「船長想問的任何問題，我都樂意回答。」他說，身分被拆穿，他有點如釋重負的感覺。

「和我們其他人一樣，他想知道的是，你沒有任何衣服，名下沒有半毛錢，就要這樣下船？」

哈利微笑，「我想紐約人大概會認為《堪薩斯之星》的晨袍很炫吧。」

「老實說，就算你真的穿睡袍走在第五大道上，也不會有太多紐約人注意的。」克麗絲汀說，「而注意你的，八成會以為那是最新流行的服飾。不過呢，為了以防萬一，理察找出兩件白襯衫和一件獵裝外套。可惜他比你高好多，否則就可以給你長褲。華歷斯醫師給你一雙牛津鞋，一雙襪子和一條領帶。褲子還是個問題，但是船長有一件已經穿不下的百慕達短褲。」哈利笑了起來。「希望你不要覺得我們太失禮，湯姆，但是我們工作人員籌了一小筆錢，」她交給他一個厚厚的信封，「我想應該夠你回到康乃狄克了。」

「我該怎麼謝你呢？」哈利說。

「不需要，湯姆。你能活下來，我們都很高興。我們只希望當時也能救得了你的朋友哈利・柯里夫頓。不過我想你應該會很高興，因為船長要華歷斯醫師親自把你的信送去給他母親。」

56

那天早上哈利是第一批站在甲板上的人，離《堪薩斯之星》駛進紐約港還有兩個小時，而太陽也在四十分鐘之後才加入他佇立的行列。這時他已經計畫好，要怎麼打發他在美國的第一天。

他已經向華歷斯醫師道別，謝謝他所做的一切，雖然再怎麼感謝都不夠。華歷斯保證一抵達布里斯托就寄出他寫給柯里夫頓太太的信，也很不情願地接受他的看法，親自去拜訪她或許不是好主意，因爲哈利說她很神經質。

帕克船長親自到醫務室來看他，送來百慕達短褲，祝他好運。哈利非常感動。船長回艦橋之後，克麗絲汀語氣堅定地說：「你該睡覺了，湯姆。如果你明天要到康乃狄克，就得養足體力。」湯姆．布拉德蕭或許會很願意和理察與克麗斯汀在曼哈頓消磨幾天，但是哈利．柯里夫頓沒有時間可以浪費，因爲英國已經和德國宣戰了。

「明天早上起床之後，」克麗絲汀說，「趁日出前到乘客甲板去，那麼我們駛進紐約港的時候，你就可以看見日出。我知道你以前看過很多次了，湯姆，但我每次看都很興奮。」

「我也是。」哈利說。

「等船靠岸之後，」克麗絲汀接著說，「你何不等理察和我下班，這樣我們可以一起下船？」

✣

理察的外套和襯衫有點太大，船長的百慕達短褲有點太長，而醫生的鞋襪則有點太緊。但哈利著裝之後，等不及要上岸。

《堪薩斯之星》的事務長已經先打電報通知紐約移民局，說他們船上多載了一位美國公民湯姆・布拉德蕭。紐約移民局回電說，布拉德蕭先生上岸後必須向移民官員報到，他們會從那裡接手。

等理察帶他到中央車站之後，哈利打算在車站混一會兒，然後回碼頭找聯合辦公室，看有哪艘船要航向英國。無論是開往哪個港口都無所謂，只要不是布里斯托就好。

找到合適的船之後，任何職缺他都會接受，不管是在艦橋或鍋爐室工作都行，甚至刷洗甲板或削馬鈴薯也可以。如果船上沒有工作，他就訂最便宜的船票回家。他已經看過克麗絲汀交給他的那個厚厚的白信封，裡面的錢可以買到的艙房，肯定不會比他在《得文郡號》的房間小。

讓哈利傷心的是，回到英國之後，他不能和任何老朋友接觸，就算和媽媽聯絡，也得小心翼翼。可是等他一上岸，唯一的目標就是登上皇家海軍戰艦，入伍對抗英王陛下的敵人，儘管他知道，無論戰艦何時返港，他都得像亡命的逃犯那樣留在船上。

有位女士打斷哈利的思緒。首次看見自由女神像從晨霧中現身，哈利不由得讚嘆。他在照片上見過這座地標，但那些照片都無法傳達親眼看見這尊女神像俯望《堪薩斯之星》，歡迎訪客、移民和同胞來到美國時的感受。

船繼續航向港口，哈利靠在欄杆上，望著曼哈頓，對那些看來不比布里斯托建築高大的摩天大樓感到失望。但隨著時間一分鐘一分鐘過去，那些建築越來越高大，最後宛如高聳入天堂，他必須伸手遮住太陽，才能仰望它們。

一艘紐約港局的拖船開過來，指引《堪薩斯之星》安全進入十一號碼頭。哈利看著興奮的眾人，頭一次覺得擔憂，這天早上抵達紐約的這名年輕人比三個星期之前才離開布里斯托的四副要蒼老許多。

「笑一個，湯姆。」

哈利轉頭看見理察低頭看著一部柯達布朗尼照相機。他瞄著湯姆上下顛倒的影像，背景是曼哈頓天際線。

「你是我絕對不會很快就忘掉的乘客。」克麗絲汀說，走到他身邊，讓理察可以拍一張他倆的合照。她已經換掉護士制服，穿上一件時髦的圓點洋裝，白腰帶，白皮鞋。

「我也忘不了你。」哈利說，希望他們兩個不會察覺到他有多緊張。

「我們該上岸了。」理察蓋上相機快門說。

三個人走下寬闊的樓梯到下甲板，有好些個乘客已經下船，迎向如釋重負的親人與擔憂的朋友。走過舷梯時，哈利精神振奮起來，因爲有好多位船員和乘客想與他握手，祝他好運。

踏上碼頭，哈利、理察和克麗絲汀就走向移民關，排進四條排隊的人龍裡。哈利的目光四處掃來掃去，有好多問題想問，但任何一個問題都會讓他首次到美國的事實曝露無遺。

第一件讓他吃驚的是，美國有各種膚色的人種。在布里斯托，他只見過一個黑人，記得他當時還停下來盯著那人看。老傑克告訴他說那樣做很不禮貌，也很欠考慮，還說：「要是其他人因爲你是白人而瞪著你看，你會有什麼感覺？」但最能激起哈利想像力的是周遭的噪音、忙亂和步調，讓布里斯托相形之下像停留在舊時代般慵懶。

他已經開始希望自己接受理察過夜的邀請，或許在啓程返英之前停留幾天，探索些有趣的事物。

「讓我先通關吧？」排到隊伍前面時，理察說。「那我就可以先去開車過來，和你們兩個在航站外面碰頭。」

「好主意，」克麗絲汀說。

「下一位！」克麗絲汀說。

理察走向櫃檯，把護照交給官員，那人瞥了一眼照片就蓋章。「歡迎回國，提貝特中尉。」

「下一位！」

哈利走上前，很不安地發現他沒有護照，沒有身分證明，有的只是別人的名字。

「我是湯姆．布拉德蕭，」他說，滿懷著連自己都感覺不到的信心，「我想《堪薩斯之星》的事務長應該已經拍過電報，說我會上岸。」

那位移民官仔細端詳哈利，然後拿起一張紙，開始查閱上面長長的名單。最後他勾起其中一個名字，轉身點點頭。這時哈利才注意到有兩個人站在柵欄的另一側，穿戴一模一樣的灰色西裝和灰色帽子。其中一個對他露出微笑。

移民官在一張紙上蓋章，交給哈利。「歡迎回國，布拉德蕭先生。已經離開很久囉。」

「是啊。」哈利說。

「下一位！」

「我在那邊等你。」哈利對走向櫃檯的克麗絲汀說。

「一下就好了。」她說。

哈利穿過柵欄，第一次踏進美國。

那兩名穿灰西裝的男子朝他走來。其中一個說：「早安，先生，你是湯瑪斯．布拉德蕭先生嗎？」

「我是。」哈利說。

這兩個字還沒說完，另一個人就抓住他的手，絞到背後，然後第一個人給他銬上手銬。這一切發生得極其快速，快到哈利都來不及抗議。

他表面保持鎮靜，因爲早就想過有人可能會發現他不是湯姆．布拉德蕭，而是個名叫哈利．柯里夫頓的英國人。儘管如此，他還是認爲最慘的狀況不過是被驅逐出境，把他送回英國。所以他並沒有打算怎麼辦，連反抗都沒有。

哈利看見路邊停了兩輛車。第一輛是黑色的警車，一個臉上沒笑容的灰衣男拉開車門。第二輛是紅色的跑車，坐在駕駛座的是微笑的理察。

理察一看見哈利被戴上手銬，就跳出車子，開始朝他跑去。這時，一名警員開始唸權利給布拉德蕭先生聽，而另一個繼續抓著哈利手肘。「你有權保持緘默，你所說的一切都將成爲呈堂證供。你有權聘請律師。」

理察趕到他們身邊，瞪著警察說：「你們以爲你們在幹嘛？」

「如果你請不起律師，會指派給你一位。」第一個警察繼續說，另一個則完全不理他。

理察非常不解，湯姆怎麼會這麼一派輕鬆，彷彿對自己被捕一點都不意外。可他還是決定竭盡所能幫他的朋友。他往前衝，擋住警察的去路，堅定地問：「你們要用什麼罪名起訴布拉德蕭先生，請問？」

資深警探停下腳步，直直盯著理察的眼睛，說：「一級謀殺罪。」

國家圖書館出版品預行編目(CIP)資料

柯里夫頓紀事／ 傑佛瑞.亞契(Jeffery Archer)著；李靜宜譯. -- 二版. -- 臺北市：春天出版國際，2019.11
面； 公分. -- (春天文學；13)
譯自：Only Time Will Tell
ISBN 978-957-741-248-5(平裝)

873.57

春天文學 13

柯里夫頓紀事(原書名:時間會證明一切) Only Time Will Tell

作者	傑佛瑞・亞契
譯者	李靜宜
總編輯	莊宜勳
主編	鍾靈
出版者	春天出版國際文化有限公司
地址	台北市信義路四段458號3樓
電話	02-7718-0898
傳眞	02-7718-2388
E－mail	frank.spring@msa.hinet.net
網址	http://www.bookspring.com.tw
部落格	http://blog.pixnet.net/bookspring
郵政帳號	19705538
戶名	春天出版國際文化有限公司
法律顧問	蕭顯忠律師事務所
出版日期	二〇一七年八月初版 二〇一九年十一月二版
定價	450元

總經銷	楨德圖書事業有限公司
地址	新北市新店區寶興路45巷6弄6號5樓
電話	02-8919-3186
傳眞	02-8914-5524
香港總代理	一代匯集
地址	九龍旺角塘尾道64號 龍駒企業大廈10 B&D室
電話	852-2783-8102
傳眞	852-2396-0050

ISBN 978-957-741-248-5　Printed in Taiwan